a HERDEIRA

Daniel Silva

a HERDEIRA

Tradução
Laura Folgueira

Rio de Janeiro, 2020

Copyright © 2019 por Daniel Silva
All rights reserved.
Título original: The New Girl

Todos os direitos desta publicação são reservados à Casa dos Livros Editora LTDA.

Nenhuma parte desta obra pode ser apropriada e estocada em sistema de banco de dados ou processo similar, em qualquer forma ou meio, seja eletrônico, de fotocópia, gravação etc., sem a permissão do detentor do copyright.

Diretora editorial: *Raquel Cozer*
Gerente editorial: *Alice Mello*
Editor: *Ulisses Teixeira*
Preparação: *André Sequeira*
Preparação de original: *Marcela Ramos*
Revisão: *Marcela Isensee*
Capa: *Robin Bilardello*
Imagem de capa: © *Serge Ramelli/ Getty Images*
Adaptação de capa: *Osmane Garcia Filho*
Diagramação: *Abreu's System*

```
       CIP-Brasil. Catalogação na Publicação
     Sindicato Nacional dos Editores de Livros, RJ

S579h
    Silva, Daniel
       A herdeira / Daniel Silva ; tradução de Laura Folgueira. -
    1. ed. - Rio de Janeiro : Harper Collins, 2020.
       448 p.

       Tradução de: The new girl
       ISBN 9788595086777

       1. Ficção americana. I. Folgueira, Laura. II. Título.
20-62304                              CDD: 813
                                      CDU: 82-3(73)
```

Vanessa Mafra Xavier Salgado - Bibliotecária - CRB-7/6644

Os pontos de vista desta obra são de responsabilidade de seu autor, não refletindo necessariamente a posição da HarperCollins Brasil, da HarperCollins Publishers ou de sua equipe editorial.

HarperCollins Brasil é uma marca licenciada à Casa dos Livros Editora LTDA.
Todos os direitos reservados à Casa dos Livros Editora LTDA.
Rua da Quitanda, 86, sala 218 — Centro
Rio de Janeiro, RJ — CEP 20091-005
Tel.: (21) 3175-1030
www.harpercollins.com.br

Para os 54 jornalistas mortos no mundo inteiro em 2018. E, como sempre, para minha esposa, Jamie, e meus filhos, Nicholas e Lily.

O que está feito não pode ser desfeito.

— *Macbeth* (1606), ato 5, cena 1

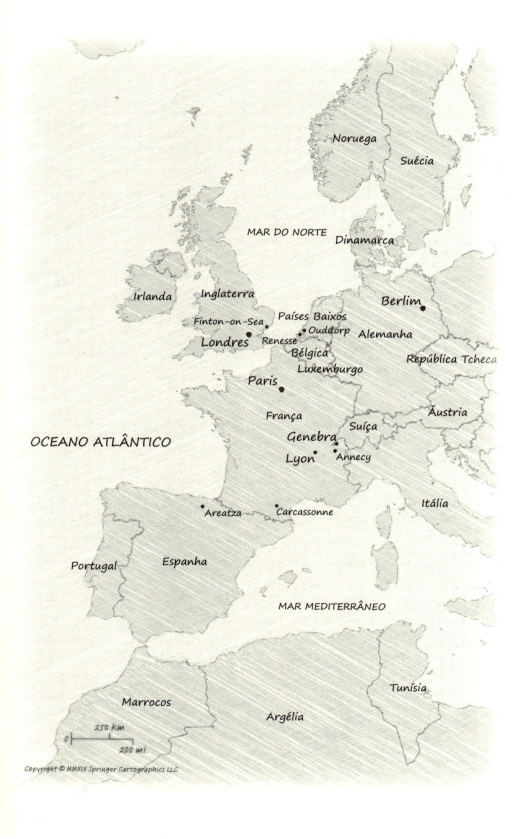

PREFÁCIO

Em agosto de 2018, comecei a trabalhar num romance sobre um jovem príncipe árabe em uma cruzada para acabar com a intolerância religiosa de seu país e trazer uma mudança arrebatadora ao Oriente Médico e ao mundo islâmico em geral. Porém, deixei o manuscrito de lado dois meses depois, quando o personagem que me inspiraria, Mohammed bin Salman, príncipe herdeiro da Arábia Saudita, tornou-se suspeito do assassinato brutal de Jamal Khashoggi, dissidente saudita e colunista do *Washington Post*. Elementos de *A herdeira* são obviamente inspirados nos acontecimentos ao redor da morte de Khashoggi. O resto ocorre apenas no mundo imaginário habitado por Gabriel Allon e seus associados e inimigos.

Parte Um

RAPTO

I

GENEBRA

Beatrice Kenton foi a primeira a questionar a identidade da recém-chegada. Fez isso na sala dos professores, às três e quinze da tarde de uma sexta-feira no fim de novembro. O clima era festivo e levemente rebelde, como sempre ocorria no último dia útil da semana. É uma obviedade dizer que ninguém recebe o fim da semana com mais animação do que os professores — mesmo aqueles de instituições de elite como a Escola Internacional de Genebra. A conversa era sobre os planos para sábado e domingo. Beatrice se absteve, pois estava sem programação, algo que não desejava compartilhar com seus colegas. Ela tinha 52 anos, era solteira e sem familiares, exceto por uma tia velha e rica que a recebia todos os verões em sua propriedade em Norfolk. A rotina de fim de semana de Beatrice consistia numa viagem a Migros e uma caminhada pela orla do lago pelo bem de sua cintura, que, como o universo, não parava de se expandir. A primeira aula da segunda-feira era um oásis em meio a um enorme Saara de solidão.

Fundada por uma organização multilateral havia muito falecida, a Escola Internacional de Genebra educava os filhos da comunidade diplomática da cidade. Do quinto ao nono ano, recebia alunos de mais de cem países diferentes, para os quais Beatrice ensinava leitura e redação. O corpo docente era igualmente diverso. O líder do departamento de recursos humanos se esmerava para promover a amizade entre os funcionários — coquetéis, jantares em que cada um levava um prato, passeios ao ar livre —, mas, na sala dos professores, o velho tribalismo tendia a se reafirmar. Alemães, franceses e espanhóis, por exemplo, conversavam quase que somente com seus conterrâneos. Naquela sexta à tarde, a única cidadã britânica, além da senhorita Kenton, era Cecelia Halifax, do departamento de história. Cecelia tinha um cabelo preto desgrenhado e visões políticas previsíveis, que insistia em compartilhar com Kenton a cada oportunidade. A falastrona também contava detalhes do caso tórrido que estava tendo com Kurt Schröder, um gênio da matemática de Hamburgo que usava Birkenstocks e largara uma carreira lucrativa na engenharia para ensinar multiplicação e divisão a crianças de 11 anos.

A sala dos professores ficava no térreo do castelo do século XVIII que servia como prédio da administração. Suas janelas de vitrais tinham vista para o átrio, onde, no momento, carros alemães de luxo com placas diplomáticas buscavam os jovens alunos privilegiados. A loquaz Cecelia Halifax estava plantada ao lado de Beatrice, tagarelando sobre um escândalo em Londres, algo envolvendo o MI6 e uma espiã russa. Beatrice mal ouvia. Dedicava sua atenção à recém-chegada.

Como sempre, a menina estava no fim da fila para ir embora. Uma criança franzina de 12 anos, linda, com olhos castanhos e cabelo da cor de uma graúna. Para o horror conservador de Beatrice, a escola não exigia uniforme, só um código de vestimenta, que vários dos alunos liberais ignoravam, sem punições oficiais. Mas não a recém-chegada. Ela estava coberta da cabeça aos pés em lã xadrez cara, o tipo de coisa que se via numa loja da Burberry na

Harrods. Carregava uma bolsa de livros de couro em vez de uma mochila de lona. Suas sapatilhas de couro envernizado eram lustrosas e brilhantes. Ela era comportada, modesta. Mas havia algo mais, pensou Beatrice, algo de diferente. Majestosa. Sim, essa era a palavra. *Majestosa...*

Tinha chegado no outono, duas semanas após o início das aulas — não era ideal, mas também não era incomum numa instituição como aquela, na qual os pais iam e vinham como as águas do rio Reno. David Millar, o diretor, encaixara-a no terceiro tempo de Beatrice, que já tinha dois alunos a mais do que deveria. A cópia da ficha de matrícula da menina era fina, até para os padrões da instituição. Dizia que seu nome era Jihan Tantawi, egípcia, e que seu pai era empresário, não diplomata. Seu histórico escolar era corriqueiro. Era considerada inteligente, mas longe de superdotada. "Um pássaro pronto para voar", anotou David na margem, com otimismo. De fato, o único aspecto notável do arquivo era o parágrafo reservado às "necessidades especiais" da aluna. Aparentemente, a privacidade era uma preocupação séria para a família Tantawi. Segurança, escreveu David, era a mais alta prioridade.

Isso explicava a presença no átrio naquela tarde — e em todas as outras, aliás — de Lucien Villard, o eficiente líder de segurança da escola. Lucien era uma importação francesa, veterano do Service de la Protection, unidade da Polícia Nacional responsável por proteger dignitários estrangeiros em visita e oficiais franceses de alta patente. Seu cargo final fora no Palácio do Eliseu, onde servira no destacamento pessoal do presidente da República. David Millar usava o currículo impressionante como prova do comprometimento da escola com o assunto. Jihan Tantawi não era a única estudante com preocupações dessa ordem.

Ninguém chegava e saía da Escola Internacional de Genebra como a recém-chegada. A limusine Mercedes preta que ela utilizava seria adequada para um chefe de Estado ou um potentado. Beatrice não era especialista no que diz respeito a automóveis, mas lhe parecia que a lataria e as janelas eram à prova de bala. Atrás, havia um segundo veículo, um Range Rover, com quatro brutamontes de jaquetas escuras.

— Quem você acha que ela é? — perguntou Beatrice, enquanto observava os dois veículos entrarem na rua.

Cecelia Halifax ficou confusa.

— A espiã russa?

— A recém-chegada — falou Beatrice, lentamente. Então, adicionou, desconfiada: — Jihan.

— Dizem que o pai dela é dono de metade do Cairo.

— Quem diz?

— A Veronica. — Veronica Alvarez era uma espanhola de pavio curto do departamento de arte e uma das fontes menos confiáveis para fofocas em todo o corpo docente, só perdendo para a própria Cecelia. — Ela disse que a mãe é parente do presidente egípcio. Sobrinha dele. Ou talvez prima.

Beatrice observou Lucien Villard cruzar o átrio.

— Sabe o que eu acho?

— O quê?

— Que alguém está mentindo.

E foi assim que Beatrice Kenton, uma veterana com cicatrizes de batalha decorrentes de várias escolas públicas menores na Inglaterra, que tinha ido a Genebra em busca de romance e aventura sem encontrar nenhum dos dois, começou uma investigação particular para descobrir a verdadeira identidade da recém-chegada. Começou procurando o nome JIHAN TANTAWI na internet. Vários milhares de resultados apareceram na tela, nenhum correspondia à linda menina de 12 anos que entrava na sala de aula no início de cada terceiro período, nunca com um único minuto de atraso.

Depois, a professora buscou em várias redes sociais, mas de novo não encontrou rastro da aluna. Parecia que a recém-chegada era a única menina da sua idade na face da Terra que não vivia uma realidade paralela no ciberespaço. Beatrice achava isso louvável, pois testemunhara em primeira mão as consequências destrutivas emocionais e de desenvolvimento que mensagens, tuítes e compartilhamento de fotografias incessantes podiam causar. Infelizmente, esse comportamento não era limitado às crianças. Cecelia Halifax mal conseguia ir ao banheiro sem postar uma foto sua retocada no Instagram.

O pai, um tal de Adnan Tantawi, era igualmente anônimo no reino cibernético. Beatrice achou algumas referências a uma Construtora Tantawi, uma Tantawi Participações e uma Incorporadora Tantawi, mas nada sobre o homem em si. A ficha de matrícula de Jihan listava um endereço chique na Route de Lausanne. Beatrice passou em frente à propriedade numa tarde de sábado. Ficava a algumas casas de distância de onde morava o industrial suíço famoso Martin Landesmann. Como todas as propriedades naquela parte do lago de Genebra, era cercada por muros altos e vigiada por câmeras de segurança. A docente olhou pelas grades do portão e viu de relance um gramado verde bem cuidado que ia até o pórtico de uma *villa* suntuosa em estilo italiano. Imediatamente, um homem veio pisando forte na direção dela pela entrada de veículos, um dos brutamontes da Range Rover, sem dúvidas. E não fez esforço para esconder que tinha uma arma dentro da jaqueta.

— *Propriété privée!* — gritou, num francês carregado.

— *Excusez-moi* — murmurou Beatrice, e se afastou em silêncio.

A fase seguinte de sua investigação começou na manhã de segunda-feira, quando ela embarcou em três dias de observação minuciosa de sua aluna misteriosa. Notou que Jihan, quando chamada em sala de aula, às vezes, demorava a responder. Também viu que a menina não tinha feito amizades, nem chegado a tentar. Beatrice percebeu, enquanto fingia elogiá-la por um ensaio mediano, que Jihan tinha apenas um conhecimento superficial do Egito. Sabia que Cairo era uma cidade grande cortada por um rio, mas pouco além disso. Seu pai, disse ela, era muito rico. Construía arranha-céus residenciais e comerciais. Como era amigo do presidente egípcio, a Irmandade Muçulmana não gostava dele, e era por isso que estavam radicados em Genebra.

— Para mim, faz sentido — disse Cecelia.

— Parece — respondeu Beatrice — algo que alguém inventou. Duvido que ela já tenha pisado no Cairo. Aliás, desconfio até de que seja egípcia.

Depois, Beatrice focou a mãe da garota. Ela a via quase sempre pelas janelas blindadas e escurecidas da limusine ou nas raras ocasiões em que a mulher saía do banco de trás para cumprimentar Jihan no átrio. Sua pele era mais clara que a da jovem, assim como o cabelo — era bonita, pensou, mas não exatamente no nível da menina. Aliás, Beatrice teve dificuldade de encontrar qualquer semelhança. Havia uma frieza escancarada na relação física das duas. Nenhuma vez ela testemunhou um beijo ou um abraço terno. Também detectou um desequilíbrio de poder. Era Jihan, não a mãe, que tinha a vantagem.

Quando novembro virou dezembro e as férias de inverno se aproximaram, Beatrice conspirou para marcar uma reunião com a mãe de sua pupila misteriosa. O pretexto era o desempenho de Jihan numa prova de ortografia e vocabulário em inglês — ela estava no terço inferior da turma, mas bem melhor que o jovem Callahan, filho de um oficial do corpo diplomático norte-americano e, supostamente, falante nativo do idioma. A professora redigiu um e-mail pedindo uma consulta segundo a conveniência da senhora Tantawi e mandou para o endereço que encontrou na ficha de matrícula. Quando vários dias se passaram sem resposta, ela reenviou. Nesse momento, recebeu uma suave reprimenda de David Millar, o diretor. Aparentemente, a senhora Tantawi não desejava ter contato direto com os professores da filha. Ela, então, deveria encaminhar suas preocupações por e-mail ao próprio David, que levaria as questões à senhora Tantawi. Apesar de ela saber que ele, provavelmente, conhecia a identidade de Jihan, tinha certeza que era melhor não tocar no assunto. Era mais fácil arrancar segredos de um banqueiro suíço do que do discreto diretor da Escola Internacional de Genebra.

Portanto, só sobrava Lucien Villard, o líder de segurança francês da escola. Beatrice foi falar com ele numa sexta-feira à tarde, durante seu tempo livre. O escritório dele ficava no porão do castelo, ao lado do cubículo ocupado pelo russo esquisito que cuidava dos computadores da instituição. Lucien era magro e robusto, e parecia ter menos que seus 48 anos. Metade das funcionárias da escola o desejava, inclusive Cecelia Halifax, que tinha, em vão, chegado a dar em cima dele antes de começar a sair com seu gênio da matemática teutônico de sandálias.

— Eu estava aqui pensando — disse Beatrice, apoiando-se com um relaxamento fingido no batente da porta aberta de Lucien — se poderíamos dar uma palavrinha sobre a recém-chegada.

Lucien a olhou friamente do outro lado da mesa.

— Jihan? Por quê?

— Porque estou preocupada com ela.

Lucien colocou uma pilha de papéis em cima de um celular que estava no mata-borrão. Beatrice não podia ter certeza, mas achou que era um modelo diferente do que ele costumava usar.

— Ficar preocupado com Jihan é trabalho meu, senhorita Kenton. Não seu.

— Esse não é o nome verdadeiro dela, né?

— De onde você tirou uma ideia dessas?

— Sou professora dela. Os professores veem coisas.

— Talvez você não tenha lido a anotação no arquivo de Jihan sobre conversas e fofocas. Eu a aconselharia a seguir as instruções. Senão, serei obrigado a levar esta questão ao Monsieur Millar.

— Desculpe, não quis...

Lucien levantou a mão.

— Não se preocupe, senhorita Kenton. É *entre nous*.

Duas horas depois, enquanto a prole da elite diplomática global atravessava, cambaleante, o átrio do castelo, Beatrice analisava-a do vitral da sala dos professores. Como sempre, Jihan estava entre as últimas a sair. Não, pensou ela, não Jihan. *A recém-chegada...* Ela saltitava de leve pelos paralelepípedos, balançando sua bolsa de livros, aparentemente sem notar a presença de Lucien Villard a seu lado. A mulher esperava ao lado da porta aberta da limusine. A menina passou por ela quase sem olhá-la e sentou-se no banco de trás. Era a última vez que Beatrice a veria.

2

NOVA YORK

Sarah Bancroft soube que tinha cometido um erro terrível no instante em que Brady Boswell pediu um segundo martíni. Jantavam na Casa Lever, um restaurante italiano na Park Avenue decorado com uma pequena parte da coleção de reproduções de Warhol do proprietário. Brady Boswell escolhera. Diretor de um museu modesto, ainda que conceituado, em St. Louis, ele ia a Nova York duas vezes por ano para comparecer aos leilões mais importantes e saborear os deleites gastronômicos da cidade, em geral, às custas dos outros. Sarah era a vítima perfeita. Tinha 43 anos, era loura de olhos azuis, brilhante e solteira. Mais importante, era de conhecimento geral no incestuoso mundo de arte nova-iorquino que ela tinha acesso a um poço sem fundo de dinheiro.

— Tem certeza de que não vai me acompanhar? — perguntou Boswell, levando a taça cheia até os lábios úmidos. Sua pele era da cor de salmão assado, e seus cabelos, grisalhos, penteados para o lado para cobrir meticulosamente a careca. Sua gravata-borboleta estava torta, bem como seus óculos de aro de tartaruga. Por trás deles, piscava um par de olhos lacrimejantes. — Eu realmente detesto beber sozinho.

— É uma da tarde.

— Você não bebe no almoço?

Não mais, mas ela ficou tremendamente tentada a renunciar a seu voto de abstinência diurna.

— Vou para Londres — disparou Boswell.

— É mesmo? Quando?

— Amanhã à noite.

Já vai tarde, pensou Sarah.

— Você estudou lá, não?

— No Courtauld — falou Sarah, levantando a mão num gesto de defesa.

Não queria passar o almoço revisando seu currículo. Era, como o tamanho de sua conta bancária, algo bem conhecido no mundo de arte de Nova York. Pelo menos, em parte.

Formada na Faculdade de Dartmouth, Sarah Bancroft estudara história da arte no famoso Courtauld Institute of Art em Londres antes de concluir um doutorado em Harvard. Sua educação cara, financiada exclusivamente pelo pai, um banqueiro de investimentos do Citigroup, garantiu-lhe uma posição de curadora no Phillips Collection, em Washington, D.C., que lhe pagava uma mixaria. Ela saiu do Phillips sob circunstâncias ambíguas e, como um Picasso adquirido num leilão por um comprador misterioso, desapareceu de vista. Durante esse período, trabalhou para a CIA e empreendeu algumas missões secretas perigosas em nome de um agente israelense lendário chamado Gabriel Allon. Agora, ela era funcionária do Museum of Modern Art (MoMA), onde supervisionava a principal atração da instituição — uma coleção fascinante de obras modernas e impressionistas, avaliada em cinco bilhões de dólares, do espólio da falecida Nadia al-Bakari, filha de um investidor saudita incrivelmente rico, Zizi al-Bakari.

Isso tudo ajudava a explicar por que Sarah estava almoçando com um tipo como Brady Boswell para começo de conversa.

Ela concordara em emprestar várias obras menores da coleção para o Museu de Arte do Condado de Los Angeles. Brady Boswell queria ser o próximo da fila. Não ia acontecer, e ele sabia disso. Seu museu não tinha a proeminência e o pedigree necessários. E assim, após fazerem os pedidos do almoço, ele adiou a rejeição inevitável com papo furado. Sarah ficou aliviada. Não gostava de conflitos. Batera sua cota da vida toda. De duas, aliás.

— Ouvi um boato dos bons sobre você outro dia.
— Só um?

Boswell sorriu.

— E qual era o assunto dessa vez?
— Que você está fazendo um bico.

Treinada na arte do fingimento, Sarah escondeu com facilidade seu desconforto.

— Ah, é? Que tipo de bico?

Boswell se inclinou para a frente e baixou a voz para um sussurro de confidência.

— De conselheira secreta do KBM. — KBM eram as iniciais internacionalmente conhecidas do futuro rei da Arábia Saudita. — Fiquei sabendo que foi você que deixou que ele gastasse meio bilhão de dólares naquele Leonardo questionável.

— Não é um Leonardo *questionável*.
— Então, é verdade!
— Não seja ridículo, Brady.
— Uma negação sem negar — falou ele, com uma suspeita justificada.

Sarah levantou a mão direita como se num juramento solene.

— Não sou nem nunca fui conselheira de arte de Khalid bin Mohammed.

Boswell claramente duvidava. Durante a sobremesa, ele finalmente puxou o assunto do empréstimo. Sarah fingiu objetividade antes de informar a Boswell que sob nenhuma circunstância emprestaria a ele uma única pintura da Coleção al-Bakari.

— E um ou dois Monets? Um dos Cézannes?

— Desculpe, mas está fora de cogitação.

— Um Rothko? Você tem tantos, não vai fazer falta.

— Brady, por favor.

Eles terminaram o almoço amigavelmente e se despediram na calçada da Park Avenue. Sarah decidiu caminhar de volta ao museu. O inverno finalmente havia chegado a Manhattan após um dos outonos mais quentes da história recente. Só Deus sabia como seria o ano seguinte. O planeta parecia estar oscilando entre os extremos. Sarah também. Soldada secreta na guerra global ao terror num dia, cuidadora de uma das maiores coleções de arte do mundo no outro. A vida dela não tinha meio-termo.

Quando virou na 53th, percebeu, subitamente, que estava entediada. Era invejada por todo o mundo da arte, verdade. Mas a Coleção Nadia al-Bakari, apesar de todo o glamour e da agitação da abertura, andava sozinha. Sarah emprestava apenas seu belo rostinho. Nos últimos tempos, estava tendo almoços demais com homens tipo Brady Boswell.

Enquanto isso, sua vida pessoal murchava. Por algum motivo, apesar de uma agenda lotada de eventos beneficentes e recepções, ela não tinha conseguido conhecer um homem com a idade ou as conquistas profissionais adequadas. Ah, sim, ela encontrava muitos homens de 40 e poucos anos, mas eles não tinham interesse num relacionamento sério — meu Deus, como ela odiava essa expressão — com uma mulher de idade similar à deles. Depois dos 40, queriam uma ninfeta de 23, uma daquelas criaturas lânguidas que desfilavam por Manhattan com suas leggings e seus tapetes de ioga. Sarah temia estar entrando na categoria de segundas esposas. Em seus piores momentos, via-se nos braços de um homem rico de

63 anos que tingia o cabelo e tomava injeções regulares de Botox e testosterona. Os filhos do primeiro casamento dele considerariam Sarah uma destruidora de lares e a desprezariam. Depois de prolongados tratamentos de fertilidade, ela e seu marido envelhecido conseguiriam ter um filho único, que ela, após a morte trágica do companheiro na quarta tentativa de escalar o Everest, criaria sozinha.

O barulho da multidão no pátio do MoMA melhorou, temporariamente, o ânimo de Sarah. A Coleção Nadia al-Bakari ficava no segundo andar; o escritório de Sarah, no quarto. Seu registro telefônico mostrava doze ligações perdidas. Eram as de sempre — pedidos de imprensa, convites para coquetéis e aberturas de galerias, e um repórter de uma página de escândalos buscando fofocas.

A última mensagem era de alguém chamado Alistair Macmillan. Aparentemente, o senhor Macmillan queria um tour privado da coleção com o museu fechado. Não tinha deixado informações de contato. Não importava; Sarah era uma das únicas pessoas do mundo que sabia o número particular dele. Ela hesitou antes de discar. Eles não se falavam desde Istambul.

— Achei que você não retornaria minha ligação. — O sotaque era uma combinação de Arábia e Oxford. O tom era calmo, com um traço de exaustão.

— Eu estava almoçando — respondeu Sarah, calmamente.

— Num restaurante italiano na Park Avenue com uma criatura chamada Brady Boswell.

— Como você sabe?

— Dois homens meus estavam a algumas mesas de distância.

Sarah não os notara. Obviamente, suas habilidades de contravigilância tinham se deteriorado desde que saíra da CIA havia oito anos.

— Você pode marcar? — perguntou ele.

— O quê?

— Um tour privado da Coleção al-Bakari, é claro.

— Má ideia, Khalid.

— Foi o que meu pai falou quando contei a ele que queria dar às mulheres do meu país o direito de dirigir.

— O museu fecha às 17h30.

— Nesse caso — disse ele —, pode me esperar às 18 horas.

3
NOVA YORK

Foi o *Tranquility*, o segundo maior iate do mundo, que fez até os defensores mais ferrenhos de Khalid no Ocidente pararem para pensar. O futuro rei tinha visto a embarcação pela primeira vez, ou era o que se contava, do terraço da *villa* de férias de seu pai em Mallorca. Cativado pelas linhas elegantes da embarcação e por suas luzes azuis neon, ele despachou, no mesmo instante, um emissário para sondar uma possível intenção de venda do proprietário. O oligarca bilionário russo Konstantin Dragunov sabia reconhecer uma oportunidade e exigiu quinhentos milhões de euros. O herdeiro do trono concordou, desde que o russo e seu grande grupo saíssem imediatamente do iate. Eles o fizeram usando o helicóptero da embarcação, incluído no preço de venda. O futuro rei, ele mesmo um empresário implacável, mandou uma conta exorbitante ao russo pelo combustível.

KBM esperava, talvez ingenuamente, que a compra do iate ficasse em segredo até que ele pudesse achar as palavras para explicar isso a seu pai. Mas, 48 horas depois de tomar posse da embarcação, um tabloide de Londres publicou um relato muitíssimo preciso da história, presumivelmente, com a assistência de ninguém menos que o oligarca russo. A mídia oficial da Arábia Saudita fez vista grossa, mas a matéria incendiou as redes sociais e a blogosfera subversiva. Devido a uma queda no preço do óleo, o futuro monarca tinha imposto medidas sérias de austeridade a seus súditos repletos de regalias, reduzindo seu padrão de vida outrora confortável.

Mesmo num país onde a gulodice real era uma característica permanente da vida nacional, a avareza do futuro rei não caiu bem.

Seu nome completo era Khalid bin Mohammed bin Abdulaziz Al Saud. Criado num palácio enfeitado do tamanho de um quarteirão urbano, ele frequentou uma escola reservada para membros homens da família real e cursou economia em Oxford, na Inglaterra. Flertou com mulheres ocidentais e bebeu muito álcool proibido. Desejava permanecer no Ocidente. Mas quando seu pai assumiu o trono e voltou à Arábia Saudita para tornar-se ministro da Defesa, uma façanha e tanto para um homem que nunca vestira um uniforme militar nem segurara uma arma que não fosse um falcão.

O jovem príncipe imediatamente lançou uma guerra por procuração devastadora e custosa contra o representante do Irã no vizinho Iêmen, e impôs ao Qatar um bloqueio que mergulhou a região do Golfo numa crise. Além disso, ele tramou dentro da corte real para enfraquecer seus rivais, tudo com a benção de seu pai, o rei. Envelhecido e sofrendo de diabetes, o governante sabia que seu reinado não seria longo. Era costumeiro na Casa de Saud que irmão sucedesse irmão. Mas o rei quebrou essa tradição designando seu filho como príncipe herdeiro e, portanto, o próximo na linha de sucessão ao trono. Com apenas 33 anos, ele se tornou o governante efetivo da Arábia Saudita, líder de uma família cujo patrimônio líquido era de mais de um trilhão de dólares.

Mas Khalid sabia que a riqueza de seu país era em grande parte um milagre; que sua família tinha desperdiçado uma montanha de dinheiro em palácios e quinquilharias; que, dentro de vinte anos, quando a transição de combustíveis fósseis para fontes renováveis

A HERDEIRA

de energia estivesse completa, o óleo embaixo do solo da Arábia Saudita teria tanto valor quanto a areia de cima. Sem nenhuma intervenção, o reino voltaria ao que já foi, uma terra árida de nômades do deserto em guerra.

Para poupar seu país desse futuro calamitoso, ele decidiu arrancá-lo do século VII para o século XXI. Assim, contratou uma consultoria norte-americana, que produziu um manual econômico intitulado grandiosamente *O caminho para o futuro*. Ele trazia a visão de uma economia saudita moderna impulsionada por inovação, investimento estrangeiro e empreendedorismo. Seus cidadãos paparicados já não poderiam contar com empregos governamentais e benefícios vitalícios. Em vez disso, precisariam de fato trabalhar para sobreviver e estudar algo além do Alcorão.

O príncipe herdeiro entendia que a mão de obra dessa nova Arábia Saudita não podia ser composta apenas de homens. Mulheres também seriam necessárias, o que significava que as algemas religiosas que as prendiam num estado de quase escravidão teriam de ser abertas. Ele lhes concedeu o direito de dirigir, algo havia muito proibido, e lhes permitiu ir a eventos esportivos em que houvesse homens presentes.

Mas ainda não estava satisfeito. Queria reformar a própria religião. Jurou fechar a torneira de dinheiro que financiava a expansão global do wahabismo, a versão saudita puritana do Islã sunita, e combater o apoio particular do seu povo a grupos terroristas jihadistas como a al-Qaeda e o Estado Islâmico (EI). Quando um importante colunista do *The New York Times* escreveu um perfil elogioso do jovem príncipe e suas ambições, o clero saudita, os ulemás, espumou de raiva.

Khalid bin Mohammed prendeu alguns dos religiosos mais radicais e, de forma insensata, também alguns dos moderados, além de apoiadores da democracia e dos direitos das mulheres, e qualquer um tolo o bastante para criticá-lo. Chegou a recolher mais de cem membros da família real e da elite empresarial e trancá-los no hotel Ritz-Carlton. Em salas sem janelas, foram submetidos a duros interrogatórios, às vezes conduzidos pelo próprio príncipe. Todos acabaram sendo liberados, mas só depois de entregar mais de 100 bilhões de dólares. Ele alegou que o dinheiro era fruto de subornos e esquemas de propina. A velha forma de fazer negócios no Reino, declarou ele, chegara ao fim.

Com exceção, é claro, dele próprio. Khalid acumulava sua fortuna pessoal num ritmo delirante e a gastava na mesma velocidade. Comprava o que queria, e o que não conseguia, simplesmente tomava. Aqueles que se recusavam a dobrar-se à sua vontade recebiam um envelope contendo uma única bala calibre .45.

Essa postura fez com que o Ocidente reavaliasse sua relação com a Arábia Saudita. Seria KBM um verdadeiro reformista?, perguntaram-se os criadores de políticas públicas e especialistas em Oriente Médio, ou apenas mais um sheik do deserto que trancafiava seus oponentes e enriquecia às custas de seu povo? Ele realmente pretendia recuperar a economia saudita? Acabar com o apoio do reino ao fanatismo e terrorismo islâmicos? Ou estava apenas tentando impressionar os intelectuais de Georgetown e Aspen?

Por motivos que Sarah não conseguia explicar a amigos e colegas no mundo da arte, ela, inicialmente, colocou-se entre os céticos. E, portanto, ficou reticente quando Khalid, durante uma visita a Nova York, pediu para encontrá-la. Sarah concordou com o convite, mas só depois de uma consulta à divisão de segurança de Langley, que a protegia de longe.

Marcaram numa suíte do Four Seasons, sem guarda-costas nem assistentes. Sarah tinha lido as muitas matérias sobre KBM nos jornais e visto fotos dele usando robe e turbante tradicionais sauditas. Em seu terno inglês bem cortado, porém, ele era uma figura muito mais impressionante — eloquente, culto, sofisticado, exalando confiança e poder. E, claro, dinheiro. Uma quantidade inimaginável de dinheiro. Pretendia usar uma pequena porção, explicou, para adquirir uma coleção de pinturas de primeira linha. Desejava que Sarah fosse sua conselheira.

— O que você pretende fazer com essas telas?

— Pendurar num museu que vou construir em Riad. Vai ser — declarou, com orgulho — o Louvre do Oriente Médio.

— E quem vai visitar esse seu Louvre?

— As mesmas pessoas que visitam o de Paris.

— Turistas?

— Sim, claro.

— Na Arábia Saudita?

— Por que não?

— Porque os únicos que vocês permitem são os peregrinos muçulmanos que visitam Meca e Medina.

— Por enquanto — disse ele, incisivamente.

— Por que eu?

— Você não é curadora da Coleção Nadia al-Bakari?

— Nadia era reformista.

— Eu também.

— Sinto muito — falou ela. — Não estou interessada.

Um homem como Khalid bin Mohammed não estava acostumado à rejeição. Perseguiu Sarah de forma implacável, com ligações, flores e presentes luxuosos, todos rejeitados. Quando ela finalmente cedeu, insistiu que seu trabalho seria *pro bono*. Embora estivesse intrigada pelo homem conhecido como KBM, seu próprio passado não lhe permitiria aceitar um único riyal da Casa de Saud. Além do mais, para o bem dos dois, a relação seria estritamente confidencial.

— De que devo chamá-lo? — perguntou ela.

— Pode ser de Vossa Alteza Real.

— Tente de novo.

— Que tal Khalid?

— Bem melhor.

Eles foram ágeis e agressivos em leilões e vendas privadas — pós-guerra, impressionistas, os velhos mestres. Negociavam pouco. Sarah dava o preço e um dos cortesãos de Khalid cuidava do pagamento e dos arranjos de transporte. Eles conduziram sua maratona de compras da forma mais discreta possível e com o subterfúgio de espiões. Ainda assim, não demorou para o mundo da arte perceber que havia uma nova figura importante na jogada, em especial depois de Khalid dar um belo meio bilhão pelo *Salvator Mundi*, de Leonardo da Vinci. Sarah o tinha aconselhado a não fazer isso. Nenhum quadro, argumentou, exceto talvez a *Mona Lisa*, valia esse dinheiro.

Durante a montagem da coleção, ela passou muitas horas sozinha com Khalid. Ele lhe falou sobre seus planos para a Arábia Saudita, às vezes, usando-a para testar suas ideias. Gradualmente, o ceticismo dela diminuiu. Khalid, pensou ela, era um instrumento falho. Mas, se fosse capaz de trazer mudança real e duradoura à Arábia Saudita, o Oriente Médio e o mundo islâmico em geral nunca mais seriam o mesmo.

Tudo isso mudou depois de Omar Nawwaf.

Nawwaf era um importante jornalista e dissidente saudita refugiado em Berlim. Crítico da Casa de Saud, ele não era fã de Khalid; considerava-o um charlatão que sussurrava palavras doces no ouvido de ocidentais ingênuos enquanto aumentava sua fortuna e prendia seus críticos. Dois meses antes, Nawwaf fora brutalmente assassinado dentro do consulado saudita em Istambul, e seu corpo, desmembrado para ser eliminado.

Revoltada, Sarah Bancroft esteve entre os que cortaram laços com o outrora promissor jovem príncipe que respondia pelas iniciais KBM.

— Você é igualzinho ao resto — disse ela a Khalid numa mensagem de voz. — E, por sinal, Vossa Alteza Real, espero que apodreça no inferno.

4
NOVA YORK

O primeiro anúncio chegou alguns minutos após as cinco da tarde. Em tom educado, ele avisava aos frequentadores que o museu fecharia em breve, e os convidava a começar a se dirigir para a saída. Às 17h25, todos tinham obedecido, exceto por uma mulher com olhar transtornado que não conseguia se afastar de *A Noite Estrelada*, de Van Gogh. Um segurança a acompanhou gentilmente até a rua no fim da tarde antes de vasculhar o museu sala a sala para garantir que estivesse livre de algum ladrão de arte esperto que tivesse ficado para trás.

O aviso de "tudo certo" saiu às 17h45. Nesse ponto, a maioria da equipe administrativa já tinha ido embora. Portanto, ninguém testemunhou a chegada, na 53th Street, de uma caravana de três SUVs pretas com placas diplomáticas. Khalid, usando um terno e um sobretudo escuro, emergiu da segunda e caminhou rapidamente pela calçada até a entrada. Sarah, após um momento de hesitação, o deixou entrar. Eles se fitaram na meia-luz do átrio antes de Khalid estender a mão para cumprimentá-la. Sarah não correspondeu o gesto.

— Estou surpresa de terem permitido sua entrada no país. Eu não posso mesmo ser vista com você, Khalid.

Ainda com a mão pairando entre os dois, ele falou, em voz baixa:

— Não sou responsável pela morte de Omar Nawwaf. Você precisa acreditar em mim.

— Certa vez, acreditei, sim. E muitas outras pessoas neste país também. Gente importante. Queríamos crer que você era, de alguma forma, diferente, que ia mudar seu país e o Oriente Médio. E você nos fez de tolos.

Por fim, Khalid recolheu a mão.

— O que está feito não pode ser desfeito, Sarah.

— Então, por que está aqui?

— Achei que tinha deixado claro quando falamos ao telefone.

— E eu achei que tinha deixado claro que era para você nunca mais me ligar.

— Ah, sim, eu lembro.

Do bolso do sobretudo, ele tirou seu telefone e tocou a última mensagem de Sarah.

E, por sinal, Vossa Alteza Real, espero que apodreça no inferno.

— Com certeza — disse ela —, não fui a única que deixou uma mensagem assim.

— Não. — Khalid guardou o telefone de volta no bolso. — Mas a sua doeu mais.

Sarah ficou intrigada.

— Por quê?

— Porque eu confiava em você. E porque achei que entendia como ia ser difícil mudar meu país sem mergulhá-lo no caos político e religioso.

— Isso não significa que você tem direito de assassinar alguém que o criticou.

— Não é tão simples assim.

— Ah, não?

Ele não respondeu. Sarah via que algo o incomodava, algo maior do que a humilhação que ele deve ter sentido com sua queda em desgraça.

— Posso ver? — pediu ele.

— A coleção? É realmente por isso que está aqui?

Ele adotou uma expressão de levemente ofendido.

— Claro que sim.

Ela o conduziu até o andar da Ala al-Bakari. O retrato de Nadia, pintado pouco após a morte dela no deserto de Rub' al-Khali, na Arábia Saudita, estava pendurado na entrada.

— Ela tinha intenções verdadeiras — disse Sarah. — Não era uma fraude como você.

Khalid a analisou antes de virar-se para o retrato. Nadia estava sentada na ponta de um longo sofá, vestida de branco, com um fio de pérolas ao redor do pescoço e os dedos enfeitados com diamante e ouro. Um relógio brilhava como a luz do luar acima do ombro dela. Havia orquídeas a seus pés descalços. O estilo era uma mescla hábil de contemporâneo e clássico. A técnica e a composição eram impecáveis.

Khalid deu um passo à frente e estudou o canto inferior direito da tela.

— Não tem assinatura.

— O artista nunca assina seu trabalho.

Khalid apontou para a placa de informação ao lado do quadro.

— E também não há menção a ele.

— Ele quis ficar anônimo para não ofuscar sua modelo.

— É famoso?

— Em alguns círculos.

— Você o conhece?

— Sim, claro.

Os olhos de Khalid voltaram à pintura.

— Ela posou para ele?

— Na verdade, nesse caso bastou a memória.

— Sem nem uma fotografia?

Sarah fez que não.

— Impressionante. Ele devia admirá-la, para pintar algo tão lindo. Infelizmente, nunca tive o prazer de conhecê-la. Ela tinha uma reputação e tanto quando era jovem.

— Mudou muito depois da morte do pai.

— Zizi al-Bakari não *morreu*. Ele foi assassinado a sangue frio no Porto Velho de Cannes por um assassino israelense chamado Gabriel Allon. — Khalid sustentou o olhar de Sarah por um momento antes de entrar na primeira sala, uma das quatro dedicadas ao impressionismo. Aproximou-se de um Renoir, admirando-o com inveja. — Essas pinturas deveriam estar em Riad.

— Nadia as confiou permanentemente ao MoMA e me nomeou como cuidadora. Elas vão ficar exatamente onde estão.

— Talvez você pudesse me deixar comprá-las.

— Não estão à venda.

— Tudo está à venda, Sarah. — Ele sorriu brevemente. Era um esforço, ela conseguia ver. Khalid pausou diante do quadro seguinte, uma paisagem de Monet e, então, observou a sala. — Nada de Van Gogh?

— Não.

— Um pouco estranho, não acha?

— O quê?

— Uma coleção dessas ter um furo tão flagrante?

— Um Van Gogh de qualidade é difícil de encontrar.

— Não é o que minhas fontes me relataram. Aliás, algumas afirmaram que Zizi possuiu por um tempo um Van Gogh pouco conhecido chamado *Marguerite Gachet à sua penteadeira*. Comprou de uma galeria em Londres. — Khalid estudou Sarah com atenção. — Devo continuar?

Sarah não disse nada.

— A galeria é de propriedade de um homem chamado Julian Isherwood. Na época da venda, uma americana trabalhava lá. Aparentemente, Zizi ficou muito encantado com ela e a convidou a ir com ele em seu cruzeiro anual de inverno no Caribe. O iate dele era bem menor que o meu. Chamava-se...

— *Alexandra* — disse Sarah, cortando-o. Então, perguntou: — Há quanto tempo você sabe?

— Que minha conselheira de arte é oficial da CIA?

— *Era*. Não trabalho mais para a Agência. E não trabalho mais para você.

— E os israelenses? — Ele sorriu. — Você acha mesmo que eu teria permitido que você chegasse perto de mim sem primeiro investigar seu histórico?

— E mesmo assim foi atrás de mim.

— Fui, de fato.

— Por quê?

— Porque eu sabia que, um dia, você poderia me ajudar com mais do que só minha coleção de arte. — Khalid passou por Sarah sem mais nenhuma palavra e parou diante do retrato de Nadia. — Sabe como entrar em contato com ele?

— Com quem?

— O homem que produziu essa pintura sem uma fotografia para guiar sua mão. — Khalid apontou para o canto inferior direito da tela. — O homem cujo nome deveria estar bem aqui.

— Você é o príncipe herdeiro da Arábia Saudita. Por que precisa que eu entre em contato com o chefe do serviço secreto de inteligência israelense?

— Minha filha — respondeu ele. — Alguém levou minha filha.

5

ASHTARA, AZERBAIJÃO

A ligação de Sarah Bancroft a Gabriel Allon naquela noite não foi atendida, pois, como muitas vezes acontecia, ele estava em campo. Devido à natureza sensível de sua missão, só o primeiro-ministro e um punhado de seus oficiais sêniores mais confiáveis sabiam onde ele estava — em uma *villa* mediana com paredes cor de ocre, bem à beira do mar Cáspio. Atrás da propriedade, terrenos agrícolas retangulares se estendiam na direção dos pés da cordilheira do Cáucaso a oeste. No topo de um dos morros, havia uma pequena mesquita. Cinco vezes por dia, o alto-falante crepitante convocava os fiéis a rezar. Independentemente de sua longa rixa com as forças do Islã radical, Gabriel achava o som da voz do muezim reconfortante. Naquele momento, ele não tinha amigo melhor no mundo do que os cidadãos muçulmanos do Azerbaijão.

A *villa* estava no nome de um grupo imobiliário baseado em Baku. Seu verdadeiro dono, porém, era o departamento de Governança do serviço de inteligência israelense, que buscava e administrava propriedades seguras. O arranjo tinha sido abençoado em segredo pelo chefe do serviço de segurança azerbaijano, com quem Gabriel cultivava uma relação incomumente próxima. O vizinho

A HERDEIRA

do Azerbaijão ao sul era a República Islâmica do Irã. Inclusive, a fronteira ficava a apenas cinco quilômetros da *villa*, o que explicava por que Gabriel não tinha posto o pé para fora dos muros desde sua chegada. Se o Corpo da Guarda Revolucionária Iraniana soubesse de sua presença, sem dúvida teria montado uma tentativa de assassiná-lo ou sequestrá-lo. O chefe do serviço secreto de inteligência israelense não se ressentia do ódio que tinham dele. Eram as regras do jogo numa vizinhança barra-pesada. Além do mais, se tivesse a chance de matar o chefe da Guarda Revolucionária, ele teria puxado o gatilho alegremente.

A *villa* à beira-mar não era o único ativo logístico à disposição de Gabriel no Azerbaijão. O Escritório, como era conhecido o serviço por quem trabalhava lá, também mantinha uma pequena frota de barcos de pesca, navios de carga e lanchas rápidas, tudo devidamente registrado no país. As embarcações iam e viam regularmente entre portos azerbaijanos e a costa iraniana, onde inseriam agentes e equipes operacionais do Escritório e pegavam valiosos ativos iranianos dispostos a fazer a vontade de Israel.

Um ano antes, um desses ativos, um homem que trabalhava no interior do programa secreto de armas nucleares do Irã, tinha sido levado de barco à *villa* em Ashtara. Ele contara a Gabriel sobre um armazém num distrito comercial sem graça de Teerã. O armazém continha 32 cofres de fabricação própria. Dentro, centenas de disquetes e milhões de páginas de documentos. A fonte alegava que o material era prova conclusiva do que o Irã negava fazia tempo: que tinha trabalhado de forma metódica e incansável para construir um aparato de implosão nuclear e conectá-lo em um sistema de entrega capaz de alcançar Israel e além.

Durante quase um ano, o Escritório estivera observando o armazém com vigilância presencial e câmeras em miniatura. Tinha ficado sabendo que o primeiro turno de seguranças chegava toda manhã às sete. Também descobrira que, a partir de 22 horas, o armazém só era protegido pelas trancas nas portas e pelo muro ao redor. Gabriel Allon e Yaakov Rossman, chefe de operações especiais, concordavam que a equipe permaneceria lá dentro até não mais do que cinco da manhã. A fonte tinha dito quais cofres abrir e quais ignorar. Devido ao método de entrada — maçaricos que queimavam a mais de 1.900 graus Celsius —, não havia como disfarçar a operação. Portanto, o chefe tinha ordenado que a equipe não copiasse o material relevante, mas o roubasse. Originais eram mais difíceis de ser explicados. Além disso, a audácia de se apossar dos arquivos nucleares do Irã e os contrabandear para fora do país humilharia o regime frente à massa. Não tinha nada que Gabriel amasse mais do que envergonhar os iranianos.

Roubar os documentos originais aumentava exponencialmente o risco da operação. Cópias criptografadas podiam ser tiradas do país em alguns pen-drives de alta capacidade, mas os originais seriam bem mais difíceis de mover e esconder. Um ativo iraniano do Escritório tinha comprado um caminhão de carga. Se os guardas do armazém seguissem seus horários normais, a equipe teria uma vantagem de duas horas. Pela cordilheira Elbruz, sua rota os levaria da periferia de Teerã até a orla do Cáspio. O ponto de extração seria uma praia próxima à cidade de Babolsar. O alternativo ficava alguns quilômetros a oeste, em Khazar Abad. Todos os 16 membros da equipe planejavam ir embora juntos. A maioria era composta de judeus iranianos que falavam farsi e podiam facilmente se passar por nativos persas. O líder, porém, era Mikhail Abramov, um oficial de origem russa que tinha cumprido inúmeras missões perigosas para o Escritório, incluindo o assassinato de um importante cientista iraniano no centro de Teerã. Mikhail, de toda a operação, era quem mais dava nas vistas. Na experiência do chefe, toda operação precisava de pelo menos uma pessoa assim.

Em outras épocas, Gabriel Allon teria feito parte daquela equipe. Nascido no vale de Jezreel, o terreno fértil que tinha produzido muitos dos melhores guerreiros e espiões israelenses, ele estava estudando pintura na Academia de Arte e Design Bezabel, em Jerusalém, em 1972, quando um homem chamado Ari Shamron foi vê-lo. Alguns dias antes, um grupo terrorista chamado Setembro Negro, uma fachada para a Organização para a Liberação da Palestina, tinha assassinado onze atletas e técnicos israelenses nos Jogos Olímpicos de Munique. A primeira-ministra Golda Meir ordenara que Shamron e o Escritório "mandassem os garotos" para caçar e assassinar os responsáveis. Shamron queria que Gabriel, fluente em alemão com sotaque de Berlim e capaz de posar convincentemente como artista, fosse seu instrumento de vingança. O pupilo, com a ousadia da juventude, tinha dito para Shamron achar outra pessoa. E, não pela última vez, ele fizera Gabriel dobrar-se à sua vontade.

A operação tinha o codinome Ira de Deus. Por três anos, Gabriel e uma pequena equipe de operadores tinham seguido suas presas pela Europa Ocidental e o Oriente Médio, matando-as à noite e em plena luz do dia, vivendo com medo de que a qualquer momento pudessem ser presos por autoridades locais e julgados como assassinos. No todo, doze membros do Setembro Negro morreram em suas mãos. O próprio Gabriel matou seis dos terroristas com uma Beretta calibre .22. Sempre que possível, ele atirava em suas vítimas onze vezes, uma bala para cada judeu morto. Ao voltar para Israel, suas têmporas estavam grisalhas de estresse e exaustão. Shamron as chamava de manchas de cinzas no príncipe de fogo.

A intenção de Gabriel era retomar sua carreira de artista, mas, sempre que se colocava diante de uma tela, só via os rostos dos homens que tinha matado. Assim, viajou a Veneza como um expatriado italiano chamado Mario Delvecchio para estudar a arte da restauração. Depois de terminar o curso, voltou ao Escritório e aos braços de Ari Shamron. Com o disfarce de um restaurador talentoso baseado na Europa, embora taciturno, ele eliminou alguns dos inimigos mais perigosos de Israel e executou algumas das operações mais célebres do Escritório. A desta noite entraria para a lista das melhores. Mas apenas se tivesse sucesso. *E se fracassasse?* Dezesseis agentes altamente treinados do Escritório seriam presos, torturados e, muito provavelmente, executados publicamente. Gabriel seria forçado a renunciar, um fim ingrato para uma carreira que era base de comparação para todas as outras. Era até possível que ele derrubasse o primeiro-ministro junto.

Por enquanto, o chefe não podia fazer nada a não ser esperar e sofrer de preocupação. A equipe tinha entrado no país na noite anterior e ido até uma rede de casas seguras em Teerã. Às 22h15 do horário local, Gabriel recebeu uma mensagem da Mesa de Operações no Boulevard Rei Saul, via link seguro, informando-o de que o último turno de guardas tinha saído do armazém. Ele ordenou que a equipe entrasse e, às 22h31, eles estavam dentro. Tinham seis horas e 29 minutos para abrir com fogo os cofres e capturar os arquivos nucleares. Era um minuto menos do que Gabriel esperava, um pequeno revés. Na experiência dele, cada segundo contava.

Allon era abençoado com uma paciência natural, uma característica que lhe servia tanto como restaurador quanto como agente de inteligência. Mas, naquela noite às margens do mar Cáspio, qualquer autocontrole o abandonou. Ele andou para cima e para baixo dos cômodos com poucos móveis da *villa*, murmurou para si mesmo, gritou coisas sem sentido para seus dois guarda-costas resignados. Pensou sobre todos os motivos pelos quais 16 de seus melhores oficiais nunca sairiam vivos do Irã. Só tinha certeza de uma coisa: se confrontada por forças iranianas, a equipe não se renderia tranquilamente. Gabriel tinha dado a Mikhail, ex-soldado do Sayeret

Matkal, ampla liberdade para lutar até sair do país, se necessário. Caso os iranianos interviessem, boa parte deles morreria.

Por volta das 4h45, horário de Teerã, uma mensagem piscou no link seguro. A equipe saíra do armazém com os arquivos e disquetes e estava em rota de fuga. A mensagem seguinte chegou às 5h39, enquanto eles se dirigiam à cordilheira Elbruz. Dizia que um dos seguranças tinha chegado cedo ao armazém. Trinta minutos depois, Gabriel soube que a Força de Aplicação da Lei da República Islâmica do Islã (NAJA), a força policial uniformizada do Irã, emitira um alerta nacional e estava bloqueando estradas em todo o país.

Ele saiu de fininho da *villa* e, à meia-luz do amanhecer, caminhou até a beira do lago. Nos morros baixos às suas costas, o muezim convocava os fiéis. *Orar é melhor do que dormir...* Naquele momento, Gabriel não podia concordar mais.

6

TEL AVIV

Quando viu que seu telefonema e mensagens não surtiriam nenhum efeito, Sarah Bancroft concluiu que sua única escolha seria pegar um voo de Nova York para Israel. Khalid providenciou tudo para que ela fizesse uma viagem discreta e, de certa forma, até luxuosa. O único inconveniente foi uma breve parada na Irlanda para abastecer. Proibida de usar qualquer uma de suas antigas identidades da CIA, passou pelo controle de imigração do Aeroporto Internacional de Bem Gurion com seu nome verdadeiro — que era bem conhecido dos serviços de inteligência e segurança do Estado de Israel — e seguiu com um chofer para o Tel Aviv Hilton. Khalid reservara a maior suíte do hotel.

Uma vez instalada, Sarah enviou outra mensagem para o celular pessoal de Gabriel, dessa vez informando que teve que se hospedar no Tel Aviv por conta própria para resolver assuntos urgentes.

A mensagem, como todas as outras, não foi respondida. Gabriel não costumava ignorá-la. Talvez tivesse mudado de número ou sido forçado a entregar seu celular pessoal. Também era possível que só estivesse ocupado demais. Afinal, era o chefe do serviço de inteligência de Israel, ou seja, uma das figuras mais poderosas e influentes do país.

Sarah, porém, sempre pensaria em Gabriel Allon como o homem frio e inacessível que encontrara pela primeira vez numa graciosa casa de tijolos vermelhos na N Street, em Georgetown. Ele tinha fuçado todas as portas trancadas do passado dela antes de perguntar se estava disposta a trabalhar para o Grupo Empresarial Jihad, que era como ele se referia a Zizi al-Bakari, investidor e facilitador do terror islâmico. Sarah teve a sorte de sobreviver à operação que se seguiu, e passou vários meses se recuperando numa casa segura da CIA no meio do nada na Virgínia do Norte. Apesar do trauma, quando Gabriel precisou de uma última peça numa operação contra um oligarca russo chamado Ivan Kharkov, Sarah agarrou a chance de trabalhar com ele de novo.

Em algum momento que ela não sabia ao certo, apaixonou-se por Gabriel. E, quando descobriu que ele não estava disponível, começou um caso imprudente com um agente de campo do Escritório chamado Mikhail Abramov. O relacionamento estava condenado desde o início; os dois tecnicamente eram proibidos de namorar oficiais de outros serviços. Até Sarah, ao analisar a situação friamente, admitia que o caso era uma tentativa transparente de punir Gabriel por rejeitá-la. Previsivelmente, acabou mal. Sarah só vira Mikhail mais uma vez desde então, numa festa em comemoração pela promoção de Gabriel a diretor-geral. Ele estava com uma linda médica judia francesa nos braços. Ela o cumprimentou com um aperto de mão em vez de um beijo.

Após mais uma hora sem resposta de Gabriel, Sarah desceu para caminhar pelo calçadão. O clima estava bom e suave, e algumas nuvens brancas gordas passavam como dirigíveis pelo límpido céu azul. Ela se dirigiu ao norte, passando por cafés badalados em frente à praia, por pessoas bronzeadas com roupa de laicra. Com seu cabelo louro e traços anglo-saxões, ela parecia levemente deslocada. O clima era secular na orla do Mediterrâneo, como no sul da Califórnia, em

Santa Monica. Era difícil imaginar que o caos e a guerra civil da Síria estavam logo do outro lado da fronteira. Ou que a apenas quinze quilômetros a leste, em cima de uma espinha ossuda de morros, ficavam algumas das mais inquietas vilas palestinas da Cisjordânia. Ou que a Faixa de Gaza, um trecho de miséria e ressentimento, ficava a menos de uma hora de carro para o sul. Na moderna Tel Aviv, pensou Sarah, os israelenses podiam ser perdoados por acreditar que o sonho do sionismo tinha sido conquistado sem custo.

Ela se afastou da praia e se perdeu pelas ruas, aparentemente sem propósito nem destino. Na verdade, utilizava uma manobra de detecção de vigilância ensinada tanto pela Agência quanto pelo Escritório. Na rua Dizengoff, ao sair de uma farmácia com um frasco de xampu de que não precisava, concluiu que estava sendo seguida. Não havia nada específico, nenhuma aparição confirmada, só uma sensação chata de estar sendo observada.

Ela caminhou pelas sombras frescas dos cinamomos. As calçadas estavam lotadas de gente que fazia compras no meio da manhã. *Rua Dizengoff...* O nome era familiar. Algo terrível tinha acontecido aqui, Sarah sabia. Então, lembrou. A rua Dizengoff tinha sido alvo, em outubro de 1994, de um atentado suicida do Hamas que matara 22 pessoas.

Uma pessoa se ferira na ocasião, uma analista de terrorismo do Escritório chamada Dina Sarid. Ela tinha, certa vez, descrito o atentado a Sarah. A bomba continha mais de 18 quilos de TNT de uso militar e pregos embebidos em veneno de rato. Explodiu às nove da manhã, a bordo do ônibus Número 5. A força da explosão jogou membros humanos decepados para dentro dos cafés próximos. Por muito tempo, pingou sangue das folhas dos cinamomos.

Choveu sangue naquela manhã na rua Dizengoff, Sarah...

Mas onde, exatamente, tinha acontecido? O ônibus acabara de pegar vários passageiros na praça Dizengoff e seguia para o norte.

Sarah checou sua posição atual no iPhone. Então, atravessou a rua e continuou para o sul até encontrar um pequeno memorial cinza na base de um cinamomo. A árvore era muito mais baixa que as outras da rua, e mais jovem.

Ela se aproximou do memorial e observou os nomes das vítimas. Estavam escritos em hebraico.

— Você consegue ler?

Assustada, Sarah se virou e viu um homem parado na calçada sob um foco de luz matizada. Ele era alto e longilíneo, com cabelo claro e pele pálida. Óculos escuros escondiam seus olhos.

— Não — respondeu Sarah, enfim. — Não consigo.

— Você não fala hebraico? — O inglês do homem continha um traço inequívoco de sotaque russo.

— Estudei brevemente, mas parei.

— Por quê?

— É uma longa história.

O homem agachou diante do memorial.

— Aqui estão os nomes que você está buscando. Sarid, Sarid, Sarid. — Ele olhou para cima, para Sarah. — A mãe e as duas irmãs de Dina.

Ficou de pé e levantou os óculos escuros, revelando os olhos. Eram azul-acinzentados e translúcidos — como gelo glacial, pensou Sarah. Ela sempre amara os olhos de Mikhail.

— Há quanto tempo está me seguindo?

— Desde que saiu do seu hotel.

— Por quê?

— Para ver se havia *mais* alguém atrás de você.

— Contravigilância.

— Temos uma palavra diferente para isso.

— Sim — disse Sarah. — Eu lembro.

Naquele momento, uma SUV preta encostou no meio-fio. Um jovem de colete cáqui saiu do banco do carona e abriu a porta traseira.

— Entre — disse Mikhail.

— Aonde vamos?

Ele não respondeu. Sarah sentou-se no banco de trás e observou um ônibus Número 5 passar ao lado de sua janela escura. Não importava para onde estavam indo, pensou. Seria uma viagem bem longa.

TEL AVIV–NETANYA

— Gabriel não podia ter achado outra pessoa para me trazer?
— Eu me ofereci.
— Por quê?
— Queria evitar outra cena desconfortável.

Sarah olhou pela janela. Estavam dirigindo pelo coração da versão israelense do Vale do Silício: prédios de escritórios novos e brilhantes dispostos dos dois lados da rodovia impecável. No espaço de alguns anos, Israel tinha trocado seu passado socialista por uma economia dinâmica comandada pelo setor de tecnologia. Boa parte dessa inovação ia direto aos serviços militares e de segurança, dando ao país uma vantagem decisiva sobre seus adversários do Oriente Médio. Até os ex-colegas de Sarah no Centro de Contraterrorismo da CIA ficavam maravilhados com as proezas high-tech do Escritório e da Unidade de Inteligência 8200, o serviço de espionagem eletrônica e ciberguerra.

— Então, aquele boato desagradável é verdade, afinal.
— Que boato desagradável seria esse?
— Sobre você e a francesa linda se casando. Perdoe, mas esqueci o nome dela.

— Natalie.

— Legal — falou Sarah.

— Ela é.

— Ainda está praticando medicina?

— Não exatamente.

— O que ela faz agora?

Com seu silêncio, Mikhail confirmou a suspeita de Sarah de que a linda médica francesa era funcionária do Escritório. Embora o ciúme anuviando um pouco sua memória, Sarah se lembrava de Natalie como uma mulher morena e exótica que podia facilmente se passar por árabe.

— Imagino que haja menos complicações assim. É bem mais fácil quando marido e mulher estão empregados no mesmo serviço.

— Não foi só por isso que nós...

— Não vamos entrar nessa, Mikhail. Não penso nisso há muito tempo.

— Quanto tempo?

— Pelo menos, uma semana.

Eles passaram por baixo da Rodovia 5, a estrada segura que ligava a planície Costeira a Ariel, quarteirão colonizado por judeus no interior da Cisjordânia. O entroncamento era conhecido como Glilot Interchange. Depois dele, havia um shopping com um cinema multiplex, além de outro novo complexo de escritórios, parcialmente encoberto por árvores grossas. Sarah supôs que fosse a sede de mais um titã de tecnologia israelense.

Ela olhou para a mão esquerda de Mikhail.

— Você já perdeu?

— O quê?

— Sua aliança.

Mikhail pareceu surpreso pela ausência.

— Tirei antes de ir para o campo. Voltamos ontem à noite.

— Onde vocês estavam?

Mikhail olhou para ela sem expressão nenhuma.

— Ah, vá, querido. Temos um passado, você e eu.

— O passado é o passado, Sarah. Agora, você é uma forasteira. Além do mais, vai ficar sabendo em breve.

— Pelo menos, me diga onde foi.

— Você não acreditaria em mim.

— Onde quer que seja, deve ter sido horrível. Você está com uma cara péssima.

— O fim foi confuso.

— Alguém se machucou?

— Só os caras do mal.

— Quantos?

— Muitos.

— Mas a operação foi um sucesso?

— Para entrar na história — disse Mikhail.

Os quarteirões comerciais de tecnologia tinham aberto caminho para o subúrbio de Herzliya, ao norte de Tel Aviv. Ele estava lendo algo no celular. Parecia entediado, sua expressão padrão.

— Mande meus cumprimentos a ela — falou Sarah, maliciosamente.

Mikhail guardou o telefone no bolso da jaqueta.

— Diga uma coisa. Você realmente se ofereceu para me abordar?

— Queria dar uma palavra com você em particular.

— Por quê?

— Para me desculpar por como as coisas acabaram entre nós.

— Como assim?

— Por como eu a tratei no fim. Eu me comportei mal. Se você puder, no seu coração...

— Foi Gabriel que mandou você terminar?

Mikhail pareceu genuinamente surpreso.

— De onde você tirou uma ideia dessas?

— Sempre tive essa dúvida, só isso.

— Gabriel me disse para ir aos Estados Unidos e passar o resto da vida com você.

— Por que não aceitou o conselho dele?

— Porque minha casa é aqui. — Mikhail olhou para a colcha de retalhos de terras agrícolas pela janela. — Israel e o Escritório. Não tinha como eu ir morar nos Estados Unidos, mesmo que você estivesse lá.

— Eu podia ter vindo para cá.

— Não é uma vida tão fácil.

— Melhor que a alternativa. — Ela imediatamente se arrependeu de suas palavras. — Mas o passado é o passado. Não foi o que você disse?

Ele assentiu lentamente.

— Você se questionou alguma vez?

— Sobre deixá-la?

— Sim, idiota.

— Claro.

— E está feliz agora?

— Muito.

Foi surpreendente o quanto a resposta dele a magoou.

— Talvez devêssemos mudar de assunto — sugeriu Mikhail.

— Sim, vamos. De que podemos falar?

— Do que a trouxe até aqui.

— Desculpe, mas só posso discutir isso com Gabriel. Além do mais — falou Sarah, brincando —, tenho a sensação de que vai ficar sabendo em breve.

Eles tinham chegado à fronteira sul de Netanya. Os prédios residenciais altos à beira-mar lembraram Sarah de Cannes. Mikhail trocou algumas palavras em hebraico com o motorista. Um momento depois, pararam ao lado de uma larga esplanada. Ele apontou para um hotel dilapidado.

— Foi ali que aconteceu o Massacre da Páscoa, em 2002. Trinta mortos, 140 feridos.

— Existe algum lugar neste país que não tenha sido bombardeado?

— Eu disse, a vida aqui não é tão fácil. — Mikhail acenou com a cabeça na direção da esplanada. — Dê uma volta. A gente faz o resto.

Sarah saiu do carro e começou a atravessar a praça.

O passado é o passado... Por um momento, ela quase acreditou que era verdade.

8
NETANYA

No centro da esplanada, havia uma piscina refletora azul, em torno da qual vários garotos ortodoxos, *peiots* voando, corriam num pega-pega barulhento. Estavam conversando não em hebraico, mas em francês. Era o mesmo idioma falado por suas mães de peruca e os dois hipsters de camiseta preta que olhavam Sarah com aprovação de uma mesa numa brasserie chamada Chez Claude. De fato, se não fosse pelos prédios gastos de cor creme e o sol ofuscante do Oriente Médio, Sarah podia se imaginar cruzando uma praça no 20º *arrondissement* de Paris.

De repente, ela percebeu que alguém a chamava pelo nome, com ênfase na segunda sílaba, não na primeira. Virando-se, deparou-se com uma mulher pequena e de cabelos escuros acenando do outro lado da praça. A mulher se aproximou mancando de leve.

Sarid, Sarid, Sarid...

Dina beijou Sarah nas duas bochechas.

— Bem-vinda à Riviera Israelense.

— Todo mundo aqui é francês?

— Nem todo mundo, mas chegam mais a cada dia. — Dina apontou para um dos extremos da praça. — Tem um lugar chamado

La Brioche ali. Recomendo o *pain au chocolat*. É o melhor de Israel. Peça para duas pessoas.

Sarah caminhou até o café. Jogou conversa fora em francês fluente com a balconista antes de pedir uma variedade de doces e dois cafés, um *crème* e um expresso.

— Sente-se onde quiser. Alguém vai levar seu pedido.

Sarah saiu. Havia várias mesas em um canto da praça. Numa delas, estava Mikhail. Ele fez contato visual com Sarah e indicou o homem de meia-idade sentado sozinho. Ele vestia um terno cinza-escuro e uma camisa social branca. Seu rosto era longo e estreito no queixo, com maçãs do rosto amplas e um nariz esguio que parecia talhado de madeira. Seu cabelo escuro era curto, grisalho apenas nas têmporas. Seus olhos tinham um tom de verde não natural.

Ele se levantou e esticou a mão, formalmente, como se estivesse conhecendo Sarah naquele momento. Ela segurou a mão dele por um pouco mais de tempo do que deveria.

— Que surpresa vê-lo num lugar assim.

— Saio em público o tempo todo. Além do mais — completou, com um olhar na direção de Mikhail —, tenho ele.

— O homem que partiu meu coração. — Ela se sentou. — Só ele?

Gabriel balançou a cabeça.

— Quantos?

Seu olhar vasculhou a praça.

— Oito, se não me engano.

— Um pequeno batalhão. Quem você conseguiu ofender desta vez?

— Imagino que os iranianos estejam um pouco irritados comigo. Meu velho amigo no Kremlin também.

— Li algo nos jornais sobre você e os russos há alguns meses.

— Leu?

— Seu nome apareceu durante aquele escândalo da espiã em Washington. Disseram que você estava a bordo do avião particular que levou Rebecca Manning do Aeroporto de Dulles a Londres.

Rebecca Manning era a ex-chefe de estação do MI6 em Washington. Passara a bater cartão toda manhã no Centro de Moscou, sede do SVR, Serviço de Inteligência Exterior russo.

— Também foi sugerido — continuou Sarah — que foi você quem matou aqueles três agentes russos que encontraram no canal C&O, em Maryland.

Um garçom apareceu com o pedido deles. Colocou o expresso em frente a Gabriel com cuidado excessivo.

— Como é ser o homem mais famoso de Israel? — perguntou ela.

— Tem suas desvantagens.

— Com certeza, não é de todo mal. Quem sabe? Se você apostar as fichas certas, pode até virar primeiro-ministro, um dia. — Ela deu um puxão na manga do paletó dele. — Devo dizer, você está com o visual certo. Mas acho que gosto mais do Gabriel Allon antigo.

— Que Gabriel Allon era esse?

— O que usava jeans e jaqueta de couro.

— Todos precisamos mudar.

— Eu sei. Mas, às vezes, queria poder voltar no tempo.

— Para onde iria?

Ela pensou por um momento.

— Para a noite em que jantamos naquele restaurantezinho em Copenhague. Escolhemos uma mesa do lado de fora num frio congelante. Eu contei um segredo antigo e pesado que deveria ter guardado para mim mesma.

— Não me lembro.

Sarah tirou um *pain au chocolat* da cesta.

— Não vai comer?

Gabriel levantou a mão, negando.

— Talvez você não tenha mudado, afinal. Em todos os anos que o conheço, acho que nunca o vi dar uma mordida em nada durante o dia.

— Eu compenso depois que o sol se põe.

— Não ganhou um quilo desde a última vez em que o vi. Quem me dera.

— Você está ótima, Sarah.

— Para uma mulher de 43 anos? — Ela despejou um pacotinho de adoçante no café. — Estava começando a achar que você tinha mudado de número de telefone.

— Eu estava fora de área quando você ligou.

— Eu *liguei* várias vezes. Também mandei mais ou menos uma dezena de mensagens de texto.

— Tive que tomar certas precauções antes de responder.

— Comigo? Por que isso?

Gabriel deu um sorriso cuidadoso.

— Por causa do seu relacionamento com certo membro proeminente da família real saudita.

— Khalid?

— Não sabia que vocês tinham intimidade para se chamar pelo primeiro nome.

— Eu insisti. — Gabriel ficou em silêncio. — Você obviamente não aprova.

— Só algumas de suas aquisições recentes. Uma em especial.

— O Leonardo?

— Se você diz...

— Tem dúvidas sobre a autoria?

— Eu poderia pintar um Leonardo melhor do que aquele. — Ele a olhou com seriedade. — Você devia ter me procurado quando recebeu a proposta de trabalhar para ele.

— E o que você teria me dito?

— Que o interesse dele em você não era um acaso. Que ele estava bastante ciente de suas ligações com a CIA. — Gabriel hesitou. — E comigo.

— Você teria razão.

— Costumo ter.

Sarah beliscou seu doce.

— O que acha dele?

— Como você pode imaginar, o Escritório tem especial interesse no príncipe herdeiro Khalid bin Mohammed.

— Não estou querendo saber do Escritório, estou querendo saber de você.

— A CIA e o Escritório ficaram bem menos impressionados com Khalid do que a Casa Branca e meu primeiro-ministro. Nossas preocupações se confirmaram quando Omar Nawwaf morreu.

— Khalid ordenou o assassinato dele?

— Homens na posição de Khalid não precisam dar uma ordem direta.

— "Não haverá ninguém capaz de me livrar deste padre turbulento?"

Gabriel assentiu, reflexivo.

— Um exemplo perfeito de um tirano deixando seus desejos abundantemente claros. Henrique disse as palavras e, algumas semanas depois, Becket estava morto.

— Khalid devia ser removido da linha sucessória?

— Se for, é provável que seja substituído por alguém pior. Alguém que acabará com as reformas sociais e religiosas modestas que ele implementou.

— E se você ficasse sabendo de uma ameaça a Khalid? O que faria?

— Ouvimos coisas o tempo todo. Boa parte, da boca do próprio príncipe herdeiro.

— O que isso quer dizer?

— Quer dizer que seu cliente é alvo de coletas agressivas do Escritório e da Unidade 8200. Não faz muito tempo, conseguimos entrar no telefone supostamente seguro que ele carrega. Estamos ouvindo as ligações e lendo as mensagens e os e-mails dele desde então. A Unidade também conseguiu ativar a câmera e o microfone do telefone, então, pudemos escutar também várias das conversas que ele teve pessoalmente. — Gabriel sorriu. — Não fique tão surpresa, Sarah. Como ex-agente da CIA, você deveria ter percebido que, ao trabalhar para um homem como Khalid bin Mohammed, não pode esperar uma zona de privacidade.

— Quanto vocês sabem?

— Sabemos que, há seis dias, o príncipe herdeiro fez uma série de ligações urgentes à Polícia Nacional Francesa sobre um incidente ocorrido na Alta Saboia, não longe da fronteira suíça. Sabemos que, naquela mesma noite, o príncipe herdeiro foi levado sob escolta policial a Paris, onde se encontrou com vários oficiais sêniores franceses, incluindo o ministro do Interior e o presidente. Permaneceu em Paris por 72 horas antes de viajar a Nova York. Lá, teve um único encontro.

Gabriel tirou um BlackBerry do bolso interno de seu paletó e deu dois toques na tela. Alguns segundos depois, Sarah ouviu o som de duas pessoas conversando. Uma era o futuro rei da Arábia Saudita. A outra era a diretora da Coleção Nadia al-Bakari no Museu de Arte Moderna de Nova York.

— *Sabe como entrar em contato com ele?*

— *Com quem?*

— *O homem que produziu essa pintura sem uma fotografia para guiar sua mão. O homem cujo nome deveria estar bem aqui.*

Gabriel clicou para pausar.

— Tomei café com meu primeiro-ministro hoje de manhã e disse a ele, sem deixar dúvidas, que não quero ter nada a ver com isso.

— E o que seu primeiro-ministro respondeu?

— Me pediu para reconsiderar. — Gabriel guardou o BlackBerry no bolso. — Envie uma mensagem a seu amigo, Sarah. Escolha com cuidado suas palavras, para proteger minha identidade.

Sarah pegou o iPhone da bolsa e digitou a mensagem. Um momento depois, o aparelho apitou.

— E então?

— Khalid quer nos ver hoje à noite.

— Onde?

Sarah transmitiu a pergunta. Quando chegou a resposta, entregou o telefone a Gabriel.

Ele olhou melancolicamente para a tela.

— Era o que eu temia.

9
NÉGEDE, ARÁBIA SAUDITA

O avião que tinha levado Sarah Bancroft a Israel era um Gulfstream G550, uma aeronave de 96 pés com uma velocidade de cruzeiro de 902 quilômetros por hora. Gabriel substituiu a tripulação de voo por dois pilotos de combate aposentados do IAF e a tripulação de cabine por quatro guarda-costas do Escritório. Eles decolaram do Aeroporto Ben Gurion pouco depois das sete da noite e cruzaram o golfo de Aqaba com o transponder desligado. À direita, banhada na luz laranja-fogo do pôr do sol, estava a península de Sinai, um porto seguro para várias milícias islâmicas violentas, incluindo um braço do EI. À esquerda, a Arábia Saudita.

Cruzaram a orla saudita em Sharma e foram para leste, sobre a cordilheira de Hejaz até o Négede. Tinha sido ali, no início do século XVIII, que um pregador obscuro do deserto chamado Muhammad Abdul Wahhab passara a acreditar que o Islã havia se afastado perigosamente das orientações do Profeta e das *al salaf al salih*, as primeiras gerações de muçulmanos. Durante suas viagens pela Arábia, ficou horrorizado de ver muçulmanos fumando, bebendo vinho, ouvindo música e dançando com roupas opulentas. Pior ainda era sua veneração a árvores e pedras e cavernas ligadas aos homens sagrados, uma prática que Wahhab condenava como politeísmo ou *shirk*.

Determinados a devolver o Islã a suas raízes, Wahhab e seu bando de seguidores entusiastas, o *muwahhidoon*, lançaram uma campanha violenta para limpar o Négede de qualquer coisa não sancionada pelo Alcorão. Para isso, ele achou uma aliada importante: uma tribo local chamada Al Saud. O pacto que formaram em 1774 se tornou a base do Estado saudita moderno. Os Al Saud tinham o poder terreno, mas questões de fé eram deixadas nas mãos dos descendentes doutrinais de Muhammad Abdul Wahhab — homens que desprezavam o Ocidente, a cristandade, os judeus e os muçulmanos xiitas, que consideravam apóstatas e hereges. Osama bin Laden e a al-Qaeda compartilhavam dessa visão. Assim como o Talibã, os guerreiros santos do Estado Islâmico e todos os outros grupos terroristas sunitas. Os arranha-céus derrubados em Manhattan, as bombas nas estações de trem da Europa Ocidental, as decapitações e os mercados explodidos em Bagdá: tudo isso remontava ao pacto fechado há mais de dois séculos e meio no Négede.

A cidade de Ha'il era a capital da região. Tinha vários palácios, um museu, um shopping, jardins públicos e uma base da Força Aérea Real da Arábia Saudita, onde o Gulfstream pousou logo após as 20 horas. O piloto taxiou na direção de quatro Range Rovers pretos esperando na beira da pista. Em torno dos veículos, estavam seguranças uniformizados, todos carregando armas automáticas.

— Talvez não tenha sido uma boa ideia, afinal — murmurou Gabriel.

— Khalid me garantiu que você vai estar seguro — respondeu Sarah.

— Ah, é? E se um desses seguranças sauditas bonzinhos for leal a outra facção da família real? Ou melhor, e se for um membro secreto da al-Qaeda?

O telefone de Sarah apitou com uma mensagem.

— De quem é?

— De quem você acha?

— Ele está em um desses Range Rovers?

— Não.

— Então, quem são *eles*?

— Nossa carona, aparentemente. Khalid diz que um deles é seu amigo.

— Não tenho amigo saudita — falou Gabriel. — Não mais.

— Talvez eu devesse ir primeiro.

— Uma americana loura sem véu? Pode passar a mensagem errada.

A porta fronteira da cabine do Gulfstream tinha uma escada embutida. Gabriel a baixou e, seguido pelos quatro guarda-costas, desceu até a pista. Alguns segundos depois, a porta de um dos carros foi aberta, e uma única figura desceu. Vestido num uniforme verde-oliva liso, era alto e esquelético, com olhos escuros pequenos e um nariz aquilino que lhe conferia a aparência de uma ave de rapina. Gabriel o reconheceu. O homem trabalhava para o Mabahith, a divisão de polícia secreta do Ministério do Interior saudita. Gabriel certa vez passara um mês na instalação central de interrogatório do Mabahith, em Riad. O homem com a cara de ave de rapina tinha feito as perguntas. Ele não era amigo, mas também não era inimigo.

— Bem-vindo à Arábia Saudita, diretor Allon. Ou devo dizer bem-vindo de volta? Está muito melhor do que quando o vi pela última vez. — Ele apertou com força a mão de Gabriel. — Imagino que sua ferida esteja totalmente curada.

— Só dói quando dou risada.

— Vejo que não perdeu seu senso de humor.

— Um homem na minha posição precisa disso.

— Na minha também. Os negócios são bastante duros, como você pode imaginar.

O saudita deu uma olhada para os guarda-costas de Gabriel.

— Estão armados?

— Fortemente.

— Por favor, instrua-os a voltar à aeronave. Não se preocupe, diretor Allon. Meus homens vão cuidar muito bem do senhor.

— É disso que tenho medo.

Os guarda-costas cumpriram com relutância a ordem de Gabriel. Um momento depois, Sarah apareceu na porta da cabine, seu cabelo louro balançando ao vento do deserto.

O saudita franziu o cenho.

— Imagino que ela não tenha véu.

— Deixou em Nova York.

— Sem problemas. Nós trouxemos, por via das dúvidas.

A rodovia era lisa como vidro e negra como um antigo disco de vinil. Gabriel só tinha uma ideia vaga da direção; o telefone descartável que ele colocara no bolso antes de sair de Tel Aviv exibia o aviso SEM SERVIÇO. Depois de deixarem a base aérea, eles tinham passado por quilômetros de campos de trigo — Ha'il era a cesta de pães da Arábia Saudita. Agora, a terra era dura e inclemente, como o tipo de islamismo praticado por Wahhab e seus seguidores intolerantes. Certamente, pensou Gabriel, não era um acidente. A crueldade do deserto tinha influenciado a fé.

De seu banco traseiro atrás do carona do Range Rover, ele conseguia ver o velocímetro. Estavam viajando a mais de 160 quilômetros por hora. O motorista era do Mabahith, assim como o homem ao lado dele. Um veículo estava à frente, os outros dois, atrás.

Fazia muito tempo que Gabriel não via outro carro ou caminhão. Imaginou que a estrada tinha sido fechada.

— Não consigo respirar. Aliás, acho que estou começando a perder a consciência.

Gabriel olhou para o montinho negro do outro lado do banco que era Sarah Bancroft coberta com o abaya negro pesado que o homem com um nariz aquilino lhe tinha jogado alguns segundos depois de os pés dela tocarem o solo.

— A última vez que usei uma coisa dessas foi na noite em que a operação Zizi desmoronou. Lembra, Gabriel?

— Como se fosse ontem.

— Não sei como as mulheres sauditas usam esses negócios a 48 graus na sombra. — Ela se abanava. — Khalid certa vez me mostrou uma foto da década de 1960 de mulheres sauditas sem véu andando de saia por Riad.

— Era assim no mundo árabe inteiro. Tudo mudou depois de 1979.

— É exatamente o que Khalid diz.

— Verdade?

— Os soviéticos invadiram o Afeganistão, e Khomeini tomou o poder no Irã. E, aí, houve Meca. Um grupo de militantes sauditas invadiu a Grande Mesquita e exigiu que os Al Saud entregassem o poder. Tiveram que trazer um grupo de soldados franceses para acabar com o cerco.

— Sim, eu me lembro.

— Os Al Saud se sentiram ameaçados — disse Sarah —, então, reagiram. Promoveram a expansão do wahabismo para contrabalançar a influência dos iranianos xiitas e permitiram radicais em casa para reforçar estritamente os editos religiosos.

— É uma visão bem caridosa, não acha?

— Khalid é o primeiro a admitir que houve erros.

— Que magnânimo da parte dele.

Os Range Rovers viraram num caminho de terra e o seguiram pelo deserto. Por fim, chegaram a um ponto de controle, pelo qual passaram sem desacelerar. O campo apareceu um momento depois, várias tendas grandes ao pé de uma formação rochosa imponente.

Sarah inconscientemente arrumou seu abaya enquanto o motorista freava o veículo.

— Como estou?

— Melhor do que nunca.

— Por favor, tente controlar esse seu sarcasmo israelense. Khalid não gosta de ironia.

— A maioria dos sauditas não gosta.

— E, não importa o que aconteça, não discuta com ele. Ele não gosta de ser contrariado.

— Você está se esquecendo de uma coisa, Sarah.

— Do quê?

— É ele que precisa da minha ajuda, não o contrário.

Sarah suspirou.

— Talvez você tenha razão. Talvez não tenha sido uma boa ideia, afinal.

10

NÉGEDE, ARÁBIA SAUDITA

Em coletivas de imprensa no Ocidente, o príncipe Khalid bin Mohammed falava frequentemente de sua reverência pelo deserto. O que ele mais amava, dizia, era sair de forma anônima de seu palácio em Riad e se aventurar sozinho pela imensidão árabe. Lá, ele montava um acampamento rudimentar e passava vários dias caçando aves, jejuando e orando. Também contemplava o futuro do reino que levava o nome de sua família. Foi durante uma dessas estadas, nas montanhas Sarawat, que ele concebeu *O caminho para o futuro*, seu plano ambicioso para refazer a economia saudita na era pós-petróleo. Alegava ter resolvido dar às mulheres o direito de dirigir enquanto acampava no deserto de Rub' al-Khali. Sozinho em meio às dunas sempre móveis, ele lembrou que nada é permanente, que até numa terra como a Arábia Saudita, a mudança é inevitável.

A verdade sobre as aventuras de KBM no deserto era bem diferente. A tenda à qual Gabriel e Sarah foram levados tinha pouca semelhança com os abrigos de pelo de camelo nos quais viviam os ancestrais beduínos de Khalid. Era mais uma espécie de pavilhão temporário. Tapetes lindos cobriam o chão, lustres de cristal jogavam uma luz brilhante do teto. As notícias do dia passavam em várias televisões grandes — CNN International, BBC, CNBC e, é claro, Al Jazeera, a rede baseada no Catar que Khalid estava tentando ao máximo destruir.

Gabriel tinha antecipado uma reunião particular com Vossa Alteza Real, mas a tenda estava ocupada pela corte itinerante de KBM — a comitiva de assessores, funcionários, ajudantes, fãs e parasitas que o acompanhavam em todo lugar. Todos usavam a mesma roupa, um *thobe* branco e um *ghutra* xadrez vermelho segurado por um *agal* preto. Havia também vários oficiais de uniforme, um lembrete de que o jovem príncipe com pouca experiência estava fazendo guerra do outro lado das montanhas Sarawat, no Iêmen.

Do príncipe herdeiro, porém, nem sinal. Um dos ajudantes instalou Gabriel e Sarah numa área de espera mobiliada com sofás e poltronas confortáveis, como os de um lobby de um hotel de luxo. Gabriel recusou uma oferta de chás e doces, mas Sarah tentou comer uma massa folhada árabe encharcada de mel enquanto ainda vestia o abaya.

— Como elas fazem?

— Não fazem. Comem com outras mulheres.

— Sou a única aqui, notou? Não tem outras mulheres nesta tenda.

— Estou ocupado demais me preocupando com qual deles está planejando me matar. — Gabriel deu uma olhada em seu relógio. — Onde diabos ele está?

— Bem-vindo ao fuso horário KBM. É uma hora e vinte minutos a menos do que o resto do mundo.

— Não gosto que me deixem esperando.

— Ele está testando você.

— Não deveria.

— Vai fazer o quê? Ir embora?

Gabriel passou a palma da mão no tecido sedoso do sofá.

— Não é lá muito rudimentar, né?

— Você acreditou mesmo naquilo tudo?

— Claro que não. Só me pergunto por que ele se deu ao trabalho de dizer isso.

— O que importa?

— Porque homens que contam uma mentira, em geral, contam outras.

Uma comoção repentina emergiu entre os cortesãos de robe branco quando Khalid bin Mohammed entrou na tenda. Estava vestido tradicionalmente de *thobe* e *ghutra*, mas, ao contrário dos outros homens, também usava um *bisht*, um casaco cerimonial marrom com bordas douradas. Segurava-o com a mão esquerda. Com a direita, mantinha um celular na orelha. O mesmo telefone, supôs Gabriel, que a Unidade 8200 tinha comprometido. Ele só conseguia se perguntar quem mais poderia estar ouvindo — os americanos e seus parceiros em Os Cinco Olhos — a aliança formada entre Austrália, Canadá, Nova Zelândia, Reino Unido e Estados Unidos —, talvez até os russos e os iranianos.

Khalid terminou a ligação e olhou para Gabriel, como se surpreso de ver o anjo vingador de Israel na terra do profeta. Depois de um momento, cruzou, com cautela, o chão ricamente atapetado. Quatro guarda-costas fortemente armados também cruzaram. Mesmo rodeado por seus assessores mais próximos, pensou Gabriel, KBM temia por sua vida.

— Diretor Allon. — O saudita não estendeu a mão, ainda segurando o telefone. — Obrigado por vir tão em cima da hora.

Gabriel assentiu, mas não disse nada.

Khalid olhou para Sarah.

— Está em algum lugar aí embaixo, senhorita Bancroft?

O montinho preto se moveu afirmativamente.

— Por favor, remova seu abaya.

Sarah levantou o véu do rosto e o jogou por cima da cabeça como um lenço, deixando visível parte de seu cabelo.

— Muito melhor. — Era óbvio que os guarda-costas de Khalid não concordavam. — Perdoe meus homens, diretor Allon. Não estão acostumados a ver israelenses em solo saudita, em especial, um com uma reputação como a sua.

— Que reputação é essa?

O sorriso de Khalid foi breve e insincero.

— Espero que seu voo tenha sido agradável.

— Bastante.

— E o caminho de carro não foi árduo demais?

— Nem um pouco.

— Algo para comer ou beber? Deve estar faminto.

— Na verdade, prefiro...

— Eu também, diretor Allon. Mas sou obrigado pelas tradições do deserto a demonstrar hospitalidade a um visitante em meu campo. Mesmo que ele já tenha sido meu inimigo.

— Às vezes — disse Gabriel — a única pessoa em quem se pode confiar é seu inimigo.

— Posso confiar em você?

— Não sei se tem muita escolha. — Gabriel lançou um olhar aos guarda-costas. — Diga para darem um passeio, estão me deixando nervoso. E dê esse seu telefone a eles. Nunca se sabe quem pode estar escutando.

— Meus especialistas me dizem que é totalmente seguro.

— Faça para me agradar, Khalid.

O príncipe herdeiro entregou o telefone a um dos guarda-costas e todos os quatro se afastaram.

— Suponho que Sarah tenha dito por que eu queria vê-lo.

— Não precisou.

— Você sabia?

Gabriel fez que sim e perguntou:

— Houve algum contato dos sequestradores?

— Infelizmente, sim.

— Quanto estão pedindo?

— Quem dera fosse tão simples. A Casa de Saud vale algo em torno de um trilhão e meio de dólares. Dinheiro não é o problema.

— Se eles não querem dinheiro, o que querem?

— Algo que não posso dar de jeito nenhum. E é por isso que preciso que você a encontre.

11

NÉGEDE, ARÁBIA SAUDITA

O bilhete de resgate tinha sete linhas em inglês. Estava grafado corretamente e com a pontuação adequada, sem nenhuma das construções esquisitas de softwares de tradução. Dizia que Vossa Alteza Real Príncipe Khalid bin Mohammed tinha dez dias para abdicar e, assim, abrir mão de herdar o trono da Arábia Saudita. Senão, sua filha, princesa Reema, seria morta. O bilhete não especificava como aconteceria a execução, nem se seguiria as leis islâmicas. Aliás, não havia qualquer referência religiosa nem a retórica floreada comum em comunicações de grupos terroristas. No geral, pensou Gabriel, o tom era bastante profissional.

— Três dias depois, Reema foi levada. Foi tempo suficiente para o estrago estar feito. Ao contrário de meu pai e dos irmãos dele, só tenho uma esposa. Infelizmente, ela não pode ter outro filho. Só temos Reema.

— Você mostrou aos franceses?

— Não. Liguei para você.

Eles tinham saído do acampamento e estavam caminhando no leito de um uádi, com Sarah entre eles e o guarda-costas atrás. As estrelas estavam incandescentes, a lua brilhava como uma tocha.

Khalid estava mexendo inquieto em seu *bisht*, um hábito de homens sauditas. Em suas vestes nativas, ele parecia à vontade na vastidão do deserto. O terno e sapatos oxford ocidentais de Gabriel lhe davam aparência de intruso.

— Como o bilhete foi entregue?

— Por mensageiro.

— Onde?

Khalid hesitou.

— No nosso consulado em Istambul.

Os olhos de Gabriel estavam na terra pedregosa. Ele olhou para cima, surpreso.

— Istambul?

Khalid assentiu.

— Me parece que os sequestradores estavam tentando enviar uma mensagem.

— Que tipo de mensagem?

— Talvez estejam tentando puni-lo por matar Omar Nawwaf e cortar o corpo dele em pedacinhos para caber numa mala de mão.

— É bem irônico, não acha? O grande Gabriel Allon dando lição de moral sobre um trabalhinho sujo.

— Nós fazemos operações de assassinato que têm como alvo terroristas conhecidos e outras ameaças à nossa segurança nacional, muitas financiadas e apoiadas por elementos de seu país. Mas não matamos pessoas que escrevem coisas desagradáveis sobre nosso primeiro-ministro. Se matássemos, não faríamos mais nada.

— Omar Nawwaf não é problema seu.

— Sua filha também não. Mas você me pediu para achá-la, e preciso saber se pode haver uma ligação entre o desaparecimento dela e o assassinato de Nawwaf.

Khalid pareceu considerar cuidadosamente a questão.

— Duvido. A comunidade dissidente saudita não tem capacidade de executar algo assim.

— Seus serviços de inteligência devem ter um suspeito.

— Os iranianos estão no topo da lista.

A posição saudita padrão, pensou Gabriel. Colocar a culpa de tudo nos heréticos xiitas do Irã. Ainda assim, ele não desprezou a teoria de imediato. Os iranianos viam Khalid como uma das principais ameaças a suas ambições regionais, perdendo só para o próprio Gabriel.

— Quem mais? — perguntou ele.

— Os catarianos. Eles me odeiam.

— Com razão.

— E os jihadistas — completou Khalid. — Os linhas-duras dentro da comunidade religiosa saudita estão furiosos comigo por coisas que falei sobre o islã radical e a Irmandade Muçulmana. Também não gostam de eu ter permitido que as mulheres dirijam e frequentem eventos esportivos. O nível de ameaça contra mim dentro do Reino é muito alto.

— Duvido que aquele bilhete de resgate tenha sido escrito por um jihadista.

— Por enquanto, esses são nossos únicos suspeitos.

— Os iranianos, os catarianos e os ulemás? Por favor, Khalid. Você é melhor que isso. E todos os parentes que afastou para se tornar príncipe herdeiro? Ou os cem sauditas proeminentes e membros da família real que trancou no Ritz-Carlton? Refresque minha memória: quanto você conseguiu extorquir antes de deixá-los ir embora? O número me escapa.

— Foram cem bilhões de dólares.

— E quanto disso acabou no seu bolso?

— O dinheiro foi colocado no tesouro.

— Que é o seu bolso com outro nome.

— *L'état c'est moi* — falou Khalid. — Eu sou o Estado.

— Mas alguns dos homens que você espoliou ainda são muito ricos. O bastante para contratar uma equipe de agentes profissionais para sequestrar sua filha. Eles sabiam que nunca conseguiriam chegar em você, já que vive cercado dia e noite por um exército de guarda-costas. Mas Reema era outra história. — Diante do silêncio, Gabriel perguntou: — Deixei alguém de fora?

— A segunda esposa do meu pai. Ela se opôs a mudar a linha de sucessão. Coloquei-a em prisão domiciliar.

— O sonho de todo garoto judeu. — O ar de repente ficou muito frio. Gabriel levantou o colarinho de seu paletó. — Por que você mandou Reema para um colégio na Suíça? Por que não na Inglaterra, onde você foi educado?

— O Reino Unido era minha primeira escolha, devo admitir, mas o diretor-geral do MI5 não podia garantir a segurança de Reema. Os suíços foram muito mais assertivos. O diretor da escola concordou em proteger a identidade de Reema, e o serviço de segurança suíço ficou de olho nela de longe.

— Foi muito generoso da parte deles.

— Não teve nada a ver com generosidade. Dei muito dinheiro ao governo para cobrir os custos adicionais da segurança de Reema. São bons hoteleiros, os suíços, e discretos. Na minha experiência, é natural para eles.

— E os franceses? Sabiam que Reema estava passando os fins de semana naquele seu château ridículo na Alta Saboia?

Gabriel levantou o olhar brevemente para as estrelas.

— Não consigo lembrar quanto você gastou naquela propriedade. Quase o mesmo que pagou por aquele Leonardo.

Khalid ignorou o comentário.

— Eu talvez tenha mencionado ao presidente, mas não fiz nenhum pedido de segurança ao governo francês. Quando o comboio de Reema cruzava a fronteira, meus guarda-costas eram responsáveis por protegê-la.

— Foi um erro da sua parte.

— Em retrospecto — concordou Khalid. — As pessoas que sequestraram minha filha eram muito profissionais. A questão é: para quem estavam trabalhando?

— Você conseguiu fazer muitos inimigos num período curto de tempo.

— Temos isso em comum, você e eu.

— Meus inimigos estão em Moscou e Teerã. Os seus, bem mais perto. E é por isso que não quero ter nada com essa história. Mostre o bilhete de resgate aos franceses, dê a eles tudo o que você tem. Eles são bons — disse Gabriel. — Eu sei bem. Graças à ideologia e ao dinheiro sauditas, fui forçado a trabalhar de perto com eles em várias operações de contraterrorismo.

Khalid sorriu.

— Está se sentindo melhor?

— Quase.

— Não posso mudar o passado, só o futuro. Podemos fazer isso juntos. Podemos fazer história. Mas só se você conseguir achar minha filha.

Gabriel parou e contemplou a figura alta de robe diante dele à luz das estrelas.

— Quem é você, Khalid? Você é autêntico ou Omar Nawwaf tinha razão? É só mais um sheik louco por poder, que, por acaso, tem um bom estrategista de relações públicas?

— Sou o mais perto de autêntico que a Arábia Saudita vai permitir neste momento. E se for obrigado a renunciar ao trono, vai haver consequências sombrias para Israel e o Ocidente.

— Nisso, eu acredito. Quanto ao resto... — Gabriel deixou o pensamento inacabado. — Você terá que manter tudo em sigilo. E isso significa também não contar aos americanos.

Com sua expressão, Khalid deixou claro que não gostava de receber ordens de plebeus. Expirando pesadamente, fez uma mudança sutil na posição de seu *ghutra*.

— Você me surpreende.

— Como?

— Concordou em me ajudar. Mas não pediu nada em retorno.

— Um dia, vou pedir — falou Gabriel. — E você vai me dar o que eu quiser.

— Você parece muito confiante.

— Eu sou.

12

JERUSALÉM

O comboio de Gabriel estava esperando na pista do Aeroporto Ben Gurion quando o Gulfstream pousou, alguns minutos após a meia-noite. Sarah o acompanhou até Jerusalém. Ele a deixou na entrada do Hotel King David.

— O quarto é um dos nossos — explicou ele. — Não se preocupe, desligamos as câmeras e os microfones.

— Por algum motivo, duvido. — Ela sorriu. — Quais são seus planos?

— Contra todo o meu bom senso, vou empreender uma busca rápida pela filha de Vossa Alteza Real Príncipe Khalid bin Mohammed.

— Onde pretende começar?

— Como ela foi raptada na França, achei que podia ser uma boa ideia partir de lá.

Sarah franziu a sobrancelha.

— Desculpe, foi um dia longo.

— Eu falo francês muito bem, sabia?

— Eu também.

— E estudei na Escola Internacional de Genebra quando meu pai estava trabalhando na Suíça.

— Eu me lembro, Sarah. Mas você vai voltar para casa, em Nova York.

— Prefiro ir à França com você.

— Não vai ser possível.

— Por que não?

— Porque você trocou o mundo secreto pelo mundo aberto há muito tempo.

— Mas o mundo secreto é muito mais interessante. — Ela olhou as horas. — Meu Deus, que tarde. Quando você vai para Paris?

— No voo das dez da El Al para o Charles de Gaulle. Hoje em dia, pareço ter um assento fixo nele. Eu busco você às oito e a levo para o aeroporto.

— Na verdade, acho que vou ficar em Jerusalém por um ou dois dias.

— Não está pensando em fazer alguma bobagem, né?

— Tipo o quê?

— Entrar em contato com Mikhail.

— Nem sonharia. Além do mais, ele deixou muitíssimo claro que está feliz com aquela fulana.

— Natalie.

— Ah, é. Vivo esquecendo. — Ela deu um beijo na bochecha de Gabriel. — Desculpe arrastá-lo para tudo isso. Não hesite em ligar se eu puder fazer mais alguma coisa.

Ela desceu da SUV e desapareceu pela entrada do hotel. Gabriel discou para a Mesa de Operações do Boulevard Rei Saul e informou ao chefe de turno que tinha a intenção de viajar a Paris naquela manhã.

— Mais alguma coisa, chefe?

— Ative o quarto 435 do King David. Só áudio.

Gabriel desligou e se escorou, cansado, na janela. Ela tinha razão sobre uma coisa, pensou. O mundo secreto era muito mais interessante.

★ ★ ★

De carro, eram cinco minutos do Hotel King David à rua Narkiss, a via tranquila e arborizada no bairro histórico de Nachlaot, em Jerusalém, que Gabriel Allon, apesar das objeções de seu departamento de segurança e de muitos de seus vizinhos, continuava a chamar de lar. Havia postos de controle nas duas pontas da rua, e um sentinela posicionava-se em frente ao antigo prédio de pedra calcária no número 16. Quando Gabriel desceu do banco de trás de sua SUV, o ar trazia um odor de eucalipto e de um leve tabaco turco. O motivo não era nenhum mistério. A nova e chamativa limusine blindada de Ari Shamron estava estacionada no meio-fio, no espaço reservado para o comboio do chefe do serviço secreto israelense.

— Ele chegou por volta da meia-noite — explicou o guarda. — Disse que você tinha conhecimento da visita.

— E você acreditou nele?

— O que eu ia fazer? Ele é o Memuneh.

Gabriel fez que não. Já fazia dois anos que era diretor-geral, e até os membros de seus destacamentos de segurança ainda se referiam a Sharon como "aquele que está no comando".

Ele seguiu pelo jardim, entrou no foyer e foi até o terceiro andar pela escada bem iluminada. Chiara, de leggings e pulôver pretos, esperava na porta do apartamento. Avaliou Gabriel com frieza por um momento antes de jogar os braços em torno de seu pescoço.

— Eu deveria ir mais à Arábia Saudita.

— Quando você estava planejando me contar?

— Que tal agora?

Ele entrou com ela. Espalhados pela mesa de centro na sala de estar havia copos, taças e pratos de comida pela metade, evidências de uma vigília noturna tensa. A televisão, ligada na CNN Internacional, estava no mudo.

— Eu apareci no jornal da noite?

Chiara o fitou, mas não disse nada.

— Como você descobriu?

— Como você acha? — Ela olhou de relance para o terraço, onde Shamron, sem dúvida, ouvia cada palavra que diziam. — Ele ficou ainda mais preocupado do que eu.

— Sério? Acho difícil de acreditar.

— Ordenou que o Comando de Defesa Aérea monitorasse seu avião. A torre do Ben Gurion nos alertou quando você pousou. Esperávamos que chegasse antes, mas, aparentemente, você fez um pequeno desvio no caminho para casa. — Chiara tirou os pratos da mesa de centro. Ela sempre limpava algo quando estava irritada. — Com certeza, adorou rever Sarah. Ela sempre gostou muito de você.

— Faz tanto tempo.

— Não *tanto*.

— Você sabe que eu nunca senti nada por ela.

— Seria completamente compreensível se tivesse sentido. Ela é linda.

— Não tão linda quanto você, Chiara. Nem de perto.

Era verdade. A beleza de Chiara era transcendental. Em seu rosto, Gabriel via traços da Arábia, do norte da África, da Espanha e de todas as outras terras por onde seus ancestrais haviam passado antes de se estabelecer atrás dos portões trancados do antigo gueto judeu de Veneza. O cabelo dela era escuro e rebelde, com mechas avermelhadas e castanhas. Os olhos eram grandes e castanhos com pontinhos dourados. Não, pensou, nenhuma mulher estaria entre eles. Gabriel só temia que, um dia, Chiara percebesse que era jovem e bela demais para ser casada com um desastre feito ele.

Ele se dirigiu para o terraço. Havia duas cadeiras e uma pequena mesa de aço, sobre a qual estava o prato que Shamron havia feito de cinzeiro. Seis bitucas de cigarro estavam dispostas lado a lado, como cápsulas de bala. O ex-diretor-geral estava no processo de acender o sétimo com seu velho isqueiro Zippo quando Gabriel o arrancou dos lábios dele.

Shamron franziu a sobrancelha.

— Só mais um não vai me matar.

— Talvez mate.

— Sabe quantos desses fumei na vida?

— Todas as estrelas no céu e a areia que se espalha nas praias do mar.

— Você não deveria citar o Gênesis para discutir um vício como o fumo. Traz carma ruim.

— Judeus não acreditam em carma.

— De onde você tirou uma ideia dessas?

Shamron pegou outro cigarro do maço com a mão trêmula repleta de manchas senis. Estava vestido, como sempre, com calça cáqui, camisa social de algodão e jaqueta bomber de couro com um rasgo no ombro esquerdo. Tinha estragado a peça na noite em que um terrorista palestino chamado Tariq al-Hourani plantara uma bomba embaixo do carro de Gabriel em Viena. Daniel, filho mais novo de Allon, morrera na explosão. Leah, sua primeira mulher, ficara com queimaduras catastróficas. Naquele momento, morava num hospital psiquiátrico no topo do monte Herzl, enclausurada na prisão da memória e num corpo consumido pelo fogo. Enquanto Gabriel morava ali, na rua Narkiss, com sua linda esposa de origem italiana e seus dois filhos pequenos. Deles, escondia seu luto sem fim. Mas de Shamron, não. A morte os tinha unido no início. E a morte continuava sendo a ligação primordial entre eles.

Gabriel se sentou.

— Quem contou?

— Sobre sua visita à Arábia Saudita? — O sorriso de Shamron era malicioso. — Acredito que tenha sido Uzi.

Uzi Navot era o diretor-geral anterior e, como Gabriel, um dos seguidores de Shamron. Numa quebra de tradição do Escritório, tinha concordado em continuar no Boulevard Rei Saul, permitindo, assim, que Gabriel agisse como um chefe operacional.

— Quanto você conseguiu arrancar dele?

— Não foi preciso usar coerção. Uzi estava preocupado com sua decisão de voltar ao país onde passou quase um mês preso. Desnecessário dizer — continuou Shamron — que compartilho da opinião.

— Você viajava em segredo para países árabes quando era chefe.

— Para a Jordânia, sim. Para o Marrocos, claro. Cheguei a ir ao Egito depois de Sadat visitar Jerusalém. Mas nunca coloquei os pés na Arábia Saudita.

— Eu não estava correndo perigo.

— Com todo o respeito, Gabriel, duvido que seja verdade. Você deveria ter conduzido a reunião em território neutro, num ambiente controlado pelo Escritório. O príncipe herdeiro tem uma veia tempestuosa. Você tem sorte de não ter acabado como aquele jornalista que ele matou em Istambul.

— Sempre achei que jornalistas eram muito mais úteis vivos do que mortos.

Shamron sorriu.

— Você leu a reportagem sobre Khalid no *The New York Times*? Disseram que a Primavera Árabe finalmente tinha chegado à Arábia Saudita. Que um garoto inexperiente ia transformar um país fundado nas bases de um casamento às pressas entre o wahabismo e uma tribo do deserto de Négede. — Shamron balançou a cabeça. — Não acreditei nessa história na época e não acredito agora. Khalid bin Mohammed está interessado em duas coisas. A primeira é poder. A segunda é dinheiro. Para os Al Saud, dá tudo no mesmo. Sem poder, não há dinheiro. E sem dinheiro, não há poder.

— Mas ele teme os iranianos tanto quanto nós. Só por isso, já pode se provar bastante útil.

— E é por isso que você concordou em achar a filha dele. — Shamron estudou Gabriel com o canto dos olhos. — Foi por isso que ele quis encontrá-lo, não?

Gabriel entregou a Shamron o bilhete de resgate, que o homem leu sob a luz bruxuleante do Zippo.

— Parece que você se enfiou numa briga de família real.

— É exatamente isso que parece.

— Não é algo sem risco.

— Nada que valha a pena é.

— Concordo. — Shamron fechou o isqueiro com um movimento de seu pulso grosso. — Mesmo que não consiga encontrá-la, seus esforços vão dar frutos na corte real de Riad. E se conseguir... — Shamron deu de ombros. — O príncipe herdeiro vai ter uma dívida eterna com você. Para todos os fins, será um ativo do Escritório.

— Então, você aprova?

— Eu teria feito exatamente a mesma coisa. — Shamron devolveu o bilhete a Gabriel. — Mas por que Khalid lhe ofereceu essa oportunidade de comprometê-lo? Por que procurar o Escritório? Por que ele não pediu ajuda ao amigo dele na Casa Branca?

— Talvez ache que eu possa ser mais eficiente.

— Ou mais implacável.

— Isso também.

— Você precisa considerar uma possibilidade — disse Shamron, após um momento.

— Qual?

— Que Khalid saiba muito bem quem sequestrou a filha dele e esteja usando você para fazer o trabalho sujo.

— Ele já mostrou que é mais do que capaz de fazer isso sozinho.

— E é por isso que você não deveria fazer mais viagens à Arábia Saudita. — Shamron olhou seriamente para Gabriel por um instante. — Eu estava em Langley naquela noite, você lembra? Vi tudo pela câmera daquele drone Predator. Vi-os levar você e Nadia para o deserto para serem executados. Implorei para os americanos jogarem um míssil Hellfire em você para poupá-lo da dor da faca. Tive muitas noites terríveis na vida, mas aquela talvez tenha sido a pior. Se ela não tivesse entrado na frente daquela bala... — Shamron olhou para seu grande relógio de aço inox. — Você precisa dormir um pouco.

— Já está tarde. Fique comigo, Abba. Vou dormir no caminho para Paris.

— Achei que você não conseguisse dormir em aviões.

— Não consigo.

Shamron observou o vento movendo as árvores de eucalipto.

— Eu também nunca consegui.

A princesa Reema bint Khalid Abdulaziz Al Saud aguentou as muitas humilhações de seu cativeiro com o máximo de graça possível, mas o balde foi a gota d'água.

Era azul-claro e de plástico, o tipo de coisa em que um Al Saud nunca tocava. Colocaram na cela de Reema depois de ela se comportar mal durante uma visita ao banheiro. Segundo um aviso datilografado e grudado na lateral do balde, Reema deveria usá-lo até segunda ordem. Só quando sua conduta voltasse ao normal, seus privilégios de banheiro seriam devolvidos. Reema se recusava a aliviar-se de forma tão humilhante, então o fazia no chão da cela. Por isso, seus sequestradores, de novo por escrito, ameaçaram parar de lhe dar comida e bebida.

— Não me importo! — gritou Reema para a figura mascarada que entregou-lhe o bilhete.

Ela preferia morrer de fome do que comer outra refeição horrenda com gosto de que tinha sido cozida na própria lata. A comida não era adequada para porcos, quanto mais para a filha do futuro rei da Arábia Saudita.

A cela era pequena — menor, talvez, do que qualquer cômodo em que Reema já tivesse entrado. Seu catre ocupava a maior parte do espaço. As paredes eram brancas, lisas e frias, e no teto, uma luz brilhava incessantemente. Reema não tinha noção do tempo que estava lá nem se era dia ou noite. Dormia quando cansada, o que era frequente, e sonhava com sua antiga vida. Ela não tinha dado o devido valor às coisas, à riqueza e ao luxo inimagináveis, e tudo acabara.

Eles não a acorrentaram ao chão como faziam nos filmes americanos que seu pai costumava deixá-la ver. Nem taparam a boca ou amarraram suas mãos e seus pés, nem a forçaram a usar um capuz — só por algumas horas, durante a longa jornada de carro depois do sequestro. Quando ela estava segura na cela, foram *eles* que cobriram o rosto. Eram quatro. Reema conseguia identificar cada um pelo tamanho e formato, e pela cor dos olhos. Três homens e uma mulher. Nenhum era árabe.

Reema fazia o que podia para esconder seu medo, mas não tentava disfarçar que estava fora de si de tanto tédio. Pediu uma televisão para ver seus programas favoritos. Seus sequestradores, por escrito, negaram. Ela pediu um computador para jogar ou um iPod e fones de ouvido para escutar música, mas, de novo, negado. Finalmente, pediu uma caneta e um bloco. Seu plano era registrar aquelas experiências numa história, algo que ela pudesse mostrar à senhorita Kenton depois de ser libertada. A mulher pareceu considerar o apelo de Reema, mas, quando chegou sua próxima refeição, havia um bilhete sucinto de negação. Reema comeu a gororoba oferecida, pois estava faminta demais para continuar sua greve de fome. Depois, eles lhe permitiram usar o banheiro e, quando ela voltou à cela, o balde não estava mais lá. Parecia que tudo tinha voltado ao normal no mundo de Reema.

Ela pensava muito na professora. Reema enganara todo mundo — a senhorita Halifax, Herr Schröder, a espanhola maluca que tentava ensiná-la a pintar como Picasso —, mas não a senhorita Kenton.

A mulher estava na janela da sala dos professores na tarde em que Reema saiu da escola pela última vez. O ataque havia acontecido na França, na estrada entre Annecy e o château de seu pai. Reema lembrava-se de uma van estacionada no acostamento, um homem trocando pneu. De repente, um veículo batera no deles, uma explosão abrira as portas. Salma, a guarda-costas que fingia ser mãe de Reema, fora baleada. O motorista e todos os outros seguranças no Range Rover também. A menina tinha sido forçada a entrar no banco de trás da van. Foi encapuzada e recebeu uma injeção para dormir. Ao acordar, estava no pequeno quarto branco. O menor cômodo que já tinha visto na vida.

Mas por que tinha sido raptada? No cinema, os sequestradores sempre queriam dinheiro. O pai de Reema tinha todo o dinheiro do mundo. Não significava nada para ele. Pagaria o que os sequestradores quisessem, e ela seria libertada. Depois, seu pai mandaria homens para encontrar e matar todos os bandidos. Ou talvez ele mesmo matasse um ou dois. Com Reema, era muito carinhoso, mas ela tinha ouvido falar o que ele fazia com quem se opunha. Não demonstraria piedade com as pessoas que tinham sequestrado sua única filha.

Assim, a princesa Reema bint Khalid Abdulaziz Al Saud aguentou as muitas humilhações de seu cativeiro com o máximo de graça possível, segura por saber que logo seria libertada. Ingeria a comida horrenda deles sem reclamar quando a levavam pelo corredor escuro para o banheiro. Ao retornar, ela encontrou uma caneta e um caderno ao pé do catre. *É a morte*, escreveu na primeira página. *Morte, morte, morte...*

14
JERUSALÉM–PARIS

Embora a princesa Reema não soubesse, seu pai já tinha contratado os serviços de um homem perigoso e, às vezes, violento para encontrá-la. Ele passou o restante daquela noite na companhia de um velho amigo que já não era capaz de dormir. E, ao amanhecer, depois de beijar sua esposa e seus filhos que dormiam, foi em seu comboio até o Aeroporto Ben Gurion, onde mais um voo o aguardava. Como sempre, foi o último a embarcar. Havia um assento reservado para ele na primeira classe. O ao lado, como de costume, estava vazio.

Uma comissária lhe ofereceu uma bebida antes da decolagem. Ele pediu chá. Depois, solicitou que a pessoa da poltrona 22B fosse convidada para sentar-se ao seu lado. Normalmente, ela teria explicado que passageiros da classe econômica não tinham permissão para entrar na cabine da frente da aeronave, mas não se opôs. Ela sabia quem era o homem. Todo mundo em Israel sabia.

A comissária foi para a popa e voltou acompanhada por uma mulher de 43 anos, loura e de olhos azuis. Houve um murmúrio na cabine de primeira classe quando ela se sentou ao lado do homem que tinha embarcado por último.

— Você achou mesmo que meu departamento de segurança me permitiria entrar num avião sem revisar primeiro cada nome no manifesto?

— Não — respondeu Sarah Bancroft. — Mas valia a pena tentar.

— Você me enganou. Perguntou sobre meus planos de viagem e eu, tolo, contei a verdade.

— Fui treinada pelo melhor.

— E do quanto você lembra?

— Tudo.

Gabriel sorriu, triste.

— Esse era meu medo.

Eram poucos minutos depois das quatro da tarde quando o avião pousou em Paris. Gabriel e Sarah passaram separadamente pela imigração — Gabriel com nome falso, Sarah com o real —, e se encontraram novamente no lotado saguão de desembarque do Terminal 2A. Lá, foram recebidos por um mensageiro da Estação de Paris, que entregou a Gabriel a chave de um carro estacionado no segundo andar do estacionamento rotativo.

— Um Passat? — perguntou Sarah, sentando-se no banco do carona. — Não podiam ter nos dado algo mais divertido?

— Não quero divertido. Quero confiável e anônimo. Também é bastante rápido.

— Quando foi a última vez que você dirigiu?

— No início deste ano, quando estava em Washington no caso da Rebecca Manning.

— Matou alguém?

— Não com o carro. — Gabriel abriu o porta-luvas. Dentro, havia uma Beretta M9 com cabo de nogueira.

— Sua favorita — comentou Sarah.

— O Departamento de Transporte pensa em tudo.
— E os guarda-costas?
— Dificultam a eficiência da operação.
— É seguro você estar em Paris sem destacamento de segurança?
— É para isso que serve a Beretta.

Gabriel deu ré para sair da vaga e pegou a rampa para o andar de baixo. Pagou o atendente em dinheiro e fez o possível para esconder seu rosto da câmera de segurança.

— Você não está enganando ninguém. Os franceses vão descobrir que está no país.
— Não é com os franceses que me preocupo.

Gabriel seguiu pela estrada A1 no momento em que o crepúsculo alcançava a margem norte de Paris. Quando chegaram à cidade, a noite tinha caído. A rue La Fayette os levou na direção oeste cruzando a cidade, e a Pont de Bir-Hakeim os carregou sobre o Sena até o 15º *arrondissement*. Gabriel virou na rue Nélaton e parou em frente a um enorme portão de segurança operado por oficiais fortemente armados da Polícia Nacional. Uma pequena placa avisava que o prédio pertencia ao Ministério do Interior, sob constante vigilância por vídeo.

— Isso lembra a Zona Verde em Bagdá.
— Hoje em dia — disse Gabriel —, a Zona Verde é mais segura que Paris.
— Onde estamos?
— Na sede do Grupo Alpha. É uma unidade de contraterrorismo de elite da DGSI. — A Direction Générale de la Sécurité Intérieure era o serviço de segurança interna da França. — Os franceses criaram o Grupo Alpha não muito depois de você sair da Agência. Antes, ficava escondido dentro de um prédio antigo bonito na rue de Grenelle.
— O que foi destruído por aquele carro-bomba do Estado Islâmico?

— A bomba estava numa van. E eu estava dentro do prédio quando ele explodiu?

— Claro que estava.

— Paul Rousseau, o chefe do Grupo Alpha, também. Eu apresentei vocês dois na minha festa de nomeação.

— Ele parecia mais um professor que um espião francês.

— Antigamente era, na verdade. Foi um dos mais importantes estudiosos de Proust na França.

— Qual é o papel do Grupo Alpha?

— Infiltrar agentes em redes jihadistas. Mas Rousseau tem acesso a tudo.

Um oficial à paisana se aproximou do carro. Gabriel deu a ele dois pseudônimos, um de homem e outro de mulher, ambos franceses e inspirados em romances de Dumas, um toque particularmente rousseauniano. O francês os esperava em sua nova toca no andar mais alto. Ao contrário de outros escritórios no prédio, o de Rousseau era sombrio, com painéis de madeira, cheio de livros e arquivos. Como Gabriel, ele os preferia aos dossiês digitais. Estava vestido com um casaco de tweed amassado e uma calça de flanela cinza. Seu cachimbo sempre presente soltou fumaça enquanto ele apertava a mão de Gabriel.

— Bem-vindo à nossa nova Bastilha. — Rousseau estendeu a mão para Sarah. — Que bom vê-la de novo, Madame Bancroft. Quando nos conhecemos em Israel, você me disse que era curadora de museu em Nova York. Não acreditei na época e não acredito agora.

— Mas é verdade.

— Obviamente tem mais nessa história. Quando se trata do Monsieur Allon, em geral, tem. — Rousseau soltou a mão de Sarah e contemplou Gabriel por cima dos óculos de leitura. — Você foi bastante vago no telefone hoje pela manhã. Imagino que não seja uma visita social.

— Ouvi falar que você recentemente teve um dissabor na Alta Saboia. — Gabriel hesitou, antes de completar: — Alguns quilômetros a oeste de Annecy.

Rousseau ergueu a sobrancelha.

— O que mais ouviu?

— Que seu governo escolheu encobrir o incidente a pedido do pai da vítima, que, por acaso, é dono do maior château da região. Também, por acaso, é...

— O futuro rei da Arábia Saudita — falou Rousseau, baixinho.

— Por favor, diga que não teve nada a ver com...

— Não seja ridículo, Paul.

O francês mordeu com cuidado a haste do cachimbo.

— O dissabor, como você diz, foi rapidamente designado como ato criminoso, e não de terrorismo. Portanto, estava fora da alçada do Grupo Alpha. Não é da nossa conta.

— Mas você deve ter estado na mesa durante as primeiras horas da crise.

— É claro.

— E também tem acesso a toda a informação e inteligência coletada pela Polícia Nacional e DGSI.

Rousseau analisou Gabriel por um tempo considerável.

— Qual é o interesse do Estado de Israel no sequestro da filha do príncipe herdeiro?

— Nosso interesse é de natureza humanitária.

— Uma mudança de ares refrescante. Em nome de quem você veio?

— Do futuro rei da Arábia Saudita.

— Minha nossa — disse Rousseau. — Como o mundo mudou.

15

PARIS

Logo ficou claro que Paul Rousseau não aprovara a decisão de seu governo de esconder o sequestro da princesa Reema. A localização remota — a intersecção de duas estradas rurais, a D14 e a D38, a oeste de Annecy — facilitara a ação. Dois veículos cercaram o comboio da princesa, junto com um terceiro, abandonado pelos sequestradores. A primeira pessoa a chegar na cena fora um gendarme aposentado que morava num vilarejo próximo, seguido pelo próprio príncipe herdeiro e sua comitiva usual de guarda-costas. Para quem passava depois, parecia um acidente de trânsito sério envolvendo homens ricos do Oriente Médio.

— Uma ocorrência nada incomum na França — disse Rousseau.

O gendarme aposentado teve de jurar segredo, continuou ele, assim como os oficiais que participaram de uma busca rápida pela princesa em todo o país. Rousseau ofereceu a assistência do Grupo Alpha, mas foi informado por seu chefe e seu ministro de que seus serviços não eram necessários.

— Por que não?

— Porque Vossa Alteza Real disse ao meu ministro que o rapto de sua filha não era trabalho de terroristas.

— Como ele podia saber disso tão rapidamente?

— Seria preciso perguntar a ele. Mas a explicação lógica é...

— Que ele já sabia quem estava por trás.

Eles estavam reunidos em torno de uma pilha de arquivos na mesa de reunião do francês. Ele abriu uma das pastas e retirou uma única fotografia, que colocou diante de Gabriel e Sarah. Um Range Rover cheio de buracos de bala, uma Mercedes Maybach amassada, uma van Citröen caindo aos pedaços. Os corpos dos guarda-costas sauditas tinham sido removidos. Mas o sangue permanecia por todo o interior do Range Rover e da Maybach. Era muito, pensou Gabriel, especialmente no banco de trás da limusine. Ele se perguntou se parte daquele sangue era da princesa.

— Havia pelo menos mais um veículo envolvido, um furgão Ford Transit. — Rousseau apontou para o acostamento de grama ao longo da D14. — Estacionado logo ali. Talvez o motorista estivesse olhando o capô ou fingindo trocar um pneu quando o comboio se aproximou. Ou talvez nem tenha se dado a esse trabalho.

— Como você sabe que era um Ford Transit?

— Num minuto. — Rousseau apontou para a frente amassada do Citröen. — Não houve testemunhas, mas as marcas de pneu e a tinta da colisão fornecem uma imagem precisa do que aconteceu. O comboio ia para oeste na D14, em direção ao château do príncipe. O Citröen estava indo para norte na D38. Obviamente, não parou no cruzamento. Com base nas marcas de pneu, o motorista da Maybach desviou para evitar a batida, mas o Citröen atingiu o lado dele da limusine com força suficiente para danificar a blindagem e forçar o carro a sair da estrada. O motorista do Range Rover pisou forte nos freios e parou atrás da Maybach. Muito provavelmente, os quatro guarda-costas morreram na hora. A análise balística e forense indica que os tiros vieram tanto do Citröen quanto do Ford Transit.

— Como eles tiraram a menina de um carro blindado com janelas à prova de bala?

Rousseau pegou uma segunda fotografia no arquivo. Mostrava o lado do passageiro da Maybach. As portas blindadas tinham sido abertas com o impacto — de forma bastante hábil, pensou Gabriel. O Escritório não teria feito melhor.

— Imagino que seus especialistas forenses tenham analisado o sangue dentro da Maybach.

— Veio de duas pessoas, o motorista e a guarda-costas. Como os quatro seguranças do Range Rover, eles morreram instantaneamente com as balas de nove milímetros. Os cartuchos batem com um HK MP5 ou uma de suas variantes.

Rousseau mostrou outra fotografia. Um furgão Ford Transit cinza-claro. A imagem tinha sido feita à noite. O flash da câmera iluminava um pedaço de terra seca e pedregosa. Não era, pensou Gabriel, o solo do norte da França.

— Onde a encontraram?

— Numa estrada deserta nos arredores do vilarejo de Vielle-Aure. Fica...

— Nos Pireneus, a alguns quilômetros da fronteira espanhola.

— Às vezes, esqueço como você conhece bem nosso país. — Rousseau apontou para um dos pneus da van. — Foi uma combinação perfeita com as marcas encontradas na cena do sequestro.

Gabriel estudou a fotografia do furgão.

— Suponho que tenha sido roubado.

— Claro. Como o Citröen.

— Havia sangue no compartimento traseiro?

Rousseau fez que não.

— E DNA?

— Bastante.

— Tinha DNA da princesa Reema?

— Pedimos uma amostra e nos disseram com bastante firmeza que não iam dar.

— Foi Khalid quem disse?

Rousseau fez que não.

— Não tivemos contato direto com o príncipe herdeiro desde que ele saiu da França. Todas as comunicações agora passam por um tal de Monsieur al-Madani, da Embaixada Saudita em Paris.

Sarah de repente levantou o rosto.

— Rafiq al-Madani?

— Você o conhece?

Ela não respondeu.

— Minha suposição, senhorita Bancroft, é que você é ou já foi oficial da Agência de Inteligência Central. Nem é preciso dizer que seus segredos estão seguros dentro destas paredes.

— Rafiq al-Madani trabalhou por vários anos como representante do Ministério de Assuntos Islâmicos. É um dos canais oficiais usados pela Casa de Saud para espalhar o wahabismo pelo mundo.

Rousseau sorriu caridosamente.

— Sim, eu sei.

— O FBI não gostava nada de al-Madani — disse Sarah. — Nem o Centro de Contraterrorismo em Langley. Não gostávamos das companhias que ele mantinha antes de ir para Washington. E o Bureau não gostava de alguns dos projetos que ele estava financiando nos Estados Unidos. O Departamento de Estado pediu, discretamente, para Riad achar trabalho para ele em outro lugar. E, para nossa grande surpresa, eles concordaram com nosso pedido.

— Infelizmente — falou Rousseau —, eles o enviaram a Paris. Desde o momento em que chegou, ele envia dinheiro e apoio saudita a algumas das mesquitas mais radicais na França. Na nossa opinião, Rafiq al-Madani é linha-dura e um fiel radical. Também é bastante próximo de Vossa Alteza Real. Visita com frequência o château do príncipe, e, no verão passado, passou vários dias no iate novo dele.

— Imagino que al-Madani seja alvo de vigilância da DGSI — disse Gabriel.

— Intermitente.

— Acha que ele sabia que a filha de Khalid ia a uma escola do outro lado da fronteira, em Genebra?

Rousseau deu de ombros.

— Difícil dizer. O príncipe herdeiro não contou a quase ninguém, e a segurança na escola era muito fechada. O responsável era um homem chamado Lucien Villard. É francês, não suíço. Trabalhava para o Service de la Protection.

— Por que um veterano de uma unidade de elite como a SDLP cuidava da segurança numa escola particular em Genebra?

— Villard não saiu do serviço nos melhores termos. Havia boatos de que estava tendo um caso com a esposa do presidente. Quando ele descobriu, mandou demiti-lo. Aparentemente, Villard ficou bem abatido com o sequestro da menina. Pediu demissão de seu cargo alguns dias depois.

— Onde ele está agora?

— Ainda em Genebra, imagino. Posso conseguir um endereço se você...

— Nem se preocupe. — Gabriel contemplou as três fotografias dispostas na mesa.

— Em que está pensando?

— Estou me perguntando quantos agentes foram necessários para fazer algo assim.

— E?

— De oito a dez para o sequestro em si, sem falar nos que ficaram de apoio. E, ainda assim, por algum motivo, a DGSI, confrontada com a pior ameaça de terrorismo do mundo ocidental, deixou passar todos eles.

Rousseau retirou uma quarta foto de seu arquivo.

— Não, meu amigo. Nem todos.

16
PARIS

A Brasserie Saint-Maurice ficava localizada no coração de Annecy medieval, no térreo de um prédio antigo que era uma bagunça de janelas, persianas e balaustradas que não combinavam entre si. Várias mesas quadradas estavam dispostas na calçada sob o abrigo de três toldos retangulares modernos. Numa delas, um homem bebia café e olhava um celular. O cabelo dele era claro e liso, bem-arrumado. O rosto, também. Ele usava casaco de lã, um cachecol de seda estiloso e óculos de sol esportivos. O horário no canto inferior direito da foto dizia 16:07:46. A data era 13 de dezembro, dia do sequestro da princesa Reema.

— Como pode ver pela resolução — disse Rousseau —, a imagem foi ampliada. Aqui está a original.

O francês deslizou outra fotografia pela mesa de reuniões. A perspectiva era ampla o bastante para a rua estar visível. Vários carros estavam parados no meio-fio. O olhar de Gabriel foi instantaneamente atraído para uma van Citröen.

— Nosso sistema de vigilância de tráfego não é tão orwelliano quanto o seu ou o da Inglaterra, mas a ameaça de terrorismo nos levou a melhorar nossas habilidades. Não levou muito tempo para achar o carro. Nem o homem que o dirigia.

— O que sabem sobre ele?

— Alugou uma *villa* de férias nos arredores de Annecy duas semanas antes do sequestro. Pagou em dinheiro por um mês, o que a imobiliária e o proprietário ficaram mais que felizes em aceitar.

— Imagino que não tenha um passaporte.

— Tem, na verdade. Britânico. A imobiliária fez uma cópia.

Rousseau passou uma folha de papel por cima da mesa. Era a cópia de uma cópia, mas com boa resolução. O nome no passaporte era Ronald Burke, nascido em Manchester em 1969. A foto tinha uma vaga semelhança com o homem sentado na Brasserie Saint--Maurice algumas horas antes de a princesa Reema ser raptada.

— Vocês perguntaram aos britânicos se é genuíno?

— E o que íamos dizer a eles? Que é um suspeito num sequestro que *não aconteceu*?

Gabriel estudou o rosto do homem. A pele dele era esticada e sem ruga, e o formato artificial de seus olhos sugeria uma visita recente ao cirurgião plástico. As íris olhavam sem expressão para a lente da câmera. Os lábios não sorriam.

— Como é o sotaque dele?

— Ele falou francês com sotaque britânico com a corretora.

— Vocês têm algum registro dele entrando no país?

— Não.

— Alguém o viu após o sequestro?

Rousseau negou.

— Ele parece ter desaparecido no ar. Igual à princesa Reema.

Gabriel apontou para a foto em plano geral do homem sentado na Brasserie Saint-Maurice.

— Suponho que seja a captura de uma gravação em vídeo.

Rousseau abriu um laptop e teclou com ar de um homem que ainda não estava confortável com a tecnologia moderna. Então, virou o computador para que Gabriel e Sarah pudessem ver a tela e deu PLAY. O suspeito estava vendo algo no celular. A mulher bebendo vinho branco na mesa ao lado, também. Ela estava vestida de forma profissional, o cabelo escuro caído em seu bonito rosto. Também usava óculos escuros, apesar de estar na sombra. As lentes eram grandes e retangulares, o tipo de óculos, pensou Gabriel, usado por atrizes famosas quando não queriam ser reconhecidas.

Às 16:09:22, ela levou o telefone ao ouvido. Se tinha feito a ligação ou recebido, Gabriel não conseguia discernir. Alguns segundos depois, às 16:09:48, ele notou que o homem também estava ao telefone.

Gabriel apertou PAUSE.

— Que coincidência, não?

— Continue assistindo.

Gabriel deu PLAY e observou as duas pessoas na Brasserie Saint-Maurice desligarem, ela primeiro e ele 27 segundos depois, às 16:11:34. O homem saiu do café às 16:13:22 e entrou na van Citröen. A mulher partiu três minutos depois, a pé.

— Pode pausar agora.

Gabriel obedeceu.

— Não conseguimos determinar se as duas pessoas na Brasserie Saint-Maurice estavam numa ligação celular ou numa conversa pela internet às 16h11 daquela sexta. Se eu tivesse que chutar...

— Os telefones eram um disfarce. Eles estavam falando diretamente um com o outro no café.

— Simples, mas eficaz.

— Para onde ela foi depois?

Rousseau passou outra foto por cima da mesa. Uma mulher vestida de forma profissional entrando no banco do carona de uma Ford Transit cinza-claro. A mão enluvada dela estava na maçaneta.

— Onde foi tirada?

— Na avenue de Cran, que cruza uma área operária na fronteira oeste da cidade.

— Conseguiu ver o motorista?

Outra foto deslizou pela mesa. Mostrava um homem com cabeça em formato de objeto pontiagudo usando uma balaclava de lã e, claro, óculos escuros. Gabriel supôs que houvesse vários outros agentes no compartimento de trás, todos armados com submetralhadoras HK. Devolveu a foto a Rousseau, envolvido no ritual de preparação de seu cachimbo.

— Talvez agora seja um bom momento para você explicar seu envolvimento neste assunto.

— Vossa Alteza Real solicitou minha ajuda.

— O governo da França é mais do que capaz de recuperar a princesa Reema sem assistência do serviço secreto de inteligência de Israel.

— Vossa Alteza Real discorda.

— É mesmo? — Rousseau acendeu um fósforo e levou ao fornilho do cachimbo. — Ele recebeu alguma comunicação dos sequestradores?

Gabriel entregou a carta de resgate. Rousseau a leu em meio a uma nuvem de fumaça.

— Me pergunto por que Khalid não nos contou sobre isso. Só posso supor que não queira que a gente fique fuçando numa batalha interna pelo controle da Casa de Saud. Mas por que diabos ele confiaria em você e não em nós?

— Estive me perguntando a mesma coisa.

— E se não conseguir encontrá-la até o prazo acabar?

— Vossa Alteza Real vai ter de tomar uma decisão difícil.

Rousseau franziu o cenho.

A HERDEIRA

— Estou surpreso que um homem como você ofereça seus serviços a um homem como ele.

— Você não aprova o príncipe herdeiro?

— Acho que é seguro dizer que ele passa mais tempo no meu país do que no seu. Como oficial sênior da DGSI, tive a oportunidade de observá-lo de perto. Nunca acreditei no conto de fadas sobre como ele ia mudar a Arábia Saudita e o Oriente Médio. Também não fiquei surpreso quando ele encomendou o assassinato de um jornalista que ousou criticá-lo.

— Se a França ficou tão chocada com o assassinato de Omar Nawwaf, por que permitiu que Khalid entrasse todo fim de semana no país para ficar com a filha?

— Porque Vossa Alteza Real é um programa de estímulo econômico numa pessoa só. E porque, gostando ou não, ele vai governar a Arábia Saudita por muito tempo. — disse Rousseau, em voz baixa: — Se você conseguir achar a filha dele.

Gabriel não respondeu.

A sala se encheu de fumaça enquanto Rousseau considerava suas opções.

— Só para deixar registrado — disse, finalmente —, o governo da França não vai tolerar seu envolvimento na busca pela filha do príncipe Khalid. Dito isso, sua participação pode se mostrar útil para o Grupo Alpha. Desde que, é claro, coloquemos algumas regras do jogo.

— Por exemplo?

— Você vai compartilhar informação comigo, assim como compartilhei com você.

— Feito.

— Não vai grampear, chantagear ou cometer violência contra nenhum cidadão francês.

— Só se merecer.

105

— E não vai tentar resgatar a princesa Reema em solo francês. Se descobrir a localização dela, vai me contar, e nossas unidades de polícia tática vão libertá-la.

— *Inshallah* — murmurou Gabriel.

— Temos um acordo?

— Parece que sim. Vou achar a princesa Reema, e você vai ficar com todo o crédito.

Rousseau sorriu.

— Pelos meus cálculos, você tem mais ou menos cinco dias antes do prazo se esgotar. Como pretende proceder?

Gabriel apontou para a foto do homem sentado na Brasserie Saint-Maurice.

— Vou encontrá-lo. E, aí, vou perguntar onde ele está escondendo a princesa.

— Como seu parceiro clandestino, eu daria um conselho. — Rousseau apontou para a imagem da mulher entrando na van. — Pergunte a ela.

17

PARIS–ANNECY

A Embaixada Israelense localizava-se na margem oposta do Sena, na rue Rabelais. Gabriel e Sarah ficaram lá por quase uma hora — ele no cofre de comunicação segura da estação, Sarah na antessala do embaixador. Ao saírem, compraram sanduíches e café num estabelecimento que ficava na esquina, e passaram pelos bairros do sul de Paris até a A6, a autoroute du Soleil. O trânsito caótico de fim de tarde já tinha passado havia muito tempo, e a estrada diante de Gabriel estava praticamente livre. Ele pisou no acelerador do Passat e sentiu uma pequena animação rebelde quando o motor respondeu com um rugido.

— Você já provou o que queria com o diabo deste carro. Agora, por favor, desacelere. — Sarah desembrulhou um dos sanduíches e comeu com voracidade. — Por que tudo é mais gostoso na França?

— Não é, na verdade. Esse sanduíche vai ter exatamente o mesmo gosto quando cruzarmos a fronteira suíça.

— É para lá que estamos indo?

— Em algum momento, sim.

— Onde é nossa primeira parada?

— Achei que seria bom olharmos a cena do crime.

Sarah deu mais uma mordida no sanduíche.

— Tem certeza de que não quer um?

— Talvez mais tarde.

— O sol já se pôs, Gabriel. Você pode comer.

Ela acendeu a lâmpada do teto e abriu o dossiê que Paul Rousseau tinha colocado discretamente na maleta de Gabriel enquanto saíam da sede do Grupo Alpha. Continha uma foto de vigilância de Khalid e Rafiq al-Madani a bordo do *Tranquility*. Gabriel olhou de lado antes de voltar a se concentrar na estrada.

— Quando foi tirada?

Sarah virou a imagem e leu a legenda no verso.

— Em 22 de agosto, na baía de Cannes. — Ela analisou com cuidado. — Conheço essa expressão no rosto de Khalid. É a que ele usa quando alguém está dizendo algo que ele não quer escutar. Encontrei-a pela primeira vez quando falei que não queria ser consultora de arte dele.

— E pela segunda?

— Quando falei que ele seria idiota de gastar meio bilhão de dólares no Leonardo suspeito.

— Você já entrou no iate?

Sarah fez que não.

— Memórias ruins demais. Toda vez que Khalid me convidava, eu inventava alguma desculpa. — Ela analisou de novo a fotografia. — Sobre o que acha que estão falando?

— Talvez estejam discutindo a melhor forma de se livrar de um jornalista enxerido chamado Omar Nawwaf.

Sarah devolveu-a ao arquivo.

— Achei que Khalid fosse cortar o fluxo de dinheiro aos radicais.

— Eu também.

— Então, por que está com um fiel wahabista como al-Madani?

— Boa pergunta.

— Se eu fosse você, pediria vigilância o quanto antes.
— O que acha que eu estava fazendo lá embaixo na Embaixada?
— Não tenho como saber, não fui convidada. — Sarah pegou outra imagem do dossiê de Rousseau. Um homem e uma mulher em mesas separadas na Brasserie Saint-Maurice em Annecy, cada um com um celular. — E sobre o que você acha que *eles* estão falando?
— Não pode ser nada bom.
— Obviamente não são sauditas.
— Obviamente.
Sarah estudou a foto do passaporte.
— Ele não me parece britânico.
— Como são as pessoas britânicas?
Sarah desembrulhou outro sanduíche.
— Coma alguma coisa. Vai ficar menos mal-humorado.
Gabriel deu uma mordida.
— E então?
— Talvez seja o melhor sanduíche que já comi.
— Eu falei — disse Sarah. — Tudo é mais gostoso na França.

Chegaram a Annecy pouco depois da meia-noite. Deixaram o Passat em frente à Brasserie Saint-Maurice e fizeram check-in num pequeno hotel perto da catedral. Gabriel foi acordado pouco depois das quatro da manhã por uma briga na rua embaixo de sua janela. Sem conseguir dormir de novo, desceu para o restaurante. Aproveitou para ler os jornais de Paris e Genebra, enquanto tomava uma xícara de café atrás da outra. As páginas estavam cheias de relatos dos últimos escândalos de Washington, mas não havia menção sobre uma princesa sumida na Arábia Saudita.

Sarah apareceu alguns minutos depois das nove. Juntos, caminharam por uma hora ao lado dos canais verdejantes da cidade histórica para determinar se estavam sendo seguidos. Ao cruzar a Pont des Amours, concordaram que não.

Voltaram ao hotel apenas para pegar a bagagem, dirigindo-se, depois, até a Brasserie Saint-Maurice. Sarah tomou um *café crème* enquanto Gabriel, à moda de um motorista em apuros, investigava o Passat em busca de explosivos ou rastreador. Sem achar evidências de que o carro tivesse sido adulterado, ele jogou as malas no banco de trás e chamou Sarah com um aceno de cabeça. Foram embora de Annecy pela avenue de Cran, passando pelo lugar onde a mulher tinha entrado no Ford Transit, e pegaram a D14.

A estrada para oeste os conduzia por uma série de cidades e aldeias alpinas ao longo das margens do rio Fier. Além do povoado de La Croix, a rodovia subia íngreme até um bosque, antes de emergir de novo numa paisagem de terra *à la* Van Gogh. No cruzamento com a D38, Gabriel entrou no acostamento de grama e desligou o motor. O silêncio era total. Uma única *villa* ocupava o topo de um morro a cerca de um quilômetro. Fora isso, não havia residência alguma à vista.

Gabriel abriu a porta e colocou um pé no chão. Instantaneamente, sentiu vidro de automóvel estilhaçado sob seu sapato. O vidro estava por todo lugar, em todos os quatro cantos do cruzamento imperfeito. A polícia francesa, como lhe é habitual, não tinha limpado adequadamente a cena. Até um pouco de sangue podia ser notado no asfalto, como uma mancha de óleo e uma longa marca de pneus. Gabriel imaginou que fossem do Range Rover. Viu tudo claramente — a colisão, os tiros, a explosão controlada, uma criança sendo arrancada do banco de trás de um automóvel de luxo. Com a mão direita, ele contava os segundos: 25, 30 no máximo.

Entrou no carro ao lado de Sarah. Seu dedo pairou sobre o botão de partida.

— Em que está pensando?

— Também não acho que Ronald Burke pareça britânico. — Gabriel ligou o motor. — Você já foi ao château de Khalid?
— Uma vez.
— Lembra o caminho?
Sarah apontou para oeste.

Antes mesmo de chegarem ao portão principal, a propriedade fazia sentir sua presença. Havia, para começar, um muro. Com muitos quilômetros, era feito de pedra local e tinha, na parte de cima, fileiras de arame farpado voltado para fora. Lembrava a Gabriel a cerca que corria ao longo de Grosvenor Place, em Londres, separando o terreno do Palácio de Buckingham da ralé do bairro vizinho de Belgravia. O portão era uma monstruosidade de barras de ferro e lâmpadas banhadas a ouro, e atrás havia uma entrada perfeita de cascalho, levando a um Versalhes particular.

Gabriel refletiu em silêncio. Por fim, perguntou:
— Por que estou tentando ajudar um homem que desperdiçaria quatrocentos milhões de euros numa casa dessas?
— Qual é a resposta?
Antes de Gabriel conseguir falar, seu BlackBerry tremeu. Ele fez uma careta para a tela.
— O que foi? — perguntou Sarah.
— Rafiq al-Madani acabou de entrar no Ministério do Interior em Paris.

18

GENEBRA

Durante sua breve estada na estação do Escritório em Paris, Gabriel fizera mais do que colocar Rafiq al-Madani sob vigilância. Também tinha ordenado que a Unidade 8200 encontrasse o endereço de Lucien Villard, ex-chefe de segurança da Escola Internacional de Genebra. Os ladrões cibernéticos da Unidade conseguiram em questão de minutos na seção de recursos humanos da rede de computadores da escola, na qual entraram como se passassem por uma porta aberta. Villard morava num bairro movimentado de prédios residenciais de estilo parisiense. Sua rua era cheia de lojas e cafés, um paraíso para observadores. Havia até um hotel modesto, a que Gabriel e Sarah chegaram ao meio-dia. Gabriel pediu para falar com um hóspede de nome Lange e foi levado a um quarto no terceiro andar. Lá, encontraram uma placa de não perturbe e Mikhail Abramov parado na fresta da porta entreaberta.

Ele olhou para Sarah e sorriu.

— Algo errado?

— Eu só...

— Achou que seria outra pessoa?

— Tive esperança, na verdade. — Sarah olhou para Gabriel. — Você podia ter mencionado que ele estaria aqui.

— Mikhail é profissional, e você também. Tenho certeza de que os dois podem deixar as diferenças de lado e trabalhar juntos.

— Como Israel e os palestinos?

— Tudo é possível.

Gabriel passou por eles e entrou no quarto. As luzes estavam apagadas, e as cortinas, bem fechadas. As únicas fontes de iluminação eram o laptop aberto na escrivaninha e o BlackBerry de Mikhail.

Ele tirou um envelope fino do bolso externo de sua mala de mão.

— Buscamos essas fotos do homem e da mulher de Annecy em todas as bases de dados ontem à noite.

— E?

— Nada. Mesma coisa com o passaporte.

Gabriel foi à janela e olhou pelo canto das cortinas.

— Qual é o prédio de Villard?

— Número 21.

Mikhail entregou um binóculo Zeiss a Gabriel.

— Terceiro andar, lado direito do prédio.

Gabriel vasculhou as duas janelas voltadas à rua do apartamento de Lucien Villard. Viu uma sala de estar com poucos móveis, mas sem sinal do proprietário.

— Tem certeza de que ele está lá?

Mikhail aumentou o volume do laptop. Em alguns segundos, Gabriel ouviu a frase de abertura de "I Want to Talk About You", de Coltrane.

— Qual é a fonte do áudio?

— O celular dele. A Unidade conseguiu o número no arquivo digital interno da escola. Quando pousei hoje de manhã, o telefone já estava grampeado e estávamos lendo os e-mails e as mensagens dele.

— Algo interessante?

— Ele está indo para Marrakesh amanhã à tarde.

Gabriel apontou o binóculo para Mikhail.

— Sério?

— Tem uma reserva na Lufthansa, com uma breve conexão em Munique. Primeira classe em ambos os trechos.

Gabriel abaixou a lente.

— Quando ele volta?

— A passagem está em aberto. Ele ainda não marcou a volta.

— Agora que não está mais trabalhando, imagino que tenha muito tempo livre.

— E o Marrocos é lindo nesta época do ano.

— Eu lembro — comentou Gabriel, distante. — A Unidade conseguiu ver o arquivo dele?

— Pegaram uma cópia antes de sair.

— Alguma menção ao fato de que ele foi escorraçado da SDLP por ter um caso com a esposa do presidente francês?

— Ele parece não ter mencionado isso na entrevista de emprego.

— Alguma informação secreta?

Mikhail negou.

— Quanto estavam pagando a ele?

— O suficiente para alugar um apartamento num bairro chique de Genebra, mas não para as coisas supérfluas.

— Como uma viagem longa ao Marrocos?

— Sem esquecer a passagem de primeira classe.

— Não esqueci. — A música de Lucien Villard preencheu o silêncio. — E a vida pessoal dele?

— Foi casado uma vez há um milhão de anos.

— Filhos?

— Uma filha. Trocam e-mails às vezes.

— Que simpático.

— Eu não diria isso antes de ler os e-mails.

Gabriel levou o binóculo de volta aos olhos e analisou o apartamento de Villard.

— Tem uma mulher lá?

— Se tiver, ainda não está acordada. Mas ele vai tomar um drinque com uma mulher chamada Isabelle Jeanneret às cinco.

— Quem é?

— Por enquanto, só um endereço de e-mail. A Unidade está trabalhando nisso.

— Onde vão se encontrar?

— No Café Remor, na place du Cirque.

— Quem escolheu o lugar?

— Ela. — Um silêncio caiu entre os dois, antes de Mikhail perguntar: — Acha que ele sabe de algo?

— Não estaríamos aqui se eu não achasse.

— Como pretende agir?

— Quero ter uma conversinha com ele em particular.

— Uma conversinha amigável?

— Isso depende inteiramente de Lucien.

— Quando vamos agir?

— Depois de ele terminar os drinques com a Madame Jeanneret no Café Remor. Você e Sarah vão estar sentados à mesa ao lado. — Gabriel sorriu. — Como nos velhos tempos.

A canção de Coltrane acabou, e a seguinte começou.

— Como se chama essa? — perguntou Sarah.

— "You Say You Care".

Sarah balançou a cabeça.

— Não dava para ter achado outra pessoa para mandar para Genebra?

— Ele se voluntariou.

★ ★ ★

Viram Villard pela primeira vez às 13h30, parado na janela da sala de estar, sem camisa, com o celular grampeado na orelha. Conversava em francês com uma mulher que o aparelho identificava como Monique. Obviamente eram íntimos. Inclusive, por uns dez minutos, ela explicou com detalhes torturantes o que faria com o corpo de Villard se ele concordasse em encontrá-la à noite. Ele, alegando um conflito de agendas, declinou. Não mencionou que ia sair com Isabelle Jeanneret às 17h. Também não fez referência a sua viagem iminente a Marrakesh. Gabriel admirou muito a performance. Lucien Villard, concluiu, era um homem que mentia com frequência e bem.

A mulher desligou abruptamente, e Villard desapareceu da vista deles. Voltavam a vê-lo de relance quando ele passava ao alcance da câmera do telefone, mas, principalmente, ouviam as gavetas abrindo e fechando — um som que Gabriel, veterano de muitas operações de vigilância, associou ao de malas sendo arrumadas. Havia duas, na verdade, uma de pano e uma gigante retangular de rodinhas, do tamanho de um baú. Ele deixou as duas no hall de entrada antes de descer.

Quando o viram em seguida, Villard estava saindo para a rua movimentada, com um casaco de couro, jeans escuros e uma bota de cano médio de camurça. Parou brevemente na calçada, olhando para os dois lados — talvez por hábito, pensou Gabriel, ou talvez porque temesse estar sendo vigiado.

Um cigarro foi levado aos lábios, um isqueiro se acendeu, uma baforada de fumaça foi carregada pelo vento frio do inverno. Então, ele enfiou as mãos bem fundo no bolso e se dirigiu ao centro de Genebra.

Gabriel continuou no quarto de hotel enquanto Mikhail e Sarah seguiam Villard a pé. O telefone permitia que a Unidade 8200 rastreasse todos os movimentos dele de longe. Os dois agentes serviam apenas como olhos humanos no alvo. Mantinham uma distância segura, às vezes posando de casal, às vezes trabalhando sozinhos. Consequentemente, apenas Sarah observou Villard entrando num pequeno banco particular na rue du Rhône. O telefone grampeado permitiu que Gabriel monitorasse a transação feita por Villard lá dentro — a transferência de uma quantia grande de dinheiro para um banco em Marrakesh. Ele, então, pediu acesso ao seu cofre. Como o telefone estava no bolso, a câmera acabou ficando cega. Mas a sequência de sons — o ranger de uma dobradiça, o farfalhar de papéis, o zíper de uma jaqueta de couro se fechando — levou Gabriel a concluir que itens haviam sido removidos do cofre, não colocados.

Mikhail estava tomando café na Starbucks do outro lado da rua quando Villard saiu do banco. O francês checou o horário no relógio de pulso — eram exatamente 16h30 — e seguiu pela rue du Rhône até o rio. Então, abriu caminho pelas ruas estreitas e tranquilas da Cidade Antiga até a place de la Synagogue, onde Gabriel estava ao volante do Passat.

O Café Remor ficava cem metros mais para a frente, no boulevard Georges-Favon. Havia várias mesas desocupadas na place du Cirque, e outras sob o toldo. Villard decidiu se sentar na praça. Mikhail se juntou a Sarah sob o toldo. Um aquecedor a gás aliviava o frio do fim de tarde.

Sarah levou uma taça de vinho tinto aos lábios.

— Como me saí?

— Nada mal — disse Mikhail. — Nada mal mesmo.

Por dez minutos, ninguém apareceu. Villard fumou dois cigarros, acendendo o segundo com o primeiro, e olhou várias vezes para o celular, apoiado na mesa. Finalmente, às 17h15, chamou um garçom que passava e fez o pedido. Uma única garrafa de cerveja Kronenbourg chegou um minuto depois.

— Parece que ela deu bolo nele — disse Mikhail. — Se eu fosse ele, ligaria para Monique antes que seja tarde.

Mas Sarah não estava ouvindo; observava um homem vindo pelo boulevard na direção do café. Em vestimenta e aspecto, parecia um banqueiro ou empresário suíço, na casa dos quarenta ou cinquenta anos, a caminho de casa depois de um dia próspero no escritório. Seu sobretudo caro era marrom, e a pasta de couro que carregava na mão esquerda, vermelho-escuro. Ele a deixou na calçada ao lado de Lucien Villard antes de sentar-se a uma mesa adjacente.

Em voz baixa, Mikhail perguntou:

— Será uma coincidência ele ter escolhido sentar-se do lado do nosso cara, quando tem tantas outras mesas disponíveis?

— Não — respondeu Sarah. — Não é.

— O rosto dele é familiar.

— Deveria ser.

— Onde o vi antes?

— Na Brasserie Saint-Maurice em Annecy.

Mikhail olhou para Sarah, perplexo.

— É o rosto que você procurou nas bases de dados do Boulevard Rei Saul ontem à noite.

Mikhail pegou seu BlackBerry e discou.

— Você não imagina quem acaba de entrar no Café Remor.

— Eu sei — disse Gabriel. — Estou do outro lado da rua.

19
GENEBRA

A vaga em que Gabriel estava estacionado na place du Cirque não era, de forma alguma, legal. Nem a Beretta M9 com cabo de nogueira no banco do passageiro, embaixo de um exemplar do *Le Temps* daquele dia. Gabriel colocara a arma ali depois de ver o homem de sobretudo marrom caminhando pelo boulevard. As vestimentas dele eram mais profissionais do que da última vez, usava outro penteado e um óculos de armação escura. Ainda assim, não havia como confundi-lo. Tendo passado uma vida restaurando telas dos Velhos Mestres, Gabriel tinha desenvolvido uma habilidade quase infalível para reconhecer rostos familiares, mesmo disfarçados. O homem sentado ao lado de Lucien Villard tinha estado na Brasserie Saint-Maurice em Annecy no dia do sequestro da princesa Reema.

Gabriel considerou tentar prender o homem, mas rejeitou a ideia na mesma hora. Era um profissional, sem dúvida, armado. Sua rendição não seria amigável. Era provável que balas voassem numa praça movimentada no coração de Genebra.

Tratava-se de um risco que Gabriel não estava disposto a correr. O código do Escritório proibia o uso de força letal em cenários urbanos lotados, a não ser que o oficial em questão estivesse correndo perigo de vida ou de ser privado de sua liberdade, em especial, para uma nação hostil. Não era o caso no momento. Gabriel e Mikhail podiam seguir o homem depois de ele ir embora do Café Remor e capturá-lo no lugar e momento em que escolhessem. Então, o encorajariam a revelar o destino da princesa Reema, por persuasão ou força. Se a sorte estivesse a favor deles, talvez o suspeito os levasse diretamente à princesa. Melhor esperar, considerou Gabriel, do que agir precipitadamente e perder a oportunidade de salvar a vida da menina.

De seu ponto de observação, ele conseguia ver que o homem de sobretudo marrom ainda não fizera seu pedido. Sua pose era idêntica à que adotara na Brasserie Saint-Maurice — pernas casualmente cruzadas, cotovelo direito na mesa, mão esquerda na coxa, com certeza para alcançar facilmente a arma. A pasta de couro continuava na calçada, entre a mesa dele e a de Villard. Era um lugar estranho para deixá-la. A não ser, pensou Gabriel, que ele não tivesse intenção de levá-la consigo ao sair.

Mas por que o suspeito estava sentado num café ao lado do ex-diretor de segurança da Escola Internacional de Genebra? O telefone comprometido de Villard estava na mesa a sua frente. A Unidade 8200 hackeara as informações de forma segura para o BlackBerry de Gabriel. A qualidade do áudio era cristalina — ele conseguia ouvir o tilintar dos talheres e das taças no café, bem como as conversas passantes na calçada —, mas havia um atraso de vários segundos na transmissão. Era como assistir a um filme antigo com som e imagem dessincronizados. Os dois personagens centrais dessa história estavam em silêncio. Era possível, pensou Gabriel, que assim permanecessem.

Nesse momento, houve uma batida à janela dele, dois toques firmes vindos dos nós dos dedos enluvados de um policial, seguidos por um aceno seco. Gabriel levantou uma das mãos em sinal de desculpas e se afastou do meio-fio, entrando no trânsito frenético do fim de tarde. Fez uma série de curvas rápidas — direita na avenue du Mail, esquerda na rue Harry-Marc, esquerda de novo no boulevard Georges-Favon — e voltou à place du Cirque.

Um sinal vermelho deu a ele uma desculpa para levar uns instantes a mais por ali. Vários transeuntes passaram pela faixa de pedestre a sua frente. Um era um homem aparentemente bem-sucedido com um sobretudo marrom. Alguns passos atrás estava Mikhail Abramov. Sarah permanecia no Café Remor, sem tirar os olhos de Lucien Villard, que esticava uma das mãos para pegar a pasta de couro na calçada.

Ele o notou pela primeira vez, o homem longilíneo de pele pálida e olhos sem cor, sentado ao lado da loura bonita no Café Remor. E lá estava ele de novo, o mesmo homem, seguindo-o pela escuridão na rue de la Corraterie. Também havia um carro atrás dele — o mesmo que estacionara ilegalmente na place du Cirque. Ele não tinha visto nada do motorista a não ser um borrão grisalho nas têmporas.

Mas como o haviam encontrado? Ele tinha certeza de não ter sido seguido até o café. Portanto, a explicação lógica era que Villard estava sob vigilância, não ele. Não importava, o ex-diretor de segurança não sabia quase nada. E, em poucos minutos, não seria mais uma ameaça.

Ele tirou o telefone do bolso do casaco e ligou para um número já gravado. A conversa foi breve e codificada. Quando terminou, ele desligou e parou numa vitrine. Olhando para a esquerda, viu o homem pálido — e, mais longe na rua, o carro.

Esperou um bonde passar, cruzou para o outro lado da rua e entrou num pequeno cinema. O filme tinha acabado de começar. Comprou um ingresso e entrou na sala escura e meio vazia. Do lado esquerdo da tela localizava-se a saída de emergência. O alarme soou alto quando o suspeito destravou a trava antipânico e saiu de novo para a noite.

Viu-se num pátio cercado por um muro alto. Escalou sem dificuldade, saltou para uma via de paralelepípedos e foi até uma passagem para a Cidade Antiga. Encontrou uma moto Piaggio estacionada em frente a um sebo, com uma figura numa roupa de couro e capacete. Subiu na traseira e abraçou sua cintura fina.

O alarme de incêndio ainda estava soando quando Mikhail irrompeu pela entrada do cinema. Não se deu ao trabalho de comprar um ingresso para disfarçar e precisou de duas tentativas para escalar o muro do pátio dos fundos. A rua na qual saltou estava completamente vazia. Ao se erguer, correu a esmo pelos paralelepípedos até chegar a uma charmosa praça no coração da Cidade Antiga. Lá, viu o homem de sobretudo marrom subindo na traseira de uma motocicleta. Mikhail considerou, por um segundo, sacar a arma e dar um tiro. Em vez disso, correu de volta à rue de la Corraterie, onde Gabriel o esperava.

— Onde ele está?

Mikhail contou da moto.

— Você viu quem pilotava?

— Ela estava usando um capacete.

— Era uma mulher? Tem certeza?

Mikhail fez que sim.

— Onde está Villard?

— Saindo agora do Café Remor.

— Seguido por uma curadora de museu desarmada com treinamento limitado em técnicas de vigilância de rua.

Gabriel pisou no acelerador e fez um retorno na frente de um bonde que se aproximava.

— Você está na contramão de uma rua de mão única.

— Se eu for na mão certa, vamos levar dez minutos para voltar à place du Cirque.

Mikhail bateu os dedos, nervoso, no console central.

— O que você acha que está na pasta?

— Espero que seja dinheiro.

— Eu também.

O primeiro erro de Sarah foi não pagar a conta adiantado, um pecado capital no negócio de vigilância. Quando conseguiu chamar a atenção do indiferente garçom, Lucien Villard já tinha saído da place du Cirque e seguia lá longe pelo boulevard Georges-Favon. Com medo de perdê-lo na multidão de fim de tarde, Sarah correu atrás de sua presa, e foi assim que cometeu o segundo erro.

Aconteceu no cruzamento com a rue du Stand.

Villard estava prestes a atravessar, mas, quando o semáforo ficou vermelho, ele parou abruptamente e pegou um maço de cigarros. A brisa estava vindo do Rhône, diretamente em sua direção. Ao se virar para usar o isqueiro, ele viu Sarah examinando a vitrine de uma loja de vinhos a cerca de trinta metros. Olhou-a descaradamente por um bom tempo, o cigarro entre os lábios, o isqueiro na mão direita, a pasta na esquerda. A pasta que lhe tinha sido dada pelo homem de sobretudo marrom.

Imediatamente, Villard jogou o cigarro na calçada e deu dois passos bruscos na direção de Sarah. Foi aí que ela viu uma explosão de luz branca brilhante e sentiu uma rajada de ar quente com a força de um furacão, erguendo-a do chão e jogando-a na calçada. Ficou deitada imóvel, incapaz de se mexer ou respirar, perguntando-se se estava viva ou morta. Só tinha consciência do vidro estilhaçado e de membros e vísceras humanas. E sangue. Estava por todo canto, o sangue. Um pouco, temia, devia ser seu. E um pouco pingava nela dos galhos pelados da árvore abaixo da qual ela caíra.

Por fim, ouviu alguém chamando seu nome. Percebeu uma mulher mancando lentamente enquanto atravessava uma esplanada banhada de sol à beira-mar, o rosto escondido por um véu negro. Então, ela desapareceu e um homem tomou seu lugar. Os olhos dele eram azul-acinzentados, como gelo glacial, e ele gritava a plenos pulmões:

— Sarah! Sarah! Está me ouvindo, Sarah?

Parte Dois

ABDICAÇÃO

20
GENEBRA–LYON

A bomba era pequena, só cinco quilos de explosivo de classe militar, mas fora construída por especialistas. Tinha sido colocada não num carro ou caminhão, mas numa pasta. O homem que a segurava quando ela detonou foi reduzido a uma coleção de órgãos e extremidades, incluindo sua mão que foi parar no para-brisa de um carro que trafegava pelo boulevard Georges-Favon.

Foi encontrada uma carteira dentro dos restos de um casaco de couro, preso em torno dos restos de um torso humano. Tudo pertencia a certo Lucien Villard, veterano do Service de la Protection, que, até pouco tempo, tinha o cargo de chefe de segurança na Escola Internacional de Genebra. Duas outras pessoas, um homem de 28 anos e uma mulher de 33, foram mortas na explosão. Ambos estavam bem ao lado de Villard enquanto ele esperava para atravessar a rue du Stand. Cidadãos suíços e residentes de Genebra.

A pasta foi mais difícil de identificar, pois não sobrou quase nada. A Polícia Federal suíça obteria vídeos de circuito fechado mostrando Lucien Villard pegando a maleta no Café Remor. Tinha sido largada ali por um homem de óculos e sobretudo marrom. Quando saiu do café a pé, ele fora seguido por um homem alto de pele e cabelo claros e por outro dirigindo um Passat sedan. O de sobretudo tinha feito uma breve ligação antes de entrar num cinema na rue de la Corraterie, de onde saiu rapidamente. O Onyx, sistema de inteligência de sinais altamente capacitado da Suíça, por fim interceptaria a ligação. Ele havia ligado para uma mulher, com quem trocou poucas palavras em francês. Analistas linguísticos determinariam que não era o idioma nativo de nenhum dos dois.

Quando Lucien Villard saiu do Café Remor com a pasta às 17h17, foi seguido por uma mulher que estava numa mesa com o homem alto. Ela estava a meio quarteirão de Villard no boulevard Georges-Favon quando a bomba foi detonada. Permaneceu imóvel na calçada por vários minutos, como se estivesse entre os mortos. Então, o homem alto apareceu e a colocou às pressas no banco de trás do Passat sedan.

O carro tinha placa francesa e retornou à França, minutos depois de sair da cena da explosão. Pouco antes das nove da noite, entrou num estacionamento no centro de Lyon, com boa parte da placa de trás suja de lama. Gabriel escondeu a chave embaixo da roda posterior esquerda, enquanto Mikhail ajudava Sarah a sair do banco traseiro. Os passos dela eram instáveis ao atravessar a rua até a Gare de la Part Dieu.

O último trem da noite para Paris estava prestes a sair. Mikhail comprou três passagens, e, juntos, foram para a plataforma. O vagão deles estava quase vazio. O russo sentou-se sozinho na frente, numa poltrona voltada para a traseira do trem; Gabriel e Sarah, à direita. O rosto dela estava cinzento, o cabelo, úmido. Mikhail a lavara com alguns litros de água Vittel antes de colocar roupas limpas nela. Por sorte, o sangue não era de Sarah, mas de Lucien Villard.

Ela examinou seu reflexo no vidro da janela.

— Sem nenhum arranhão. Como explica isso?

— A bomba foi projetada para limitar vítimas colaterais.

— Você viu a explosão?

Gabriel fez que não.

— Só ouvimos.

— Eu vi. Ou pelo menos, acho que sim. Só lembro da expressão de Lucien Villard ao ser rasgado em pedaços. Era como se ele fosse...

— Um homem-bomba?

Sarah assentiu lentamente.

— Você já viu?

— Um homem-bomba? Perdi as contas.

Ela, de repente, fez uma careta de dor.

— Parece que fui atropelada por um caminhão. Acho que devo ter quebrado uma ou duas costelas.

— Vamos pedir para um médico examiná-la antes do seu voo.

— Que voo?

— O voo para Nova York.

— Não vou a lugar nenhum.

Gabriel não se deu ao trabalho de responder. O rosto no vidro estava contorcido de dor.

— A noite não saiu exatamente como planejado — disse Sarah.

— Lucien Villard foi explodido em pedacinhos. E um dos sequestradores de Reema escapou por entre nossos dedos.

— Infelizmente, esse é um ótimo resumo.

— Ele caiu no nosso colo e deixamos escapar.

— Fomos Mikhail e eu que o perdemos, não você.

— Talvez devêssemos tê-lo capturado no café.

— Ou talvez devêssemos ter atirado nele quando estava andando naquela rua tranquila perto do cinema. Uma bala tende a deixar até o homem mais duro tagarela.

— Lembro disso, também. — Sarah observou um bairro feio de periferia passar por sua janela. — Acho que sabemos como os sequestradores descobriram que a filha de Khalid estava matriculada naquela escola.

— Duvido que precisassem de Villard para isso.

— Então, o que ele fez por eles?

— Aí — falou Gabriel — eu precisaria especular.

— O caminho até Paris é longo. Fique à vontade.

— Observação próxima do alvo — disse Gabriel, após um momento.

— Continue.

— Não podiam fazer sozinhos, porque sabiam que os serviços suíços estavam vigiando. Então, contrataram alguém para fazer isso por eles. Alguém que deveria cuidar da segurança dela.

— Ele sabia para quem estava trabalhando?

— Duvido.

— Então, por que matá-lo?

— Imagino que quisessem eliminar qualquer um capaz de comprometê-los. Ou é possível que Lucien tenha feito alguma estupidez.

— Tipo o quê?

— Talvez os tenha ameaçado. Ou pedido mais dinheiro.

— Ele deve ter pensado que tinha dinheiro na pasta. Por que mais a teria pegado? — Sarah olhou para Mikhail, que os observava na frente do vagão. — Você deveria ter visto a cara dele quando achou que eu pudesse estar morta.

— Eu vi.

— Sei que ele está apaixonado pela fulana, mas ainda gosta de mim. — Ela apoiou a cabeça no ombro de Gabriel. — O que vamos fazer agora?

— Você vai para casa, Sarah.

— Já estou em casa — disse ela, e fechou os olhos.

21

Mais tarde, naquela mesma noite, enquanto um trem com o chefe da inteligência israelense se aproximava da Gare de Lyon em Paris, três figuras encapuzadas tiraram a princesa Reema bint Khalid Abdulaziz de um sono atormentado. Estavam claramente agitadas, o que a surpreendeu. Desde o incidente do caderno, as interações de Reema com seus sequestradores tinham sido formais e silenciosas, mas sem rancor. Aliás, fazia algum tempo que ela não via a mulher. Reema não sabia dizer, com certeza, quanto. Media a passagem das horas e dos dias não por um relógio ou calendário, mas pelo ritmo de suas refeições e suas visitas supervisionadas ao banheiro.

Um dos homens estava segurando uma escova de cabelo e um pequeno espelho em formato de raquete. Também tinha um bilhete. Ele queria que Reema melhorasse sua aparência — o motivo, não disse. O primeiro relance da criatura no espelho a chocou. Ela mal reconheceu o rosto pálido e abatido. Seu cabelo negro estava imundo e embaraçado.

O homem se retirou enquanto Reema, segurando o espelho diante de si, forçava a escova a passar pelo emaranhado de fios.

Ele voltou um momento depois com um exemplar de um jornal de Londres e uma câmera instantânea vermelho vivo. Parecia um brinquedo, não algo que estaria na mão de um criminoso implacável. Ele entregou o periódico a Reema — era uma edição do *The Telegraph* daquela manhã — e, com gestos rudes, instruiu-a a segurá-lo embaixo do queixo. Para a fotografia, ela adotou um *juhaymin*, a tradicional "cara de bravo" dos beduínos árabes. O olhar, porém, implorava que o pai acabasse com seu sofrimento.

A câmera soltou um flash e, alguns segundos depois, cuspiu a fotografia. Então, o homem tirou uma segunda foto, que preferiu à primeira. Ficou com ambas enquanto ele e os outros companheiros se preparavam para sair.

— Posso ficar com ela?

Os olhos por trás da máscara a estudaram de forma questionadora.

— A que você não for mandar para o meu pai para provar que ainda estou viva.

O sequestrador pareceu considerar com cuidado o pedido. Então, a foto não escolhida voou, fazendo uma curva suave antes de pousar no catre ao lado de Reema. A porta se fechou, as trancas estalaram. A luz no teto continuou acesa.

Reema pegou a foto. Era muito boa, pensou. Ela parecia ter mais do que 12 anos e estar levemente bêbada ou drogada, um pouco sexy, como modelos na *Vogue* e na *Glamour*. Duvidava de que seu pai fosse achar o mesmo.

Ela esticou o corpo de costas no catre e olhou para os olhos da garota na fotografia.

— É a morte — sussurrou. — Morte, morte, morte.

22

PARIS-LONDRES

O apartamento seguro ficava num pequeno prédio residencial no extremo do Bois de Boulogne. Mikhail e Sarah pegaram um quarto para cada um, deixando o sofá-cama na sala — a cama de pregos, como era conhecida no Escritório — para Gabriel. Consequentemente, como a princesa Reema, ele não dormiu bem naquela noite.

Levantou cedo, vestiu-se e saiu à luz fria e metálica da manhã. Uma equipe de segurança de dois homens da embaixada esperava por ele em um Renault sedan com placa diplomática. Dirigiram pelas ruas silenciosas até a Gare du Nord, onde Gabriel entrou na classe executiva do Eurostar das 8h15 rumo a Londres. Rodeado de comerciantes e profissionais do mercado financeiro, ele leu os jornais da manhã. Estavam cheios de relatos enganosos sobre o misterioso bombardeio em Genebra envolvendo o ex-chefe de segurança de uma escola particular de elite para filhos de diplomatas.

Enquanto o trem se aproximava do Eurotúnel, Gabriel mandou uma mensagem codificada, informando o destinatário de sua chegada iminente à capital inglesa. A resposta demorou muito para chegar, e o tom era inóspito. Não continha cumprimento nem saudação, só um endereço. Gabriel supôs que fosse de uma casa segura. Ou não. Os britânicos não tinham casas seguras, pensou. Pelo menos, nenhuma que o Centro de Moscou não conhecesse.

Eram 9h30 quando o trem chegou à Estação de St. Pancras, em Londres. Gabriel esperava ser recebido no desembarque, mas, cruzando o imponente átrio principal, não viu evidências de um comitê de recepção britânico. Deveria ter ligado para a Estação de Londres e pedido um motorista e um acompanhante. Em vez disso, passou as duas horas seguintes vagando pelas ruas do West End, buscando evidências de que estivesse sendo seguido. Era uma violação dos protocolos do Escritório, mas no caso dele, não sem precedentes. Da última vez em que se aventurara sozinho em público, tinha encontrado Rebecca Manning, a traidora ex-Chefe de Estação de Washington, e um time de extração russo fortemente armado. Os russos não tinham sobrevivido. Rebecca Manning, para o bem ou para o mal, sim.

A Embaixada da Rússia em Londres, com sua *rezidentura* do SVR cheia de funcionários, ocupava um terreno valioso perto do Palácio de Kensington. Gabriel passou por ela na Bayswater Road e seguiu até Notting Hill. St. Luke's Mews ficava na margem norte deste bairro elegante, perto de Westway. O número 7, como todas as outras casas na rua, era uma garagem convertida. O exterior era pintado numa escala de cinza — cinza-claro nos tijolos, cinza-escuro no acabamento e na porta. A aldrava era um grande anel prateado. Gabriel o bateu duas vezes. E, quando não recebeu resposta, repetiu o gesto.

Por fim, a porta se abriu e Nigel Whitcombe o recebeu. O inglês recentemente fizera 40 anos, mas ainda parecia um adolescente que tinha sido esticado e moldado como adulto. Gabriel o conhecia desde que era um estagiário no MI5. Neste momento, era assistente pessoal e cuidava da maioria dos assuntos para o diretor-geral do Serviço Secreto de Inteligência, o MI6.

— Estou bem — disse Gabriel, incisivo, depois de Whitcombe ter fechado a porta. — E você, Nigel?

— Davies — respondeu ele. — Não usamos nomes reais nos apartamentos seguros, só os de trabalho.

— E quem eu sou?

— Mudd — disse Whitcombe.

— Interessante.

— Deveria ouvir o que nós rejeitamos.

— Posso imaginar.

Gabriel olhou ao redor do interior da casa minúscula. Estava recém-reformada e pintada, mas quase sem mobília.

— Tomamos posse na semana passada. Você é o primeiro convidado.

— Que honra.

— Acredite, não era nossa intenção. Estamos no processo de liquidar todo o nosso inventário de casas seguras. E não só em Londres. No mundo todo.

— Mas não fui eu que contei as localizações aos russos. Foi Rebecca Manning.

Um momento se passou. Então, Whitcombe disse:

— Temos muita história, senhor Mudd.

— Se me chamar assim de novo...

— Nos conhecemos desde a operação Kharkov. Sabe que tenho o máximo de respeito por você.

— Mas?

— Teria sido melhor se tivesse deixado que ela desertasse.

— Nada teria mudado, Nigel. Ainda seria um escândalo e vocês ainda seriam forçados a se livrar de todas as casas seguras.

— Não são só as propriedades seguras, mas tudo. Nossas redes, nossos chefes de estação, nossas cifras e criptografia. Para todos os efeitos, já não estamos no negócio da espionagem.

— É isso que acontece quando os russos plantam uma informante no nível mais alto de um serviço de inteligência — falou Gabriel. — Aqui é muito melhor que aquela pocilga em Stockwell.

— Essa também foi embora. Estamos vendendo e comprando propriedades tão rápido que causamos impacto no mercado imobiliário londrino.

— Tenho um lindo apartamento em Bayswater de que estou querendo me livrar.

— Aquele lugar com vista para o parque? Todo mundo sabe que é um apartamento seguro do Escritório. — Whitcombe sorriu pela primeira vez. — Perdoe, os últimos meses foram um pesadelo. Rebecca deve estar adorando o show de seu novo escritório no Centro de Moscou.

— Como está o "C"?

— Vou deixar que ele responda.

Pela janela da frente, Gabriel viu Graham Seymour sair do banco traseiro de uma limusine Jaguar. Parecia deslocado naquelas ruazinhas da moda, como um homem mais velho e rico visitando sua amante jovem. Seymour sempre teve esse ar. Com seus traços prontos para a câmera e mechas abundantes cinza-escuras quase azuladas, ele parecia um daqueles modelos que se via em anúncios de bugigangas caras como canetas-tinteiro e relógios suíços. Ao entrar, examinou a sala de estar como se estivesse tentando esconder seu entusiasmo de um corretor imobiliário.

— Quanto pagamos por este lugar? — perguntou a Whitcombe.

— Quase dois milhões, chefe.

— Lembro os dias em que uma quitinete em Chiswick resolvia. As camareiras encheram a despensa?

— Infelizmente, não.

— Tem um mercado Tesco na esquina. Chá, leite e uma caixa de biscoitos. E pode demorar, Nigel. — A porta da frente foi aberta e fechada em seguida. Seymour tirou seu sobretudo Crombie e o jogou nas costas de uma cadeira. Parecia comprada na Ikea. — Imagino que não tenha sobrado muito para decoração. Não com um preço de dois milhões de libras.

— É melhor não enfiar móveis demais em lugares pequenos como este.

— Não tenho experiência nisso. — Seymour morava numa mansão georgiana na Eaton Square com uma esposa chamada Helen, que cozinhava com ânimo, mas muito mal. O dinheiro vinha da família de Helen. O pai de Seymour tinha sido um lendário oficial do MI6 que trabalhara, principalmente, no Oriente Médio. — Ouvi dizer que tem estado ocupado.

— Ouviu?

Seymour sorriu de lábios fechados.

— O GCHQ captou, há algumas noites, uma explosão de tráfego de rádio e telefone incomum em Teerã. — O Government Communications Headquarters é o serviço de inteligência britânico encarregado pela segurança e pela espionagem e contra espionagem nas comunicações. — Sinceramente, soava como se o lugar estivesse em chamas.

— E o que era?

— Alguém invadiu um armazém e roubou toneladas de arquivos e disquetes. Aparentemente, esses documentos representam todos os registros do programa de armas nucleares do Irã.

— Imagine só.

Outro sorriso, dessa vez, mais longo que o último.

— Como seus parceiros em várias operações contra o programa nuclear iraniano, incluindo uma de codinome Obra-Prima, gostaríamos de ver os documentos.

— Tenho certeza de que sim.

— *Antes* de você mostrar aos americanos.

— Como sabe que já não compartilhamos com Langley?

— Porque não deu tempo de analisar um tesouro como aquele. Se tivesse entregado o material aos americanos, eles teriam oferecido a mim.

— Eu não teria tanta certeza. Seu aliado tem as mesmas preocupações que nós com seu serviço. E por bons motivos. Afinal, Rebecca passou os últimos meses de sua carreira no MI6 roubando todos os segredos americanos em que conseguia colocar as mãos.

A expressão de Seymour ficou fechada, como se uma sombra tivesse caído sobre seu rosto.

— Rebecca se foi.

— Nada disso, Graham. Está trabalhando no Departamento do Reino Unido no Centro de Moscou. E você está num beco sem saída, porque não tem certeza de que ela tem outro agente dentro do MI6.

— É por isso que preciso de um bom segredo para provar que ainda estou no jogo.

— Então, talvez devesse ir roubar.

— Estamos ocupados demais desmoronando para cometer um ato de espionagem simples. Estamos totalmente paralisados.

— Como ficaram depois de...

— Sim — interrompeu Seymour. — Os paralelos entre aquela época e hoje são impressionantes. Levou anos para nos levantarmos após sermos derrubados por Philby. Estou determinado a não deixar acontecer de novo.

— E quer minha ajuda.

Seymour não disse nada.

— Como posso ter certeza de que os documentos iranianos não vão acabar na mesa de Rebecca no Centro de Moscou?

— Não vão — afirmou Seymour, com seriedade.

— E o que recebo em troca?

— Uma trégua em nosso conflito fratricida e um retorno gradual aos negócios de sempre.

— Que tal algo mais tangível?

— Está bem — concordou Seymour. — Se me entregar esses documentos, ajudo a encontrar a filha de KBM antes de ele ser forçado a abdicar.

— Como descobriu?

Seymour deu de ombros.

— Fontes e métodos.

— Os americanos sabem?

— Falei com Morris Payne ontem à noite sobre outro assunto. — Payne era diretor da CIA. — Ele sabe que a filha de Khalid foi raptada, mas parece não estar ciente de seu envolvimento.

Depois de um breve silêncio, adicionou, de repente:

— Ele está na cidade, sabia?

— Morris?

— Khalid. Chegou de avião ontem à tarde. — Seymour olhou Gabriel com cuidado. — Estou surpreso, dada a intimidade de seu novo relacionamento, que ele não tenha dito a você que estava vindo.

— Ele não mencionou.

— E você não está rastreando aquele telefone dele?

— Perdemos o sinal. Imaginamos que ele tenha trocado.

— O GCHQ concorda.

— O que o trouxe à cidade?

— Ele jantou ontem com seu amado tio Abdullah. É o irmão mais novo do atual rei.

— Meio-irmão — corrigiu Gabriel. — Há uma grande diferença.

— E é por isso que Abdullah passa a maior parte do tempo em Londres. Aliás, somos praticamente vizinhos. Ele inicialmente se opôs à ascensão de Khalid, mas se comportou depois de o príncipe ameaçar fali-lo e colocá-lo em prisão domiciliar. Agora, é um dos conselheiros mais próximos de KBM. — Seymour franziu a sobrancelha. — Não dá nem para imaginar sobre que tipo de coisas falam. Apesar de seu endereço chique em Londres, Abdullah não gosta muito do Ocidente.

— Nem de Israel — completou Gabriel.

— De fato. Mas é uma figura influente dentro da Casa de Saud, e Khalid precisa do apoio dele.

— Ele é ativo do MI6?

— Abdullah? De onde você tiraria uma ideia dessas? — Seymour se sentou. — Acho que você se enfiou numa guerra dos tronos de verdade. Se tivesse bom senso, se afastaria e deixaria os Al Saud brigarem entre si.

— O Oriente Médio é um lugar perigoso demais para permitir instabilidade na Arábia Saudita.

— Concordamos. E é por isso que estávamos dispostos a fazer vista grossa para as óbvias falhas de KBM, incluindo o assassinato de Omar Nawwaf.

— Qual foi a motivação?

— Há rumores — disse Seymour, vagamente.

— Que tipo de rumores?

— De que Nawwaf sabia de algo que não deveria saber.

— Como o quê?

— Por que não pergunta ao seu amigo? Ele está hospedado no Dorchester com um pseudônimo. — Seymour balançou a cabeça em reprovação. — Devo dizer, se minha filha tivesse sido sequestrada, o último lugar em que eu estaria é uma suíte de luxo do hotel Dorchester. Estaria atrás das pessoas que a levaram.

— Foi para isso que ele veio até mim.

Gabriel pegou uma foto em sua pasta de um homem sentado num café francês.

— Quem é?

— Esperava que você me dissesse. — Gabriel entregou a Seymour a fotocópia do passaporte. — Ele é bastante bom. Despistou Mikhail em uns cinco segundos ontem à noite em Genebra.

Seymour levantou o rosto.

— Genebra?

— Será que é um dos seus, Graham? Um ex-oficial do MI6 vendendo seus serviços no mercado aberto?

— Vou checar, mas duvido. Aliás, ele não me parece britânico. — Seymour analisou a imagem. — Acha que é profissional?

— Definitivamente.

Seymour devolveu a fotografia e a cópia do passaporte.

— Talvez você possa mostrar a alguém familiarizado com o lado obscuro da profissão.

— Conhece alguém assim?

— Talvez.

— Importa-se de eu fazer uma visita?

— Por que não? Ele está com bastante tempo livre no momento. — Seymour olhou ao redor do cômodo pouco mobiliado. — Todos estamos.

23

KENSINGTON, LONDRES

Enquanto alguns homens percorrem um caminho direto à redenção, outros, como Christopher Keller, pegam a estrada mais longa. Ele morava num duplex de luxo em Queen's Gate Terrace, em Kensington. Seus muitos cômodos estavam, em grande parte, sem móveis e decoração, evidência de que seu caso com Olivia Watson, ex-modelo e dona de uma galeria de arte moderna bem-sucedida, tinha acabado. O passado dela era quase tão complicado quanto o de Keller. Gabriel era o denominador comum entre eles.

— Você fez alguma coisa indesculpável?

— Deixe-me contar quantas.

Keller sorriu, mesmo sem querer. Ele tinha olhos azul-claros, cabelo queimado de sol e queixo grosso com um buraco no meio. A boca parecia permanentemente fixada num sorriso irônico.

— O que aconteceu?

— Olivia aconteceu.

— O que isso quer dizer?

— Caso não tenha notado, ela virou a estrela do círculo de arte londrino. Muitas fotos glamorosas nos jornais. Muita especulação sobre a vida amorosa misteriosa dela. Chegou ao ponto em que eu não conseguia mais sair em público com ela.

— O que, compreensivelmente, causou tensão no relacionamento.

— Olivia não é exatamente o tipo que fica em casa.

— Você também não, Christopher.

Veterano do Serviço Aéreo Especial, Keller tinha servido sob disfarce na Irlanda do Norte e lutado na primeira Guerra do Golfo. Também tinha sido capanga de um notável criminoso corso, praticando serviços descritos como assassinatos de aluguel. Mas tudo isso tinha ficado para trás. Graças a Gabriel, Christopher Keller era um respeitável oficial do Serviço de Inteligência de Vossa Majestade. Estava recuperado.

Colocou água na chaleira elétrica e ligou na tomada para esquentá-la. A cozinha ficava no térreo da antiga casa georgiana. Parecia saída de uma revista de design. Os balcões de granito eram amplos e com iluminação elegante, o forno a gás era um Vulcan, a geladeira era uma Sub-Zero de aço inoxidável e a ilha à qual Gabriel se sentava em uma banqueta alta tinha uma pia e uma adega. Pela janela, ele via as canelas de pedestres passando rápido pela calçada na chuva. Eram só 15h30, mas estava quase escuro. O chefe do serviço secreto israelense já tinha aguentado muitos invernos ingleses — ele havia morado num chalé à beira-mar no extremo da Cornualha —, mas tardes chuvosas de dezembro em Londres sempre o deprimiam.

Keller abriu um armário e alcançou uma caixa de Twinings — com o braço esquerdo, notou Gabriel, não o direito.

— Como está?

Keller colocou a mão na clavícula direita.

— A bala causou mais estrago do que pensei. Levou muito tempo para curar.

— É isso que acontece quando envelhecemos.

— Você deve estar falando por experiência própria. Francamente, é tudo muito humilhante. Parece que sou o único oficial da história do MI6 a ter sido baleado por um colega.

— Rebecca não era uma colega, era coronel de alta patente do SVR. Ela me disse que nunca pensou em si como oficial do MI6. Era só uma agente de penetração.

— Igual ao pai dela. — Keller pegou a caixa de chá e fechou o armário sem fazer som. — Eu estava começando a achar que não veria mais você, principalmente, depois da forma como as coisas acabaram em Washington. Nem preciso dizer, fiquei agradavelmente surpreso quando Graham me deu permissão para renovar nossa amizade.

— Quanto ele contou?

— Só que você se enfiou num rolo com o Príncipe Apressadinho.

— Ele é um ativo valioso numa região conturbada.

— Falou como um verdadeiro espiocrata. Antigamente, você não teria sujado as mãos com alguém como ele.

— Graham contou que tem uma criança envolvida?

Keller fez que sim.

— Ele disse que você tinha uma foto que queria que eu visse.

Gabriel a colocou no balcão. Um homem sentado num café, uma mulher à mesa do lado.

— Onde foi tirada?

Gabriel respondeu.

— Annecy? Lembro com carinho de lá.

— Você o reconhece?

— Não posso dizer que sim.

— E esta?

Gabriel entregou a foto do passaporte a Keller.

— Nós, ingleses, existimos em todos os tamanhos e formatos, mas duvido que ele seja um de nós.

Nesse momento, o BlackBerry de Gabriel vibrou com uma mensagem.

— Julgando pela expressão em seu rosto — disse Keller —, não são boas notícias.

— Os sequestradores acabaram de dar a Khalid até a meia-noite de amanhã para abdicar.

O aparelho celular tremeu com mais uma mensagem. Dessa vez, Gabriel sorriu.

— O que é?

— Uma saída.

— O que isso quer dizer?

— Explico no caminho.

— Aonde estamos indo?

Gabriel se levantou abruptamente.

— Ao Dorchester.

24

MAYFAIR, LONDRES

Gabriel segurou por reflexo o descanso de braço de couro do Bentley Continental chamativo de Keller enquanto passavam correndo em frente à Harrods. Eles mergulharam no viaduto abaixo do Hyde Park Corner e emergiram, um momento depois, em Picadilly. Keller navegou pelas ruas labirínticas de Mayfair com a destreza de um taxista londrino, e freou bruscamente em frente à entrada do Dorchester. Estava iluminada como uma árvore de Natal.

— Espere aqui — falou Keller.

— Onde mais eu iria?

— Você está armado?

— Só com uma sagacidade rápida e charme em excesso.

Keller retirou uma velha Walther PPK do bolso do sobretudo e deu a Gabriel.

— Obrigado, senhor Bond.

— É fácil de esconder e tem uma potência e tanto.

— Um tijolo numa janela de vidro. — Gabriel deslizou a pistola pela cintura da calça nas costas. — Ele está hospedado com o nome de al-Jubeir.

— E quem sou eu?

— Senhor Allenby.

— Igual à ponte?

— Sim, Christopher, igual à ponte.

— O que acontece se ele se recusar a vir sem um destacamento de segurança?

— Diga que é a única forma de recuperar a filha. Isso deve chamar a atenção dele.

Keller entrou no hotel. Alguns brutamontes sauditas bem alimentados estavam comendo pistaches no lobby, mas não havia repórteres. De alguma forma, a imprensa britânica não tinha conhecimento do fato de que o homem mais vilipendiado do mundo estava hospedado no mais elegante hotel de Londres.

Os dois sauditas observaram Keller enquanto ele caminhava até a recepção. O rosto da linda mulher atrás do balcão se iluminou automaticamente, como uma lâmpada acesa por um detector de movimento.

— Vim ver o senhor al-Jubeir. Ele está me esperando.

— Nome, por favor?

Keller respondeu.

A atendente levou o telefone ao ouvido e sussurrou algo cordato. Então, recolocou-o no gancho e fez um gesto na direção do hall do elevador.

— Um dos assistentes do senhor al-Jubeir vai acompanhá-lo à suíte dele.

Keller caminhou até o local indicado, observado pelos dois brutamontes sauditas. Cinco minutos se passaram antes de um assistente se materializar, um homenzinho com olhos sonolentos e terno e gravata imaculados.

— Eu esperava pelo senhor Allon.

— E eu esperava o príncipe.

— Vossa Alteza Real não se encontra com subordinados.

— Se eu fosse você, *habibi*, me levaria até lá. Senão, vou embora daqui e você vai ter que explicar para o Príncipe Serra de Ossos que me deixou escapar.

O pequeno saudita deixou alguns segundos transcorrerem antes de apertar o botão. Khalid estava hospedado na cobertura. Quando Keller e o pequeno faz-tudo saudita entraram, ele estava andando de um lado para outro diante das janelas amplas com vista para o Hyde Park. Um de seus seguranças ordenou que Keller levantasse os braços para ser revistado. Em um árabe rápido, o enviado de Gabriel mandou o guarda praticar sexo com um camelo.

Khalid parou de andar e baixou o telefone.

— Quem é esse homem?

O pequeno assistente explicou da melhor forma que pôde.

— Cadê o Allon?

Dessa vez, foi Keller quem respondeu. O chefe da inteligência israelense, disse ele, estava esperando lá embaixo num automóvel. Não mencionou a pistola Walther.

— É urgente que eu fale com ele — disse Khalid. — Por favor, peça que ele suba imediatamente.

— Infelizmente, não será possível.

— Por que não?

— Porque este é, provavelmente, o quarto menos seguro de Londres.

Khalid trocou algumas palavras velozes em árabe com o faz--tudo.

— Não — falou Keller, no mesmo idioma. — Nada de limusine nem guarda-costas. Você vem comigo. Sozinho.

— Não posso de jeito nenhum sair daqui sem um destacamento de segurança.

— Não precisa. Agora, pegue seu casaco, Khalid. Não temos a noite toda.

— Vossa Alteza Real — corrigiu o príncipe herdeiro, altivo.

— É coisa demais para falar, não é? — Keller sorriu. — Pode me chamar só de Ned.

Khalid nunca viajava no Ocidente sem um chapéu de feltro e óculos falsos de armação escura. O disfarce rudimentar o deixava quase irreconhecível. Aliás, nem os dois durões sauditas no lobby tiraram os olhos de seus pistaches quando seu futuro rei atravessou o piso de mármore brilhante com Keller ao lado. Gabriel tinha ido para o banco traseiro do Bentley. Keller entrou atrás do volante enquanto Khalid se sentou no lado do carona. Um momento depois, já faziam parte do trânsito da hora do rush na Park Lane.

Khalid olhou para Gabriel atrás.

— Ele sempre dirige assim?

— Só quando tem uma vida em risco.

— Para onde estão me levando?

— Para o último lugar no mundo em que você deveria estar.

Khalid olhou o interior do Bentley com aprovação.

— Pelo menos, alugou um carro decente para o trajeto.

— Gostou?

— Sim, muito.

— Que bom — disse Gabriel. — Não imagina como isso me deixa feliz.

Keller passou a meia hora seguinte costurando pelo West End de Londres — por Knightsbridge e Belgravia e Chelsea e Earl's Court — até Gabriel ter certeza de que ninguém os seguia. Só então, instruiu Keller a ir para Kensington Palace Gardens. Um enclave diplomático, a rua estava bloqueada para o tráfego normal. O Bentley de Keller passou pelo posto de controle sem ser incomodado e virou no átrio de um prédio vitoriano de tijolos vermelhos sobre o qual tremulava a bandeira azul e branca do Estado de Israel.

Khalid olhou pela janela sem acreditar.

— Você não pode estar falando sério.

Com seu silêncio, Gabriel deixou claro que estava.

— Sabe o que vai acontecer se eu puser os pés aí?

— Vai ser assassinado por uma equipe de 15 assassinos e cortado em pedaços.

Khalid olhou para Gabriel com uma expressão genuinamente assustada.

— Estou brincando, Khalid. Agora, saia do carro.

25

KENSINGTON, LONDRES

O disfarce simples de Khalid não enganou a equipe de segurança da embaixada nem o embaixador, que, por acaso, estava saindo para uma recepção diplomática quando o lendário chefe de espionagem israelense entrou como um furacão na chancelaria com o governante *de facto* da Arábia Saudita a seu lado.

— Explico depois — disse Gabriel, em hebraico e em voz baixa, e ouviu o embaixador murmurar:

— Ah, mas vai mesmo.

No subsolo, Gabriel colocou o celular novo de Khalid numa caixa bloqueadora de sinais conhecida como colmeia antes de abrir a porta da estação, que parecia um cofre. Moshe Cohen, o novo chefe, esperava do outro lado. O olhar dele caiu primeiro sobre seu diretor-geral e depois, em choque, no príncipe herdeiro da Arábia Saudita.

— O que em nome de Deus...

— O telefone dele está na colmeia — interrompeu Gabriel num hebraico ríspido.

Cohen não exigiu mais instruções.

— Quanto tempo pode nos dar?

— Cinco minutos.

— Dez seria melhor.

Khalid não entendeu o diálogo, mas ficou visivelmente impressionado com os modos. Seguiu Gabriel pelo corredor central da estação até outra porta segura. A sala atrás dela era pequena, cerca de dois metros e meio por três. Havia dois telefones, um computador e uma tela de vídeo pregada na parede. O ar era vários graus mais frio do que o resto da estação. Khalid ficou de casaco.

— Uma sala à prova de escutas?

— Usamos outro nome.

— Qual?

Gabriel hesitou.

— O Santo dos Santos.

Era óbvio que Khalid, apesar de sua educação em Oxford, não entendeu a referência.

— O Santo dos Santos era o santuário interno do Templo de Jerusalém. Era um cubo perfeito, de vinte cúbitos por vinte cúbitos. Continha a Arca da Aliança, e dentro dela estava a tábua com os Dez Mandamentos originais que Deus deu a Moisés no Sinai.

— Tábua de pedra? — perguntou Khalid, incrédulo.

— Deus não imprimiu numa HP LaserJet.

— E você acredita nessa bobagem?

— Estou disposto a debater a autenticidade das tábuas — disse Gabriel. — Mas não o resto.

— O chamado Templo de Salomão nunca existiu. É uma mentira usada pelos sionistas para justificar a conquista judia da Palestina árabe.

— O Templo foi descrito com detalhes na Torá bem antes do advento do sionismo.

— Isso não muda o fato de não ser verdade. — Khalid, claramente, estava gostando do debate. — Lembro alguns anos atrás quando seu governo alegou ter achado os pilares do tal templo.

— Eu também lembro — falou Gabriel.

— Foram colocados no Museu de Israel, não? — Khalid balançou a cabeça com desdém. — Aquela exposição é uma peça de propaganda rude para justificar sua existência em terras muçulmanas.

— Minha esposa desenhou a exposição.

— Ah, é?

— E fui eu que descobri os pilares.

Dessa vez, Khalid não retrucou.

— O Waqf escondera numa câmera cinquenta metros abaixo da superfície do monte do Templo. — O Waqf era a autoridade religiosa islâmica que administrava a Cúpula da Rocha e a Mesquita de al--Aqsa. — Imaginaram que ninguém nunca ia encontrar. Estavam enganados.

— Outra mentira — contrariou Khalid.

— Venha a Israel — sugeriu Gabriel. — Eu o levo à câmara.

— Eu? Visitar Israel?

— Por que não?

— Consegue imaginar a reação?

— Consigo.

— Devo admitir, seria um grande privilégio orar no Nobre Santuário. — Era assim que os muçulmanos se referiam ao monte do Templo.

— Podemos fazer isso, também.

Khalid se sentou de um lado da pequena mesa de reuniões e olhou ao redor da sala.

— Que sorte estarmos os dois em Londres ao mesmo tempo.

— Sim — concordou Gabriel. — Eu buscando desesperadamente sua filha, e você jantando com o tio Abdullah e se hospedando na suíte mais cara do Dorchester.

— Como sabe que vi meu tio?

Ignorando a pergunta, Gabriel esticou a mão e pediu para ver a carta de resgate. Khalid a colocou na mesa. Era uma fotocópia. A original, disse, tinha sido entregue à Embaixada Saudita em Paris. A tipografia e as margens eram idênticas às da primeira carta. O tom seco e direto também. Khalid tinha até a meia-noite de amanhã para abdicar. Caso se recusasse, nunca mais veria a filha.

— Havia alguma prova de vida?

Khalid entregou uma cópia da foto. A menina estava segurando a edição do dia anterior do *The Telegraph* e olhava diretamente para a lente da câmera. Tinha os olhos do pai. Exausta e desgrenhada, mas nem um pouco assustada.

Gabriel devolveu a foto.

— Nenhum pai deveria ter que ver uma imagem dessas.

— Talvez eu mereça.

— Talvez sim. — Foi a vez de Gabriel colocar uma foto na mesa. Um homem sentado num café em Annecy. — Reconhece?

— Não.

— E este homem? — Gabriel mostrou uma segunda imagem. Era da câmera de vigilância da DGSI de Rafiq al-Madani sentado ao lado de Khalid a bordo do *Tranquility*.

— Onde você conseguiu isso?

— Na revista *Tatler*. — Gabriel recuperou a foto. — É amigo seu?

— Não tenho amigos. Tenho súditos, convidados e familiares.

— Em qual categoria está al-Madani?

— É um aliado temporário.

— Pensei que você fosse cortar o fluxo de dinheiro para os jihadistas e os salafistas.

O sorriso de Khalid foi condescendente.

— Você não sabe muito sobre os árabes, não é? — Ele esfregou o dedão contra as pontas dos demais dedos. — *Shwaya, shwaya.* Devagar, devagar. Pouco a pouco.

— O que quer dizer que você ainda está financiando os extremistas com a ajuda de seu amigo Rafiq al-Madani.

— O que quer dizer que tenho que fazer as coisas com cuidado e o apoio de alguém como Rafiq. Alguém que tenha a confiança de clérigos importantes. Alguém que possa me dar a cobertura necessária. Senão, a Casa de Saud vai desmoronar, e a Arábia Saudita será governada pelos filhos da al-Qaeda e do Estado Islâmico. É isso que você quer?

— Você está bancando o bom e velho agente duplo.

— Estou segurando o tigre pelas orelhas. E se soltar, ele vai me devorar.

— Já devorou. — Gabriel recuperou uma mensagem em seu BlackBerry. Era a que ele tinha recebido enquanto estava sentado na cozinha de Christopher Keller. — Foi al-Madani que contou a você sobre a segunda carta de resgate. Às 15h12. Horário de Londres.

— Vejo que está monitorando meu telefone.

— Não o seu, o dele. E cinco minutos depois de ele ligar para você, mandou uma mensagem criptografada a outra pessoa. Como sabíamos de onde ele teclava, não tivemos dificuldade para ler.

— O que diz?

— O bastante para deixar claro que sabe onde está sua filha.

— Posso ver a mensagem?

Gabriel entregou seu telefone. O saudita xingou baixinho em árabe.

— Vou matá-lo.

— Talvez primeiro devesse descobrir onde está sua filha.

— Isso é trabalho seu.

— Meu papel neste caso chegou oficialmente ao fim. Não vou me enfiar no meio de uma briga familiar saudita.

— Sabe o que dizem sobre família, não sabe?

— O quê?

— É mais um xingamento que começa com "F".

Gabriel não conseguiu segurar o sorriso. Khalid devolveu o BlackBerry.

— Talvez possamos chegar a algum tipo de acordo comercial.

— Economize seu dinheiro, Khalid.

— Vai pelo menos me ajudar?

— Você quer que *eu* interrogue um de seus oficiais de governo?

— É claro que não. Eu mesmo vou fazer o interrogatório. Não deve levar muito tempo. — Khalid baixou a voz. — Afinal, tenho certa reputação.

— Para dizer o mínimo.

— Onde podemos interrogá-lo? — perguntou Khalid.

— Precisa ser em algum lugar isolado. Algum lugar em que a polícia não nos encontre. — Gabriel hesitou. — Algum lugar em que os vizinhos não ouçam um pouco de barulho.

— Conheço o lugar perfeito.

— Consegue levá-lo para lá sem ele suspeitar?

Khalid sorriu.

— Só preciso do meu telefone.

26

ALTA SABOIA, FRANÇA

Khalid tinha um Gulfstream à sua espera no Aeroporto London City. Eles pararam no Le Bourget, em Paris, por tempo suficiente para pegar Mikhail e Sarah e, então, voaram a Annecy, onde uma caravana de Range Rovers esperava na pista escura. Levava vinte minutos de carro até o Versalhes particular de Khalid. A equipe doméstica, uma mescla de cidadãos franceses e sauditas, estava postada como um coro no altíssimo hall de entrada. O patrão os cumprimentou brevemente antes de acompanhar Gabriel e os outros até o principal cômodo público — o grande salão, como ele chamava. Era longo e retangular, como uma basílica, e nas paredes estava pendurada parte da coleção de Khalid, incluindo o *Salvator Mundi*, seu Leonardo duvidoso. Gabriel estudou o painel com cuidado, com uma das mãos no queixo, a cabeça levemente inclinada para o lado. Então, agachou-se e examinou as pinceladas na luz rasante.

— E então? — perguntou Sarah.

— Como pôde deixá-lo comprar essa coisa?

— É um Leonardo?

— Talvez uma pequena porção tenha sido, há muito tempo. Mas não mais.

Khalid se juntou a eles.

— Magnífico, não é?

— Não sei o que foi mais idiota — respondeu Gabriel. — Matar Omar Nawwaf ou desperdiçar meio bilhão de dólares numa peça devocional de ateliê que foi restaurada demais.

— Ateliê? A senhorita Bancroft me garantiu que era um Leonardo autêntico.

— A senhorita Bancroft estudou história da arte em Courtauld e Harvard. Tenho certeza de que ela não fez isso.

Gabriel observou, com desesperança, um dos criados entrar no salão com uma bandeja de drinques.

— Não é uma festa, Khalid.

— Isso não quer dizer que não podemos tomar algo para relaxar depois de nossa viagem.

— Quantos funcionários você tem?

— Acredito que 22.

— Nem imagino como consegue se virar.

A ironia passou batida por Khalid.

— Os oficiais sêniores são sauditas — explicou —, mas a maioria dos funcionários é francesa.

— A maioria?

— Os jardineiros são marroquinos e da África Ocidental. — O tom dele era pejorativo. — Os sauditas moram numa casa separada no limite norte da propriedade. Os outros, em Annecy ou em vilarejos próximos.

— Dê a noite de folga a eles. Aos motoristas também.

— Mas...

— E desligue as câmeras de segurança — interrompeu Gabriel. — Como fez em Istambul.

— Acho que não sei fazer isso.

— Passe o botão de "ligado" para "desligado". Deve resolver.

★ ★ ★

Khalid tinha instruído Rafiq al-Madani a ir sozinho ao château. Al-Madani, porém, imediatamente desobedeceu ao chefe, pedindo um carro e um motorista da frota da embaixada. Saíram do 8º *arrondissement* de Paris às seis da tarde e, seguidos por uma equipe de observadores do Escritório, pegaram a A6. Com base na conversa, que Gabriel e Khalid monitoravam pelo telefone grampeado, era óbvio que os dois eram conhecidos. Também era óbvio que ambos estavam armados.

Quando chegaram à cidade de Mâcon, Gabriel se apropriou de um dos Range Rovers de Khalid e dirigiu com Sarah para o interior. A noite estava fria e clara. Ele parou numa elevação que dava vista para o cruzamento das estradas D14 e D38, apagou os faróis e desligou o motor.

— O que fazemos se aparecer um gendarme?

— A doutrina do Escritório diz para fingirmos que somos amantes.

Sarah sorriu.

— Meu maior sonho virando realidade.

O BlackBerry de Gabriel estava no console entre eles, emitindo a transmissão de áudio do telefone de al-Madani. No momento, estava limitado ao ruído de um motor alemão e um chocalhar rítmico que soava como o bater de peças de xadrez.

— O que é isso?

— Contas de oração.

— Ele parece preocupado.

— Você não estaria se Khalid a convocasse no meio da noite?

— Ele fazia isso comigo o tempo todo.

— E você nunca suspeitou de que não fosse o grande reformador que se dizia?

— O KBM que eu conhecia não teria ordenado o assassinado de Omar Nawwaf. Imagino que ele tenha mudado por causa do excesso de poder. Foi rápido demais, e acabou trazendo à tona a hamartia da personalidade dele. A falha fatal — completou Sarah.

— Eu sei o que significa, doutora Bancroft. Graças ao Escritório, nunca terminei meus estudos formais, mas não sou idiota.

— Você é a pessoa mais inteligente que já conheci.

— Se sou tão esperto, por que estou parado no acostamento de uma estrada francesa no meio da noite?

— Está tentando evitar que nosso herói trágico destrua a si mesmo.

— Talvez eu devesse deixar isso acontecer.

— Você é um restaurador, Gabriel. Conserta coisas. — Do BlackBerry, veio o som das contas de oração. — Khalid sempre me disse que algo assim ia acontecer. Ele sabia que iam tentar destruí-lo. Disse que ia ser alguém próximo. Alguém da família.

— Não é uma família, é um negócio. E os louros vão para quem tem o poder.

— É disso que se trata? Dinheiro?

— Vamos descobrir logo logo.

O telefone de al-Madani recebeu uma mensagem de texto. Os cliques das contas silenciaram.

— De quem acha que é?

Um momento depois, o telefone de Gabriel vibrou. A mensagem era da mesa de operações na Unidade 8200.

— Era Khalid. Perguntou quando Rafiq chegaria.

Ouviram o príncipe herdeiro digitar uma resposta e enviar com um *bloop*. Uma transcrição chegou ao telefone de Gabriel alguns segundos depois, junto com o número ao qual tinha sido enviada.

— Ele acabou de dizer aos sequestradores que está indo se encontrar com Khalid. Prometeu mandar uma atualização assim que acabar.

— Lá vem ele.

Sarah apontou para um único carro, uma Mercedes S-Class sedan, atravessando a paisagem. Passou pelo cruzamento onde a filha de Khalid tinha sido levada — *clique, clique, clique, clique-clique, clique* — e desapareceu de vista. Gabriel deixou que trinta segundos se passassem e ligou o motor da Range Rover.

O chacoalhar das contas de oração ficou mais insistente enquanto a Mercedes percorria o caminho final ao château de Khalid. Rafiq al-Madani murmurou uma expressão árabe de surpresa pelo portão encimado de ouro estar aberto. Também ficou surpreso de encontrar o próprio Khalid esperando do lado de fora, no frio do pátio de carros.

Seguiu-se o abrir e fechar de uma porta de um carro de luxo e os cumprimentos de paz islâmicos de sempre. Al-Madani comentou sobre a falta de luz no hall. Khalid explicou, de forma até sociável, que seu palácio de quatrocentos milhões de euros tinha defeitos elétricos.

O comentário suscitou em al-Madani uma risada entrecortada. Seria sua última. Houve uma luta, muito breve, seguida pelo som de vários golpes numa maçã do rosto e uma mandíbula. Depois, Gabriel daria uma bronca em Keller e Mikhail por usar força excessiva para neutralizar o alvo. Ambos fizeram objeção a essa interpretação dos fatos. Fora Khalid o responsável pela surra, disseram, não eles.

Quando Gabriel chegou ao pátio, o telefone grampeado tinha sido desligado e já não emitia sinal. Mikhail estava infligindo danos permanentes ao braço direito do motorista, que tolamente tinha recusado um pedido educado de entregar sua arma. Dentro do château, Keller amarrava Rafiq al-Madani semiconsciente com fita a uma cadeira no grande salão. Vossa Alteza Real Príncipe Khalid bin Mohammed Abdulaziz Al Saud estava girando um colar de contas de oração entre dois dedos da mão esquerda. Na direita havia uma arma.

27

ALTA SABOIA, FRANÇA

Rafiq al-Madani precisou de poucos segundos para avaliar a gravidade de sua situação. Lentamente, ele levantou o queixo do peito e lançou um olhar incerto pelo enorme quarto. Os olhos caíram primeiro no futuro regente, que ainda estava mexendo nas contas de oração, depois em Gabriel. Eram suaves e castanhos, os olhos de al-Madani, como os de um cervo. Com seu rosto alongado e cabelo escuro bagunçado, ele tinha uma semelhança infeliz com Osama bin Laden.

Mais um momento se passou antes de al-Madani reconhecer o rosto do chefe de inteligência de Israel. Os olhos castanhos suaves se arregalaram. O saudita estava assustado, observou Gabriel, mas não surpreso.

Al-Madani olhou com desprezo para Khalid, e se dirigiu a ele em árabe.

— Vejo que trouxe seu amigo judeu para fazer o trabalho sujo. E você se pergunta por que tem tantos inimigos em casa.

Khalid lhe deu uma coronhada com o revólver. Al-Madani encarou Sarah com sangue escorrendo de um corte acima do olho esquerdo.

— Cubra o rosto na minha presença, sua puta americana!

Khalid levantou a arma, com raiva.

— Não! — gritou Sarah. — De novo, não.

Quando Khalid a abaixou, al-Madani conseguiu sorrir em meio à dor.

— Aceitando ordens de uma mulher? Só falta se vestir que nem elas.

Khalid bateu de novo nele. Sarah se encolheu com o som do osso rachando.

— Onde ela está? — perguntou Khalid.

— Quem? — retrucou al-Madani, com a boca cheia de sangue.

— Minha filha.

— Como vou saber?

— Porque está em contato com os sequestradores. — Khalid pegou o telefone de al-Madani com Keller. — Quer que eu mostre as mensagens?

Al-Madani não disse nada. O futuro príncipe rapidamente aproveitou a vantagem.

— Por que fez mal a minha filha, Rafiq? Por que só não me matou?

— Tentei, mas era impossível. Você era protegido demais.

A confissão repentina surpreendeu até Khalid.

— Eu o tratei bem, não?

— Você me tratou como um criado. Fui apenas um meio para manter os ulemás na linha enquanto dava às mulheres direito de dirigir e fazia amizade com os americanos e os judeus.

— Temos que mudar, Rafiq.

— O Islã é a resposta!

— O Islã é o problema, *habibi*.

— Você é um apóstata. — Al-Madani espumou.

Não havia maior insulto no Islã. Khalid aguentou o ataque com um controle admirável.

— Quem o convenceu a isso, Rafiq?

— Eu agi sozinho.

— Você não é inteligente o bastante para planejar algo assim.

Al-Madani conseguiu dar um sorriso desdenhoso.

— Reema talvez pense diferente.

O golpe foi repentino e duro.

— Ela é a *princesa* Reema. — O rosto de Khalid estava contorcido de raiva. — E você, Rafiq, não é bom o suficiente nem para lamber a sola dos sapatos dela.

— Ela é herdeira de um apóstata. E se você não abdicar até a meia-noite de amanhã, será um pai sem filha.

Khalid segurou a arma diante dos olhos de al-Madani.

— O que você vai fazer? Me matar?

— Sim.

— E se eu *contar*? E aí? — respondeu Al-Madani à sua própria pergunta. — Já estou morto.

Khalid apertou o cano no centro da testa de al-Madani.

— Me mate, Vossa Alteza Real. É a única coisa que sabe fazer.

Khalid colocou o dedo no gatilho.

— Não faça isso — falou Gabriel, calmamente.

Khalid olhou por cima do ombro e viu o israelense estudando a tela de seu BlackBerry.

— Localizamos a posição do outro telefone.

— Onde está?

— Numa casa no País Basco Espanhol.

Rafiq al-Madani cuspiu um monte de sangue e muco na direção de Gabriel.

— Judeu!

Gabriel guardou o BlackBerry no bolso.

— Pensando bem — disse —, pode matar, sim.

Depois de quebrar o braço do motorista e deslocar o ombro dele, Mikhail o tinha forçado a entrar no porta-malas da Mercedes S--Class sedan. Agora, com a ajuda de Keller, colocou também Rafiq al-Madani. Khalid olhou com aprovação, a arma na mão.

Virou-se para Gabriel.

— O que devemos fazer com eles?

— Imagino que possamos levar para a Espanha.

— É um caminho longo para fazer no porta-malas de um carro. Talvez devêssemos deixá-los em algum bosque deserto da Alta Saboia.

— Vai ser uma noite longa e fria.

— Quanto mais fria, melhor. — Khalid se aproximou da traseira do carro e olhou para os dois homens apertados no espaço confinado. — Talvez haja algo que possamos fazer para ficarem um pouco mais confortáveis.

— O quê, por exemplo?

Khalid levantou a arma e esvaziou o pente em seus dois alvos. Então, olhou por cima do ombro para Gabriel e sorriu, sem notar o sangue salpicado em seu rosto.

— Você não achou que eu fosse matá-los dentro de casa, achou? Aquele lugar me custou uma fortuna.

Gabriel estudou os dois corpos rasgados de balas.

— O que vamos fazer com eles agora?

— Não se preocupe. — Khalid fechou o porta-malas. — Eu cuido disso.

28
AUVERGNE–RHÔNE–ALPES

— Para deixar registrado, eu só estava brincando quando falei para matá-lo.
— Estava? Às vezes, é difícil saber.

Estavam acelerando pela autopista A89 a oeste, o chefe do serviço secreto de inteligência israelense e o futuro rei da Arábia Saudita. Gabriel estava ao volante e Khalid jogado, cansado, no banco do carona. Entre eles o celular de Rafiq al-Madani carregava. Alguns minutos antes, imitando o estilo críptico de al-Madani, Khalid enviara uma atualização aos sequestradores. A mensagem dizia basicamente que Vossa Alteza Real estava desesperada para libertar sua filha e disposta a abdicar. Por enquanto, não havia resposta. Khalid checou o telefone de novo, depois o largou no console.

— Cuidado, Príncipe Esquentadinho. Os telefones quebram.
— O que você acha que está dizendo?
— Provavelmente, que você não deveria ter matado Rafiq antes de ter certeza de que sua filha estava naquele endereço na Espanha.
— Foi você que disse que ela estava lá.
— O que eu disse — respondeu Gabriel — foi que tínhamos localizado o telefone. Eu teria preferido testar essa afirmação com uma testemunha viva e respirando.

— Ele tinha praticamente confirmado.

— Estava com uma arma apontada para a testa.

— Acredito que ele estivesse dizendo a verdade sobre o esconderijo. Mas o resto era mentira.

— Não acha que ele organizou sozinho?

— Al-Madani é uma pequena engrenagem. Há outros envolvidos numa conspiração contra mim.

— Talvez devêssemos interrogá-lo de novo e descobrir quem são. — Gabriel olhou pelo retrovisor. Mikhail, Keller e Sarah estavam a alguns metros atrás deles. — O que vai fazer com os corpos?

— Fique tranquilo, os corpos vão desaparecer.

— Livre-se da sua arma, também.

— Não era minha, era de Rafiq.

— Mas está com suas digitais. — Depois de um silêncio, Gabriel completou: — Você não deveria ter matado os dois, Khalid. Com isso, implicou Sarah e eu nos assassinatos.

— Ninguém nunca vai saber.

— Mas *você* sabe. E pode me chantagear sempre que quiser.

— Não era minha intenção comprometê-lo.

— Dado seu histórico de comportamentos impulsivos, estou inclinado a acreditar.

Khalid olhou de novo para o telefone.

— Foi minha imaginação ou Rafiq não ficou surpreso com sua presença em minha casa?

— Você também notou?

— Alguém certamente disse a ele que você estava envolvido na busca por Reema.

— Algumas centenas de membros da sua corte me viram na Arábia Saudita outro dia.

— Infelizmente, nunca vou a lugar nenhum sozinho.

— Está sozinho agora, Khalid.

— Com você, quem diria. — O sorriso dele foi breve. — Devo dizer, minha conselheira de arte não pareceu chocada com um pouco de sangue.

— Ela não se abala facilmente, não depois do que Zizi al-Bakari fez com ela.

— O que aconteceu, exatamente?

Gabriel decidiu que não havia mal em contar a ele, fazia muito tempo.

— Quando Zizi descobriu que Sarah era uma agente da CIA emprestada ao Escritório, entregou-a a uma célula da al-Qaeda para ser interrogada e executada.

— Mas você conseguiu salvá-la.

— E no processo — disse Gabriel —, evitei uma trama financiada pelos sauditas para assassinar o Papa.

— Você teve uma vida e tanto.

— E o que ganho como recompensa? Não possuo nem um palácio na Alta Saboia.

— Nem o segundo maior superiate do mundo — apontou Khalid.

— Nem um Leonardo.

— Parece que isso eu também não tenho.

— Por que precisa de tudo isso? — perguntou Gabriel.

— Me faz feliz.

— Faz mesmo?

— Nem todos nós somos tão sortudos quanto você. É um homem de dons extraordinários. Não precisa de brinquedos para ser feliz.

— Um ou dois seria bom.

— O que você quer? Dou qualquer coisa.

— Quero vê-lo segurando sua filha de novo.

— Não dá para dirigir mais rápido? — pediu Khalid, impaciente.

— Não, não dá.
— Então, deixe que eu dirija.
— Não nas suas condições.
Khalid olhou para a região campestre escura.
— Acha que ela vai estar lá?
— Sim — falou Gabriel, com mais certeza do que pretendia.
— E se não estiver?
Gabriel ficou em silêncio.
— Sabe o que meu tio Abdullah me disse? Que uma filha pode ser substituída, mas um rei, não.
O ruído do motor encheu o silêncio. Depois de um momento, Gabriel notou que Khalid estava girando um cordão de contas de oração com os dedos da mão esquerda.
— É o de al-Madani?
— Deixei o meu no Dorchester.
— Com certeza há alguma proibição islâmica contra usar as contas de oração de um homem que se acabou de assassinar.
— Não. Não que eu saiba.

O mensageiro estava esperando na fronteira de um campo iluminado pelo luar na comuna de Saint-Sulpice. A mochila esportiva de nylon que ele entregou a Gabriel continha duas submetralhadoras compactas Uzi Pro, um par de Jerichos calibre .45 e uma Beretta M9. Gabriel deu as Uzis e os Jerichos a Mikhail e Keller, e ficou com a pistola.
— Nada para mim? — perguntou Khalid, quando voltaram a se movimentar.
— Você não vai chegar perto daquela casa.
Ao chegar a Bordeaux, o israelense conseguia ver um sol flamejante nascendo em seu retrovisor. Eles seguiram para o sul pelo

golfo da Biscaia e cruzaram a fronteira espanhola sem fiscalização de passaportes. O clima estava inconstante, sol dourado numa hora e céu preto e chuva com vento na outra.

— Você passou muito tempo na Espanha? — perguntou Khalid.

— Tive motivos para visitar Sevilha há pouco tempo.

— Antigamente, era uma cidade muçulmana.

— Na velocidade em que as coisas estão indo, talvez volte a ser.

— Já houve judeus em Sevilha também.

— E todos sabemos como terminou.

— Uma das maiores injustiças da história — disse Khalid. — E cinco séculos depois, vocês fizeram o mesmo com os palestinos.

— Quer discutir quantas pessoas os Al Saud mataram e deslocaram para estabelecer controle da Península Arábica?

— Não éramos uma entidade colonial.

— Nem nós.

Estavam se aproximando de San Sebastián, a cidade turística a qual os bascos se referiam como Donóstia. Bilbao era a próxima cidade grande, mas, antes de chegarem lá, Gabriel se dirigiu para o sul, no interior basco. Num vilarejo chamado Olarra, ele parou no acostamento da estrada por tempo suficiente para Sarah se juntar a eles. Ela entrou no banco de trás, com o cabelo desgrenhado e os olhos pesados de fadiga. Mikhail e Keller viraram numa estrada lateral e desapareceram de vista.

— Eu deveria estar com os seus homens.

— Você ia atrapalhá-los. — Gabriel olhou para Sarah. — Ainda acha que o mundo secreto é mais interessante?

— Tem café no mundo secreto?

Villaro, a cidade que os bascos chamavam de Areatza, ficava a alguns quilômetros ao sul. Não era um destino turístico popular, mas havia vários pequenos hotéis no centro da cidade e um café na praça. Gabriel fez o pedido num espanhol decente.

— Tem algum idioma que você *não* fale? — perguntou Khalid, quando a garçonete se afastou.

— Russo.

Pela janela do café, Khalid observou a luz mudando na praça e os ventos fortes espalhando jornais pelas arcadas.

— Nunca vi um dia assim. Tão bonito e tão horrível ao mesmo tempo.

Gabriel e Sarah se entreolharam quando três mulheres jovens, os cabelos voando, entraram para se proteger do frio. De leggings rasgadas e piercings no nariz, as mãos, tatuagens, e muitos penduricalhos e pulseiras nos pulsos tilintavam quando elas caíram em três cadeiras de uma mesa perto do bar. Eram conhecidas da garçonete, que comentou que não estavam sóbrias. Estavam no fim do dia, pensou Gabriel, não no início.

— Olhe para elas — disse Khalid, com desprezo. — Parecem bruxas. Imagino que seja isso que podemos esperar na Arábia Saudita.

— Você queria ter essa sorte.

O iPhone de al-Madani, mudo, estava no centro da mesa, ao lado do BlackBerry de Gabriel. Khalid continuava passando o dedão pelas contas de oração.

— Talvez devesse deixar esse negócio de lado — sugeriu Gabriel.

— É reconfortante.

— Faz você parecer um príncipe saudita que está se perguntando se vai ver a filha de novo.

Khalid colocou as contas no bolso quando o café da manhã chegou.

— Aquelas garotas estão me analisando.

— Provavelmente, acham você atraente.

— Será que sabem quem eu sou?

— Sem chance.

Khalid pegou o iPhone de al-Madani.

— Não entendo por que não responderam.

Nesse momento, a tela do BlackBerry de Gabriel acendeu com uma mensagem.

— O que diz?

— Eles localizaram a casa.

— Quando vão entrar?

Gabriel recolocou o aparelho na mesa, quando uma chuva repentina começou a bater nas pedras do calçamento da praça.

— Agora.

29
AREATZA, ESPANHA

Mikhail tinha estudado uma imagem comum de satélite da casa durante a longa noite de viagem. Vista de cima, era um perfeito quadrado com telhas vermelhas — se de um ou dois andares, ele não conseguia saber — no meio de uma clareira, a que se chegava por uma trilha longa particular. Vista pelas lentes do binóculo posicionado na proteção do bosque, era um sobrado modesto mas bem cuidado, com venezianas azuis, todas fechadas. Não havia veículos na entrada nem cheiro de café ou comida no ar frio e escasso da manhã. Um grande pastor-belga, raça temperamental, debatia-se na ponta de sua corrente comprida como um peixe no anzol. Um latido profundo e inconsolado parecia fazer as árvores vibrarem.

— Imagina viver ao lado disso? — comentou Keller.

— Tem gente que não tem modos.

— Por que acha que ele está tão irritado?

— Talvez tenha ouvido falar que Gabriel está na cidade. Você sabe o que os cachorros acham dele.

— Ele não se dá bem com caninos?

Mikhail balançou a cabeça, sério.

— Fogo e gasolina. — O bicho latia sem parar. — Por que ninguém saiu da casa para ver o motivo da confusão?

— Talvez esse diabo lata o tempo todo.

— Ou talvez seja a casa errada.

— Estamos prestes a descobrir.

Keller puxou a trava da Uzi Pro e foi silenciosamente para a clareira, a arma em uma das mãos e Mikhail alguns passos atrás. O cão estava totalmente atento à presença deles, e tão enraivecido que Keller temeu que fosse romper a corrente.

Tinha cerca de dez metros, a corrente, o que dava ao cachorro domínio da porta da frente. Keller foi pelos fundos. Lá também as venezianas estavam fechadas, e uma cortina cobria a janela de vidro reforçado da porta.

Keller colocou um pouco de peso na maçaneta. Porta trancada. Gabriel teria aberto em menos de dez segundos, mas nem Keller, nem Mikhail tinham a habilidade extraordinária dele com um simples grampo de cabelo. Além do mais, um cotovelo no vidro era muito mais rápido.

O ato em si produziu muito menos som do que ele temia — o craquelado inicial do vidro seguido pelo tilintar dos estilhaços caindo num piso de azulejo. Keller esticou o braço pela moldura vazia, girou a maçaneta e, com Mikhail no seu encalço, irrompeu na casa.

A mensagem chegou ao BlackBerry de Gabriel dois minutos depois. Ele entregou algumas notas na mão da garçonete e correu para a praça com Sarah e Khalid. O Range Rover estava na esquina. O príncipe herdeiro manteve a compostura até estarem dentro do carro com as portas fechadas. Gabriel tentou dissuadi-lo de ir ver a casa, mas foi inútil; Khalid insistia em ver o lugar onde tinham mantido sua filha. O israelense não o culpava. Se estivesse na posição de Khalid, também ia querer.

Ouviram o latido irado do cachorro ao chegarem à clareira. Keller estava na entrada de carros, e os acompanhou pela porta dos fundos, por cima do vidro quebrado, descendo um lance de escadas até o porão. Em frente a uma porta de metal, havia um cadeado profissional no chão ao lado de um balde de plástico azul-claro. Khalid engasgou com o cheiro ao entrar na cela.

Era um quarto pequeno com paredes brancas nuas onde mal cabia o catre. Em cima dos lençóis manchados havia uma fotografia instantânea e um caderno. A foto era uma versão diferente daquela que os sequestradores tinham mandado à Embaixada Saudita em Paris. O caderno estava inteiro escrito com a letra cursiva de uma garota de 12 anos. Era sempre a mesma coisa, página após página.

É a morte... Morte, morte, morte...

30

PARIS–JERUSALÉM

Os assistentes e guarda-costas que Khalid abandonara no Dorchester estavam esperando na sala VIP do aeroporto Le Bourget, em Paris. Eles receberam seu príncipe de volta como se receptassem um contrabando, e o colocaram às pressas a bordo de seu avião particular. Um carro da Embaixada de Israel levou Gabriel e seus companheiros para o Charles de Gaulle, ali perto. Dentro do terminal, cada um seguiu seu caminho. Keller voltou a Londres; Sarah, a Nova York. Gabriel e Mikhail tinham duas horas para esperar um voo da El Al para Tel Aviv. Sem nada melhor a fazer, o chefe informou ao diretor da CIA, Morris Payne, que o líder favorito do presidente americano no mundo árabe estava prestes a abdicar o trono para salvar a vida da filha. Payne pressionou Gabriel para saber a fonte da informação. Ele, como sempre, se fez de difícil.

Era fim de tarde quando os dois chegaram ao Ben Gurion. Foram direto para o Boulevard Rei Saul, onde Gabriel passou uma hora no escritório de Uzi Navot limpando os destroços operacionais e administrativos que se acumularam durante sua ausência. Com sua camisa social listrada elegante e óculos sem aro da moda, Navot parecia ter acabado de sair da sala da diretoria de uma empresa da lista Fortune 500. A pedido do diretor-geral, ele recusara um cargo com salário alto numa empresa de segurança particular na Califórnia para continuar como vice do Escritório. A exigente esposa de Navot, Bella, nunca perdoara nem Gabriel nem o próprio marido.

— Os analistas estão fazendo progressos com os documentos de Teerã — contou Navot. — Não há evidências de um programa ativo, mas nós os pegamos nos trabalhos anteriores, tanto as ogivas quanto os sistemas de entrega.

— Quando podemos ir a público?

— Qual é a pressa?

— Em algumas horas, os mulás vão comemorar a queda de Khalid. Uma mudança de assunto na região pode ajudar.

— Não vai mudar o fato de que seu amigo vai cair.

— Ele nunca foi meu amigo, Uzi. Mas sim do primeiro-ministro.

— Ele quer ver você.

— Logo hoje? Ligo para ele do carro.

Gabriel telefonou enquanto seu comboio subia o Bab al-Wad para as montanhas da Judeia. O primeiro-ministro recebeu a notícia tão bem quanto Morris Payne. Khalid era o pivô de uma estratégia regional para isolar o Irã, normalizar as relações com os regimes árabes sunitas e chegar a um acordo de paz com os palestinos em termos favoráveis a Israel. Gabriel apoiava os objetivos gerais da estratégia, mas tinha avisado ao chanceler repetidas vezes que o príncipe era um ator errático e instável que se provaria o maior inimigo de si mesmo.

— Parece que conseguiu o que queria — disse o primeiro-ministro com sua voz de barítono.

— Com todo o respeito, essa é uma caracterização equivocada da minha posição.

— Podemos intervir?

— Acredite, eu tentei.

— Quando vai acontecer?

— Antes da meia-noite no horário de Riad.

— Ele vai mesmo seguir em frente?

— Não consigo imaginar outra coisa. Não depois do que vi hoje.

Era pouco depois das nove da noite quando o comboio de Gabriel chegou à rua Narkiss. Em geral, as crianças estavam dormindo a essa hora, mas, para sua surpresa, jogaram-se nos braços do pai quando ele passou pela porta. Raphael, futuro pintor, mostrou seu último trabalho. Irene leu uma história que tinha criado com ajuda da mãe. O caderno no qual ela escrevera era idêntico ao que haviam encontrado na cela cruel da princesa Reema no País Basco Espanhol.

É a morte... Morte, morte, morte...

Gabriel se ofereceu para colocar as crianças na cama, uma operação que acabou tendo quase tanto sucesso quanto a tentativa de achar a filha de Khalid. Após sair do quarto delas, encontrou Chiara tirando uma caçarola laranja do forno. Reconheceu o aroma. Era ossobuco, um de seus pratos favoritos. Comeram na pequena mesa redonda da cozinha, com uma garrafa de Shiraz da Galileia e o BlackBerry de Gabriel entre eles. A televisão no balcão estava no mudo. Chiara estranhou o canal escolhido pelo marido.

— Desde quando você assiste à Al Jazeera?

— Eles têm ótimas fontes na Arábia Saudita.

— O que está acontecendo?

— Um terremoto.

Exceto por algumas mensagens de texto vagas, Gabriel não tinha feito contato com Chiara desde a manhã da partida para Paris. Durante o jantar, contou-lhe tudo que se passara. Fez isso em italiano, o idioma do casamento deles. A esposa ouviu com atenção. Amava mais que tudo saber das aventuras do marido no campo. As histórias traziam à tona, ainda que de forma tênue, as lembranças da vida de que ela abrira mão para se tornar mãe.

— Deve ter sido uma surpresa e tanto.
— O quê?
— Encontrar Sarah no seu voo para Paris.

Ela olhou para a televisão. Havia cenas da último episódio de violência na fronteira da faixa de Gaza. Israel, aparentemente, era o único culpado.

— Pelo jeito, eles não sabem que há algo importante acontecendo.

— Vão saber em breve.

— Como vai acontecer?

— O príncipe herdeiro vai dizer ao pai, o rei, que não tem escolha a não ser abdicar. O rei, que tem 28 outros filhos de quatro esposas diferentes, sem dúvida vai questionar a decisão.

— Quem vai suceder o rei Mohammed agora?

— Isso depende de quem estiver por trás de toda esta trama. — Gabriel olhou o relógio. Eram 21h42 em Jerusalém, 22h42 em Riad. — Está bem em cima da hora.

— Talvez vá desistir.

— Quando se afastar, ele perderá tudo. Provavelmente, não vai poder ficar na Arábia Saudita. Vai ser só mais um príncipe exilado.

— Eu adoraria ser uma mosca na parede da corte real agora.

— Adoraria mesmo? — Gabriel pegou o BlackBerry e ligou para a Mesa de Operações no Boulevard Rei Saul.

Alguns minutos depois, o telefone começou a emitir o som de um velho gritando em árabe.

— O que ele está dizendo?

— Uma filha pode ser substituída, mas um rei, não.

Eram 23h30 em Riad quando o Al Arabiya, canal de notícias estatal saudita, interrompeu sua programação normal para um anúncio urgente do palácio. O apresentador pareceu abalado ao lê-lo. Sua Alteza Real Príncipe Khalid bin Mohammed Abdulaziz Al Saud tinha abdicado, abrindo mão, assim, de seu direito ao trono. O Conselho de Aliança, órgão composto por príncipes experientes que determinava quem entre eles governaria, planejava se reunir em breve para nomear um substituto. No momento, porém, o monarca absoluto da Arábia Saudita, em estado terminal e mentalmente incapaz, não tinha sucessor escolhido.

A Al Jazeera, que deu a notícia ao resto do mundo, mal conseguia conter sua alegria. Assim como os iranianos, a Irmandade Muçulmana, os palestinos, o Hezbollah, o Estado Islâmico e a viúva de Omar Nawwaf. A Casa Branca, imediatamente, soltou um comunicado declarando sua determinação de trabalhar próximo ao sucessor de Khalid. Downing Street murmurou algo parecido alguns minutos depois, assim como o Palácio do Eliseu. O governo de Israel, por sua vez, não disse nada.

Mas por que Khalid entregara o trono pelo qual tinha lutado de forma tão inclemente? A mídia só podia especular. Os especialistas em Oriente Médio eram unânimes na opinião de que Khalid não havia abdicado voluntariamente. A única dúvida era se a pressão viera de dentro da Casa de Saud ou de fora. Poucos repórteres e comentaristas tentaram esconder sua alegria com a queda, em especial, os apoiadores iniciais que haviam comemorado sua ascensão ao poder. "Já vai tarde", declarou um importante colunista do *The New York Times*, que havia declarado Khalid como salvador do mundo árabe.

Entre os muitos mistérios daquela noite estava o paradeiro exato de KBM. Se alguém tivesse se dado ao trabalho de perguntar ao chefe da inteligência israelense, ele poderia ter dito que o príncipe tinha voado a Paris imediatamente depois de sua reunião conflituosa com o pai e, sem a entourage habitual, entrado anônimo no Hotel de Crillon. Às cinco da tarde do dia seguinte, ele recebeu uma ligação. A voz do outro lado, digitalizada e com um tom perversamente afável, emitiu uma série de instruções, e então a linha caiu. Desesperado, Khalid telefonou para Sarah em Nova York. Ela, a pedido de Khalid, ligou para Gabriel no Boulevard Rei Saul. Sem necessidade, pois ele monitorava os acontecimentos no Centro de Operações e ouvira tudo. Os sequestradores queriam mais do que a abdicação de Khalid. Queriam Gabriel.

31

TEL AVIV-PARIS

Na verdade, era um pouco mais complicado. O que os sequestradores queriam era que Gabriel cuidasse das negociações finais e da logística da libertação da princesa Reema. Caracterizaram a exigência não como ameaça, mas como gesto humanitário que garantiria o retorno da refém em segurança, sempre o elemento mais perigoso de um sequestro. Preferiam lidar com um profissional, disseram, do que com um pai desesperado e, às vezes, volátil. Allon, porém, não tinha ilusões sobre por que os sequestradores o queriam do outro lado da linha. Os homens por trás da trama, quaisquer que fossem seus motivos, pretendiam matá-lo na primeira oportunidade. E matariam Khalid, também.

Não foi surpresa que a exigência não tenha sido bem recebida entre as paredes do Boulevard Rei Saul. Uzi Navot disse que estava fora de questão, um sentimento compartilhado pelo resto da equipe sênior de Gabriel — incluindo Yaakov Rossman, que ameaçou algemar Gabriel à mesa. Até Eli Lavon, chefe dos observadores e amigo mais próximo de Gabriel, achou que era uma missão suicida. Além do mais, adicionou Lavon, uma vez que Khalid tinha abdicado, já não valia o esforço, e, certamente, nem o risco.

Gabriel nem se deu ao trabalho de consultar o primeiro-ministro. Ligou logo para a esposa. A conversa foi breve, no máximo dois ou três minutos. Depois, Mikhail e ele saíram discretamente do Boulevard Rei Saul e se dirigiram ao Ben Gurion. Não havia mais voos a Paris naquela noite. Não tinha importância; Khalid mandara um avião para eles.

Passava pouco da uma da manhã quando chegaram ao Hotel de Crillon. Christopher Keller estava no bar do lounge, flertando com a linda hostess em seu francês com sotaque de Córsega.

— Você já subiu? — perguntou Gabriel.

— Por que acha que estou aqui embaixo? Ele estava me enlouquecendo.

— Como ele está?

— Atordoado.

Khalid estava num apartamento de categoria superior no quarto andar. Foi um choque vê-lo realizando uma tarefa tão comum quanto abrir a porta. Ele a fechou de novo rapidamente e ativou as trancas. A mesa de centro na sala de estar estava cheia de latas e embalagens de aperitivos gratuitos do frigobar. Em algum lugar, o telefone dele tocava uma melodia eletrônica irritante.

— Esse inferno não acaba. — Ele esticou uma das mãos para a enorme TV. — Estão rindo de mim! Dizem que fui forçado a abdicar por causa de Omar Nawwaf.

— Você pode esclarecer depois — disse Gabriel.

— De que vai adiantar? — O telefone começou de novo. Khalid despachou a ligação para a caixa-postal. — Outro que se diz amigo.

— Quem era?

— O presidente do Brasil. E antes dele, o chefe de uma agência de talentos em Hollywood, perguntando se eu ainda planejava investir na empresa dele. — O príncipe hesitou. — Todo mundo, menos as pessoas que levaram minha filha.

— Se eu tivesse que chutar, eles vão telefonar a qualquer momento.

— Como pode ter certeza?

— Porque sabem que cheguei.

— Estão vigiando o hotel?

Gabriel fez que sim.

— Quando ligarem de volta, vou oferecer cem milhões de dólares. Deve ser o suficiente para convencê-los a cumprirem sua parte do acordo original.

Gabriel sorriu.

— Quem dera fosse tão simples.

— Com certeza — falou Khalid, após um momento —, você não deseja morrer por um homem feito eu.

— Não — admitiu Gabriel. — Estou aqui por sua filha.

— Você consegue trazê-la de volta?

— Vou fazer o possível.

— Compreendo — respondeu Khalid. — Você é o diretor do serviço secreto de inteligência do Estado de Israel. E eu sou um homem que acabou de abrir mão de um trono, o que significa que não sou mais útil a você.

— Eu tenho dois filhos pequenos.

— Que sorte. Eu só tenho uma.

Um silêncio pesado caiu entre eles. Quebrado, apenas, pela melodia enjoativa do celular de Khalid. Ele pegou o aparelho e recusou a ligação.

— Quem era? — perguntou Gabriel.

— A Casa Branca. — Khalid revirou os olhos. — De novo.

— Não acha que deveria atender a ligação?

O príncipe abanou a mão em desprezo e fixou o olhar na televisão. KBM se encontrando com o primeiro-ministro britânico em Downing Street. KBM antes da queda.

— Eu nunca deveria ter dado ouvidos a ele — disse a ninguém em especial.

— A quem? — perguntou Gabriel, mas Khalid não respondeu. O telefone tocava de novo.

— Quem é agora?

— Você não acreditaria se eu dissesse.

Gabriel pegou o telefone e viu o primeiro nome do presidente russo.

— Atenda — disse Khalid. — Aposto que ele adoraria ouvir sua voz.

Gabriel deixou o telefone tocar mais vários segundos. Então, com profunda satisfação, apertou RECUSAR.

Pelo resto daquela longa noite, o relógio se moveu com a lentidão das placas tectônicas. O humor de Khalid, porém, alternava-se entre ódio daqueles que o traíram e medo pela vida da filha. Cada vez que o telefone tocava, ele o agarrava como se fosse uma granada e olhava para a tela com esperança, antes de jogar o aparelho de qualquer jeito na mesa de centro quando via que era só mais um ex-amigo ou colega querendo chafurdar no prazer de ver o sofrimento alheio.

— Eu sei, eu sei — dizia ele a Gabriel. — Telefones quebram, Príncipe Esquentadinho.

Mikhail e Keller conseguiram dormir por algumas horas, mas Gabriel ficou ao lado de Khalid. Nunca tinha acreditado no conto de fadas de KBM, o grande reformador árabe, mas, confrontado com a terrível escolha de perder o trono ou a filha, Khalid agira como um ser humano, não como o tirano mimado e inimaginavelmente rico cujo desejo por poder e posses não conhecia limites. Soubesse ele ou não, pensou Gabriel, ainda havia esperança para Khalid.

Finalmente, um amanhecer cinza-escuro invadiu a imponente sala de estar. Uma hora depois, mais ou menos, parado em uma das janelas com vista para a place de la Concorde, Gabriel testemunhou um espetáculo impressionante. Do Museu do Louvre ao Arco do Triunfo, policiais corriam e lutavam com milhares de manifestantes, todos vestidos com coletes amarelos de varredores de rua. Logo, todo o 1º *arrondissement* se encheu de uma densa nuvem de gás lacrimogêneo. Gabriel ligou a televisão no canal France 2 e foi informado de que os "Coletes Amarelos" estavam furiosos com o presidente francês por causa de um aumento recente nos preços do combustível.

— Isso é a democracia — desdenhou Khalid. — Os bárbaros estão nos portões.

Talvez Gabriel estivesse enganado, pensou. Talvez o saudita fosse mesmo uma causa perdida.

E ali ficaram, o espião e o monarca derrubado, observando o grande experimento conhecido como civilização ocidental se desmoronando aos pés deles. Khalid estava tão hipnotizado que, daquela vez, não ouviu o toque do telefone.

Gabriel foi até a mesa de centro e viu o aparelho tremendo em meio ao lixo da longa noite de espera. Olhou para a tela. O chamador não estava identificado e não havia número.

Ele clicou em ACEITAR e levou o telefone ao ouvido.

— Já estava na hora — disse em inglês, sem se esforçar para disfarçar o sotaque israelense. — Agora, ouçam com atenção.

32

PARIS

Ao lidar com sequestradores, sejam bandidos comuns ou terroristas, é costume que o negociador ouça as exigências. Mas isso supondo que ele tenha algo a oferecer em troca da liberdade do refém — dinheiro, por exemplo, ou um companheiro de luta preso. Gabriel, porém, não tinha nada, então só lhe restava atacar de imediato. Ele informou aos sequestradores que a princesa Reema estaria livre até o fim do dia. Se fosse ferida de qualquer forma — ou se houvesse algum atentado contra a vida dele próprio ou a do ex-príncipe herdeiro da Arábia Saudita —, a inteligência israelense caçaria cada membro da conspiração e mataria todos. O melhor caminho, concluiu, seria finalizar tudo o mais rápido possível, sem melodrama nem contratempos de última hora. Então, ele desligou e entregou o telefone a Khalid.

— Você está louco?

— Se não estivesse, não estaria aqui.

— Percebe o que acabou de fazer?

— Dei-nos uma chance mínima de recuperar sua filha sem sermos mortos no processo.

— Eles deram alguma instrução?

— Eu não deixei.

— Por que não?

— Achei que árabes fossem bons negociadores.

Os olhos de Khalid se arregalaram de raiva.

— Agora eles nunca vão ligar de volta!

— É claro que vão.

— Como você tem tanta certeza?

Gabriel andou calmamente até a janela e observou o protesto lá embaixo.

— Porque eu não estava blefando. E eles sabem.

Para o alívio de Gabriel, ele teve que suportar uma espera de apenas vinte minutos antes de se provar ao menos parcialmente certo. As instruções foram entregues numa mensagem gravada digitalmente a partir de um texto, como uma ligação eletrônica de telemarketing. A voz era feminina, alegre e vagamente erótica. Dizia que Gabriel e o ex-príncipe herdeiro deveriam embarcar no TGV do meio-dia de Paris a Marselha. Mais instruções seriam transmitidas quando estivessem em trânsito. Não deveriam envolver a polícia francesa. Nem viajar com um destacamento de segurança. Qualquer desvio das instruções resultaria na morte da menina.

— Vocês estão sendo observados — avisou a voz, antes de a conexão cair.

As condições não eram exatamente justas, mas, nas circunstâncias, o melhor que Gabriel podia esperar. Além do mais, ele não tinha intenção de honrá-las, e os sequestradores, também não.

Khalid chamou uma limusine do hotel. Atravessando Paris na direção leste, foram vaiados, xingados e receberam cuspes dos manifestantes de colete amarelo. O gás lacrimogêneo ardeu nos olhos deles enquanto corriam pela entrada da Gare de Lyon. Mikhail e Keller estavam parados como estranhos embaixo do quadro de partidas, cada um olhando numa direção diferente.

Khalid olhou admirado para o átrio de vidro.

— Não teve um ataque terrorista nesta estação há alguns anos?

— Continue andando — disse Gabriel. — Senão, vamos perder nosso trem.

— Olhe lá o memorial — falou Khalid, apontando para uma tábua preta de granito polido.

O painel de partidas girou com um ruído e atualizou. O embarque do trem para Marselha tinha começado. Gabriel levou Khalid até um quiosque automático e o instruiu a comprar dois assentos na primeira classe.

Khalid olhou para a geringonça, perplexo.

— Não sei se vou saber...

— Deixa pra lá. — Gabriel colocou um cartão de crédito na máquina. Os dedos dele se moveram com agilidade na tela e a máquina cuspiu duas passagens e um recibo.

— E agora? — perguntou Khalid.

— Entramos no trem.

O israelense guiou o saudita até a plataforma, depois para dentro de um vagão de primeira classe. Mikhail estava sentado numa ponta, Keller, na outra. Os dois virados para o centro, para onde Gabriel direcionou Khalid. Um terço do vagão estava cheio. Nenhum dos outros passageiros pareceu perceber que o homem que acabara de abrir mão de seu direito ao trono da Arábia Saudita sentava-se entre eles.

— Sabe — disse ele em voz baixa no ouvido de Gabriel —, não me lembro da última vez que fiz um trajeto de trem. Você viaja bastante assim?

— Não — respondeu Gabriel, enquanto o TGV dava um tranco para a frente. — Nunca.

★ ★ ★

Pelas primeiras três horas da viagem ao sul, o telefone silenciado de Khalid vibrou quase sem parar, mas os sequestradores esperaram até o trem chegar a Avignon antes de emitir as próximas instruções. Mais uma vez, não havia nome nem número, só a voz feminina automatizada. Ela disse que Gabriel alugasse um carro na Gare de Marseilles–Saint Charles e dirigisse até a antiga cidadela de Carcassonne. Havia uma pizzaria na avenue du Général Leclerc, chamada Plein Sud. Eles deixariam a garota em algum lugar próximo.

— E não leve os guarda-costas — alertou a voz, em tom de flerte. — Senão, a garota morre.

Gabriel ligou para o Boulevard Rei Saul e pediu dois carros Hertz, um para Mikhail e Keller e o outro para ele e Khalid. Os dois eram Renault compactos. Mikhail e Keller saíram primeiro e foram para o norte, na direção de Aix-en-Provence. Gabriel foi para oeste pela costa, seguindo o sol ofuscante de fim de tarde.

Khalid passou o dedo indicador na poeira do painel.

— Pelo menos, podiam ter nos dado um carro limpo.

— Eu deveria ter dito que era para você. Tenho certeza de que teriam achado algo melhor.

— Por que você mandou seus homens para Aix?

— Para ver se os sequestradores vão ser idiotas o bastante de segui-los.

— E se seguirem?

— Provavelmente, vão ter uma má surpresa. E nossas chances de sair disso inteiros vão aumentar drasticamente.

Khalid estava admirando o mar.

— Lindo, não?

— Tenho certeza de que é mais bonito visto do deque do maior iate do mundo.

— *Segundo* maior — Khalid corrigiu.

— Todos precisamos economizar.

— Imagino que vou passar bem mais tempo a bordo dele. Riad já não é seguro para mim. E quando meu pai morrer...

— O novo príncipe herdeiro vai tratar você da mesma forma que você tratou seu predecessor e todos que eram uma ameaça.

— É assim na minha família. Damos todo um novo significado à palavra *disfuncional*. — Khalid não conseguiu segurar o sorriso. — Planejo dedicar o resto da minha vida a Reema. Ela ama o *Tranquility*. Talvez façamos uma viagem pelo mundo juntos.

— Ela vai precisar de muitos cuidados médicos e psiquiátricos para se recuperar do que passou.

— Você parece falar por experiência própria.

— Leia meu arquivo.

— Já li — disse Khalid. — Continha uma referência a algo que aconteceu em Viena. Houve um bombardeio. Eles dizem...

— Talvez seja uma surpresa para você, mas não é um assunto que eu gostaria de discutir.

— Então, é verdade? Sua esposa e seu filho foram mortos na sua frente?

— Não — falou Gabriel. — Minha esposa sobreviveu.

O sol ardia no horizonte — como um carro, pensou Gabriel, queimando numa praça tranquila em Viena. Ele ficou aliviado quando Khalid mudou abruptamente de assunto.

— Nunca fui a Carcassonne.

— Era um reduto cátaro na Idade Média.

— Cátaro?

— Eles acreditavam, entre outras coisas, que havia dois deuses, o Deus do Novo Testamento e o Deus do Velho. Um era bom, o outro era mau.

— Qual era qual?

— O que você acha?

— O Deus dos judeus era o mau.

— Sim.

— O que aconteceu com eles? — perguntou Khalid.

— Contrariando todas as probabilidades, fundaram um Estado moderno em sua antiga terra natal.

— Eu estava falando dos cátaros.

— Foram exterminados na Cruzada Albigense. O massacre mais famoso aconteceu na vila de Montségur. Duzentos perfeitos cátaros foram jogados numa enorme fogueira. O lugar onde isso aconteceu ficou conhecido como campo dos queimados.

— Parece que os cristãos também sabem ser violentos.

— Era o século XIII, Khalid.

O BlackBerry de Gabriel vibrou com uma mensagem. Era Mikhail com uma atualização. Gabriel ouviu e mandou que ele fosse para Carcassonne.

— Eles foram seguidos? — perguntou Khalid.

— Não — disse Gabriel. — Não tivemos essa sorte.

O sol estava deslizando para baixo da linha do horizonte. Logo, teria ido embora. Por isso, pelo menos, ele estava grato.

33
MAZAMET, FRANÇA

Nas 48 horas desde a evacuação às pressas da princesa Reema do esconderijo no País Basco Espanhol, ela tinha sido mantida num estado de movimento quase permanente. Suas lembranças da odisseia eram fragmentadas, pois estavam nubladas por injeções regulares de sedativo. Ela se lembrava de um armazém cheio de caixas de madeira, de um barraco imundo que cheirava a bode, e de uma cozinha minúscula onde tinha ouvido, no cômodo ao lado, uma discussão entre dois de seus captores. Era a primeira vez que ela os ouvia. O idioma a chocou.

Pouco depois de a briga ser resolvida, deram-lhe mais uma injeção da droga. Ela acordou, como sempre, com uma dor de cabeça lancinante e a boca seca como um deserto. Os panos com que a vestiam havia duas semanas tinham sido removidos e ela estava com a roupa que usava na tarde do sequestro. Inclusive seu casaco Burberry favorito. Parecia mais pesado que o normal, embora Reema não pudesse ter certeza. Estava fraca pela falta de atividade, e as drogas faziam seus membros parecer feitos de ferro.

A injeção final continha uma dose menor do sedativo. Ela tinha certeza de que estava no porta-malas de um carro em movimento, pois conseguia ouvir os pneus rolando embaixo de si. Também escutava duas vozes vindas no compartimento de passageiros. Também falavam o idioma que a chocara. Ela só reconheceu duas palavras.

Gabriel Allon...

O balanço do carro e o cheiro do porta-malas sujo reviravam seu estômago. Reema parecia não conseguir puxar ar para os pulmões. Talvez fossem as drogas que tinham lhe dado. Não, pensou, era o casaco. Estava fazendo pressão nela.

Suas mãos não estavam amarradas. Ela soltou o cinto e puxou as lapelas, mas não adiantava, não abria. Fechou os olhos e, pela primeira vez em vários dias, chorou.

O casaco estava costurado.

A avenue du Général Leclerc ficava para lá das muralhas duplas da antiga cidadela de Carcassonne, e não tinha nada da beleza nem do charme do bairro antigo. A Plein Sud ocupava um prédio triangular no lado sul da rua, o último numa curta sucessão de lojas e empresas que atendiam aos residentes de classe operária do bairro. O interior era limpo, organizado e bem iluminado. Um homem grande com traços sulistas trabalhava nos fornos de pizza e uma mulher de ar pesaroso cuidava da *paella*. As paredes estavam cheias de arte africana, e uma grande porta de deslizar dava para a rua. Era um estande de tiro ao alvo para um franco-atirador, pensou Gabriel.

Os dois sentaram-se à única mesa disponível. Os ocupantes das outras três pareciam as pessoas que eles tinham visto se manifestando nas ruas de Paris de manhã. Eram cidadãos da outra França, aquela que não estava nos guias de turismo. Eram os explorados e os esquecidos, os que não tinham diplomas brilhantes de instituições de ensino de elite. A globalização e a automação tinham erodido seu valor como mão de obra. A economia de serviço era sua única opção. Suas contrapartes na Inglaterra e nos Estados Unidos já tinham dito o que achavam nas urnas. A França, raciocinava Gabriel, seria a próxima.

Uma mensagem chegou em seu BlackBerry. Ele leu e guardou o aparelho de volta no bolso. O telefone de Khalid estava entre eles na mesa, apagado, silencioso.

— E? — perguntou ele.

— Meus homens.

— Onde estão?

Com os olhos, Gabriel indicou que estavam estacionados perto.

— E os sequestradores?

— Não estão aqui.

— Eles sabem que chegamos?

— Absolutamente.

— Como você sabe?

— Olhe seu telefone.

Khalid olhou para baixo. Estava recebendo uma ligação. Sem nome. Sem número.

Gabriel clicou ACEITAR e levou o aparelho ao ouvido. A voz que falou com ele era feminina e vagamente erótica. Não era, porém, uma gravação.

A voz era real.

34
CARCASSONNE, FRANÇA

— Não conseguiu resistir?
— Acho que não. Afinal, não é sempre que se fala com um homem como você.

— Que tipo de homem seria esse?

— Um criminoso de guerra. Assassino daqueles que lutam por dignidade e autodeterminação.

O inglês dela era impecável. O sotaque era alemão, mas havia um traço de outra coisa. Algo mais oriental, pensou Gabriel.

— Você é uma guerreira da liberdade? — perguntou ele.

— Sou uma profissional, Allon. Como você.

— É mesmo? E que tipo de trabalho faz quando não está sequestrando e torturando crianças?

— A criança — respondeu ela — foi bem cuidada.

— Eu vi o quarto em Areatza onde ela foi mantida. Não era adequado para um cachorro, quanto mais para uma menina de 12 anos.

— Uma garota que passou a vida inteira cercada de luxos inimagináveis. Pelo menos, agora ela tem noção de como a vasta maioria das pessoas no mundo vive.

— Onde ela está?

— Perto.

— Nesse caso, deixe-a em frente ao restaurante. Não vou tentar segui-los.

Ela deu uma risada baixa e rouca. Gabriel colocou o telefone no volume máximo e o pressionou no ouvido. Ela estava num carro em movimento, tinha certeza.

— Está pronto para as próximas instruções? — perguntou ela.

— Acho bom serem as últimas.

— Tem um vilarejo ao norte de Carcassonne chamado Saissac. Siga a D629 até a fronteira do próximo *département*. Depois de um quilômetro, vai ver uma passagem pela cerca do lado direito da estrada. Siga a trilha para o campo por exatamente cem metros e desligue os faróis. Qualquer desvio de sua parte — disse a mulher — vai resultar na morte da menina.

— Se tocar num fio de cabelo da cabeça dela, vou colocar uma bala na sua.

— Assim?

Nesse momento, a porta de correr do café se estilhaçou e uma bala cruzou o ar entre Gabriel e Khalid, cravando-se na parede.

— Você tem trinta minutos — falou a mulher, calmamente.

— Ou a próxima será nela.

Gabriel e Khalid saíram juntos com os outros clientes em pânico para a avenida movimentada. O Renault estava estacionado em frente à loja ao lado. Gabriel sentou ao volante, ligou o motor e acelerou ao longo das muralhas da antiga cidadela. Khalid mapeava o caminho no celular. Na verdade, Gabriel não precisava de ajuda — a rota até Saissac estava claramente sinalizada —, mas era algo para o príncipe fazer além de gritar para que dirigisse mais rápido.

Só até Saissac, a viagem era de quarenta quilômetros. Gabriel cobriu a distância em cerca de vinte minutos. Deixaram o centro da cidade para trás num borrão. Em sua visão periférica, ele percebeu um baluarte com vista para uma planície, as ruínas de uma muralha e um único café. O bairro mais novo da cidade ficava a noroeste. Havia um posto da gendarmaria e uma rotatória onde, por um instante, Gabriel temeu que o Renault fosse virar.

Depois desta rotatória, a cidade minguou. Por mais ou menos um quilômetro e meio, o campo era bem cuidado e cultivado, mas ficou gradualmente selvagem. A estrada estreitou-se, atravessou o leito de um rio por uma ponte de pedra e estreitou-se de novo. Gabriel olhou de relance para o relógio do painel. Pelos seus cálculos, já estavam três ou quatro minutos atrasados. Então, checou o retrovisor e viu faróis. Por algum motivo, as luzes estavam se aproximando. Ele encontrou seu BlackBerry e discou.

Foi Keller quem atendeu.

— Afastem-se — ordenou Gabriel.

— Sem chance.

— Diga para Mikhail encostar agora.

Gabriel ouviu Keller transmitir relutante as instruções e observou alguns segundos depois o carro indo para o acostamento. Então, desligou e guardou o telefone. O de Khalid acendeu de repente. Sem nome. Sem número.

— Coloque no viva-voz.

Khalid tocou na tela.

— Vocês estão atrasados — disse a mulher.

— Acho que estamos chegando.

— Estão. E seus homens também.

— Eu disse para eles pararem. Não vão chegar mais perto.

— É melhor não chegarem.

Uma placa apareceu: DÉPARTEMENT DU TARN.

— Estou cruzando a fronteira — afirmou Gabriel.

— Continue.

Estavam num túnel de árvores. Quando emergiram, viram uma cerca de arame ao longo do lado direito da estrada. O campo do outro lado estava escuro. Nuvens pesadas produziram uma noite sem lua.

— Desacelere — ordenou a mulher. — O buraco na cerca está logo à frente.

Gabriel suavizou o pé no acelerador e entrou pela passagem. O caminho era de terra, muito esburacado e molhado de uma chuva recente. O israelense chacoalhou por uns cem metros e freou.

— Continue — instruiu ela.

Gabriel seguiu em frente, o carro balançando como um navio subindo e descendo com a ondulação.

— Já é suficiente.

O israelense parou.

— Desligue o motor e o farol.

Gabriel hesitou.

— Agora — disse a mulher. — Ou a próxima bala vai atravessar o para-brisa.

Gabriel desligou o motor e a luz. A escuridão era absoluta, assim como o silêncio na ligação. A mulher, pensou ele, tinha colocado o telefone no mudo.

— Quanto tempo acha que ela vai nos fazer esperar? — perguntou Khalid.

— *Ela* consegue ouvir você — disse a mulher.

— E eu consigo ouvir *você* — respondeu Khalid, com frieza.

— Foi uma ameaça?

Antes de Khalid poder responder, o vidro traseiro do carro explodiu. Gabriel tirou uma Beretta de trás das costas e rodou o cilindro.

— Eu sei que você é muito bom com uma arma, senhor Allon, mas eu não tentaria nada. Além disso, já está quase no fim.

— Onde ela está?

— Ligue os faróis — comandou a outra, e a conexão caiu.

35

TARN, FRANÇA

Ela estava cerca de cinquenta metros à frente do carro, em cima de uma leve elevação na terra. Havia fita isolante cobrindo a boca e amarrando as mãos. Eles a tinham vestido com uma saia xadrez, meias-calças escuras e um sobretudo escolar. Parecia que tinham abotoado o casaco na ordem errada dos botões, mas não era isso. Não estava abotoado.

Imediatamente, Khalid abriu sua porta e, gritando o nome de Reema, correu pelo caminho lamacento. Gabriel seguiu alguns passos atrás, levemente curvado, braços esticados segurando a Beretta. Girou para a esquerda e para a direita, procurando algo que não sabia o que era. Reema e a terra atrás dela estavam iluminadas, mas, fora isso, a escuridão no campo era total. Gabriel não via nada, só um pai correndo até a filha aterrorizada.

Algo não estava certo. Por que ela não estava aliviada ao ouvir a voz do pai? E onde estava o outro tiro? A bala prometida na cabeça de Gabriel. Então, ele entendeu por que o casaco de Reema não servia direito. Não havia atirador, não mais. A menina era a arma.

— Não chegue perto dela! — gritou Gabriel, mas Khalid continuava seguindo o caminho escorregadio.

Foi então que Gabriel viu um lampejo de luz nas árvores que margeavam o campo.

Um celular...

Estava longe, pelo menos a cem metros. O israelense apontou a Beretta na direção da luz e apertou o gatilho até o pente estar vazio. Então, baixou a pistola e se atirou na direção de Khalid.

O saudita era um homem muito mais jovem, mas não um atleta, e Gabriel tinha uma espécie de loucura como vantagem. Cobriu o espaço entre eles com algumas passadas desenfreadas, e jogou o príncipe na terra úmida no exato momento em que a bomba embaixo do casaco de Reema explodiu.

Um flash abrasador de luz iluminou o campo em todas as direções, e pedaços de metal encheram o ar acima da cabeça de Gabriel, como disparos de artilharia. Quando ele olhou de novo, Reema tinha desaparecido. O que sobrara dela estava espalhado pelos dois lados da trilha. Gabriel tentou segurar Khalid no chão, mas o saudita se contorceu até se libertar, e ficou de pé cambaleando. Estava coberto pelo sangue de Reema, os dois estavam. O israelense virou-se de costas e cobriu os ouvidos quando o primeiro grito terrível de agonia saiu da garganta de Khalid.

Um carro acelerava pela estrada. Gabriel encontrou a Beretta, ejetou o pente vazio e inseriu um novo. Então, virou-se lentamente e viu Khalid coletando os membros da filha.

— Chame uma ambulância — disse ele. — Por favor, precisamos levá-la para o hospital.

Gabriel caiu de joelhos e vomitou violentamente. Então, levantou o rosto ao céu sem luar e rezou para que uma chuva repentina lavasse o sangue da criança de seu rosto.

— É a morte! — gritou, a plenos pulmões. — Morte, morte, morte!

Parte Três

ABSOLVIÇÃO

36

SUDOESTE DA FRANÇA–JERUSALÉM

Mikhail Abramov e Christopher Keller tinham ouvido a explosão frenética de artilharia — dez balas, todas disparadas na mesma direção — seguida, alguns segundos depois, por uma explosão. Fora relativamente pequena, a julgar pelo som, mas o flash da detonação foi suficiente para iluminar o céu no canto remoto de Tarn. A cena que encontraram ao chegar ao local era algo saído do *Inferno* de Dante. Os dois eram veteranos de combate responsáveis por executar inúmeros assassinatos extrajudiciais, mas ficaram enojados com o que viram. Gabriel estava de joelhos na lama, ensopado de sangue, gritando aos céus. Khalid segurava algo que parecia um pequeno braço, e gritava algo sobre uma ambulância. Mikhail e Keller nunca mais falariam sobre aquilo. Nem um com o outro, nem, certamente, com os franceses.

Depois de se recompor o suficiente para pensar com mais clareza, Gabriel ligou para Paul Rousseau em Paris — que ligou para seu chefe, que ligou para o ministro, que ligou para o Palácio do Eliseu. Dentro de minutos, as primeiras unidades da polícia estavam enfileiradas pela D629, e todo o campo logo ficou aceso de luzes de cena de crime. Sob ordens diretas do presidente francês, não foi feita tentativa de interrogar o extenuado pai nem o arrasado chefe da inteligência israelense.

As equipes forenses reuniram meticulosamente os restos mortais da vítima; os especialistas em explosivos, os fragmentos da bomba que a matara. Todas as evidências foram levadas a Paris naquela noite por um helicóptero policial. Gabriel, Khalid, Mikhail e Keller também. Ao alvorecer, o príncipe e os restos mortais de sua filha estavam de novo no ar, dessa vez rumo à Arábia Saudita. Para Gabriel e seus comparsas, porém, os franceses tinham outros planos.

Ele era aliado — inclusive, tinha praticamente destruído sozinho a rede terrorista do Estado Islâmico na França — e foi tratado de forma apropriada. O inquérito, por assim dizer, aconteceu naquele mesmo dia, numa sala dourada e com lustres do Ministério do Interior. Estavam presentes o próprio ministro, os chefes de várias unidades policiais e serviços de inteligência, e vários tomadores de nota, copeiros e funcionários variados. Mikhail e Keller foram poupados de perguntas diretas, e os franceses juraram que não haveria gravação eletrônica. Gabriel supôs que estivessem mentindo.

Para começo de conversa, o ministro exigiu saber como o chefe da inteligência israelense tinha se envolvido na busca pela princesa. Gabriel respondeu, com sinceridade, que tinha aceitado a missão a pedido do pai da menina.

— Mas a Arábia Saudita é sua adversária, não é?

— Eu estava querendo mudar isso.

— Recebeu assistência de alguém dentro da instituição de segurança e inteligência francesa?

— Não.

Sem dizer nada, o ministro apresentou uma fotografia a Gabriel. Um Passat sedan entrando na sede do Grupo Alpha na rue Nélaton. A visita, explicou Gabriel, tinha sido só uma cortesia.

— E a mulher no banco do carona? — indagou o ministro.

— É uma colega.

— Segundo a polícia suíça, aquele mesmo carro estava em Genebra na noite seguinte, quando Lucien Villard foi morto por uma bomba numa maleta. Imagino que você também estivesse lá?

— Estava.

— A inteligência israelense matou Lucien Villard?

— Não seja ridículo.

O ministro jogou uma fotografia embaixo do nariz de Gabriel. Um homem sentado num café em Annecy.

— Foi ele?

Gabriel fez que sim.

— Você conseguiu identificá-lo?

— Não.

Outra fotografia.

— E ela?

— Acredito que seja a mulher com quem falei ontem à noite.

— Ela cuidou das negociações?

— Não houve negociações.

— Não teve troca de dinheiro?

— A exigência foi a abdicação.

— E os dez tiros que você disparou?

— Vi a luz da tela de um celular. Supus que ele fosse ser usado para detonar a bomba.

— Ele?

Gabriel inclinou a cabeça na direção do homem na fotografia.

— Se eu tivesse conseguido atingi-lo...

— Poderia ter salvado a criança.

Gabriel não disse nada.

— Foi um erro não nos envolver. Podíamos tê-la trazido em segurança.

— Eles disseram que iam matá-la.

— Sim — disse o ministro. — E agora ela está morta.

E assim se seguiu, tarde adentro, até as luzes das ruas de Paris estarem brilhando abaixo das do ministério. Era uma tolice, e os dois lados sabiam. Os franceses pretendiam varrer todo aquele episódio sujo para baixo do tapete. Quando, por fim, as perguntas pararam e os tomadores de nota baixaram as canetas, houve apertos de mão entre todos, como se faz em velórios, fugidios, de consolo. Um carro oficial levou Gabriel, Mikhail e Keller para o Charles de Gaulle. Keller embarcou num avião para Londres; Gabriel e Mikhail, num para Tel Aviv. Durante o voo de quatro horas, não falaram do que tinha se passado em Tarn. Nunca falariam.

No dia seguinte, houve uma nota nos jornais do sul, algo sobre restos mortais encontrados num campo remoto, uma adolescente, com certeza menina. Chegou ao *Le Figaro* e uma pequena notícia foi lida no jornal televisivo da noite, mas o encobrimento dos franceses foi tão completo — e a mídia estava tão distraída com os "coletes amarelos" — que logo aquilo foi esquecido. Às vezes, até Gabriel se perguntava se tinha sonhado. Mas bastava ouvir as gravações das conversas com a mulher para se lembrar de que uma criança tinha sido explodida em pedaços diante de seus olhos.

Se estava de luto, não dava sinais disso, pelo menos, não entre as paredes do Boulevard Rei Saul. A abdicação de Khalid tinha jogado a Arábia Saudita — e, por extensão, toda a região — num turbilhão político. Para piorar as coisas, o presidente dos Estados Unidos declarou a intenção de retirar todas as forças norte-americanas da Síria, efetivamente cedendo o controle do país aos iranianos e à sua aliada, a Rússia. Horas depois do anúncio, feito via Twitter, um míssil do Hezbollah disparado de território sírio cruzou o espaço aéreo israelense e foi interceptado em Hadera. Gabriel forneceu ao primeiro-ministro a localização de um bunker de comando iraniano secreto ao sul de Damasco. Vários oficiais do Corpo da Guarda Revolucionária do Irã foram mortos na retaliação, levando Israel e a República Islâmica para ainda mais perto de uma guerra.

Mas foi a Arábia Saudita que ocupou a maior parte do tempo de Gabriel durante aqueles dias infinitos após sua volta da França. Sua previsão acertada de que Khalid estava prestes a abdicar, de repente, tornou-o o novo favorito de Langley, que estava se agarrando a qualquer coisa para descobrir o que acontecia dentro da corte real de seu aliado mais próximo no mundo árabe. Khalid estava em Riad? Será que estava vivo? Gabriel conseguia oferecer pouca ajuda aos americanos, pois suas próprias tentativas de falar com Khalid tinham se revelado infrutíferas, e o telefone grampeado do saudita já não emitia sinal. O israelense também não conseguiu fornecer aos americanos — nem a seu primeiro-ministro, por sinal — informação confiável sobre o provável sucessor de KBM. Consequentemente, quando Gabriel foi acordado às três da manhã com a notícia de que seria o príncipe Abdullah, meio-irmão do rei que morava fazia tempos em Londres, ficou tão surpreso quanto todos os outros.

O Escritório sabia o básico sobre a carreira sem distinção de Abdullah e, nos dias seguintes à sua ascensão, o departamento de Coletas e Pesquisa rapidamente preencheu as lacunas. Ele era contra Israel, contra o Ocidente e guardava um rancor permanente dos Estados Unidos, que culpava pela violência e pelo caos político no Oriente Médio. Tinha duas esposas em Riad, que raramente via, e um grupo de mulheres e homens que atendiam suas necessidades sexuais em sua mansão em Belgravia. Um muçulmano wahabista devoto, ele bebia muito e tinha se tratado três vezes numa instituição exclusiva nos arredores de Zurique. Nos negócios, era agressivo mas imprudente. Apesar de um estipêndio mensal generoso, dinheiro sempre era um problema.

Houve especulação na mídia de que Abdullah era apenas um príncipe herdeiro substituto, que permaneceria no posto até um candidato definitivo ser escolhido entre os da próxima geração. Abdullah, porém, rapidamente consolidou seu poder purgando a corte real e os serviços de segurança saudita da influência do sobrinho. Também jogou fora *O caminho para o futuro*, o plano ambicioso de Khalid para transformar a economia saudita, e deixou claro que não se falaria mais em reformar a fé. O wahabismo, proclamou, era a religião oficial do reino e seria praticado em sua forma mais pura e severa. As mulheres foram sumariamente despojadas do direito de dirigir ou frequentar eventos esportivos — e a Mutaween, a temida polícia religiosa saudita, recebeu de novo licença para aplicar as regras de pureza islâmica, com prisões e brutalidade física se necessário. Quem se opusesse seria preso ou açoitado publicamente. A fugidia Primavera de Riad tinha chegado ao fim.

O que levou, principalmente no Ocidente, a outra grande reavaliação. Será que os americanos e seus aliados europeus tinham sido duros demais com os erros de Khalid? Teriam ingenuamente pressionado a Casa de Saud e a deixado sem saída exceto voltar a seu método de sobrevivência testado e comprovado? Teriam deixado passar uma oportunidade de ouro de mudar o Oriente Médio? Nas salas seguras e salões de Washington e Londres, eles discutiram sobre quem tinha perdido a Arábia Saudita. Em Tel Aviv, porém, Gabriel abordou a questão de uma maneira completamente diferente. Aquela nação, concluiu, não tinha sido perdida, mas tirada deles. A questão era: por quem?

Embora Gabriel tenha conseguido esconder seu luto da equipe, Chiara o enxergava como se ele fosse transparente. Não era difícil; ele o revivia cada noite no tumulto encharcado de suor que o invadia no sono. Várias vezes, ela foi acordada pelo grito dele. As palavras eram sempre as mesmas.

— É a morte! — berrava ele. — Morte, morte, morte!

Gabriel tinha contado a ela uma versão muito resumida da história após voltar da França. Khalid e ele tinham sido levados pelos sequestradores a um campo remoto, a menina tinha morrido. Chiara resistira à tentação de insistir por mais detalhes. Sabia que, um dia, ele contaria tudo.

Aquilo o consumia, isso era óbvio. O que ele precisava, pensou ela, era de uma pintura, alguns metros quadrados de tela danificada que ele pudesse consertar. Mas Gabriel não tinha um quadro, só um país para proteger, e estava assombrado pela perspectiva de guerra ao norte. O Hezbollah e os iranianos tinham empilhado mais de 150 mil mísseis e foguetes na Síria e no Líbano. O maior era capaz de ir além de Tel Aviv. Em caso de conflito, toda a Galileia e boa parte da Planície Costeira estariam ao alcance. Milhares podiam morrer.

— É por isso que a presença americana na Síria é tão importante. Eles são um cabo de detonação. Quando forem embora, só haverá um controle para a agressão do Hezbollah e do Irã.

— Os russos — disse Chiara.

Já passava de meia-noite. Gabriel estava sentado na cama com as costas apoiadas na cabeceira, uma pilha de arquivos do Escritório no colo, uma luminária de lâmpada halógena acesa sobre seu ombro. A televisão estava no mudo para não acordar as crianças. No início daquela noite, o Hezbollah disparara quatro foguetes na direção de Israel. Tinham sido destruídos pelo sistema de defesa de mísseis da Cúpula de Ferro, mas um havia alcançado os arredores de Ramat David, cidade no vale de Jezreel em que Gabriel vivera quando criança. A Força Aérea Israelense preparava um enorme ataque de retaliação, com base em informações fornecidas pelo Escritório.

— Uma prévia das próximas atrações — disse ele, suavemente.

— Como fazemos parar?

— Sem ser com uma guerra total? — Gabriel fechou o arquivo que estava lendo. — Com uma estratégia para tirar os russos, os iranianos e o Hezbollah da Síria.

— E como fazemos isso?

— Criando um governo central decente em Damasco, liderado pela maioria sunita em vez de pelo regime ditatorial brutal de uma minoria alauita minúscula.

— E eu imaginando que ia ser difícil. — Chiara entrou na cama ao lado dele. — Os árabes provaram, sem dúvida alguma, que não estão prontos para governar a si mesmos.

— Não estou falando de uma democracia jeffersoniana. Estou falando de um déspota iluminado.

— Como Khalid? — perguntou Chiara, cética.

— Depende de qual Khalid.

— Quantos existem?

— Dois — respondeu Gabriel. — O primeiro recebeu poder absoluto antes de estar pronto.

— E o segundo?

— É o homem que assistiu à filha sofrer uma morte inimaginável.

Houve um momento de silêncio. Então, Chiara perguntou:

— O que aconteceu naquele campo na França?

— Salvei a vida de Khalid — disse Gabriel. — E acho que ele nunca vai me perdoar por isso.

Chiara olhou para a televisão. O novo governante *de facto* da Arábia Saudita estava se reunindo com religiosos sêniores, incluindo um imã que regularmente acusava os judeus de serem descendentes de macacos e porcos.

— O que você vai fazer? — questionou ela.

— Vou descobrir quem roubou a Arábia Saudita.

— E depois?

Gabriel desligou a luminária.

— Roubar de volta.

37
TEL AVIV

Foi nesse ponto, no fim de fevereiro, enquanto Israel era castigado por uma série de tempestades de inverno, que começou uma grande busca à qual o Escritório depois se referiria como "Onde diabos está Khalid?". Havia sérias dúvidas de que ele sequer estivesse entre os vivos. O chefe dos observadores, Eli Lavon, convencera-se de que KBM estava a alguns palmos da superfície do Négede, provavelmente, em vários pedaços. Para defender sua teoria, ele lembrava que o celular do árabe estava fora do ar. Ainda mais preocupante era um relato, nunca corroborado, de que Khalid tinha sido levado sob custódia pouco depois de o Conselho de Aliança nomear Abdullah príncipe herdeiro. O ex-futuro rei, concluiu Lavon, não deveria nem ter saído vivo da França. Voltar à Arábia Saudita com os restos mortais da filha dera aos conspiradores a oportunidade perfeita de garantir que ele nunca fosse uma ameaça.

Gabriel não desprezou a teoria de Lavon de início, pois, nas horas seguintes ao assassinato de Reema, havia alertado Khalid sobre a insensatez de voltar a Riad. Discretamente, tinha procurado seu antigo arqui-inimigo da polícia secreta saudita para ver se havia notícias do destino de Khalid. Sem resposta. O antigo arqui-inimigo, disse Lavon, provavelmente tinha sido descartado na limpeza pós-Khalid. Ou talvez, adicionou, de forma sombria, fosse ele quem tivesse enfiado a adaga nas costas de Khalid.

Gabriel e o Escritório não eram os únicos procurando por ele. Havia também os americanos e boa parte da mídia mundial. O ex-príncipe herdeiro tinha sido visto em vários lugares, desde a costa do Pacífico no México até a encantadora ilha caribenha de São Bartolomeu, além de uma *villa* à beira do golfo em Dubai. Nenhum dos relatos se provou verdadeiro. Nem a reportagem, no *Le Monde*, de que Khalid estaria vivendo em esplêndido exílio em seu luxuoso château na Alta Saboia. Paul Rousseau confirmou não terem conseguido achá-lo.

— Temos só uma ou duas perguntas que gostaríamos de fazer a ele sobre Rafiq al-Madani, que também está desaparecido.

— Provavelmente, voltou a Riad.

— Se sim, não carimbou o passaporte na saída da França. Você por acaso não o viu?

Gabriel respondeu, com alguma veracidade, que não conhecia o paradeiro de al-Madani. O de Khalid também permanecia um mistério. E quando mais uma semana se passou sem sinal dele, Gabriel temeu pelo pior. No fim, foi Sarah Bancroft quem o encontrou. Mais especificamente, foi encontrada por Khalid. Ele estava bem e saudável, e se escondia a bordo do *Tranquility* com uma equipe reduzida e alguns guarda-costas de confiança. Queria saber se Gabriel teria alguns minutos para conversar.

— Ele está ancorado perto de Sharm el-Sheikh, no mar Vermelho — disse Sarah. — Vai mandar um helicóptero para você.

— É muito generoso da parte dele, mas tenho uma ideia melhor.

— Qual é?

Gabriel explicou.

— Você não pode estar falando sério.

— Ele prometeu me dar o que eu quisesse. É isso que eu quero.

38

EILAT, ISRAEL

Como diretor-geral do Escritório, Gabriel tinha autoridade para executar operações sensíveis sem obter aprovação prévia do primeiro-ministro. Seu cargo, porém, não lhe dava licença para convidar o líder deposto de uma nação árabe, formalmente hostil, para visitar o Estado de Israel, mesmo que não oficialmente. Entrar com Khalid escondido na embaixada em Londres no calor da batalha era uma coisa, mas dar a ele acesso ao terreno mais contestado do mundo era diferente. O primeiro-ministro, depois de um debate tenso, aprovou a visita, desde que em segredo. Gabriel, que tinha praticamente dado o príncipe saudita como morto, estava confortável com os termos. A última coisa com que precisavam se preocupar, disse, era uma *selfie* nas redes sociais. As antigas contas de Twitter e Instagram de Khalid estavam inativas; e a Casa de Saud tinha apagado a memória da existência dele. O ex-príncipe herdeiro era um fantasma.

Seu helicóptero Airbus H175 VIP pousou numa nuvem de poeira às margens do golfo de Aqaba às 8 horas do dia seguinte. Um tripulante abriu a porta da cabine e Khalid, vestindo calça de algodão cáqui e um blazer italiano, pisou hesitante em solo israelense pela primeira vez. Só Gabriel e seu pequeno destacamento de segurança estavam presentes para testemunhar a ocasião. Sorrindo, Gabriel estendeu a mão, mas o saudita o puxou para um abraço apertado. Para o bem ou para o mal, e por todos os motivos errados, eles tinham se tornado amigos íntimos.

Khalid examinou a paisagem áspera e bege.

— Eu esperava vir aqui um dia sob outras circunstâncias.

— Talvez — disse Gabriel — eu também consiga organizar isso.

Dirigiram-se ao norte pelo deserto de Négede na SUV blindada de Gabriel. Khalid pareceu surpreso de ver outros veículos na rua.

— É melhor — explicou o israelense — nos escondermos à vista de todos.

— E se alguém me reconhecer?

— Israel é o último lugar no mundo em que alguém esperaria vê-lo.

— É porque é o último lugar no mundo em que eu deveria estar. Mas, afinal, acho que não tenho mais aonde ir.

Khalid estava claramente desconfortável com suas circunstâncias menos imponentes e seu status global diminuído. Enquanto mergulhavam mais fundo no deserto sob um céu sem nuvens, ele falou do que tinha acontecido em seu retorno à Arábia Saudita após o assassinato de Reema. Ele a enterrou segundo a tradição wahabista, disse, numa cova não identificada no deserto. Então, começou a tentar recuperar seu lugar na linha de sucessão. Como temia, não era possível. O Conselho de Aliança já tinha se decidido por Abdullah, mentor e confessor de Khalid, como novo príncipe herdeiro. Ele jurou sua lealdade ao tio, mas Abdullah, temendo a influência do sobrinho, o destituiu sumariamente de todos os seus cargos poderosos no governo. Quando Khalid se opôs, foi preso e levado a um quarto no Ritz-Carlton, onde foi forçado a entregar boa parte de suas riquezas. Temendo por sua vida, ele se refugiou no *Tranquility*. Asma, sua esposa, recusou-se a ir para o exílio com ele.

— Ela o culpa pela morte de Reema?

Khalid fez que sim, lentamente.

— Bastante irônico, não acha? Defendi os direitos das mulheres na Arábia Saudita e, como recompensa, fui abandonado por minha própria esposa.

— E por seu tio também.

— Foi no que deu o conselho dele de não abdicar — concordou Khalid. — Parece que Abdullah estava tramando contra mim desde o início. O Conselho de Aliança não considerou nenhum outro candidato. O bolo, como dizem, já estava no forno. Quando eu saí do caminho, o trono ficou à disposição de Abdullah. Nem meu pai conseguiu impedir.

— Como ele está?

— Meu pai? Tem momentos de lucidez, mas, na maior parte do tempo, vive numa névoa de demência. Abdullah tem controle total da máquina do reino, você tem visto os resultados. Saiba que ele não terminou. Aqueles senadores e congressistas em Washington que estavam querendo meu sangue vão amaldiçoar o dia em que me criticaram.

Era perto de dez da manhã quando a superfície cor de mercúrio do mar Morto apareceu no horizonte. Em Ein Gedi, Gabriel perguntou se Khalid queria nadar, mas o árabe negou. Ele já havia se banhado no lado jordano do mar Morto e não gostara da experiência.

Passaram sem desacelerar por um posto de controle e adentraram a Cisjordânia. Em Jericó, ficava a entrada para Jerusalém. Em vez disso, seguiram para o norte. A expressão de Khalid ficou sombria ao passarem por uma série de povoados israelenses ao longo do rio Jordão.

— Como espera que eles construam um Estado se você tomou toda a terra?

— Não tomamos *toda* a terra — respondeu Gabriel. — Mas garanto que nunca vamos sair do vale do Jordão.

— Não pode haver dois Estados com judeus dos dois lados da fronteira.

— Infelizmente, esse trem já partiu.

— Que trem?

— A solução de dois Estados. Está morta e enterrada. Temos que pensar em coisas novas.

— Qual é a alternativa?

— Primeiro, a paz. Depois — falou Gabriel —, qualquer coisa é possível.

Passaram por mais um posto de controle antes de entrar em Israel de fato, e aceleraram através de terras agrícolas planas e férteis até o extremo sul do mar da Galileia. Lá, viraram para leste e subiram as colinas de Golã. Na cidade drusa de Majdal Shams, viram o sul da Síria através de uma cerca de arame farpado. O exército sírio e seus aliados russos e iranianos tinham eliminado as últimas forças rebeldes. O regime estava de novo controlando o território na fronteira com Israel.

Pararam para almoçar em Rosh Pina, um dos mais antigos povoados sionistas em Israel, antes de começar a cruzar a Alta Galileia. Gabriel apontou o que sobrou de vilarejos árabes abandonados. Até caminhou com Khalid entre as ruínas de al-Sumayriyya, a aldeia árabe da Galileia Ocidental cujos residentes tinham fugido em 1948 para o Líbano. Eles viram o novo *skyline* brilhante de Tel Aviv da rodovia 6, e se aproximaram de Jerusalém, a cidade fraturada de Deus sobre um morro, pelo oeste. Depois de cruzar a fronteira invisível para Jerusalém Oriental, prosseguiram pelas muralhas otomanas da Cidade Velha até o Portão do Leão. A pequena praça além deles estava vazia. Só havia policiais e soldados israelenses.

— Onde estamos? — perguntou Khalid, com a voz tensa.

Gabriel abriu a porta do carro e saiu.
— Venha comigo. Vou lhe mostrar.

A pequena praça dentro da Porta do Leão não era a única parte do Bairro Muçulmano que Gabriel mandara fechar ao público naquela tarde. Havia também a ampla esplanada sacra ao sul, conhecida pelos judeus como monte do Templo e pelos muçulmanos como Haram al-Shariff, o Nobre Santuário. Os dois amigos entraram no complexo pela Bab al-Huttah, a Porta da Absolvição. A Cúpula da Rocha, dourada, brilhava suavemente com a luz fria do início da tarde. A imponente Mesquita de al-Aqsa estava recortada no horizonte.

— Fez isso para mim?

Gabriel assentiu.

— Como?

— Sou um homem — disse ele — com alguma influência.

Alguns representantes do Waqf estavam reunidos do lado oriental da esplanada.

— Quem eles acham que eu sou? — perguntou Khalid.

— Um notável árabe de um dos emirados.

— Espero que não do Catar.

Eles entraram na Cúpula da Rocha e, juntos, olharam solenemente para a Pedra Fundamental. Era o topo do monte Moriá, local em que os muçulmanos acreditavam que Maomé tinha subido aos céus, e os judeus, que Abraão sacrificaria seu filho mais novo, se não pela intercedência de um arcanjo chamado Gabriel. Depois, Khalid rezou na Mesquita de al-Aqsa enquanto o homônimo do anjo, sozinho na esplanada, contemplava o nascer da lua acima do monte das Oliveiras. A noite tinha caído quando o saudita saiu da mesquita.

— Onde fica a câmara em que você encontrou os pilares do tal Templo de Salomão?

Gabriel apontou para baixo, para as profundezas do patamar.

— E o Muro das Lamentações?

Gabriel inclinou a cabeça para o oeste.

— Você pode me levar à câmara? — perguntou Khalid.

— Talvez em outro momento.

— E ao Muro?

Estavam parados a apenas poucos metros do topo do Muro Ocidental, mas foram até lá na SUV do israelense. Os gigantes silhares herodianos estavam bastante iluminados, assim como a praça ampla em sua base. Gabriel não tentou fechar o lugar para a visita de Khalid. Estava lotado de devotos e turistas.

— Os homens e as mulheres rezam separados — observou o saudita, com malícia.

— Para o desalento dos judeus mais liberais.

— Talvez possamos mudar isso.

— *Shwaya, shwaya* — disse Gabriel.

Khalid tirou um pequeno pedaço de papel do bolso interno de seu paletó.

— É uma oração para Reema. Gostaria de deixar no muro.

Gabriel colocou um quipá no topo do cabelo escuro de Khalid e observou-o aproximar-se do muro. Ele colocou o bilhete entre dois dos silhares e inclinou a cabeça numa oração silenciosa. Ao voltar, lágrimas escorriam. A SUV estava estacionada na Porta de Dung. Eles atravessaram para o lado ocidental da cidade, a caminho do antigo bairro conhecido como Nachlaot. Na entrada da rua Narkiss, havia um posto de controle. Passaram sem desacelerar e pararam em frente ao prédio residencial de pedra calcária, número 16.

— Onde estamos agora? — perguntou Khalid.

— Em casa — disse Gabriel.

39
JERUSALÉM

Chiara tinha aberto uma garrafa de Domaine du Castel, um vinho estilo Bordeaux das montanhas da Judeia. Khalid prontamente aceitou uma taça. Por ter sido deposto, disse, já não tinha desculpas para manter a aparência de devoção wahabista. Pareceu surpreso que um homem tão poderoso quanto Gabriel vivesse numa habitação tão modesta. Mas, afinal, qualquer casa pareceria humilde a um príncipe que tinha crescido num palácio do tamanho de um quarteirão urbano.

O olhar dele estudou com ar de especialista os quadros nas paredes da sala de estar.

— Seus?
— Alguns — respondeu Gabriel.
— E os outros?
— Da minha mãe e do meu avô. E um ou dois da minha primeira esposa.

Chiara tinha preparado comida suficiente para Khalid e a entourage que costumava acompanhá-lo aonde ele fosse. Foi servida na sala de jantar. Khalid sentou-se à cabeceira, com Gabriel e Chiara de um lado e Raphael e Irene do outro. O chefe do serviço secreto israelense apresentou Khalid às crianças como senhor Abdulaziz, mas ele insistiu em só ser chamado por seu primeiro nome. Os pequenos estavam claramente intrigados com sua presença na casa. Gabriel raramente recebia convidados na rua Narkiss e as crianças, apesar de viverem muito perto de Jerusalém Oriental, quase nunca viam árabes, quanto mais no jantar.

Mesmo assim, só levou alguns minutos para os dois caírem nas graças de Khalid. Com seu cabelo escuro, traços elegantes e olhos castanhos afetuosos, ele parecia a versão hollywoodiana de um príncipe árabe. Era fácil imaginar Khalid com robes e turbantes do deserto, cavalgando para a batalha ao lado de T. E. Lawrence. Mesmo sem o dinheiro e os brinquedos caros, seu charme e carisma eram irresistíveis.

Só falaram de temas seguros — pinturas, livros, a jornada dele por parte de Israel e da Cisjordânia, qualquer coisa menos a morte de Reema e sua desgraça particular. Ele estava contando às crianças histórias de falcoaria quando soaram as sirenes em Nachlaot. Gabriel ligou para o Boulevard Rei Saul e descobriu que mais um míssil vinha da Síria, dessa vez, na direção de Jerusalém.

— E se este atingir o Haram al-Sharif? — perguntou Khalid.

— Sua viagem a Israel vai ficar bem mais interessante.

Por vários minutos, esperaram o baque, até que as sirenes pararam. Gabriel ligou para o Boulevard Rei Saul pela segunda vez e foi informado de que o míssil havia sido interceptado, seus destroços caído, sem danos, num campo nos arredores do povoado de Ofra, na Cisjordânia.

Às nove da noite, as crianças começaram a espernear. Chiara as levou para a cama enquanto Gabriel e Khalid terminavam o vinho no terraço. O saudita se sentou na cadeira que costumava ser usada por Shamron. O cheiro do eucalipto era intoxicante.

— Isso faz parte de se esconder à vista de todos?

— Infelizmente, meu endereço é o segredo menos bem guardado de Israel.

— E sua primeira esposa? Onde está?

Gabriel olhou para oeste. O hospital, como explicou, ficava no antigo vilarejo árabe de Deir Yassin, onde soldados judeus dos grupos paramilitares Irgun e Lehi haviam massacrado mais de cem palestinos na noite de 9 de abril de 1948.

— Deve ser terrivelmente doloroso para ela ter que viver num lugar desses.

— É a vida — respondeu Gabriel — na Terra Duplamente Prometida.

Khalid deu um sorriso triste.

— Você viu acontecer?

— O quê?

— A bomba que matou seu filho e feriu sua esposa?

Gabriel assentiu lentamente.

— Você me poupou dessa memória. Acho que eu deveria ser grato. — Khalid bebeu um pouco do vinho. — Lembra as coisas que disse aos sequestradores quando estava negociando a libertação de Reema?

— Tenho as gravações.

— E as palavras que gritava depois de a bomba explodir?

Gabriel não disse nada.

— Devo admitir — falou Khalid — que é a única coisa em que penso desde aquela noite.

— Sabe o que dizem sobre vingança?

— O quê?

— "Antes de iniciar uma vingança, cave duas covas."

— É um antigo provérbio árabe.

— Na verdade, é judeu.

— Não seja bobo — disse Khalid, com um lampejo de sua velha arrogância. — Você já fez alguma tentativa de encontrá-los?

— Fiz alguns questionamentos — respondeu Gabriel, vagamente.

— Algum deu frutos?

Gabriel negou.

— Nem os meus.

— Talvez devamos nos unir.

— Concordo — disse Khalid. — Por onde vamos começar?

— Omar Nawwaf.

— O que tem ele?

— Por que deu a ordem para matá-lo?

Khalid hesitou, mas respondeu:

— Fui aconselhado a fazer isso.

— Por quem?

— Pelo meu querido tio Abdullah. O próximo rei da Arábia Saudita.

40
JERUSALÉM

No fim das contas, a culpa, começou Khalid, em tom de brincadeira, era dos americanos. Após os atentados de 11 de setembro, eles exigiram que a família real fosse dura com a al-Qaeda e cortasse o fluxo de dinheiro e a ideologia wahabista que tinha dado origem à organização. As ligações do reino com o pior ataque em solo americano na história eram inegáveis. Quinze dos dezenove sequestradores eram cidadãos sauditas, e Osama bin Laden, fundador e mentor da al-Qaeda, era descendente de uma família saudita notável que tinha ficado fabulosamente rica devido a suas ligações financeiras com a Casa de Saud.

— Há muitos motivos para o 11 de setembro ter acontecido — argumentou Khalid —, mas nós, sauditas, precisamos aceitar nossa responsabilidade. O atentado deixou uma mancha indelével em nosso país e em minha família, e nada parecido pode acontecer de novo.

Para combater a al-Qaeda de forma efetiva, o reino precisava de tecnologia de contravigilância para monitorar as comunicações na internet dos suspeitos de terrorismo e seus colegas viajantes, em especial, depois de o movimento jihadista global ter se transformado com o advento das redes sociais. Para isso, ele mesmo estabeleceu o

Centro de Dados Real e o encheu de ciberferramentas sofisticadas compradas dos modernos emiradenses e de uma firma particular italiana. O centro chegou a adquirir software para hackear celulares de uma empresa israelense chamada ONS Systems. Gabriel estava ciente da transação. Tinha se oposto veementemente, bem como o chefe da Unidade 8200, mas os dois foram vencidos pelo primeiro-ministro.

O Centro de Dados Real permitia que o regime monitorasse não só potenciais terroristas, como também oponentes políticos comuns. Por esse motivo, Khalid passou a controlá-lo quando se tornou príncipe herdeiro. Usou para espionar os aparelhos móveis de inimigos e rastrear as atividades deles no ciberespaço. O centro também dava ao saudita o poder de monitorar e manipular as redes sociais. Não tinha vergonha de admitir que, como o presidente americano, estava obcecado por seu status no universo paralelo do Twitter e do Instagram. Não era mera vaidade que dominava suas preocupações. Ele temia a possibilidade de ser derrubado por uma rebelião de *hashtags*, como a que causara a queda de Mubarak no Egito. O Catar, seu arquirrival no golfo, estava trabalhando on-line contra ele, assim como vários comentaristas e jornalistas que tinham adquirido enormes quantidades de seguidores árabes jovens e inquietos, desesperados por mudança política.

Um desses comentaristas era um saudita chamado Omar Nawwaf.

Nawwaf era editor-chefe do *Arab News*, o jornal diário de língua inglesa mais importante da Arábia Saudita. Correspondente veterano no Oriente Médio, tinha conseguido manter boas relações tanto com a Casa de Saud, a quem devia sua sobrevivência como jornalista, quanto com a al-Qaeda e a Irmandade Muçulmana. Como resultado, a corte real, regularmente, utilizava-o como emissário às forças do Islã político. Ele, um ateu, havia muito defendia a flexibilização das restrições inspiradas no wahabismo sobre as mulheres, e recebeu a ascensão de um jovem KBM reformista com um editorial entusiasmado. Seu apoio se dissolveu quando Khalid suprimiu de forma inclemente a oposição política e enriqueceu às custas do povo.

Não levou muito tempo para Khalid e seus asseclas perceberem que tinham um problema chamado Omar Nawwaf. No início, tentaram desarmar a situação com charme e engajamento. Mas, quando as críticas do jornalista se intensificaram, ele recebeu uma ordem de parar ou sofrer graves consequências. Ao se deparar com a escolha entre o silêncio e o exílio, Nawwaf escolheu o exílio. Refugiou-se em Berlim e encontrou trabalho na *Der Spiegel*, a mais importante revista alemã. Livre da máquina de repressão da Arábia Saudita, ele deslanchou uma torrente de comentários ácidos sobre seu obstinado príncipe herdeiro, pintando-o como fraude e vigarista, sem intenção de fazer reforma política real em seu reino. Khalid declarou guerra a Nawwaf de dentro do Centro de Dados Real, mas não adiantou. Só no Twitter, Nawwaf tinha quase dez milhões de seguidores, muito mais que o futuro monarca. O intrometido jornalista exilado estava ganhando a batalha de ideias nas redes sociais.

— E aí — disse Khalid — houve um acontecimento muito intrigante. Omar Nawwaf, meu grande detrator, pediu uma entrevista.

— E você recusou?

— Nem pensei duas vezes.

— O que aconteceu?

Nawwaf fez um segundo pedido. Depois, um terceiro. Quando nenhum deles recebeu resposta, usou seus contatos dentro da Casa de Saud para enviar uma mensagem diretamente a Khalid.

— Parecia que o pedido de entrevista era uma armadilha desde o começo. Ele alegava ter descoberto informações sobre uma ameaça contra mim. Insistia em me contar sobre essa ameaça pessoalmente.

Claro, dado tudo que ele tinha escrito e dito sobre mim, eu estava cético. Meus seguranças também. Estavam convencidos de que ele queria me matar.

— Com o quê? Uma caneta e um caderno?

— Quando Bin Laden matou Ahmad Shah Massoud, da Aliança do Norte, dois dias antes do 11 de setembro, os assassinos posaram como jornalistas televisivos.

— Continue — disse Gabriel.

— Sei que você acha que sou impulsivo e imprudente, mas pensei sobre o assunto. No fim, decidi vê-lo. Enviei uma mensagem pela Embaixada Saudita em Berlim, convidando Omar a voltar ao reino, mas ele se recusou. Disse que só me encontraria numa localização neutra, em algum lugar em que se sentisse seguro. Meus seguranças estavam mais convencidos do que nunca de que Omar pretendia me matar.

— E você?

— Não tinha tanta certeza. Sinceramente, se estivesse na posição de Omar, eu também não voltaria ao reino.

— Mas queria ouvir o que ele tinha a dizer?

— As fontes dele eram impecáveis — explicou Khalid. — Omar tinha contatos na região toda.

— Então, o que você fez?

— Busquei o conselho de alguém em quem achei que podia confiar.

— Tio Abdullah?

Khalid assentiu.

— O próximo rei da Arábia Saudita.

Abdullah bin Abdulaziz Al Saud não era membro dos sete Sudairis, linha de sangue real interna dos filhos do Fundador, que tinha produzido três monarcas sauditas, incluindo o pai de Khalid. Além disso, sabia que nunca seria rei. Vivera sua vida de acordo com isso, com um pé na Arábia Saudita e outro no Ocidente. Mesmo assim, continuava sendo uma figura importante na Casa de Saud, respeitado por seu intelecto e sua astúcia política. O sobrinho achava seu tio uma fonte de conselhos sábios, precisamente porque ele se opunha a muitas de suas reformas, incluindo à das mulheres, para quem Abdullah só via uma utilidade.

— E quando você contou a seu tio sobre Omar Nawwaf?
— Ele ficou preocupado.
— O que ele sugeriu?
Khalid passou o dedo indicador pela garganta.
— Bastante drástico, não acha?
— Não para os nossos padrões.
— Mas você supostamente era diferente, Khalid. Supostamente seria aquele que ia mudar o Oriente Médio e o mundo islâmico.
— Não posso mudar o mundo se estiver morto, não é?
— E a retaliação?
— Abdullah prometeu que não haveria.
— Que sábio — disse Gabriel, seco. — Mas por que ele diria uma coisa dessas?
— Porque minhas mãos ficariam limpas.
— Abdullah disse que ia cuidar disso?
Khalid assentiu.
— Como ele convenceu Nawwaf a ir ao consulado em Istambul?
— Adivinha!
— Disse a Nawwaf que você estaria lá.
— Muito bem.
— E aquele monte de bobagem que você divulgou depois da morte dele? Aquela conversinha sobre uma operação de rendição que deu errado?

— Omar Nawwaf — falou Khalid, sério — nunca sairia vivo daquele consulado.

— Bem desleixado, não acha?

— Abdullah queria uma morte barulhenta para assustar outros assassinos em potencial.

— Foi barulhenta, sim. E agora, ele é o próximo na linha do trono.

— E eu estou aqui sentado com você em al-Quds. — Khalid ouviu os ruídos da antiga cidade. — Parece que Abdullah me levou a cometer um ato imprudente para danificar meu status internacional e me enfraquecer em casa.

— Parece, sim.

— E se estivermos olhando isso do jeito errado?

— E qual seria o jeito certo?

— E se Omar Nawwaf realmente quisesse me alertar sobre uma grave ameaça? — Khalid olhou seu relógio. — Meu Deus, que tarde.

— Está cedo para os nossos padrões.

O saudita colocou a mão direita em um dos ombros de Gabriel.

— Não sei como agradecer por me convidar a vir aqui.

— Vai ser nosso segredinho.

Khalid sorriu.

— Considerei trazer um presente, mas sabia que você não aceitaria. Então, isto vai ter que servir. — Ele mostrou um pendrive.

— Lindo, não?

— O que tem aí?

— Alguns registros financeiros que obtive durante aquele episódio no Ritz-Carlton. Meu tio Abdullah era péssimo empresário, mas, há alguns anos, virou bilionário quase do dia para a noite. — Ele colocou o pendrive na palma da mão de Gabriel. — Talvez você consiga descobrir como ele fez isso.

41
NOVA YORK–BERLIM

Na noite da improvável visita de Khalid a Jerusalém, Sarah Bancroft estava num encontro com o homem de seus pesadelos. O nome dele era David Price. Eles tinham sido apresentados por um amigo em comum num leilão na Christie's. David tinha 57 anos e trabalhava com algo relacionado a finanças. Era uma criatura viril, com cabelo preto liso penteado para trás, dentes brancos brilhantes e um bronzeado escuro adquirido durante as férias no Caribe com a ex-esposa e os dois filhos universitários. Ele a levou a uma nova peça que o *Times* tinha julgado importante e, depois, ao restaurante Joe Allen, onde era conhecido dos atendentes do bar e dos garçons. Depois, na entrada do prédio dela na 67th Street, Sarah evitou os lábios dele como se estivesse pulando uma poça. Já no apartamento, ela ligou para a mãe, atitude rara, e lamentou o estado de sua vida amorosa. A mãe, que sabia pouco do passado secreto de Sarah, sugeriu que ela começasse a fazer ioga, jurando que lhe traria maravilhas.

A bem da verdade, o fracasso da noite não era totalmente culpa de David Price. Sarah estava preocupada com o pedido repentino de Khalid para entrar em contato de novo com Gabriel. Era o primeiro contato dela com qualquer um dos dois desde que voltara a Nova York. Ela ficara sabendo da abdicação de Khalid assistindo à CNN, supondo que Reema tinha sido devolvida em segurança. Gabriel, porém, contara-lhe a verdade. Sarah sabia que um ato como aquele não ficaria sem punição. As pessoas responsáveis seriam caçadas, haveria uma operação de vingança. Outro motivo para a mente dela ter vagado durante a peça — ela mal se lembrava de qualquer fala — e o jantar no Joe Allen. Queria estar de volta ao campo com Gabriel, Mikhail e o inglês misterioso chamado Christopher Keller, e não jogando conversa fora e comendo fígado acebolado com um investidor divorciado de Connecticut.

Portanto, Sarah não ficou triste quando, três dias depois, acordou e encontrou em sua caixa de entrada um cartão de embarque do voo noturno da Lufthansa para Berlim. Informou, por alto, seus planos de viagem à sua equipe e foi para o aeroporto de Newark. Aparentemente, seu vizinho de assento, um banqueiro de investimentos do Morgan Stanley, tinha jurado beber todo o estoque de álcool do avião. Sarah comeu pouco do jantar e dormiu até um campo alemão coberto de neve aparecer abaixo de sua janela. Um mensageiro da Estação de Berlim do Escritório se aproximou dela no saguão de desembarque e a acompanhou até uma BMW sedan à espera. Mikhail estava ao volante.

— Pelo menos não é outro Passat horrendo — disse ela, entrando no banco do carona.

Mikhail pegou a rampa de saída do aeroporto até a autoestrada e seguiu em direção a Charlottenburg. Sarah conhecia bem a vizinhança. Enquanto ainda estava na CIA, passara seis meses em Berlim trabalhando com o BfV, o serviço de inteligência interno alemão, contra uma célula da al-Qaeda que tramava outro 11 de setembro a partir de um apartamento na Kantstrasse. Mikhail visitara Sarah em segredo várias vezes durante a missão.

— É bom estar de volta — disse ela, provocativa. — Sempre gostei de Berlim.

— Especialmente no fim do inverno. — Os trilhos de segurança estavam cobertos por uma neve suja, e às 8h30 o céu ainda estava escuro. — Pelo menos, temos sorte de ela não estar morando em Oslo.

— Quem?

Mikhail não respondeu.

— Você estava lá quando Reema foi morta?

— Perto o suficiente — respondeu Mikhail. — Keller também.

— Ele está em Berlim?

— Keller? — Mikhail olhou de soslaio para ela. — Por que está perguntando?

— Curiosidade, só isso.

— Christopher está com outro compromisso no momento. Somos só nós três de novo.

— Onde está Gabriel?

— No apartamento seguro.

Mikhail entrou na Bundestrasse e seguiu até o Tiergarten. Havia uma manifestação no Portão de Brandemburgo, algumas centenas de pessoas, a maioria na casa dos vinte, de jeans e blusas de lã em estilo escandinavo. Pareciam membros do Partido Verde ou pacifistas. Suas placas, porém, denunciavam suas verdadeiras convicções políticas.

— São de um grupo chamado Geração Identidade — explicou Mikhail. — Parecem inofensivos, mas adotam a mesma ideologia dos skinheads e do resto dos neonazistas.

Ele virou à direita na Ebertstrasse, e caiu no silêncio ao passarem pelo desolador Memorial aos Judeus Mortos da Europa, com seus 2.700 blocos de concreto cinza dispostos num terreno do tamanho de um quarteirão. Sarah levara Mikhail ao local durante uma das visitas secretas dele à cidade. Tinha acabado com o fim de semana dos dois.

Na Potsdamer Platz, que já foi uma terra arrasada pela Guerra Fria mas se tornou um monumento de vidro e aço ao poderio econômico alemão, Mikhail foi pro leste em direção ao bairro de Mitte. Fez uma série de viradas consecutivas, uma manobra de contravigilância bem conhecida, antes de, abruptamente, encostar no meio-fio na Kronenstrasse e desligar o motor.

— Quanto você sabe sobre a família de Gabriel? — perguntou ele.

— O básico, acho.

— Ele é judeu alemão, nosso chefe. Embora tenha nascido em Israel, aprendeu a falar alemão antes do hebraico. É por isso que tem um sotaque britânico tão forte. Pegou da mãe. — Mikhail apontou para um bloco residencial com janelas que brilhavam como ônix polido. — Quando ela era criança, morava num prédio que ficava bem aqui. No outono de 1942, foi despachada a Auschwitz num vagão de gado junto com o resto da família. Foi a única a sobreviver.

Uma lágrima escorreu pela bochecha de Sarah.

— Há algum motivo para você querer que eu veja isso?

— O apartamento seguro é exatamente ali. — Mikhail apontou para o prédio em frente. — Gabriel fez um aluguel de longo prazo quando se tornou chefe.

— Ele vem sempre?

— A Berlim? — Mikhail balançou a cabeça. — Odeia este lugar.

— Então, por que estamos aqui?

— Hanifa — respondeu Mikhail, abrindo a porta do carro. — Estamos aqui por causa de Hanifa.

42

BERLIM

Eram 20h15 quando Hanifa Khoury, produtora veterana de campo da transmissora estatal alemã ZDF, saiu na calçada úmida da Unter den Linden. Um vento frio soprou pelas árvores sem folhas que davam nome ao famoso boulevard. Tremendo, Hanifa enrolou um *keffiyeh* xadrez preto e branco apertado em volta do pescoço. Ao contrário da maioria dos alemães, ela não usava o acessório por moda ou para demonstrar convicção política anti-Israel; Hanifa era de linhagem palestina. Os olhos dela estudaram a rua em ambas as direções. Tendo trabalhado como jornalista em todo o Oriente Médio, era hábil em perceber vigilância, especialmente, quando conduzida por outros árabes. Não viu nada de suspeito. Aliás, fazia muitas semanas que não notava ninguém a observando. Talvez, pensou, finalmente tivessem decidido deixá-la em paz.

Ela seguiu pela Unter den Linden até a Friedrichstrasse e virou à esquerda mais à frente. Perto do Checkpoint Charlie ficava o bistrô onde ela se encontrava com Omar depois do trabalho. Uma mulher bonita, loura, de quarenta e poucos anos, estava sentada à mesa cativa deles, a do canto no fundo, com uma visão desobstruída da porta da frente. Lia um livro de poesia de Mahmoud Darwish, o bardo do movimento nacional palestino. Quando Hanifa se aproximou, a mulher tirou os olhos da página, sorriu e olhou de novo para baixo.

Hanifa parou de repente.

— Está gostando?

A mulher demorou a responder.

— Desculpe — disse, em inglês. — Não falo alemão.

O sotaque era inconfundivelmente americano. Hanifa considerou se fazer de desentendida e encontrar uma mesa o mais longe possível da mulher loura — talvez, pensou, em outro café. As únicas pessoas que Hanifa desprezava mais que americanos eram israelenses, embora, dependendo dos caprichos da política da Casa Branca no Oriente Médio, fosse parada dura.

— O livro — falou, dessa vez, em inglês. — Perguntei se você estava gostando.

— Seria mesmo possível gostar de versos tão dolorosos?

O comentário surpreendeu Hanifa positivamente.

— Eu o conheci pouco antes de morrer.

— Darwish? Verdade?

— Produzi uma de suas últimas entrevistas.

— Você é jornalista?

— Da ZDF. E você?

— No momento, estou tirando umas férias estendidas.

— Que sorte.

— Na verdade, não.

— Você é americana?

— Infelizmente. — A mulher contemplou o *keffiyeh* preto e branco ao redor do pescoço de Hanifa. — Espero que não seja um problema.

— Por que seria?

— Não somos muito populares hoje em dia. — A mulher colocou o livro na mesa, de modo que Hanifa conseguisse ver a página aberta. — Conhece este?

— Claro. É muito famoso. — Recitou de cor a abertura do poema: — "Aqui nas encostas de morros, em frente ao anoitecer e o cânone do tempo..." — Sorriu. — Soa muito melhor no árabe original.

— Você é da Palestina?

— Meus pais eram da Alta Galileia. Foram expulsos, enviados para a Síria em 1948 e acabaram vindo para cá. — Hanifa baixou a voz e disse, com astúcia: — Espero que não seja um problema.

A mulher sorriu. Hanifa olhou para a cadeira vazia.

— Está esperando alguém?

— Em geral, sim. Mas no momento não.

— Posso me sentar com você?

— Por favor.

Hanifa se sentou e se apresentou.

— Que nome lindo — disse a mulher. Então, estendeu a mão. — Sarah Bancroft.

Durante os noventa minutos seguintes, sozinho no apartamento seguro da Kronenstrasse, Gabriel suportou um discurso sobre Israel e os judeus feito por Hanifa Khoury, jornalista, exilada, viúva do mártir Omar Nawwaf. Ela não deixou passar nada: o Holocausto, a fuga e expulsão do povo palestino, o horror de Sabra e Chatila, os acordos de paz de Oslo, que ela declarou uma tolice perigosa. Com isso, pelo menos, Gabriel concordava inteiramente.

A fonte do áudio era o telefone que Sarah tinha colocado na mesa após se sentar no café. A câmera estava voltada para o teto. Gabriel às vezes via as mãos de Hanifa enquanto a mulher descrevia seu plano para levar paz à Palestina. Ela declarou que a ideia de dois Estados, um para judeus, outro para árabes, era carta fora do baralho.

A única solução justa, falou, era um Estado único binacional, com "direito de retorno" completo e irrevogável para todos os cinco milhões de refugiados palestinos registrados.

— Mas isso não seria o fim do Estado judeu? — perguntou Sarah.

— Sim, claro. Mas essa é a questão.

Hanifa, então, presenteou Gabriel com uma leitura de poesia de Mahmoud Darwish, a voz do sofrimento palestino e da opressão israelense, antes de, finalmente, perguntar a sua nova conhecida americana por que tinha decidido tirar umas férias estendidas justamente em Berlim. Sarah recitou a história que Gabriel havia criado naquela tarde. Dizia respeito à dissolução desastrosa de um casamento sem filhos. Humilhada e de coração partido, Sarah decidira passar alguns meses numa cidade em que ninguém a conhecesse. Um amigo ofereceu seu apartamento de veraneio em Berlim. Ficava na esquina do café na Kronenstrausse.

— E você? — perguntou Sarah. — É casada?

— Só com meu trabalho.

— Seu nome é familiar.

— É bem comum, na verdade.

— Seu rosto também é familiar. É quase como se já tivéssemos nos conhecido.

— Ouço muito isso.

Nesse ponto, já eram 21h30. Hanifa anunciou que estava faminta. Sugeriu que pedissem algo para comer, mas Sarah insistiu em jantarem no apartamento dela. A geladeira estava vazia, mas podiam pegar algumas garrafas de vinho no Planet Wein e uns rolinhos de camarão crocantes do Sapa Sushi.

— Prefiro o Izumi — disse Hanifa.

— Izumi, então.

Sarah pagou pelas duas garrafas de Grüner Veltliner austríaco gelado; Hanifa, pelo sushi. Alguns minutos depois, Gabriel as viu caminhando lado a lado pela Kronenstrasse. Fechou seu notebook, apagou as luzes, sentou-se no sofá e esperou.

— Não grite — falou, suavemente. — Faça o que fizer, Hanifa, por favor, não grite.

43
BERLIM

Hanifa Khoury não gritou, mas largou a sacola com os sushis e emitiu um grunhido agudo que os vizinhos podiam muito bem ter ouvido, se Mikhail não tivesse fechado a porta logo atrás dela. Assustada com o som, ela olhou para ele por um momento antes de se voltar novamente a Gabriel. Uma série de expressões passou como a sombra de uma nuvem pelo rosto dela. A última foi um olhar inconfundível de reconhecimento.

— Meu Deus, é...

— Sim — disse Gabriel, interrompendo-a. — Sou eu.

Ela fez menção de ir para a porta, mas Mikhail estava encostado nela como se esperasse um ônibus passar. Então, ela caçou um telefone na bolsa e tentou discar um número.

— Eu nem tentaria — disse Gabriel. — O sinal é horrível neste prédio.

— Ou talvez você esteja bloqueando para eu não chamar ajuda.

— Você está perfeitamente segura, Hanifa. Aliás, está muito mais segura agora do que tem estado há tempos.

Gabriel olhou de relance para Mikhail, que arrancou o aparelho da mão de Hanifa. Depois, pegou a bolsa e analisou o conteúdo.

— O que ele está procurando?

— Um colete suicida, um AK47... — Gabriel deu de ombros. — O de sempre.

O russo ficou com o telefone, mas devolveu a bolsa. Hanifa olhou para Sarah.

— Ela também é israelense?

— O que mais seria?

— Ela fala inglês como americana.

— A diáspora nos deu uma vantagem decisiva no recrutamento de oficiais.

— Os judeus não são o único povo espalhado aos quatro ventos.

— Não — concordou Gabriel. — Os palestinos também sofreram. Mas nunca foram alvo de uma campanha organizada de aniquilação física como a Shoah. É por isso que precisamos de um Estado nosso. Não podemos contar com alemães, poloneses, húngaros ou letões para nos proteger. Essa é a lição da história.

Gabriel proferiu essas palavras não em inglês, mas em alemão. Hanifa respondeu na mesma língua.

— É por isso que você me sequestrou? Para jogar de novo o Holocausto na minha cara e me transformar em exilada?

— Você não foi sequestrada.

— A Bundespolizei talvez ache que sim.

— Talvez — respondeu Gabriel. — Mas tenho uma relação muito boa com o chefe do BfV, principalmente porque dou a ele muitas informações sobre ameaças à segurança alemã. Sim, imagino que você possa me trazer um pouco de vergonha, mas estaria perdendo uma oportunidade importante.

— Que tipo de oportunidade?

— De mudar o curso dos acontecimentos no Oriente Médio.

Ela o olhou inquisitivamente. Seus olhos eram quase pretos, e as pálpebras, proeminentes. Era como ser contemplado pela *Adele Bloch-Bauer* de Klimt.

— Como? — perguntou ela, por fim.

— Me dando a história em que Omar estava trabalhando antes de ser morto. — Sem receber resposta, Gabriel disse: — Ele não foi assassinado naquele consulado por causa das coisas que escrevia nas redes sociais. Foi morto porque tentou avisar Khalid de uma trama contra ele.

— Quem disse?

— Khalid.

Hanifa apertou os olhos.

— Para variar — disse, amarga —, Khalid está equivocado.

— Como assim?

— Não foi Omar quem tentou avisá-lo sobre a trama.

— Quem foi?

Hanifa hesitou e então declarou:

— Fui eu.

44
BERLIM

Como o sushi estava espalhado pelo chão do hall de entrada, Mikhail desceu até o restaurante de comida persa e pediu vários pratos de carne grelhada com arroz. Comeram na pequena mesa retangular do apartamento, arrumada em frente a uma janela com vista para a Kronenstrasse. Gabriel sentou-se de costas para a rua, com Hanifa Khoury, sua nova recruta, a seu lado esquerdo. Durante toda a refeição, ela mal olhou na direção de Sarah. Era óbvio que não a perdoara por usar uma obra de Mahmoud Darwish, o tesouro literário da Palestina, como isca para atraí-la. Também era óbvio que não acreditava que Sarah fosse cidadã do Estado que ela desejava inundar sob um mar de exilados palestinos retornando.

Para provar sua impressão, Hanifa Khoury só precisava pedir que Sarah falasse algumas palavras em hebraico. Em vez disso, usou a ocasião para repreender o chefe da inteligência israelense pelos crimes que ele e seu povo tinham cometido contra o dela. Gabriel aguentou a arenga em silêncio. Tinha aprendido fazia muito tempo que a maioria dos debates sobre o conflito árabe-israelense era como um gato correndo atrás do próprio rabo. Além disso, não queria perder Hanifa como aliada temporária. Os judeus venceram a disputa pela Palestina, os árabes perderam. Os judeus tinham sido mais inteligentes e lutado com mais afinco o tempo todo. Os árabes haviam sido mal servidos por seus líderes. Hanifa tinha direito à sua dor e raiva, embora sua palestra talvez fosse mais tolerável se não tivesse sido feita em alemão na cidade em que Hitler e os nazistas conceberam e executaram seu plano de livrar a Europa dos judeus. Não havia nada a fazer sobre a situação. A grande roleta-russa da Providência tinha colocado Gabriel Allon e Hanifa Khoury, ambos filhos da Palestina, em Berlim naquela noite.

Tomando café e comendo baklava, Hanifa tentou fazer Gabriel confessar algumas de suas proezas. Quando ele gentilmente mudou o rumo da conversa, ela jogou seu fogo retórico sobre os americanos e sua intervenção desastrosa no Iraque. Ela tinha entrado em Bagdá depois do avanço das forças de coalizão e relatado a queda rápida do Iraque na insurgência e na guerra civil sectária. No outono de 2003, durante a sangrenta Ofensiva do Ramadã, ela conheceu um jornalista saudita alto e bonito no bar do Palestine Hotel, onde morava à época. O saudita, embora pouco conhecido da maioria dos repórteres ocidentais, era um dos mais influentes e com melhores fontes no mundo árabe.

— O nome dele — disse ela — era Omar Nawwaf.

Os dois eram solteiros e, verdade seja dita, estavam um pouco assustados. O The Palestine ficava fora da Zona Verde americana e era alvo frequente dos insurgentes. Aliás, naquela mesma noite, foi atacado por morteiros. Hanifa se abrigou no quarto de Omar. Voltou na noite seguinte, já com o hotel em paz, e também na outra. Logo se apaixonaram loucamente, embora divergissem muitas vezes sobre a presença americana no Iraque.

— Omar acreditava que Saddam era um perigo e um monstro que precisava ser removido, ainda que pelas mãos das tropas americanas. Também aceitava a ideia de que o estabelecimento de uma democracia no coração do mundo árabe, inevitavelmente, espalharia liberdade para o resto da região. Eu achava que a aventura iraquiana ia terminar em desastre. Estava certa, claro. — Ela deu um sorriso triste. — Omar não gostou disso. Ele era um saudita secular de aparência ocidental, mas, ainda assim, um saudita, se é que me entendem.

— Ele não gostou de perder a razão para uma mulher?

— E palestina, ainda por cima.

Por um breve momento, porém, pareceu que Omar estava certo. No início de 2011, a revolução popular conhecida como Primavera Árabe varreu a região. Regimes opressores desmoronaram na Tunísia, Egito, Iêmen e Líbia, e uma guerra civil de grandes proporções irrompeu na Síria. As velhas monarquias aguentaram melhor, mas na Arábia Saudita houve conflitos violentos. Dezenas de manifestantes foram baleados ou executados. Centenas foram presos, incluindo muitas mulheres.

— Durante a Primavera Árabe — disse Hanifa —, Omar já não era um mero correspondente. Era editor-chefe do *Arab News*. Em particular, esperava que Vossa Alteza tivesse o mesmo destino de Mubarak ou até Muamar Kadafi. Mas sabia que se pressionasse demais, os Al Saud fechariam o jornal e o jogariam na prisão. Sua única opção era apoiar o regime em editoriais. Ele chegou a assinar uma coluna criticando os manifestantes como baderneiros inspirados por estrangeiros. Depois disso, caiu numa depressão profunda. Omar nunca se perdoou por não participar da Primavera Árabe.

Hanifa tentou convencer Omar a ir embora da Arábia Saudita e viver com ela na Alemanha, onde ele teria liberdade para escrever o que quisesse, sem medo de ser preso. No início de 2016, com a economia saudita estagnada devido à queda do preço do petróleo, ele finalmente concordou. Mudou de ideia algumas semanas depois, porém, depois de conhecer um jovem príncipe saudita em ascensão chamado Khalid bin Mohammed.

— Foi pouco depois de o pai de Khalid subir ao trono. O filho já era ministro da Defesa, vice-primeiro-ministro e presidente do conselho de planejamento econômico, mas ainda não era príncipe herdeiro e sucessor legítimo. Ele convidou Omar a seu palácio uma tarde para uma reunião extraoficial, que chegou, como instruído, às quatro da tarde. Saiu bem depois da meia-noite.

Não houve gravação do encontro — Khalid não permitira — nem anotações feitas na hora, só o memorando composto às pressas por Omar depois de voltar ao escritório. Ele mandou uma cópia a Hanifa por e-mail, por segurança, que ficou chocada ao lê-la. Khalid previa que, em vinte anos, o preço do óleo chegaria a zero. Se a Arábia Saudita quisesse ter algum futuro, teria que mudar, e rápido. Ele queria modernizar e diversificar a economia. Queria soltar as amarras wahabistas sobre as mulheres e inseri-las no mercado de trabalho. Queria quebrar o pacto entre os Al Saud e os barbados das tribos Ikhwan do Négede. Queria que a Arábia Saudita fosse um país *normal*, com cinemas, música, casas noturnas e cafés em que pessoas de ambos os sexos convivessem sem medo da Mutaween.

— KBM falava até em permitir que hotéis e restaurantes servissem álcool para os sauditas não precisarem atravessar de carro a ponte para o Bahrein toda vez que quisessem um drinque. Eram coisas radicais.

— Omar ficou impressionado?

— Não — disse Hanifa. — Omar não ficou impressionado. Omar ficou apaixonado.

Logo apareceram nas páginas do *Arab News* muitos artigos elogiosos sobre o jovem e moderno filho do monarca saudita que atendia pelas iniciais KBM. Mas Omar virou oposição logo depois de Khalid se tornar príncipe herdeiro e ordenar a captura de multidões de dissidentes e ativistas pró-democracia, incluindo vários de seus amigos íntimos. O *Arab News* não se pronunciou oficialmente sobre as prisões, porém Omar soltou uma avalanche de críticas nas redes sociais, incluindo um tuíte furioso comparando KBM ao governante da Rússia. O chefe da corte, então, mandou uma mensagem ao jornalista, com instruções de furtar-se de críticas futuras a Vossa Alteza Real. Omar respondeu ridicularizando Khalid por gastar mais de um bilhão de dólares em mansões, iates e quadros enquanto sauditas comuns sofriam com suas medidas de austeridade econômica.

— Depois disso — disse Hanifa — o jogo começou.

Contudo, num país como a Arábia Saudita, só podia haver um resultado para uma disputa entre a família real e um jornalista dissidente. O Centro de Dados Real passou a monitorar os telefones de Omar e interceptar seus e-mails e mensagens. Tentou até desativar suas mídias sociais. E, quando falharam, ele foi atacado com milhares de postagens falsas de *bots* e *trolls*. A gota d'água foi a bala, um único projétil .45, entregue ao escritório dele no *Arab News*. Ele foi embora da Arábia Saudita naquela noite, para nunca mais voltar.

Mudou-se para o apartamento de Hanifa, casou-se com ela numa cerimônia discreta e foi trabalhar para a *Der Spiegel*. Com seus posts em redes sociais cada vez mais críticos a KBM, seu número de seguidores cresceu exponencialmente. Agentes sauditas o seguiam abertamente pelas ruas de Berlim. O telefone dele ficou lotado de e-mails e mensagens ameaçadores.

— O recado era inconfundível. Não importava que Omar tivesse ido embora do reino, eles ainda podiam pegá-lo. A partir desta época, ele se convenceu de que seria sequestrado ou morto.

Mesmo assim, decidiu arriscar uma viagem ao Cairo para escrever uma reportagem sobre a vida no Egito sob o comando do novo faraó, quem desprezava quase tanto quanto Khalid. No lobby do Hotel Sofitel, ele encontrou, por acaso, um membro da realeza saudita de pouca importância que tinha sido espoliado por

Khalid no Ritz-Carlton. O príncipe de pouca importância, como Omar, vivia no exílio. Concordaram em jantar naquela noite num restaurante em Zamalek, um bairro afluente do Cairo localizado na ilha de Gezira. Era fim do verão, agosto, e fazia um calor sufocante. Mesmo assim, o príncipe de pouca importância insistiu que jantassem ao ar livre. Quando se sentaram, instruiu o jornalista a desligar o telefone e remover o chip. Então, contou-lhe sobre um rumor que tinha ouvido de uma conspiração para tirar KBM da linha de sucessão.

— Omar se mostrou cético quanto às chances de sucesso da trama. Khalid tinha sido alvo de inúmeras tentativas de assassinato e golpe, todas fracassadas porque ele controlava os serviços de segurança e o Centro de Dados Real. O príncipe insistiu que essa trama era diferente.

— Por quê?

— Tinha uma potência estrangeira envolvida.

— Qual?

— Ele não sabia. Mas relatou que a trama envolvia a filha de Khalid. Os conspiradores estavam planejando sequestrá-la para forçá-lo a abdicar.

— Tem certeza de que foi em agosto?

— Posso mostrar as mensagens que ele me mandou do Cairo.

— Alguma referência à trama contra Khalid?

— Claro que não. Omar sabia que o Centro de Dados Real estava monitorando as comunicações dele. Esperou estar de volta a Berlim para me contar. Conversamos no Tiergarten, sem telefones. Infelizmente, Omar não gostou muito da minha reação.

— Você queria que ele contasse a Khalid sobre a conspiração.

— Falei que ele tinha a obrigação de fazer isso.

— Porque a filha de Khalid podia ser morta.

Ela assentiu.

— E porque, apesar de todas as suas falhas e defeitos, KBM era melhor que a alternativa.

— Imagino que Omar tenha discordado.

— Ele disse que não seria ético do ponto de vista jornalístico contar a Khalid o que tinha ouvido.

— E o que ele fez?

— Voltou ao Oriente Médio para tentar transformar um boato numa reportagem.

— E você?

— Fingi ser Omar.

— Como?

Ela criou uma conta do Yahoo com um endereço de e-mail que era uma versão do nome de Omar: omwaf5179@yahoo.com. A partir daí, mandou uma série de e-mails ao Ministério de Comunicações saudita, solicitando uma entrevista com Vossa Alteza Real Príncipe Khalid bin Mohammed. Não houve resposta — nada incomum no que dizia respeito aos sauditas —, então, ela mandou um alerta a um endereço que encontrou nos contatos de Omar. Era alguém próximo a KBM, com cargo sênior na corte dele.

— Você contou sobre a conspiração?

— Sem dar detalhes.

— Mencionou Reema?

— Não.

Alguns dias depois, Hanifa recebeu um e-mail da Embaixada Saudita em Berlim. Khalid queria que Omar voltasse a Riad para se encontrarem. A resposta dela deixava claro que Omar nunca mais pisaria no reino. Uma semana se passou. Então, ela recebeu um e-mail do endereço do oficial sênior da corte de Khalid. Ele queria que Omar fosse ao consulado em Istambul na terça-feira seguinte, às 13h15. Khalid estaria esperando por ele.

45
BERLIM

Quando Omar voltou a Berlim, Hanifa contou a ele o que tinha feito em seu nome. Mais uma vez no Tiergarten, sem telefones, mas dessa era óbvio que estavam sendo seguidos. Ele ficou furioso com a esposa, embora tenha escondido a raiva dos agentes sauditas que os observavam. Sua viagem jornalística ao Oriente Médio tinha dado frutos. Ele havia confirmado tudo o que sua fonte no Cairo dissera, inclusive o envolvimento de uma potência estrangeira na conspiração contra Khalid. Omar estava diante de uma escolha difícil. Se escrevesse o que sabia nas páginas da *Der Spiegel*, Khalid usaria a informação para acabar com o golpe e consolidar seu poder. Mas se Omar permitisse que o plano fosse bem-sucedido, uma criança inocente podia ser ferida ou até morta.

— E o convite para ir a Istambul? — perguntou Gabriel.

— Ele achava que era uma armadilha.

— Então, por que concordou em ir?

— Porque eu o convenci. — Hanifa ficou em silêncio por um momento. — Sou culpada pela morte de Omar. Ele nunca teria entrado naquele consulado se não fosse por mim.

— Como você o fez mudar de ideia?

— Contando que ele ia ser pai.

— Você está grávida?

— Eu *estava* grávida. Não estou mais.

A conversa deles no Tiergarten ocorreu na sexta-feira. Hanifa mandou um e-mail para o endereço do assistente de Khalid e informou-o de que Omar chegaria ao consulado na terça-feira seguinte, como solicitado, às 13h15. Ele passou o sábado e o domingo transformando suas gravações e anotações numa reportagem coerente para a *Der Spiegel* e, na segunda, ele e Hanifa voaram a Istambul e fizeram check-in no InterContinental. Naquela noite, caminhando à margem do Bósforo, foram seguidos por equipes de vigilância saudita e turca.

— Na manhã da terça-feira, Omar estava tão nervoso que tive medo de ele ter um ataque cardíaco. Consegui acalmá-lo. "Se forem matar você", falei, "o último lugar do mundo para isso é dentro de um dos consulados deles." Saímos do hotel às 12h30. O trânsito estava tão ruim que quase não chegamos na hora. Nas barricadas de segurança, Omar me deu o telefone dele. Aí, me deu um beijo e entrou.

Eram 13h14. Pouco depois das 15, Hanifa ligou para o telefone principal do consulado e perguntou se Omar estava lá. O homem que atendeu disse que o jornalista nunca chegara para sua reunião. Quando ela ligou uma hora depois, outro atendente disse que Omar já tinha saído. Às 16h15, Hanifa viu vários homens saindo do prédio com malas grandes. Vossa Alteza Real Príncipe Khalid bin Mohammed não estava entre eles.

Quando ela finalmente voltou ao InterContinental, o quarto tinha sido vasculhado e só o notebook de Omar fora levado. Hanifa ligou para a sede da rede de televisão ZDF e fez um relato urgente sobre um jornalista da *Der Spiegel* que tinha desaparecido depois de entrar no consulado saudita em Istambul. Dentro de 48 horas, boa parte do mundo estaria fazendo a mesma pergunta: onde estava Omar Nawwaf?

Dez dias mais tarde, após ter permissão de entrar no consulado, a polícia turca declarou que Omar tinha sido assassinado lá dentro e que seu corpo fora horrivelmente desmembrado e descartado. Quase do dia para a noite, KBM, o grande reformista, amado pelas elites financeira e intelectual do Ocidente, tornou-se um pária.

Hanifa continuou em Istambul até fim de outubro, monitorando a investigação turca. Ao voltar a Berlim, descobriu que seu apartamento, como seu quarto no InterContinental, havia sido virado de ponta--cabeça. Todos os papéis de Omar haviam sido roubados, incluindo as anotações feitas durante a última viagem jornalística ao Oriente Médio. Desolada, Hanifa se agarrou à ideia de carregar o filho de Omar. Mas, no início de novembro, sofreu um aborto espontâneo.

Sua primeira pauta depois de voltar ao trabalho a levou, justamente, a Genebra. Posando como esposa de um diplomata jordaniano preocupado com a segurança, ela visitou a Escola Internacional da cidade, onde observou o êxodo vespertino do corpo discente. Uma das crianças, uma menina de 12 anos, foi embora da escola numa limusine Mercedes blindada. O diretor insinuou que a garota era filha de um magnata egípcio do ramo da construção. Hanifa, porém, sabia a verdade. Era Reema bint Khalid Abdulaziz Al Saud, filha do demônio.

— E você nunca tentou alertar o demônio de que a filha dele estava em perigo?

— Depois do que ele fez com Omar? — Ela balançou a cabeça. — Além do mais, achei que não precisava.

— Por que não?

— Khalid tinha o computador e as anotações de Omar.

A não ser, pensou Gabriel, que não tivessem sido roubados pelos sauditas.

— E quando você ficou sabendo que ele tinha abdicado?

Ela tinha chorado de alegria e postado uma mensagem de provocação no Twitter. Alguns dias depois, voltou a Genebra para observar a saída vespertina dos alunos da Escola Internacional. A filha do demônio não estava lá.

— E ainda assim, você ficou em silêncio.

Os olhos escuros dela se incendiaram.

— Se Khalid tivesse assassinado sua...

— Ele já estaria morto. — Depois de um momento de silêncio, Gabriel completou: — Mas ele não é o único culpado pela morte de Omar.

— Não ouse tentar absolvê-lo.

— É verdade que ele autorizou, mas não foi ideia dele. Aliás, ele queria se encontrar com Omar para ouvir o que ele tinha a dizer.

— E por que não fez isso?

— Disseram que seu companheiro queria matá-lo.

Ela ficou incrédula.

— Omar nunca machucou ninguém na vida. Quem diria uma coisa dessas?

— Abdullah — explicou Gabriel. — O próximo rei da Arábia Saudita.

Os olhos de Hanifa se arregalaram.

— Abdullah tramou o assassinato de Omar para Khalid não descobrir a conspiração contra ele? É isso que está dizendo?

— Sim.

— Tudo encaixa muito bem, não é?

— Sua versão da história combina perfeitamente com a de Khalid. Só tem uma parte que não faz nenhum sentido.

— Qual?

— É impossível dois repórteres veteranos do Oriente Médio como vocês dois não terem feito uma cópia da reportagem.

— Na verdade, senhor Allon, eu nunca disse isso.

★ ★ ★

Tinham feito várias, aliás. Hanifa enviara cópias criptografadas do e-mail para sua conta profissional da ZDF e para a pessoal do Gmail. Temerosa dos hackers do Centro de Dados Real, também salvara o arquivo em três pendrives. Um estava cuidadosamente escondido no apartamento dela e outro, trancado em sua mesa no escritório da ZDF em Berlim, protegido por segurança 24 horas.

— E o terceiro? — questionou Gabriel.

Hanifa tirou um pendrive de um compartimento com zíper de sua bolsa e colocou na mesa. Gabriel abriu seu notebook e inseriu o acessório numa das entradas USB. Uma pasta sem nome apareceu na tela. Quando ele clicou, uma caixa de diálogo solicitou um nome de usuário.

— Yarmouk — ditou Hanifa. — É o campo de refugiados...

— Eu sei o que é.

Gabriel digitou os sete caracteres, e um único ícone apareceu.

— Omar — falou Hanifa, com lágrimas escorrendo pelo rosto. — A senha é Omar.

46
GOLFO DE AQABA

Poucos minutos depois das quatro da tarde, o voo 2372 da El Al pousou no Aeroporto Ben Gurion. Gabriel, Mikhail e Sarah se apertaram no banco traseiro de uma SUV do Escritório que esperava na pista. Yossi Gavish, o estudioso chefe de Pesquisas, estava no banco do carona. Enquanto o veículo dava um solavanco à frente, ele entregou um arquivo a Gabriel. Era uma análise forense da carreira de negócios cheia de altos e baixos do príncipe herdeiro Abdullah, baseada em parte no material fornecido por ele durante sua visita à casa de Gabriel.

— Descobrimos tudo, chefe. Todo o dinheiro veio de você-
-sabe-quem.

A SUV parou ao lado de um helicóptero Airbus H175 VIP particular, hélices estáticas, na ponta norte do aeroporto. O piloto de Khalid estava atrás dos controles. Yossi entregou um revólver Jericho .45 a Mikhail e uma Beretta M9 a Gabriel.

— A Força Aérea Israelense vai seguir vocês até onde for possível. Quando entrarem no espaço aéreo egípcio, estarão por conta própria.

Gabriel deixou seu BlackBerry e notebook do Escritório na SUV, e entrou depois de Mikhail e Sarah na cabine luxuosamente decorada do helicóptero. Eles voaram para o sul pela costa, por cima das cidades de Ashdod e Ashkelon, depois viraram para o continente para evitar o espaço aéreo da Faixa de Gaza. Havia incêndios nos campos de grão do lado israelense da linha de armistício.

— O Hamas coloca fogo com pipas e balões incendiários — explicou Mikhail a Sarah.

— Não é uma vida tão fácil.

Ele apontou para o horizonte caótico da Cidade de Gaza.

— Mas é melhor que a deles.

Gabriel leu o arquivo de Yossi duas vezes enquanto o Négede passava abaixo deles. O céu em sua janela escureceu lentamente e, quando chegaram ao extremo sul do golfo de Aqaba, o mar estava negro. O *Tranquility* localizava-se ancorado à beira da ilha Tiran, iluminado por suas luzes de navegação azul neon. Uma lancha de desembarque pairava protetora a bombordo do superiate, e outra a estibordo.

A aeronave pousou no heliponto dianteiro do *Tranquility* — havia dois —, e o piloto desligou o motor. Mikhail saiu da cabine e foi confrontado por um par de seguranças sauditas vestindo jaquetas de nylon com a insígnia da embarcação. Um deles estendeu a mão com a palma para cima.

— Tenho uma ideia melhor — disse Mikhail. — Por que não enfia...

— Está tudo bem — chamou Khalid de algum lugar no alto do navio. — Mande-os subir imediatamente.

Gabriel e Sarah se uniram a Mikhail no convés da proa. Os dois guardas os escrutinaram, Sarah em especial, mas não se ofereceram para acompanhá-los às habitações do príncipe. Sem serem vigiados, eles andaram à vontade pela embarcação, passando pelo lounge do piano e o cinema, pela discoteca, a sala de reuniões, a sala de bilhar, a sauna, a sala de neve, além do salão de bailes, da academia, do centro de arco e flecha, da parede de escaladas, da brinquedoteca e do centro de observação de vida marinha, onde muitas espécies de vida aquática do mar Vermelho nadavam e brincavam, do outro lado do vidro grosso, para o entretenimento particular deles.

A HERDEIRA

Encontraram Khalid no Deque 4, no terraço em frente à suíte do proprietário. Ele estava usando um casaco de *fleece* da North Face, jeans desbotados e elegantes mocassins italianos de camurça. O vento produzia ondas na superfície de uma pequena piscina e abanava as chamas do inferno que crepitava na lareira externa. Eram os últimos pedaços de lenha, explicou. Fora isso, estava bem provisionado com comida, combustível e água fresca.

— Posso ficar no mar por um ano ou mais, se necessário. — Ele esfregou as mãos vigorosamente uma na outra. — Está frio hoje. Talvez devêssemos entrar.

Ele os levou à suíte. Era maior que o apartamento de Gabriel em Jerusalém.

— Deve ser bom — disse ele, observando o ambiente opulento. — Não sei como consegui viver sem uma discoteca particular ou uma sala de neve.

— Essas coisas não significam nada para mim.

— Porque você é filho de um rei. — Gabriel mostrou o arquivo que Yossi lhe tinha dado no Ben Gurion. — Mas talvez não se sentisse assim se fosse apenas o meio-irmão do rei.

— Pelo jeito, você revisou os documentos que lhe dei em Jerusalém.

— Só usamos como ponto de partida.

— E onde eles os levaram?

— Para cá — disse Gabriel. — Para o *Tranquility*.

O sistema primário segundo o qual o reino da Arábia Saudita transfere a imensa riqueza de petróleo do país a membros da família real é o estipêndio oficial mensal. Nem todos os sauditas reais, porém, são iguais. Um membro de hierarquia mais baixa da Casa de Saud pode coletar um pagamento em dinheiro de alguns milhares de dólares, mas aqueles com ligações sanguíneas diretas a Ibn Saud recebem muito mais. Um neto do Fundador, em geral, recebe cerca de 27 mil dólares por mês; um bisneto, cerca de 8 mil. Há pagamentos adicionais disponíveis para a construção de um palácio, um casamento ou o nascimento de um filho. Na Arábia Saudita, pelo menos para membros da família real, há um incentivo financeiro para procriar.

Os maiores estipêndios são reservados para os poucos privilegiados no topo da cadeia alimentar — os filhos do Fundador. Ele teve, no total, 45, incluindo Abdullah bin Abdulaziz. Antes de ser elevado a príncipe herdeiro, ele recebia um pagamento mensal de 250 mil dólares, ou 3 milhões de dólares por ano. Era mais do que bastante para viver com conforto, mas sem luxos, especialmente, nos playgrounds dos Al Saud, Londres e a Côte d'Azur. Para complementar sua renda, Abdullah desviava dinheiro do orçamento estatal ou de subornos e comissões de empresas ocidentais interessadas em negócios no reino. Uma firma aeroespacial britânica pagou a ele 20 milhões de dólares por uma "consultoria". Abdullah usou parte do dinheiro, explicou Gabriel, para comprar uma mansão em Eaton Square, 71, no bairro de Belgravia.

— Acredito que você tenha jantado lá recentemente, não?

Sem receber resposta, Gabriel seguiu com seu *briefing*. O tio, contou ele, era muito bom no *outro* negócio familiar — o de corrupção e roubo —, mas, em 2016, envolveu-se em problemas financeiros graves com uma série de investimentos ruins e gastos questionáveis. Ele implorou ao Rei Mohammed por alguns riyais extras para cobrir seu custo de vida. E, quando Vossa Alteza se negou a socorrê-lo, ele pediu um empréstimo a seu vizinho de porta, proprietário da Eaton Square, 70. O nome do homem era Konstantin Dragunov, mais conhecido pelos amigos como Konnie Drag.

— Você lembra de Konstantin, não lembra, Khalid? É o bilionário russo que vendeu este barco ridículo a você. — Gabriel fingiu estar pensativo. — Me recorde quanto pagou por ele.

— Quinhentos milhões de euros.

— Em dinheiro, certo? Konstantin insistiu que o dinheiro fosse transferido a uma das contas dele no Gazprombank em Moscou antes de concordar em sair do barco. Alguns dias depois, ele emprestou cem milhões de libras ao seu tio. Suponho que esse seja o significado de lavar petrodólares.

Khalid permaneceu em silêncio.

— É um camarada interessante, esse Konstantin. É um oligarca de segunda geração, não um barão ladrão original, daqueles que roubaram os ativos da antiga União Soviética depois da queda. Ao contrário de muitos oligarcas, Konstantin é diversificado. Também é bem próximo do Kremlin. Em círculos de negócios russos, supõe-se que a maioria do dinheiro dele, na verdade, pertença ao czar.

— É assim que funciona para pessoas como nós.

— Nós?

— O czar e eu. Operamos por meio de intermediários e influências. Não sou proprietário nominal deste barco, como você chama, e também não sou dono do château na França. — Ele olhou para Sarah. — *Nem do Leonardo.*

— E quando pessoas como você não estão mais no poder?

— O dinheiro e os brinquedos costumam desaparecer. Abdullah já me tirou bilhões. *Além* do Leonardo — completou.

— Você vai achar um jeito de sobreviver. — Gabriel admirou a vista de Khalid da costa egípcia. — Voltando ao seu tio. Nem preciso dizer que Abdullah nunca pagou de volta os cem milhões de libras emprestados por Konstantin Dragunov, ou seja, pelo presidente da Rússia. É porque não foi um empréstimo. E era só o início. Enquanto você estava se envolvendo em intrigas da corte em Riad, Abdullah fechava negócios lucrativos em Moscou. Ganhou mais de três bilhões de dólares nos últimos dois anos, tudo por meio de sua associação com Konstantin Dragunov, ou seja, com o presidente da Rússia.

— Por que ele estava tão interessado em Abdullah?

— Suponho que quisesse um aliado dentro da Casa de Saud. Alguém respeitado por sua sagacidade política. Alguém que odiasse os americanos tanto quanto ele. Alguém que pudesse servir como conselheiro fiel a um futuro rei jovem e inexperiente. Alguém capaz de convencer o futuro rei a se dobrar para Moscou e, assim, expandir a influência regional do Kremlin. — Gabriel virou-se para olhar Khalid. — Alguém que pudesse se oferecer para livrar o futuro rei de um padre turbulento. Ou de um jornalista dissidente que estava tentando avisá-lo sobre uma trama para forçá-lo a abdicar.

— Está dizendo que Abdullah conspirou com os russos para tomar o trono da Arábia Saudita?

— Não sou eu que estou dizendo, é Omar Nawwaf. — Gabriel tirou o pendrive de Hanifa Khoury do bolso. — Por acaso não tem um computador neste barco, tem?

— Iate — corrigiu Khalid. — Venha comigo.

Havia um iMac no escritório particular da suíte, mas Khalid teve o bom senso de não permitir que o chefe do Escritório o conectasse a um pendrive. Levou Gabriel ao business center do *Tranquility*, que parecia o de um hotel. Continha meia dúzia de estações de trabalho com computadores conectados à internet, impressoras e telefones multilinhas ligados ao sistema de comunicação por satélite do navio.

O saudita se sentou em frente a um dos terminais e inseriu o objeto na entrada USB. Uma caixa de diálogo pediu-lhe um usuário.

— Yarmouk — disse Gabriel.

— O campo?

— Os pais dela pereceram lá em 1948.

— Sim, eu sei. Também temos um arquivo sobre ela. — Khalid inseriu o nome do campo de refugiados e um ícone apareceu.

— Omar — disse Gabriel. — A senha é Omar.

47
GOLFO DE AQABA

A reportagem tinha 12 mil palavras e era escrita à maneira fluida de um repórter livre. A cena de abertura descrevia um encontro fortuito com um príncipe saudita exilado no lobby de um hotel do Cairo. Num jantar naquela noite, o membro real contou ao jornalista uma história impressionante sobre uma conspiração contra o futuro rei de seu país, que descreveu, de forma pouco lisonjeira, como o "homem mais interessante do mundo", referência a um personagem num comercial de cerveja mexicana.

O que se seguia era um relato da rápida busca do repórter para corroborar o que descobrira. Ele viajou por todos os cantos para se encontrar com muitas de suas fontes regionais — inclusive para Dubai, onde passou 48 horas ansiosas ao alcance fácil dos serviços secretos de Riad. Foi ali, numa suíte no Burj Al Arab, que uma fonte valiosa costurou os fios soltos, que transformaram a história numa narrativa coerente. KBM, disse, já não era bem-vindo na Casa de Saud. A Casa Branca e os israelenses estavam apaixonados pelo príncipe, mas ele tinha desprezado a tradição dos Al Saud de governar por consenso e tratava seus parentes com arrogância. Um golpe palaciano, ou algo do tipo, era inevitável. Os membros do

Conselho de Aliança se aglutinavam ao redor de Abdullah, principalmente porque ele estava em campanha desesperada pelo cargo.

— Por sinal, a fonte foi citada dizendo: "mencionei que o Centro de Moscou está mexendo os pauzinhos? Abdullah está totalmente no bolso do czar. Se conseguir tomar o trono, vai se dobrar tanto para o Kremlin que é capaz de cair de cara."

De Dubai, o repórter voltou a Berlim, onde descobriu que sua esposa, também jornalista, andava se comunicando em segredo com um membro da corte do príncipe herdeiro. Depois de um longo exame de consciência, relatado na passagem final do artigo, ele tinha decidido viajar à Turquia para falar com o homem que o havia forçado a se exilar. O encontro aconteceria no consulado saudita em Istambul, às 13h15.

— Então era Hanifa, não Omar, que estava tentando falar comigo?

— Sim — confirmou Gabriel. — E foi ela também que convenceu o companheiro a entrar naquele consulado. Ela se culpa pela morte dele. Quase tanto quanto culpa você.

— Ela sapateou no meu túmulo depois que eu abdiquei.

— Era direito dela.

— Ela deveria ter me avisado que Reema corria perigo.

— Ela tentou.

Cansado de ler o longo artigo numa tela de computador, Khalid estava sentado na sala de reunião adjacente com uma impressão, várias páginas jogadas com raiva no carpete a seus pés.

— Se ela me odeia tanto assim, por que concordou em entregar a *magnum opus* de Omar? — Ele pegou uma das páginas e, carrancudo, releu. — Não consigo acreditar que ele ousou escrever essas coisas sobre mim. Me chamou de criança mimada.

— Você é uma criança mimada. Mas e o resto?

— Quer dizer, a parte sobre o czar estar por trás da trama para me derrubar?

— Sim, essa parte.

Khalid pegou outra página do chão.

— Segundo as fontes de Omar, começou depois da minha última visita a Washington, quando concordei em gastar cem bilhões de dólares em armamento americano em vez de comprar as armas da Rússia.

— Parece plausível.

— *Parece* plausível, mas não é verdade. — Houve um momento de silêncio. Então, Khalid falou, em voz baixa: — Aliás, se eu tivesse de chutar, diria que o czar, provavelmente decidiu se livrar de mim muito antes disso.

— Por quê?

— Porque ele tinha um plano para o Oriente Médio — respondeu o príncipe. — E eu não queria ter nada a ver com isso.

Eles voltaram à suíte. Lá fora, no terraço varrido pelo vento, Khalid alimentou o fogo com a reportagem de Omar. Quando, finalmente, falou, foi sobre Moscou. Sua primeira viagem para lá, lembrou ele a Gabriel sem necessidade, tinha sido um ano antes de se tornar príncipe herdeiro. Ele acabara de lançar seu plano econômico, e a imprensa ocidental estava ávida por qualquer palavra sua. O CEO de qualquer empresa no mundo atendia a um telefonema dele em questão de minutos. Hollywood estava completamente seduzida. O Vale do Silício também.

— Eram dias de glória. A inexperiência de minha mocidade. — E acrescentou, num tom debochado: — Eu era o homem mais interessante do mundo.

A pauta da visita a Moscou, explicou ele, era puramente econômica. Fazia parte do esforço de Khalid para garantir a tecnologia e o investimento de que precisava para transformar a economia saudita em algo mais que um posto de gasolina do mundo. Além disso, seus anfitriões russos e ele planejavam discutir meios de melhorar o preço do petróleo, que estava chegando a cerca de 45 dólares o barril, um nível insustentável para as economias saudita e russa. Khalid passou o primeiro dia em reunião com banqueiros russos e o segundo com CEOs de empresas de tecnologia que não o impressionaram. Seu encontro com o czar estava marcado para as dez da manhã do terceiro dia, uma sexta-feira, mas só começou à uma da tarde.

— Ele faz com que *eu* pareça pontual.

— E a reunião?

— Foi horrível. Ele ficou jogado na cadeira com as pernas abertas e os fundilhos totalmente à mostra. Assistentes nos interrompiam constantemente, e ele me pediu licença três vezes para atender ligações. Era um jogo de poder, claro. Um jogo mental. Ele estava me colocando no meu lugar. Eu era filho do rei árabe. Para o czar, isso não significava nada.

Assim, Khalid ficou surpreso quando, na conclusão do frio encontro, o czar o convidou para um fim de semana em seu palácio no mar Negro. Entre os muitos cômodos luxuosos, havia uma piscina coberta folhada de ouro. O príncipe foi instalado em sua própria área, mas seus assistentes foram espalhados em várias casas de visita. Não havia evidências da esposa nem dos filhos do czar. Estavam só os dois.

— Admito — disse Khalid — que não me senti totalmente seguro sozinho com ele.

Passaram a manhã de sábado relaxando na piscina — era o auge do verão de 2016 — e, à tarde, saíram para velejar. Naquela noite, jantaram numa câmara cavernosa decorada em creme e dourado. Depois, caminharam até uma pequena *datcha* em cima de um morro com vista para o mar.

— E foi lá — afirmou — que ele me contou.
— Contou o quê?
— O plano mestre. O esquema.
— Para quê?
Khalid pensou um pouco.
— O futuro.
— E como é esse futuro?
— Por onde quer que eu comece?
— Como é verão de 2016 — falou Gabriel —, vamos começar pelos Estados Unidos.

O czar tinha muitas esperanças na eleição presidencial americana daquele outono. Também estava confiante de que os dias hegemônicos de Washington no Oriente Médio estavam chegando ao fim. Os americanos tinham cometido um erro ao invadir o Iraque e pago um preço alto em sangue e moeda. Estavam ansiosos para colocar toda a região, com seus problemas intratáveis, no espelho retrovisor. Por outro lado, o czar tinha saído vencedor na luta pela Síria. Havia ido ao socorro de um velho amigo e, no processo, enviado um sinal ao resto da região de que, em momentos difíceis, era possível contar com Moscou, não com Washington.

— Ele queria que você descartasse os americanos e se tornasse aliado russo?

— Está pensando pequeno demais — respondeu Khalid. — O czar queria formar uma parceria. Disse que o Ocidente estava morrendo, em parte porque ele estava fazendo de tudo para implantar divisão social e caos político onde pudesse. Falou que o futuro estava na Eurásia, com sua enorme oferta de energia, água e população. Rússia, China, Índia, Turquia, Irã...

— E Arábia Saudita?

O príncipe assentiu.

— Íamos governar o mundo juntos. E a melhor parte era que ele nunca ia me recriminar por conta de democracia ou direitos humanos.

— Como recusou uma oferta dessas?

— Com bastante facilidade. Eu queria tecnologia e expertise americanas, não russas, para potencializar minha economia. — Ele ficou animado de repente, como o antigo KBM. — Diga uma coisa, qual foi o último produto russo que você comprou? O que eles exportam fora vodca, petróleo e gás?

— Madeira.

— Verdade? Talvez devêssemos começar a exportar areia. Isso resolveria todos os nossos problemas.

— Você disse ao czar o que achava?

— Sim, claro.

— Como ele reagiu?

— Fez aquele olhar de peixe morto e disse que eu tinha cometido um erro.

— Você e seu pai foram a Moscou alguns meses depois. Anunciaram um acordo para aumentar o preço do petróleo. Você também comprou um sistema de defesa aérea russo.

— Estávamos só diminuindo nossos riscos.

— E aquele aperto de mão ridículo em Buenos Aires? Vocês dois pareciam ter acabado de marcar o gol da vitória numa final de Copa do Mundo.

— E sabe o que ele sussurrou no meu ouvido depois de nos sentarmos? Perguntou se eu tinha conseguido reconsiderar a oferta dele.

— Qual foi sua resposta?

— Para ser sincero, não lembro. Qualquer que tenha sido, obviamente foi a errada. Reema foi sequestrada duas semanas depois. — Khalid analisou a embarcação gigantesca que não era de fato dele. Esfregava as mãos uma na outra como se tentasse remover uma mancha. — Acho que nunca vou conseguir vingar a morte dela.

— Por que diz isso?

— O czar é o homem mais poderoso do mundo, nunca se esqueça disso. Aquela mulher que nos levou ao campo na França, quase com certeza é oficial de inteligência russa.

— O homem que detonou a bomba também. E daí?

— Já voltaram a Moscou. Você nunca vai encontrá-los.

— Você ficaria surpreso. Além do mais — disse Gabriel —, existem muitas formas de vingança.

— É mais um provérbio judeu?

Gabriel sorriu.

— Quase.

48

NOTTING HILL, LONDRES

Às cinco e meia de uma tarde londrina encharcada, Gabriel Allon, diretor-geral do serviço secreto de inteligência de Israel, balançou a pesada aldrava de aço da porta da casa segura em St. Luke's Mews, em Notting Hill. Foi recebido por um homem de 40 anos com cara de garoto que insistia em chamá-lo de "Senhor Mudd". Na sala de estar atulhada, ele encontrou Graham Seymour assistindo desanimado à televisão. O plano do primeiro-ministro Jonathan Lancaster para tirar o Reino Unido da União Europeia, de acordo com os desejos do eleitorado britânico, sofrera uma derrota humilhante na Casa dos Comuns.

— Foi a pior surra de qualquer líder britânico nos tempos modernos. — Os olhos de Seymour ainda estavam colados à tela. — Jonathan, sem dúvida, vai ter que enfrentar uma moção de censura.

— Ele vai sobreviver?

— Provavelmente. Mas não há garantias, não depois disto. Se o governo cair, há uma boa chance de o Partido Trabalhista ganhar a próxima eleição. O que significa que você vai ter que lidar com o primeiro-ministro mais anti-Israel da história britânica.

Seymour foi até o carrinho de bebidas, uma nova aquisição, e jogou um punhado de gelo num copo de vidro lapidado. Balançou uma garrafa de gim Beefeater na direção de Gabriel, que levantou a mão, recusando.

— Nigel colocou uma garrafa de Sancerre na geladeira.

— É um pouco cedo para mim, Graham.

Seymour franziu a sobrancelha ao olhar para o relógio de pulso.

— São mais de cinco da tarde, pelo amor de Deus. — Ele colocou uma medida generosa de gim por cima do gelo e completou com um pouco de tônica e uma fatia de limão. — Saúde.

— A que vamos brindar?

— À queda de uma nação que já foi grande. Ao fim da civilização ocidental como a conhecemos. — Seymour olhou a televisão e balançou a cabeça lenta e negativamente. — Os malditos russos devem estar amando isso.

— Rebecca também.

Seymour assentiu.

— Eu vejo aquela mulher nos meus sonhos. Deus me perdoe por dizer isso, mas, às vezes, queria que você a tivesse deixado se afogar no Potomac aquele dia.

— *Deixado*? Fui eu que segurei a cabeça dela embaixo da água, lembra?

— Deve ter sido horrível. — Seymour estudou Gabriel com cuidado por um momento. — Quase tão horrível quanto o que aconteceu na França. Até Christopher pareceu abalado quando chegou em casa. Pelo jeito, você tem sorte de estar vivo.

— Khalid também.

— Não ouvimos um pio dele desde que abdicou.

— Está a bordo do seu iate perto de Sharm el-Sheikh.

— Pobrezinho. — Na Câmara dos Comuns, Jonathan Lancaster tinha ficado em pé para reconhecer a magnitude da derrota que acabava de sofrer, só para ser vaiado sem dó pela fileira de novos membros da oposição. Seymour apontou o controle remoto para a tela e a colocou no mudo. — Quem dera fosse tão fácil. — Com um drinque na mão, voltou a se sentar. — Mas nem tudo é desgraça e tristeza. Graças a você, tive uma reunião bem agradável com meu ministro hoje de manhã.

— É mesmo?

— Mostrei a ele aqueles documentos iranianos que você me deu. E ele imediatamente fechou o arquivo e mudou o assunto para Abdullah.

— O que tem Abdullah?

— Até onde ele pretende ir para aplacar os religiosos radicais? Vai fazer o mesmo jogo duplo de sempre no que diz respeito aos jihadistas e terroristas? Vai ser uma força de estabilidade ou caos na região? Principalmente, meu ministro quer saber se Abdullah, dada sua ligação próxima com Londres, pode estar inclinado a nos favorecer mais que aos americanos.

— Com isso, você quer dizer que gostaria de vender a Abdullah quantos aviões de caça ele estiver disposto a comprar, não importa o que isso signifique para a segurança do meu país.

— Mais ou menos. Estamos pensando em ser mais rápidos que os americanos e convidá-lo para vir a Londres numa visita oficial.

— Acho que uma visita a Londres é uma ideia maravilhosa. Mas, infelizmente, você perdeu sua chance de seduzir Abdullah.

— Por quê?

— Porque ele já tem dono.

— Malditos americanos — murmurou Seymour.

— Antes fossem eles.

— Do que você está falando?

Gabriel pegou o controle remoto e colocou o volume da televisão no máximo.

★ ★ ★

Por cima da cacofonia da democracia parlamentar britânica, Gabriel contou a Graham Seymour tudo que tinha se passado desde a noite do assassinato de Reema na França. Khalid, disse, tinha lhe dado registros financeiros relacionados à riqueza repentina de seu tio Abdullah. Analistas do Escritório tinham usado os documentos para estabelecer uma ligação clara entre Abdullah e certo Konstantin Dragunov, oligarca russo e amigo pessoal do czar. Além disso, Gabriel tinha obtido um artigo não publicado escrito por Omar Nawwaf, alegando que a inteligência russa estava envolvida numa conspiração para remover Khalid e instalar Abdullah como novo príncipe herdeiro. Era o tio quem havia aconselhado o sobrinho a mandar matar o jornalista — e Abdullah, de sua mansão em Belgravia, quem havia cuidado dos detalhes sórdidos. Por meio de um intermediário, ele atraiu Omar Nawwaf ao consulado saudita em Istambul com a promessa de que Khalid estaria esperando lá dentro. Naquela noite, enquanto o corpo desmembrado de Nawwaf estava sendo descartado, agentes russos entraram no quarto do jornalista no InterContinental e em seu apartamento em Berlim, levando os computadores, dispositivos de armazenamento portáteis e anotações escritas.

— Quem disse?
— Hanifa Khoury.
— Esposa de Nawwaf?
— Viúva — corrigiu Gabriel.
— Como ela sabe que foram agentes russos?
— Não sabe. Aliás, supôs que fossem sauditas.
— Por que *não* sauditas?
— Se agentes sauditas tivessem saqueado o quarto do hotel e o apartamento, a reportagem de Omar teria acabado nas mãos de Khalid. Ele só soube que existia quando eu mostrei.

Seymour voltou ao carrinho de bebidas e preparou um novo drinque.

— Então, o que está me dizendo é que a defesa de KBM no assassinato de Omar Nawwaf é que o tio Abdullah o obrigou?

Gabriel ignorou o sarcasmo de Seymour.

— Você sabe como vai ficar o Oriente Médio se a Rússia, o Irã e a China tomarem o lugar dos americanos no golfo Pérsico?

— Seria um desastre. É por isso que nenhum governante saudita em sã consciência quebraria o laço entre Riad e Washington.

— A não ser que o governante saudita esteja em dívida com o Kremlin. — Gabriel caminhou até as portas francesas que davam para o jardim. — Vocês nunca notaram que Abdullah estava convivendo com um dos amigos mais íntimos do czar?

— Notamos, mas, sinceramente, não ligamos muito. Abdullah era um ninguém.

— Não é mais, Graham. É o próximo na linha de sucessão ao trono.

— Sim. E quando Vossa Alteza morrer, o que deve acontecer em breve, ele será rei.

Gabriel se virou.

— Não se eu puder evitar.

Seymour deu um meio sorriso.

— Você acha *mesmo* que pode escolher o próximo governante da Arábia Saudita?

— Não necessariamente. Mas não tenho intenção de permitir que um fantoche russo chegue ao trono.

— E como pretende evitar isso?

— Imagino que eu possa simplesmente matá-lo.

— Você não pode matar o futuro rei da Arábia Saudita.

— Por que não?

— Porque seria imoral e contra as leis internacionais.

— Nesse caso — disse Gabriel —, acho que vou ter que achar quem o mate por nós.

49

VAUXHALL CROSS, LONDRES

Uma semana depois, quando boa parte de Westminster estava engajada num debate furioso sobre a melhor forma de cometer suicídio nacional, o Governo de Sua Majestade conseguiu, de alguma forma, mandar um convite a Vossa Alteza Real Príncipe Abdullah para uma visita oficial a Londres. Cinco dias se passaram sem resposta, tempo suficiente para um vento gelado de incerteza passar pelos corredores do Ministério de Relações Exteriores e pelas salas secretas de Vauxhall Cross e também do Boulevard Rei Saul. Quando a resposta saudita chegou — entregue por mensageiro da corte à Embaixada Britânica em Riad —, a Londres oficial ficou muito aliviada. Foi marcada uma data para o início de abril. A BAE Systems e outros fornecedores militares britânicos ficaram animados, ao contrário de seus concorrentes americanos. Os especialistas de aluguel na televisão viam a cúpula anglo-saudita como reprimenda à política do atual governo americano no Oriente Médio. Washington tinha colocado todas as suas fichas num príncipe jovem e inexperiente com pavio curto e atração por objetos brilhantes. Agora, ele tinha caído e a Inglaterra, embora enfraquecida e dividida, havia brilhantemente tomado a iniciativa diplomática. "Nem tudo está perdido", declarou o jornal *The Independent*. "Talvez ainda haja esperança para nós."

Charles Bennett, porém, não compartilhava do entusiasmo da mídia com a visita iminente de Abdullah, em especial porque não soubera de planos para uma cúpula, nem que Downing Street e o Ministério de Relações Exteriores estavam considerando isso. Se alguém nas instituições londrinas precisava ser avisado com antecedência sobre uma visita real, era o controlador das estações do MI6 no Oriente Médio. O trabalho de Bennett era fornecer boa parte das informações que o primeiro-ministro iria revisar antes de se sentar com Abdullah. Que tipo de homem ele era? Quais eram suas crenças centrais? Era um radical wahabista ou só estava jogando para os fãs? Ia ser um parceiro confiável na luta contra o terrorismo? Quais eram seus planos no Iêmen e em relação ao Catar? Ele era confiável? Ele era manipulável?

Bennett ia ter que correr para preparar as avaliações e estimativas necessárias. Sua opinião pessoal era de que era cedo demais para convidar Abdullah a Downing Street. A poeira ainda não tinha baixado depois da confusa abdicação de Khalid, e o futuro herdeiro do trono começou a voltar atrás nas reformas. Melhor esperar, Bennett teria aconselhado, pelo menos até a situação se estabilizar. Ele sabia muito bem por que Jonathan Lancaster estava tão ansioso para se encontrar com Abdullah. O primeiro-ministro precisava de sucesso em sua política externa. E, claro, havia o comércio a se considerar. A BAE Systems e sua laia queriam tentar convencer Abdullah antes de os americanos enfiarem as garras nele.

Bennett tirou os olhos de seu iPhone pessoal quando ouviu o trem das 7h12 de Stoke Newington chegar à estação de Liverpool Street. Como sempre, foi o último a sair do vagão, e seguiu uma rota longa e indireta até a rua. Lá fora, em Bishopsgate, ainda não estava propriamente claro. Ele caminhou até o rio e cruzou a London Bridge até Southwark.

Do Borough Market, era uma caminhada de cerca de vinte minutos até o escritório. Bennett gostava de variar sua rota. Dessa vez, seguiu por St. George's Circus e o Albert Embankment. Ele tinha quase 1,80 metro e era magro como um maratonista; um homem de 52 anos com bochechas encovadas e olhos fundos. Seu terno e sobretudo não eram exatamente de Savile Row, mas, devido à sua composição delgada, caíam bem nele. Sua gravata estilo escolar estava amarrada com cuidado, seus oxfords brilhavam com graxa recente. Uma pessoa treinada podia notar certa vigilância no olhar dele, mas, fora isso, não havia nada em sua vestimenta ou aspecto que sugerisse que ele estava indo à horrorosa cidadela secreta que surgia aos pés da Vauxhall Bridge.

Bennett nunca gostara da construção. Preferia a antiga e sombria Century House, um prédio comercial de concreto com vinte andares, em que ele tinha chegado como recruta nos dias moribundos da Guerra Fria. Como todos os outros estagiários de sua turma, ele não tinha se candidatado para trabalhar para o Serviço Secreto britânico. Não se pedia para entrar no clube mais exclusivo da Inglaterra. Só se fosse convidado e viesse da família certa, com as conexões exclusivas e um diploma decente de Oxford ou Cambridge. No caso de Bennett, era Cambridge, onde ele tinha estudado a história e os idiomas do Oriente Médio. Quando chegou ao MI6, ele falava árabe e persa fluentemente. Depois de passar no treinamento rigoroso do Curso de Entrada de Novos Oficiais de Inteligência, no forte Monckton, a escola para espiões principiantes, ele foi mandado para o Cairo para recrutar e lidar com agentes.

Depois, foi para Amã, Damasco e Beirute, antes de conseguir o cargo de Chefe de Estação em Bagdá. Relatos incorretos ou enganosos de vários ativos de Bennett no Iraque acabaram indo parar no infame Dossiê de Setembro, usado pelo governo Blair para justificar o envolvimento da Grã-Bretanha na guerra liderada pelos americanos para tirar Saddam Hussein do poder. A carreira de Bennett, porém, não foi prejudicada. Ele foi para Riad, de novo como Chefe de Estação, e, em 2012, foi promovido a controlador do Oriente Médio, um dos cargos mais importantes do serviço.

Bennett entrou em Vauxhall Cross pelo Albert Embankment e aguentou uma revista e checagem de identidade completas antes de ter permissão para passar do lobby. Era tudo parte da reformulação de segurança pós-Rebecca Manning. As suspeitas pairavam sobre o prédio como a peste negra. Oficiais mal se falavam ou apertavam as mãos uns dos outros por medo de pegar a temida doença. Não havia produto entrando ou saindo para os clientes do outro lado do oceano sobre o qual não se pudesse ler na *The Economist*. A carreira de Bennett só tinha cruzado brevemente com a de Rebecca, mas, como muitos de seus colegas, ele tinha sido levado perante seus inquisidores para um interrogatório completo. Depois de muitas horas, recebera um atestado de boa saúde, ou assim lhe tinham informado. Bennett não confiava em ninguém dentro do MI6, muito menos nos cães farejadores do departamento de inquéritos.

Uma vez fora do lobby, ele passou o cartão, digitou o código e teve a retina escaneada para chegar ao seu escritório. Fechou a porta, ligou a luz que mostrava que queria privacidade e pendurou seu sobretudo no gancho. O HD de seu computador, segundo as regras do serviço, estava trancado no cofre. Após inseri-lo, estava analisando o tráfego de telegramas da noite quando uma chamada em seu telefone internacional o interrompeu. O mostrador indicava Nigel Whitcombe, o mordomo-chefe e carrasco-chefe de "C". Tinha ido do MI5 para Vauxhall Cross. Só por isso, Bennett o detestava.

Ele levou o telefone ao ouvido.

— "C" quer dar uma palavrinha.

— Quando?

A linha ficou muda. Levantando-se, Bennett alisou seu paletó e passou a mão pelo cabelo embaraçado. *Meu Deus! Não é um encontro.* Ele foi aos elevadores e entrou no primeiro que abriu as portas. Whitcombe, com um sorriso forçado, esperava-o quando as portas se abriram.

— Bom dia, Bennett.

— Nigel.

Juntos, entraram na suíte executiva de Graham Seymour, com sua mesa de mogno usada por todos os chefes antes dele, as janelas imponentes com vista para o rio Tâmisa e seu relógio de pêndulo pomposo construído pelo próprio Sir Mansfield Smith-Cumming, primeiro "C" do Serviço Secreto de Inteligência britânico. Seymour escrevia uma anotação na margem de um documento com uma caneta-tinteiro Parker. A tinta era verde, cor reservada a ele.

Bennett ouviu um farfalhar e, virando-se, notou Whitcombe saindo da sala. Seymour olhou para cima, como se surpreso pela presença de Bennett, e colocou a Parker de volta no suporte. Levantando-se, ele saiu de trás da mesa com a mão esticada diante de si como uma baioneta.

— Olá, Charles. Que bom que veio. Acho que é hora de você ser atualizado sobre uma operação especial que estamos executando há um tempo. Sinto muito por não termos falado nada até agora, mas aqui vai.

Naquela noite, Bennett bebeu uma única dose de uísque no lounge particular do MI6 e saiu de Vauxhall Cross a tempo de pegar o trem das 19h30 na Liverpool Street. O vagão em que entrou estava lotado. De fato, havia um único assento livre, ao lado de um homem baixinho usando um casaco de lã grossa e uma boina preta — polonês ou eslavo, pensou o agente — que parecia que a qualquer momento podia tirar um volume de *O capital* da mochila de couro gasta. Bennett nunca o vira no trem das 19h30, que pegava com frequência.

Passaram a viagem de 13 minutos até Stoke Newington em silêncio. Bennett saiu do vagão primeiro e subiu os degraus da plataforma até a caixa de vidro que servia como bilheteria da estação. Ficava localizada numa esplanada triangular em Stamford Hill, ao lado de uma instituição financeira que servia à comunidade imigrante do bairro e de um café chamado Kookies. Um casal de quarenta e poucos anos, ambos louros, bebia *smoothies* numa das mesas de piquenique marrom-avermelhadas.

O homenzinho de boina preta emergiu da estação alguns segundos depois de Bennett e foi direto para Kingdom Hall, em Willow Cottages. Bennett, por sua vez, dirigiu-se às lojas ao longo de Stamford Hill — a Princess Curtains e a Bedding Palace, a Perfect Shirt, a Stokey Karaoke, a New China House (em oposição à velha), o King's Chicken, do qual ele gostava muito. Ao contrário de muitos de seus colegas, ele não vinha de uma família importante. Os bairros elegantes como Notting Hill e Hampstead eram caros demais para um homem que sobrevivia só do salário do serviço. Além disso, ele gostava que Stoke Newington ainda parecesse uma aldeia. Às vezes, até Bennett achava difícil de acreditar que a agitação de Charing Cross ficava só oito quilômetros ao sul.

As lojas e restaurantes na Church Street eram de nível mais alto. Bennett, aparentemente por capricho, entrou numa floricultura e comprou um buquê de jacintos para sua mulher, Hester. Segurou as flores na mão direita enquanto andava pelo lado sul da rua até a esquina de Albion Road. Das janelas do Rose & Crown saía luz quente, iluminando dois viciados em nicotina sentados na mesa única na calçada. Bennett reconheceu um dos homens.

Ele virou na Albion Road e a seguiu até depois dos apartamentos de tijolos vermelhos de Hawksley Court. Uma mulher empurrando um carrinho de bebê se aproximou da direção oposta. Fora isso, as calçadas estavam desertas. Bennett ouvia o eco de seus próprios passos. O aroma forte dos jacintos irritava seu nariz como uma alergia matinal. Por que tinham que ser jacintos? Por que não prímulas ou tulipas?

Ele pensou em sua convocação ao último andar de Vauxhall Cross naquela manhã e na operação sobre a qual "C" finalmente decidira informá-lo. Ao saber que o príncipe Abdullah, próximo rei da Arábia Saudita, havia muito tempo era um ativo do MI6, Bennett fez uma pose de justa indignação. *Graham, como pôde ter me deixado no escuro sobre um programa vital por tanto tempo? É inadmissível.* Ainda assim, ele tinha que admirar a audácia. Talvez o antigo serviço não estivesse morto, afinal.

Depois do edifício dos apartamentos, a Albion Road, de repente, tornava-se próspera. A casa em que o agente morava era uma bonita estrutura branca de três andares, com um jardim murado na frente. Ele pendurou o casaco no hall e foi para a sala de estar. Hester estava esticada no sofá com uma revista de palavras-cruzadas e uma taça de vinho branco. Algo tedioso saía da caixa de som, que Bennett desligou com uma careta.

— Eu estava escutando. — Hester tirou os olhos da revista e franziu a testa. — Flores de novo? É a terceira vez este mês.

— Não sabia que você estava contando.

— O que fiz para merecer flores?

— Não posso trazer de presente para você, querida?

— Desde que não esteja fazendo nenhuma bobagem.

Os olhos de Hester voltaram à página. Bennett largou as flores na mesa de centro e entrou na cozinha em busca do jantar.

50
HARROW, LONDRES

Não era verdade que Charles Bennett nunca tomara o trem da noite para Stoke Newington com o homem de boina. Eles tinham compartilhado o mesmo vagão das 19h30 em duas ocasiões prévias. O homenzinho também pegara o trem na outra direção com Bennett várias vezes, incluindo naquela mesma manhã. Ele usava o traje clérigo e o colarinho de um padre romano católico. Em Bishopsgate, um mendigo havia pedido sua bênção, que ele concedeu com dois movimentos amplos da mão direita, o primeiro na vertical e o segundo na horizontal.

O controlador do Oriente Médio podia ser perdoado por não o ter notado. O homem era Eli Lavon, melhor artista de vigilância já produzido pelo Escritório, um predador natural, capaz de seguir um oficial de inteligência altamente treinado ou um terrorista implacável por qualquer rua do mundo sem atrair uma faísca de interesse. Ari Shamron certa vez dissera que ele era capaz de desaparecer enquanto apertava sua mão. Era um exagero, mas por pouco.

Embora fosse chefe de divisão, Lavon, como seu diretor-geral, preferia liderar suas tropas no campo de batalha. Além do mais, Charles Bennett era um caso especial. Era oficial de um serviço de inteligência por vezes amigável, que havia sido enganado no mais alto nível pela inteligência russa. Bennett tinha sobrevivido ao encontro com os investigadores, mas ainda havia uma sombra de suspeita sobre ele, porque dois importantes ativos na Síria tinham, recentemente, sumido. Quase todos os investigadores concordavam que a culpada provável era Rebecca Manning. Mas havia uma ala, incluindo o próprio "C", que não estava pronto para fechar o arquivo de Bennett. Inclusive, alguns em sua ala achavam que ele deveria ser pendurado de ponta-cabeça na London Bridge até confessar ser um espião russo venenoso. No mínimo, queriam tirá-lo da posição de controlador e forçá-lo a se aposentar para não causar mais danos. Foram, porém, contrariados pelo próprio "C", declarando que Bennett continuaria no posto até a situação ficar insustentável. Ou, de preferência, até "C" encontrar a oportunidade de desfazer alguns dos danos ao seu serviço. Numa casa segura em Notting Hill, um velho amigo tinha dado a ele essa oportunidade. Por isso, a reunião da manhã na qual Bennett foi trazido para o círculo interno referente ao status operacional de certo real saudita prestes a ascender ao trono. O controlador tornou-se guardião de um segredo importantíssimo, ainda que falso.

Bennett conhecia as táticas e, talvez, algumas das identidades dos artistas de vigilância de seu serviço. Por esse motivo, "C" confiara a observação dele ao Escritório. Naquela noite, havia doze observadores israelenses, incluindo Eli Lavon. Após a breve aparição em Kingdom Hall, onde Bennett fora recebido de braços abertos, o judeu o seguiu por Stamford Hill até a Church Street. Lá, testemunhou a compra de um ramo de jacintos da floricultura Evergreen & Outrageous. Tomou nota do fato de o inglês, ao sair da loja, ter mudado as flores da mão esquerda para a direita, para deixá-las visíveis, ao virar a esquina na Albion Road, para qualquer um que estivesse sentado em frente ao Rose & Crown. Os dois homens presentes naquela noite não prestaram atenção em Lavon, mas um pareceu observar Bennett atentamente quando este passou. O israelense, com um sussurro no minúsculo microfone escondido em seu pulso, ordenou que seis membros de sua equipe seguissem o homem ao sair do pub.

Lavon continuou direto pela Church Street até a antiga prefeitura até dar meia-volta e se encaminhar de novo para Stamford Hill. Mikhail e Sarah Bancroft tinham saído do café Kookies e esperavam num Ford Fiesta estacionado no supermercado Morrisons. Lavon entrou no banco de trás e fechou a porta sem fazer som.

— E então? — perguntou Mikhail.

Lavon não respondeu; estava escutando o falatório dos observadores em sua orelha. Eles estavam no jogo, pensou. Definitivamente, estavam no jogo.

A casa tinha vista para o clube de golfe Grims Dyke, na seção de Harrow chamada Hatch End. Ao estilo Tudor, com muitas alas e frontões, era cercada por árvores imponentes e localizada ao fim de uma longa entrada particular para carros. Com uma única mensagem de texto a Khalid, Gabriel presenteou com a casa o Serviço Secreto de Inteligência de Sua Majestade, que precisava desesperadamente de propriedades seguras. Havia oito quartos e uma grande sala dupla, que servia como centro nervoso da operação. Oficiais israelenses e britânicos trabalhavam lado a lado em duas longas mesas sobre cavaletes. Grandes painéis de tela plana exibiam imagens ao vivo de câmeras de segurança. Rádios seguros chiavam com atualizações de campo em inglês com sotaques hebraico e britânico.

Por insistência de Gabriel, era proibido fumar no centro de operações ou em qualquer outro cômodo da casa, exceto nos jardins. Ele também ditou que não haveria bufê nem entregas de comida.

Eles faziam suas próprias compras na loja Tesco no fim da rua em Pinner Green e comiam todos juntos sempre que possível. Com a convivência, passaram a se conhecer bem, um perigo para qualquer operação conjunta — a exposição de pessoal e de técnicas de espionagem. Gabriel pagou um preço alto em observadores e outros agentes de campo, a maioria dos quais nunca mais seria capaz de trabalhar disfarçado na Grã-Bretanha.

Mas alguns profissionais do israelense eram conhecidos dos britânicos por empreendimentos conjuntos anteriores, incluindo Sarah, Mikhail e Eli Lavon. Eram 20h30 quando eles voltaram à casa em Hatch End. Ao entrar, juntaram-se a Gabriel, Graham Seymour e Christopher Keller em frente a uma das telas de vídeo, que transmitia imagens da câmera localizada em frente à estação de metrô Arsenal, na Gillespie Road. O homem do Rose & Crown estava parado no quiosque ao lado da entrada da estação. Se tivesse ido para lá direto do pub, podia ter feito o caminho em no máximo quinze minutos. Mas tinha feito uma rota tortuosa cheia de meias-voltas e entradas erradas que forçara cinco dos observadores mais experientes de Eli Lavon a abandonar a perseguição.

Um, porém, conseguiu seguir o homem até a estação e embarcar no mesmo trem da linha Picadilly na direção de Hammersmith. O suspeito continuou até a estação Hyde Park Corner. Ao emergir, entrou no bairro de Mayfair e, mais uma vez, iniciou uma série de manobras de contravigilância clássicas, que obrigaram o último observador de Lavon a se afastar. Não importava; as câmeras do sistema orwelliano de Londres nunca piscavam.

Elas o seguiram pelas ruas de Mayfair até Marble Arch, e depois a oeste pela Bayswater Road, onde ele passou abaixo das janelas escurecidas do apartamento seguro do escritório conhecido, carinhosamente, como a segunda casa de Gabriel em Londres. Um momento depois, ele atravessou a rua fora da faixa, entrou no

Hyde Park e desapareceu de vista. Graham Seymour ordenou que seus subordinados ligassem as câmeras no Jardim de Kensington, e, às 21:18:43, eles o observaram entrando na Embaixada Russa. Após passar a foto dele na base de dados, o sistema o sinalizou como Dimitri Mentov.

— Um ninguém da seção consular — disse Graham Seymour.
— Não há *ninguéns* na Embaixada Russa — respondeu Gabriel. — Ele é um brutamontes do SVR. E acabou de fazer contato com seu controlador das estações do Oriente Médio.

Nas duas longas mesas sobre cavaletes, a notícia de que mais um oficial sênior do MI6 estaria trabalhando para os russos foi recebida apenas com o bater de teclados e o estalar de rádios seguros. Eles estavam no jogo. Definitivamente, estavam no jogo.

51
FLORESTA DE EPPING, ESSEX

Quando Charles Bennett saiu de sua residência na Albion Road às 9h30 de sábado, vestia um anoraque à prova d'água azul-escuro e calças de tecido de secagem rápida. Pendurada em um dos ombros havia uma mochila de nylon, e, na mão direita, ele segurava um bastão de caminhada de carbono. Um andarilho dedicado, Bennett tinha feito trilhas por boa parte das ilhas Britânicas. Nos fins de semana, precisava se virar com algumas das muitas excelentes trilhas perto da Grande Londres. Hester, que considerava jardinagem um exercício, nunca o acompanhava. Bennett não ligava; preferia ficar sozinho. Nisso, pelo menos, os dois eram totalmente compatíveis.

O destino de Bennett naquela manhã era uma das trilhas na Floresta de Epping, antigo bosque que ia de Wanstead, ao leste de Londres, a Essex, ao norte. O caminho se estendia por mais de dez quilômetros pela parte mais alta da floresta, perto do vilarejo de Theydon Bois. Bennett dirigiu até lá no sedan sueco de Hester. Estacionou na estação de metrô e, violando as regras do serviço, deixou seu BlackBerry do MI6 no porta-luvas. Com o bastão em mãos e a mochila nas costas, seguiu pela Coppice Row.

Passou por algumas lojas e restaurantes, pela prefeitura do vilarejo e pela igreja matriz. Uma névoa fina pairou sobre Theydon Plain, como a fumaça de uma batalha distante e então a floresta o engoliu. A trilha era larga e com solo regular, coberta de folhas caídas. À frente, da penumbra, emergiu uma mulher de cerca de 40 anos que, sorrindo, desejou-lhe uma boa manhã. Ela o lembrou de Magda.

Magda...

Ele a conhecera no Rose & Crowe, certa noite, ao parar para tomar uma cerveja em vez de ir direto para casa encontrar o abraço frio de Hester. Ela havia acabado de imigrar da Polônia, ou assim dissera. Era uma mulher linda, recém-divorciada, com pele branca e uma boca larga que sorria com facilidade. Alegou que esperava uma pessoa — "uma amiga, não um homem" — atrasada. Bennett achou suspeito. Mesmo assim, tomou um segundo drinque com ela. E quando a "amiga" mandou mensagem dizendo que tinha que cancelar, ele concordou em andar com Magda até a casa dela. Ela o levou para o Clissold Park e o empurrou contra uma árvore perto da antiga igreja. Antes de Bennett conseguir reagir, sua braguilha estava aberta e ela o engoliu.

Ele sabia o que viria. De fato, imaginou saber desde o momento em que colocou os olhos nela. Aconteceu uma semana depois. Um carro parou ao lado dele em Stamford Hill, alguém o chamou com a mão por uma janela traseira aberta. Era a mão de Yevgeny. Segurava uma fotografia.

— Que tal aceitar uma carona? É uma noite horrível para se estar a pé.

Bennett chegou a uma lata de lixo. A marca de giz na base estava claramente visível. Ele saiu da trilha e abriu caminho entre as árvores densas e a vegetação rasteira. Yevgeny estava com as costas apoiadas no tronco de uma bétula, com um cigarro apagado quase caindo dos lábios. Parecia genuinamente feliz de ver o inglês. O russo era um canalha cruel, como a maioria dos oficiais do SVR, mas podia ser agradável quando lhe convinha. Bennett tinha a mesma habilidade. Eram dois lados da mesma moeda. Bennett, num momento de fraqueza, tinha permitido que Yevgeny ficasse com a vantagem. Mas, quem sabe, um dia seria Yevgeny o obrigado a entregar os segredos de seu país por causa de um delito pessoal. Era assim o jogo. Só precisava de um único deslize.

— Tomou cuidado? — perguntou o russo.

Bennett fez que sim.

— E você?

— Os idiotas do A4 tentaram me seguir, mas os despistei em Highgate. — A4 eram os artistas de vigilância do MI5, o serviço de segurança e contrainteligência britânico. — Sabe, Charles, eles realmente precisam melhorar um pouco. Chegou ao ponto de não ser nem esportivo.

— Você tem mais oficiais de inteligência em Londres agora do que na época da Guerra Fria. O A4 está sobrecarregado.

— Quanto mais, melhor. — Yevgeny acendeu seu cigarro. — Dito isso, não podemos demorar por aqui. O que você tem?

— Uma operação que seus superiores em Moscou talvez achem interessante.

— De que tipo?

— Um recrutamento de longo prazo de um ativo em alto escalão.

— Russo?

— Casa de Saud — respondeu Bennett. — A fonte está trabalhando para nós há vários anos. Ele nos informa regularmente sobre questões familiares internas e desenvolvimentos políticos dentro do reino.

— Você é o controlador do Oriente Médio, Charles. Por que só estou sabendo disso agora?

— A fonte foi recrutada e era controlada pela Estação de Londres. Só fiquei sabendo dele nesta semana.

— Por quem?

— Pelo próprio "C".

— Por que Graham decidiu informá-lo agora?

— Porque o ativo de alto escalão virá a Londres em algumas semanas para uma visita oficial.

— Do que está falando?

— O Príncipe Herdeiro Abdullah, próximo rei da Arábia Saudita, é um ativo do MI6. Somos donos dele, Yevgeny. Ele é nosso.

52
MOSCOU

O sonho chegou a Rebecca, como sempre, nas últimas horas antes do alvorecer. Ela estava submersa em águas rasas, perto do leito de um rio americano ladeado de árvores. Um rosto pairava acima dela, borrado, indistinto, contorcido de raiva. Gradualmente, conforme ela começou a perder consciência, o rosto recuou na escuridão, e o pai dela apareceu. *Rebecca, minha q-q-querida, precisamos discutir algo...*

Ela se sentou na cama de uma vez, ofegante. Através da janela sem cortinas de seu quarto, conseguia ver uma estrela vermelha acima do Kremlin. Mesmo agora, nove meses após sua chegada a Moscou, a vista a surpreendia. Parte dela ainda esperava acordar toda manhã na pequena casa na Warren Street, no norte de Washington, onde havia morado durante seu último posto no MI6. Se não fosse pelo homem do seu sonho — aquele que quase a afogara no rio Potomac —, ela ainda estaria lá. Podia até ser diretora do serviço secreto britânico.

O céu acima do Kremlin estava preto, mas, ao checar o horário em seu telefone do SVR, ela viu que eram quase sete da manhã. A previsão para Moscou era de pouca neve e máxima de doze graus abaixo de zero; estava começando a esquentar. Rebecca jogou a roupa de cama para o lado e, tremendo, colocou o roupão e foi até a cozinha.

Era clara e moderna, cheia de eletrodomésticos brilhantes de fabricação alemã. O SVR tinha sido justo com ela — um apartamento grande perto das muralhas do Kremlin, uma *datcha* no interior, um carro com motorista. Tinham até lhe concedido um destacamento de segurança. Rebecca não se iludia sobre o motivo de ter recebido um benefício reservado apenas para os oficiais mais graduados do serviço de inteligência russo. Ela nascera e fora criada para ser espiã de sua terra natal, tinha trabalhado para a Rússia durante uma carreira longa e bem-sucedida no MI6. Mesmo assim, não confiavam totalmente nela. No Centro de Moscou, onde ela se apresentava todos os dias para o trabalho, referiam-se a ela, de forma pejorativa, como *novaya devushka*: a herdeira.

Ela ligou a máquina automática; e, quando ela tossiu ruidosamente e cuspiu o que sobrava de café, Rebecca o bebeu numa xícara grande com espuma de leite vaporizado, como fazia na infância em Paris. Seu nome, na época, era Bettencourt — Rebecca Bettencourt, filha ilegítima de Charlotte Bettencourt, comunista e jornalista francesa que, no início dos anos 1960, havia morado em Beirute, onde teve um breve caso com um correspondente freelancer casado que escrevia para os veículos *Observer* e *The Economist*. Manning era o nome que Rebecca assumiu quando sua mãe, por ordem da KGB, casara-se com um homossexual da alta classe inglesa para que sua filha tivesse cidadania britânica e fosse aceita em Oxford ou, de preferência, em Cambridge. Publicamente, Manning ainda era o sobrenome pelo qual a espiã era conhecida de forma infame. Dentro do Centro de Moscou, porém, era chamada pelo nome de seu pai, Philby.

Rebecca apontou o controle remoto para a televisão, e, alguns segundos depois, a BBC apareceu na tela. Por motivos profissionais, seus hábitos midiáticos tinham permanecido decididamente britânicos. Rebecca trabalhava no Departamento do Reino Unido do Diretorado. Era essencial que ela se mantivesse atualizada nas notícias de Londres. Nesses dias, quase todas eram ruins. O Brexit, clandestinamente apoiado pelo Kremlin, era uma calamidade nacional. A Grã-Bretanha logo seria uma sombra de si mesma, incapaz de qualquer resistência significativa à influência cada vez mais ampla da Rússia e ao seu poder militar crescente. Rebecca tinha prejudicado a Inglaterra de dentro do Serviço Secreto de Inteligência. Seu trabalho então passara a ser acabar com seu antigo país de trás de uma mesa no Centro de Moscou.

Passando os olhos pelas manchetes de Londres no telefone, Rebecca fumou o primeiro L&B do dia. Seu consumo de cigarros tinha crescido muito desde a chegada à Rússia. A *rezidentura* de Londres os comprava em pacotes de uma loja em Bayswater e os enviava por malote ao Centro de Moscou. Seu consumo de Black Label, que ela comprava com grande desconto na cooperativa militar do SVR, também tinha aumentado. Era só o clima do inverno, garantiu a si mesma. A melancolia passaria quando o verão chegasse.

Em seu quarto, Rebecca retirou do armário um terninho escuro e uma blusa branca, e os colocou na cama desarrumada. Como os cigarros L&B, os lençóis vinham de Londres. Involuntariamente, ela tinha caído nos velhos hábitos de seu pai. Ele nunca se ajustou de verdade à vida em Moscou. Ouvia as notícias de casa na BBC Internacional, seguia os resultados do críquete no *Times*, passava geleia inglesa na torrada e mostarda inglesa nas salsichas e bebia Red Label, quase sempre até desmaiar. Quando criança, Rebecca testemunhara os porres homéricos de seu pai durante suas visitas clandestinas à Rússia. Ela o amava mesmo assim. Até hoje. Era o rosto dele que ela via quando examinava sua própria aparência no espelho do banheiro. O rosto de uma traidora. O rosto de uma espiã.

Vestida, Rebecca se empacotou num sobretudo e cachecol de lã, e desceu de elevador até o lobby. O motorista de sua Mercedes sedan a aguardava na rua Sadovnicheskaya. Ela ficou surpresa ao encontrar Leonid Ryzhkov, seu superior imediato no Centro de Moscou, no banco de trás.

Ela se abaixou para entrar e fechou a porta.

— Algum problema?

— Depende.

O motorista fez um retorno fechado e acelerou rapidamente. O Centro de Moscou ficava na direção oposta.

— Aonde estamos indo? — perguntou Rebecca.

— O chefe quer dar uma palavrinha.

— O diretor?

— Não — respondeu Ryzhkov. — O *chefe*.

53
O KREMLIN

Mal se via a estrela vermelha em cima da Torre Borovitskaya, entrada comercial do Kremlin, sob a neve que caía. O motorista parou num pátio em frente ao Grande Palácio Presidencial, e Rebecca e Leonid Ryzhkov correram para dentro. O presidente os esperava lá em cima, atrás das portas douradas de seu escritório. Levantando-se, ele saiu de sua mesa com seu caminhar característico, braço direito esticado ao lado e esquerdo balançando mecanicamente. Seu terno azul lhe caía com perfeição, e algumas mechas de cabelo louro-acinzentado estavam penteadas cuidadosamente por cima de sua careca. Seu rosto, inchado, liso e bronzeado da viagem anual de esqui a Courchevel, mal parecia humano. Os olhos eram muito repuxados, dando a ele uma vaga aparência de ser da Ásia Central.

Rebecca esperava uma recepção calorosa — não encontrava o presidente desde a coletiva de imprensa do Kremlin anunciando sua chegada a Moscou —, mas ele só lhe ofereceu um aperto de mão profissional antes de gesticular com indiferença para os sofás. Mordomos entraram, chá foi servido. Então, sem preâmbulo, a autoridade máxima da Rússia entregou a Rebecca uma cópia de um telegrama do SVR. Tinha sido transmitido ao Centro de Moscou, durante a noite, por Yevgeny Teplov, da *rezidentura* de Londres. O assunto era uma reunião clandestina de Teplov com um agente de codinome Chamberlain. Seu nome real era Charles Bennett. Rebecca, ainda no MI6, escolhera-o como alvo de comprometimento sexual e recrutamento.

O russo dela tinha melhorado muitíssimo desde sua chegada a Moscou. Mesmo assim, ela leu o telegrama lentamente. Quando levantou o olhar, o presidente a estudava sem expressão. Era como ser contemplada por um cadáver.

— Quando você planejava nos contar? — perguntou ele, por fim.

— Contar o quê?

— Que o Príncipe Herdeiro Abdullah é, há muito tempo, um ativo da inteligência britânica.

Uma vida inteira de mentiras e traições permitiu que Rebecca escondesse seu desconforto por ser interrogada pelo homem mais poderoso do mundo.

— Enquanto eu estava no MI6 — disse ela —, não fiquei sabendo da relação entre Vauxhall Cross e o Príncipe Abdullah.

— Você estava a um passo de se tornar diretora-geral do MI6. Como podia não saber?

— É chamado de Serviço Secreto de Inteligência por um motivo. Eu não tinha necessidade de saber. — Rebecca devolveu o telegrama. — Além do mais, não deveria ser um choque o MI6 ter ligações com um príncipe saudita que passava a maior parte do tempo em Londres.

— A não ser quando o príncipe saudita deveria estar trabalhando para mim.

— Abdullah? — O tom de Rebecca era incrédulo.

As instruções dela eram estritamente limitadas ao Reino Unido. Mesmo assim, tinha acompanhado a queda espetacular de KBM com mais do que um interesse passageiro. Nunca imaginou que o Centro de Moscou tivesse um dedo naquilo. Nem o presidente.

Como sempre, ele sentou-se de forma desleixada na cadeira. Seu queixo estava baixo, o olhar voltado ligeiramente para cima. De algum jeito, ele conseguia transmitir ao mesmo tempo tédio e ameaça. Rebecca imaginou que ele praticasse a expressão no espelho.

— Suponho — disse ela, após um momento — que a abdicação de Khalid não tenha sido voluntária.

— Não. — O presidente deu um meio sorriso. Depois, a vida sumiu mais uma vez de sua expressão. — Nós o encorajamos a abrir mão de seu direito ao trono.

— Como?

O presidente lançou um olhar para Ryzhkov, que narrou para Rebecca a operação que levara à remoção do príncipe herdeiro da linha sucessória. Era monstruosa, não havia outra palavra. Mas, claro, ela sempre soubera que os russos não seguiam as mesmas regras dos britânicos.

— Tivemos muito trabalho para tornar Abdullah o próximo rei da Arábia Saudita — disse Ryzhkov. — Mas agora parece que fomos enganados. — Ele balançou o telegrama de Londres de forma dramática, como um advogado num tribunal. — Ou talvez esta seja a enganação. Talvez o MI6 esteja usando de novo seus velhos truques. Talvez queiram que a gente *pense* que Abdullah esteja trabalhando para eles.

— Por que fariam isso?

Foi o presidente quem respondeu.

— Para desacreditá-lo, é claro. Para nos fazer desconfiar dele.

— Graham é um policial superestimado. Não é capaz de algo tão inteligente.

— Ele a desmascarou, não foi?

— Quem me encontrou foi o Allon, não Graham.

— Ah, sim. — A raiva passou brevemente pelo rosto do presidente. — Receio que ele também esteja envolvido nisto.

— O israelense?

O presidente assentiu.

— Depois de sequestrarmos a menina, Abdullah nos contou que o sobrinho tinha buscado a ajuda de Allon.

— Teria sido sábio matar *ele*, em vez da filha de Khalid.

— Tentamos. Infelizmente, as coisas não saíram exatamente como planejado.

Rebecca pegou o telegrama da mão de Ryzhkov e o releu.

— Me parece que Abdullah está se vendendo para os dois lados. Ele pegou seu dinheiro e seu apoio quando precisou. Mas agora que as chaves do reino estão ao seu alcance...

— Ele decidiu ser um homem independente?

— Ou um homem de Londres — disse Rebecca.

— E se ele for mesmo um ativo britânico? O que fazemos? Deixo que ele leve bilhões de dólares meus sem retaliação? Deixo os britânicos rirem nas minhas costas? Dou o mesmo privilégio a Allon?

— Claro que não.

Ele levantou a mão.

— Então, o quê?

— Sua única escolha é remover Abdullah da linha sucessória.

— Como?

— De uma forma que prejudique ao máximo a credibilidade e o prestígio britânicos.

O sorriso do presidente pareceu quase genuíno.

— Fico aliviado de ouvi-la dizendo isso.

— Por quê?

— Porque se tivesse sugerido deixar Abdullah onde está, eu teria duvidado de sua lealdade à pátria. — Ele ainda estava sorrindo. — Parabéns, Rebecca. Conseguiu o trabalho.

— Que trabalho?

— Livrar-se de Abdullah, é claro.

— Eu?

— Quem melhor para executar uma grande operação em Londres?

— Não é o tipo de coisa que eu faça.

— Você não é diretora do Departamento do Reino Unido do SVR?

— Vice-diretora.

— Sim, claro. — O presidente olhou de relance para Leonid Ryzhkov. — Erro meu.

54

MOSCOU–WASHINGTON–LONDRES

A suposição do diretorado de contrainteligência do SVR era que o MI6 não conhecia o endereço da coronel Rebecca Philby em Moscou. Na realidade, não era o caso. O serviço secreto britânico tinha ficado sabendo da localização do apartamento dela por acaso, quando um dos oficiais baseados em Moscou a vira caminhando pelo Arbat com dois guarda-costas e uma mulher de idade avançada e aparência imponente. O oficial as seguiu até o cemitério de Kuntsevo, onde colocaram flores no túmulo de um dos maiores traidores da história, depois até a entrada de um prédio residencial elegante e novo na rua Sadovnicheskaya.

Sob comando de Vauxhall Cross, a Estação de Moscou tomou muito cuidado com sua descoberta. Não foi feita nenhuma tentativa de colocar Rebecca sob vigilância 24 horas — não era possível numa cidade como Moscou, em que os próprios funcionários do MI6 estavam sob vigilância quase constante —, e um esquema para comprar um apartamento no prédio dela logo foi descartado. Em vez disso, eles só a observavam ocasionalmente, sempre de longe. Confirmaram que ela morava no nono andar do prédio e se apresentava toda manhã na sede do SVR em Yasenevo. Nunca a viram resolver qualquer tarefa pessoal, jantar num restaurante ou ir a uma apresentação do Bolshoi. Não havia evidência de um homem em sua vida, nem, aliás, uma mulher. Em geral, ela parecia bastante infeliz, o que lhes agradava infinitamente.

No início de março, por motivos que a Estação de Moscou não conseguia nem imaginar, Rebecca desapareceu de vista. Quando se passaram cinco dias sem sinal dela, o chefe local informou a Vauxhall Cross — e Vauxhall Cross mandou notícias para a casa ampla em estilo Tudor com muitas alas e frontões em Hatch End, em Harrow. Lá, interpretaram, cautelosamente, o desaparecimento repentino de Rebecca como evidência de que o Centro de Moscou estava seguindo as migalhas que eles tinham espalhado.

Havia também outras evidências, como um pico alarmante de tráfego de sinais codificado emanando do teto da Embaixada Russa nos Jardins de Kensington; uma segunda reunião na floresta de Epping entre Charles Bennett e seu controlador do SVR, Yevgeny Teplov; e a chegada em Londres, no meio de março, de certo Konstantin Dragunov, amigo pessoal e sócio comercial tanto do atual governante da Rússia quanto do futuro rei da Arábia Saudita. Tomados de forma isolada, os acontecimentos não eram prova de nada. Mas vistos pelo prisma da equipe anglo-israelense em Hatch End, pareciam os primeiros indicativos de uma grande empreitada russa.

Gabriel mais uma vez cutucara a onça com vara curta. Ele monitorava a reação russa não de Hatch End, mas de sua mesa no Boulevard Rei Saul, baseado em sua firme convicção operacional de que, se ficarem olhando, a panela com água nunca vai ferver. No fim de março, ele fez mais uma visita clandestina ao iate de Khalid no golfo de Aqaba, mesmo que só para ouvir as últimas fofocas de Riad. Sem que o mundo externo soubesse, o pai de KBM tinha dado uma guinada para pior — outro derrame, talvez um ataque cardíaco. Ele estava ligado a várias máquinas no Hospital da Guarda

Nacional Saudita. Os abutres circulavam, dividindo os espólios, lutando pelas sobras. Khalid tinha pedido permissão para voltar a Riad e ficar ao lado do pai. Abdullah tinha recusado.

— Se você tiver uma carta na manga — disse Khalid —, sugiro que a utilize agora. Senão, a Arábia Saudita logo será controlada pelo camarada Abdullah e seu titereiro no Kremlin.

Uma tempestade repentina impediu o helicóptero do *Tranquility* de decolar e forçou Gabriel a passar a noite no mar em uma das luxuosas suítes de hóspede do navio. Quando ele voltou ao Boulevard Rei Saul na manhã seguinte, encontrou um relatório em sua mesa. Era a análise dos arquivos iranianos roubados. Os documentos provavam de forma conclusiva que o Irã estava trabalhando numa arma nuclear enquanto dizia à comunidade global o oposto. Mas não havia evidência sólida de que o país estivesse violando os termos do acordo negociado com o governo americano anterior.

Gabriel informou ao primeiro-ministro naquela tarde, no escritório dele em Jerusalém. Uma semana depois voou a Washington para deixar os americanos por dentro. Para surpresa dele, a reunião aconteceu na sala de crises da Casa Branca, com o próprio presidente. Ele não escondeu sua intenção de tirar os Estados Unidos do acordo nuclear com o Irã e ficou decepcionado por Gabriel não ter levado prova irrefutável — "um mulá cabal" — de os iranianos estarem secretamente construindo uma bomba.

Mais tarde no mesmo dia, Gabriel viajou a Langley, onde fez um *briefing* mais detalhado aos oficiais da Casa Pérsia, unidade de operações da CIA no Irã. Depois, jantou sozinho com Morris Payne numa sala coberta de painéis de madeira no sétimo andar. A primavera finalmente chegara na Virgínia do Norte, depois de um inverno inóspito, e as árvores ao longo do Potomac estavam com folhas novas. Em meio a verduras refogadas e carne cartilaginosa, eles trocaram segredos e boatos maliciosos, incluindo alguns sobre os homens a quem serviam. Como vários de seus predecessores na Agência, Payne não tinha muito tempo na inteligência. Antes de chegar a Langley, tinha sido soldado, empresário e deputado conservador de uma das Dakotas. Era grande, franco e grosseiro, com um rosto de estátua da ilha de Páscoa. Gabriel o considerava uma mudança revigorante em comparação ao diretor anterior da CIA, que, rotineiramente, referia-se a Jerusalém como al-Quds.

— O que acha de Abdullah? — perguntou Payne, abruptamente, durante o café.

— Nada de mais.

— Britânicos de merda.

— O que eles fizeram agora?

— Convidaram o homem para ir a Londres antes de conseguirmos trazê-lo para Washington.

Gabriel deu de ombros, indiferente.

— A Casa de Saud não pode sobreviver sem vocês. Abdullah vai prometer comprar alguns brinquedos britânicos e depois vai vir correndo.

— Não temos tanta certeza disso.

— Ou seja?

— Ficamos sabendo que o MI6 está com as garras nele.

Gabriel suprimiu um sorriso.

— Abdullah? Ativo britânico? Fala sério, Morris.

Payne assentiu com seriedade.

— Estávamos querendo saber se você estaria interessado em facilitar uma mudança na linha sucessória saudita.

— Que tipo de mudança?

— O tipo que acabe colocando a bunda de KBM no trono.

— Khalid já era.

— Khalid é o melhor que podemos esperar, e você sabe. Ele nos ama e, por algum motivo, gosta de você.

— O que fazemos com Abdullah?
— Ele teria que ser afastado.
— Afastado?
Payne olhou inexpressivo para Gabriel.
— Morris, sério.

Depois do jantar, Gabriel foi levado num comboio da CIA para o hotel Madison, no centro de Washington. Exausto, caiu num sono sem sonhos. Foi acordado às 3h19 por uma mensagem urgente em seu BlackBerry. Ao amanhecer, dirigiu-se para a Embaixada Israelense e ficou lá até o início da tarde, quando saiu para o Aeroporto Internacional de Dulles. Ele tinha dito a seus anfitriões que planejava voltar a Tel Aviv. Em vez disso, às 5h30, embarcou num voo da British Airways para Londres.

O Brexit tinha produzido pelo menos um impacto positivo na economia britânica. Devido a uma queda de dois dígitos no valor da libra, mais de dez milhões de turistas estrangeiros entravam no Reino Unido a cada mês. O MI5, rotineiramente, fazia triagens nos desembarques buscando elementos indesejados, como terroristas, criminosos e agentes de inteligência russos conhecidos. Por sugestão de Gabriel, a equipe anglo-israelense em Hatch End estava duplicando os esforços do MI5. Como resultado, eles sabiam que o voo 216 da British Airways, vindo de Dulles, pousou às 6h29 da manhã, e que Gabriel passou pela imigração às 7h12. Encontraram até vários minutos de vídeo da passagem dele pela infinita fila para cidadãos não europeus. Estava sendo transmitido em looping em um dos grandes monitores de vídeo quando ele entrou no centro de operações improvisado.

Sarah Bancroft, usando jeans e um pulôver de lã, dirigiu a atenção dele ao monitor de vídeo adjacente. Nele, havia uma imagem estática de um homem magro e bem constituído atravessando um estacionamento à noite com um casaco de marinheiro e uma mala pendurada no ombro direito. Um boné obstruía a maior parte do rosto dele.

— Reconhece? — perguntou ela.
— Não.

Mikhail Abramov apontou um controle remoto para a tela e apertou PLAY.

— E agora?

O homem se aproximou de um Toyota compacto, jogou a mala no banco de trás e sentou-se atrás do volante. As luzes se acenderam automaticamente quando o motor ligou, um pequeno erro nas táticas de espionagem. O homem rapidamente as desligou e saiu de ré da vaga. Alguns segundos depois, o carro desapareceu das vistas da câmera.

Mikhail apertou PAUSE.

— Nada?

Gabriel fez que não.

— Assista de novo. Mas dessa vez, preste muita atenção na forma como ele anda. Você já o viu antes.

O russo colocou o vídeo uma segunda vez. Gabriel focou somente o andar atlético do homem. Mikhail tinha razão, ele já o vira. O suspeito atravessara na frente do carro de Gabriel em Genebra, alguns minutos depois de deixar sua pasta para trás no Café Remor. Mikhail estava andando alguns passos atrás dele.

— Gostaria de poder levar o crédito por vê-lo — disse ele —, mas foi Sarah.

— Onde o vídeo foi feito?

— No estacionamento do terminal de balsas Holyhead.

— Quando?

— Duas noites atrás.

Gabriel franziu a testa.

— Duas noites?

— Fizemos o melhor possível, chefe.

— Como ele chegou até Dublin?

— Num voo vindo de Budapeste.

— Sabemos como o carro chegou lá?

— Dmitri Mentov.

— O ninguém da seção consular da Embaixada Russa?

— Posso mostrar o vídeo, se quiser.

— Eu uso minha imaginação. Onde está nosso homem agora?

Mikhail usou o controle remoto e um novo vídeo apareceu na tela. Um homem saindo de um Toyota compacto em frente a um hotel à beira-mar.

— Onde está Graham?

— Vauxhall Cross.

— Fazendo o quê?

— Esperando por você.

Parte Quatro

ASSASSINATO

55
FRINTON-ON-SEA, ESSEX

No fim do século XIX, havia apenas uma igreja, algumas fazendas e um conjunto de cabanas. Então, um homem chamado Richard Powell Cooper pôs um campo de golfe ao longo do mar, e lá surgiu uma cidade de veraneio com casas elegantes ladeando amplas avenidas e diversos hotéis ao longo da esplanada. A Connaught Avenue, via principal da cidade, ficou conhecida como a Bond Street de East Anglia. O príncipe de Gales era um visitante frequente, e Winston Churchill, certa vez, alugara uma casa para o verão. A última bomba que os alemães jogaram na Grã-Bretanha em 1944 caiu em Frinton-on-Sea.

Embora a cidade já não fosse um destino da moda, seus habitantes tinham se apegado, com grau variado de sucesso, às maneiras refinadas do passado. Velhos, ricos e profundamente conservadores, não aceitavam imigrantes, a União Europeia e as políticas do Partido Trabalhista. Para sua consternação, o primeiro pub de Frinton, Lock & Barrel, tinha sido recentemente aberto na Connaught Avenue. Ainda era uma violação do regulamento da cidade, porém, vender sorvete na praia ou fazer piquenique no gramado de Greensward no topo dos penhascos. Se alguém quisesse estender um cobertor no chão e comer ao ar livre, podia descer a estrada até a vizinha Clacton, um lugar em que a maioria dos nascidos em Frinton jamais punha os pés.

Entre Greensward e o mar ficava um passeio com uma fileira de cabanas de praia cor pastel. Como era início de abril e a tarde estava fria e com vento, Nikolai Azarov andava sozinho pelo calçadão. Carregava uma mochila nas costas e usava binóculo Zeiss pendurado no pescoço. Se alguém lhe tivesse desejado uma boa tarde ou perguntado o caminho de algum lugar, teria suposto que Nikolai era exatamente o que parecia: um inglês educado de classe média, provavelmente de Londres ou de um dos condados ao redor da capital, quase certamente graduado em Oxbridge ou em outra dentre as grandes universidades do país. Um olhar mais perspicaz poderia até notar um traço vagamente eslavo em suas feições. Mas ninguém teria suposto que ele era russo, nem que era assassino e agente especial do Centro de Moscou.

Não era a carreira que Nikolai escolhera para si. De fato, quando jovem, crescendo numa Moscou pós-soviética, sonhava em ser ator, de preferência no Ocidente. Infelizmente, a escola prestigiosa onde ele havia aprendido a falar seu inglês impecável com sotaque britânico era o Instituto de Línguas Estrangeiras de Moscou, um dos locais favoritos de recrutamento do SVR. Ao se formar, Nikolai entrou na academia do SVR, onde seus instrutores determinaram que ele tinha talento especial para certos aspectos mais sombrios do negócio, incluindo a construção de dispositivos explosivos. Ao fim de seu treinamento, ele foi mandado para o diretorado responsável por "medidas ativas". Entre elas, o assassinato de cidadãos russos que ousavam se opor ao Kremlin ou de oficiais de inteligência que espionavam para os inimigos da Rússia. Nikolai tinha matado pessoalmente mais de uma dúzia de seus compatriotas que viviam no Ocidente — com veneno, armas químicas ou

A HERDEIRA

radiológicas, revólveres ou bombas —, todos sob ordem direta do próprio presidente russo.

A próxima cidade ao norte de Frinton era Walton-on-the-Naze. Nikolai parou para tomar um café no píer antes de se dirigir aos pântanos da reserva natural Hamford Water. Na ponta do promontório, ele pausou por um momento e, usando o binóculo, olhou além do mar do Norte, na direção da Holanda. Depois, foi para o sul pelas margens do canal de Walton. Isso o levou ao rio Twizzle, onde encontrou uma marina cheia de ótimos barcos a vela e iates motorizados. O russo planejava sair da Inglaterra da mesma forma que tinha entrado, de carro pela balsa. Mas, em sua experiência, era sempre bom ter um ás na manga. As operações nem sempre saíam como o planejado. Como em Genebra, pensou de repente. Ou na França.

É a morte... Morte, morte, morte...

Duas turistas aposentadas vinham pela trilha, seguidas por um cocker spaniel cor de ferrugem. Nikolai desejou-lhes uma boa tarde, e elas responderam enquanto se afastavam. Por um instante, ele chegou a considerar a melhor forma de matar as duas. Tinha sido treinado para supor que todo encontro — especialmente num local remoto, como um pântano em Essex — era potencialmente hostil. Ao contrário de agentes comuns do SVR, Nikolai tinha autoridade para matar primeiro e se preocupar com as consequências depois. Anna também.

Ele checou o horário. Eram quase duas da tarde. Cruzou o promontório para a Torre Naze e refez seus passos até a beira-mar em Frinton. O sol finalmente saía por um buraco entre as nuvens quando ele chegou ao Bedford House. Um dos últimos hotéis sobreviventes da era de ouro da cidade, ele ficava na ponta sul da esplanada, um mausoléu vitoriano com estandartes voando nos torreões. A mulher tinha escolhido, aquela conhecida no Ocidente como Rebecca Manning e no Centro de Moscou, como Rebecca Philby. A administração do Bedford tinha a impressão de que Nikolai era Philip Lane, roteirista de dramas criminais televisivos que tinha ido a Essex em busca de inspiração.

Ao entrar no hotel, ele se dirigiu ao Café Terrace, lugar que lembrava um átrio, para o chá da tarde. Phoebe, a garçonete de saia justa, levou-o a uma mesa com vista para a esplanada. Nikolai, no papel de Philip Lane, abriu um caderno Moleskine. Então, distraído, pegou seu celular do SVR.

Escondido entre os aplicativos, havia um protocolo que lhe permitia comunicar-se de forma segura com o Centro de Moscou. Mesmo assim, a composição da mensagem que ele digitou era vaga a ponto de ser incompreensível para um serviço de inteligência adversário, como o GCHQ britânico. Dizia que ele tinha acabado de completar uma operação de detecção de segurança e não via evidências de estar sendo seguido. Em sua opinião, era seguro inserir o próximo membro da equipe. Na chegada, ela deveria ir a Frinton para pegar a arma do assassinato, que Nikolai contrabandeara para dentro do país. E, depois de completar sua missão, ele cuidaria para que ela saísse em segurança da Inglaterra. Nesta operação, pelo menos, ele era pouco mais que um garoto de entregas e motorista superestimado. Ainda assim, estava ansioso para vê-la de novo. Ela era sempre melhor quando estavam em campo.

Phoebe colocou um bule de chá Earl Grey na mesa, junto com um prato de sanduíches delicados.

— Está trabalhando?

— Sempre — falou Nikolai, arrastado.

— Em que tipo de história?

— Não decidi.

— Alguém morre?

— Várias pessoas, na verdade.

Naquele momento, um Jaguar F-Type conversível vermelho vivo encostou na entrada do hotel. O motorista era um homem bonito de talvez 50 anos, louro, de pele muito bronzeada. Sua companheira, uma mulher de cabelos pretos, registrava a chegada deles num smartphone, com o braço esticado. Pareciam estar vestidos para uma ocasião especial.

— Os Edgerton — explicou Phoebe.

— Perdão?

— Tom e Mary Edgerton. Recém-casados. Aparentemente, foi coisa de momento. — Um carregador tirou duas bagagens do porta-malas do carro enquanto a mulher tirava fotos do mar. — Ela é linda, não?

— Muito — concordou Nikolai.

— Acho que deve ser americana.

— Não vamos culpá-la por isso.

Nikolai viu o casal entrar no lobby, onde o gerente deu uma taça de champanhe a cada um. Ela, examinando o interior sóbrio do hotel, encontrou sem querer o olhar de Nikolai e sorriu. O homem segurou-a possessivamente pelo braço e a conduziu ao elevador.

— Ela definitivamente é americana — disse Phoebe.

— De fato — concordou Nikolai. — E o marido dela é ciumento.

A suíte de núpcias ficava no terceiro andar. Keller passou o cartão na leitora, abriu a porta e a segurou para Sarah entrar. As malas deles estavam nos suportes ao pé da cama. Keller colocou o aviso NÃO PERTURBE na maçaneta e trancou a porta com a barra de segurança.

— Foi ele que você viu no Café Remor em Genebra?

Sarah assentiu uma vez.

Keller mandou uma breve mensagem em seu BlackBerry à equipe em Hatch End. Então, enfiou a mão no paletó e tirou sua Walther PPK do coldre de ombro.

— Já usou uma dessas?

— Uma Walther, não.

— Já atirou em alguém?

— Numa garota russa, na verdade.

— Que sortuda. Onde?

— No quadril e no ombro.

— Eu quis dizer...

— Foi num banco em Zurique.

Keller puxou o ferrolho da Walther, carregando a primeira bala. Então, ativou a trava de segurança e entregou a arma a Sarah.

— Agora, está totalmente carregada. Só tem sete balas. Quando quiser disparar, é só soltar a trava e puxar o gatilho.

— E você?

— Vou me virar.

Sarah praticou soltar e ativar a trava.

— O presente de casamento perfeito para uma mulher que tem tudo. — Keller levantou sua taça de champanhe. — Seu primeiro casamento, é?

— Receio que sim.

— O meu também. — Ele caminhou até a janela e olhou para o mar cor de granito. — Vamos torcer para desafiar as probabilidades.

— Sim — concordou Sarah, colocando a Walther na bolsa. — Vamos.

56
DOWNING STREET, 10

Às 20h15, enquanto Keller e Sarah jantavam no restaurante de carnes do Bedford, a menos de seis metros de sua presa russa, a limusine Jaguar que levava Gabriel Allon e Graham Seymour passou por um portão pesadamente vigiado na saída da Horse Guards Road, e estacionou em frente ao prédio de tijolos vermelhos de cinco andares na Downing Street, 12. Antes residência do *chief whip*, deputado responsável por garantir que os seus pares votem de acordo com o partido líder do governo, era onde ficava a equipe de imprensa e comunicação do primeiro-ministro. O chanceler do Tesouro residia ao lado, no número 11, e o próprio primeiro-ministro, é claro, no número 10. A famosa porta preta se abriu automaticamente quando Gabriel e Seymour se aproximaram. Observados por um gato malhado marrom e branco de aparência feroz, eles entraram rapidamente.

Geoffrey Sloane, chefe de gabinete do primeiro-ministro e oficial não eleito mais poderoso da Grã-Bretanha, estava esperando no hall de entrada. Estendeu uma das mãos na direção de Gabriel.

— Eu estava lá na manhã em que você matou o homem-bomba do Estado Islâmico no portão de segurança. Aliás, consegui ouvir os disparos do meu escritório. — Sloane soltou a mão de Gabriel e olhou para Seymour. — Infelizmente, o primeiro-ministro não tem muito tempo.

— Não vai demorar.

— Eu gostaria de estar presente.

— Sinto muito, Geoffrey, mas não é possível.

Jonathan Lancaster aguardava na sala Terracotta, no andar de cima. Naquela tarde, mais cedo, ele tinha sobrevivido, por pouco, a uma moção de censura na Câmara dos Comuns. Mesmo assim, o corpo de imprensa de Westminster estava naquele momento escrevendo o obituário político dele. Graças à tolice do Brexit, à qual Lancaster havia se oposto, sua carreira tinha efetivamente acabado. Se não fosse por Gabriel e Graham Seymour, que ele cumprimentou afetuosamente, podia ter acabado bem antes.

O primeiro-ministro olhou de relance para seu relógio de pulso.

— Tenho convidados para o jantar.

— Desculpe — disse Seymour —, mas receio que tenhamos uma situação séria com os russos.

— De novo, não.

Seymour assentiu com gravidade.

— E qual é a natureza dessa situação?

— Um assassino conhecido do SVR entrou no país.

— Onde ele está agora?

— Num pequeno hotel em Essex. O Bedford House.

— Eu me lembro com carinho de lá quando era mais novo — declarou Lancaster. — Imagino que o russo esteja sob vigilância.

— Total — confirmou Seymour. — Quatro observadores do MI6 fizeram check-in no hotel ao lado, o East Anglia Inn, além de dois oficiais de campo altamente experientes de Israel. O Departamento de Operações Técnicas plantou transmissores no quarto dele, áudio e vídeo. Também hackeou a rede interna de câmeras de segurança do hotel. Estamos vigiando todos os movimentos dele.

— Temos alguém dentro do Bedford?
— Christopher Keller. Aquele que...
— Eu sei quem ele é — interrompeu Lancaster. Então, perguntou: — Sabemos qual é o alvo do russo?
— Não podemos afirmar com certeza, primeiro-ministro, mas acreditamos que os russos estejam planejando assassinar o príncipe herdeiro Abdullah durante sua visita a Londres.

Lancaster absorveu a notícia com uma calma admirável.
— Por que os russos iam querer matar o próximo rei da Arábia Saudita?
— Porque o futuro rei é agente russo. E se chegar ao trono, vai inclinar a Arábia Saudita para o Kremlin e causar danos irreparáveis aos interesses britânicos e americanos no golfo.

Lancaster olhou para Seymour, perplexo.
— Se é assim, por que diabos os russos iam querer eliminá-lo?
— Porque, provavelmente, estão com a suspeita de que Abdullah está trabalhando para nós.
— Para nós?
— O Serviço Secreto de Inteligência.
— E como chegaram a *essa* conclusão?
— Nós dissemos a eles.
— Como?

Seymour deu uma risada fria.
— Rebecca Manning.

Lancaster alcançou o telefone.
— Infelizmente, vou demorar um pouco, Geoffrey. Por favor, peça desculpas a nossos convidados por mim. — Ele colocou de volta no gancho e olhou para Seymour. — Estou prestando atenção. Continue.

★ ★ ★

Foi Gabriel, não o diretor-geral do Serviço Secreto de Inteligência, que explicou ao primeiro-ministro por que parecia que os russos pretendiam assassinar o futuro rei da Arábia Saudita em solo britânico. O *briefing* era idêntico ao que Gabriel dera a Graham Seymour várias semanas antes na casa segura de St. Luke's Mews, embora, dessa vez, contivesse detalhes da operação de farsa de que era alvo Rebecca Manning, ex-oficial do MI6 e filha de Kim Philby. Lancaster ouviu em silêncio, a mandíbula tensa. Antes da intervenção da Rússia na política norte-americana, o país tinha se metido na Grã-Bretanha, com o próprio primeiro-ministro como vítima. Também havia ampla evidência sugerindo que o Kremlin tinha, secretamente, apoiado o Brexit, que jogara a Inglaterra no caos e arruinara a carreira dele. Se alguém queria punir os russos tanto quanto Gabriel, esse alguém era o primeiro-ministro Jonathan Lancaster.

— E você tem certeza de que esse Bennett está trabalhando para os russos?

Gabriel deferiu a Seymour, que explicou que o agente tinha sido visto duas vezes encontrando-se com seu controlador do SVR, Yevgeny Teplov, na floresta de Epping.

— Outro escândalo de espionagem — disse Lancaster. — É justamente o que o país precisa.

— Sempre soubemos que haveria outros, primeiro-ministro. Rebecca estava na posição perfeita para encontrar oficiais vulneráveis à abordagem russa.

— Como Bennett escapou da detecção até agora?

— Ficou dormente depois da captura de Rebecca. Nós o investigamos muito, mas...

— Você deixou de notar outro espião russo debaixo do seu nariz.

— Não, primeiro-ministro. Eu mantive um espião russo no lugar para usá-lo depois e destruir a mulher que destruiu meu serviço.

— Rebecca Manning.

Seymour fez que sim.

— Explique.

— Se prendermos os membros de uma equipe de assassinos do SVR na véspera de sua reunião com Abdullah, os russos vão sofrer enormes prejuízos internacionais, e Rebecca vai ficar sob suspeita de ser a fonte do vazamento.

— Os russos vão achar que ela é agente tripla. É isso que está sugerindo?

— Exato.

O primeiro-ministro ficou pensativo.

— Você disse *se* prendermos a equipe de assassinos russa. Que outra opção temos?

— Podemos deixar o plano seguir.

— Se fizermos isso, os russos...

— Vão matar seu próprio ativo, o príncipe herdeiro Abdullah, futuro rei da Arábia Saudita. E, com um pouco de sorte — completou Seymour —, talvez matem Rebecca também.

Lancaster olhou para Gabriel.

— Certamente, é ideia sua.

— Que resposta o senhor preferiria?

Lancaster franziu o cenho.

— O que acontece se Abdullah for...

— Removido da linha sucessória?

— Sim.

— O pai de Khalid provavelmente vai fazer com que seu filho seja reinstalado como príncipe herdeiro, em especial, quando descobrir que Abdullah conspirou com os russos para sequestrar e assassinar a filha de Khalid.

— É isso que queremos? Um menino precoce com problemas para controlar seus impulsos governando a Arábia Saudita?

— Será diferente desta vez. Vai ser o KBM que todos esperávamos que fosse.

O sorriso de Lancaster foi condescendente.

— Você nunca me pareceu ingênuo. — Ele olhou para Seymour. — Imagino que não tenha falado com Amanda.

Amanda Wallace era a contraparte de Seymour no MI5. Com sua expressão, o diretor indicou que ela estava totalmente no escuro.

— Ela nunca vai concordar com isso — disse Lancaster.

— Por isso ela jamais vai ficar sabendo.

— Quem sabe?

— Um pequeno número de oficiais israelenses e do MI6 trabalhando numa casa segura em Harrow.

— Algum deles está espionando para os russos? — Lancaster se voltou a Gabriel. — Sabe o que vai acontecer se um chefe de Estado *de facto* for assassinado em solo britânico? Nossa reputação será destruída.

— Não se a culpa for dos russos.

— Os russos — respondeu Lancaster, incisivamente — vão negar ou colocar a culpa em nós.

— Não vão conseguir.

Lancaster duvidava.

— Como eles planejam matá-lo?

— Não sabemos.

— Onde vai acontecer?

— Não...

— Têm ideia — completou Lancaster.

Gabriel esperou que o calor da discussão se dissipasse.

— Temos um dos agentes russos sob vigilância. Quando ele entrar em contato com outro membro da equipe...

— E se não entrar?

Gabriel deixou um momento passar.

— Hoje é terça-feira.

— Não preciso de um espião para saber que dia é. Para isso, tenho o Geoffrey.

— Sua reunião com Abdullah é só na quinta. Deixe que a gente ouça e assista por 36 horas.

— Trinta e seis horas está fora de questão. — Lancaster analisou seu relógio de pulso. — Mas posso dar 24. Vamos nos reunir de novo amanhã à noite. — Ele se levantou abruptamente. — Agora, se me dão licença, senhores, gostaria de terminar meu jantar.

OUDDORP, HOLANDA

O bangalô de férias ficava numa fenda nas dunas nos arredores do vilarejo de Ouddorp. Era branco como um bolo de casamento, com um teto de telhas vermelhas. Barreiras de acrílico protegiam o pequeno terraço do vento, que soprava sem dar trégua do mar do Norte. Sem aquecimento, com isolamento térmico leve, ele mal era habitável no inverno. De vez em quando, uma alma corajosa em busca de solidão o alugava em maio, mas em geral ficava desocupado até pelo menos meados de junho.

Portanto, Isabel Hartman, corretora imobiliária local que administrava a propriedade, ficou surpresa com o e-mail recebido em meados de março. Aparentemente, certa Madame Bonnard, de Aix-en-Provence, desejava alugar o chalé por um período de duas semanas a partir de primeiro de abril. Ela pagou adiantado por transferência bancária. Não, disse num e-mail subsequente, não precisava de um tour da propriedade ao chegar; uma brochura impressa seria suficiente. Isabel deixou-a no balcão da cozinha. A chave, escondeu embaixo de um vaso de flor no terraço. Não era sua prática usual, mas ela não viu mal algum. O bangalô não continha nada de valor fora uma televisão. Isabel recentemente tinha instalado internet wi-fi na tentativa de atrair mais visitantes estrangeiros — como a Madame Valerie Bonnard, de Aix-en-Provence. Isabel só podia se perguntar por que ela estava visitando a melancólica Ouddorp. Até o nome soava como algo que precisava ser removido cirurgicamente. Se Isabel tivesse a sorte de viver em Aix, nunca sairia.

Devido ao isolamento do bangalô, a corretora não conseguiu determinar exatamente quando a francesa chegara. Imaginou que um dia depois do esperado, pois foi quando viu o veículo, um Volvo sedan escuro com placa holandesa, estacionado na entrada para carros não asfaltada da propriedade. Viu a mulher também. Estava saindo do supermercado Jumbo com algumas sacolas de compras. Isabel considerou se apresentar, mas decidiu não fazer isso. Havia algo no comportamento da mulher e na expressão cautelosa em seus olhos incomumente azuis que a tornava totalmente inacessível.

Havia algo insuportavelmente triste nela. Passara por algum trauma recente, tinha certeza. Um filho morto, um casamento destruído, uma traição. Ela estava preocupada, isso era óbvio. A corretora não conseguia decidir se a mulher estava de luto ou tramando um ato de vingança.

Isabel viu a mulher no vilarejo no dia seguinte, tomando café no New Harvest Inn — e noutro dia, almoçando sozinha no Akershoek. Dois dias se passaram antes da próxima aparição, que ocorreu de novo no supermercado Jumbo. Dessa vez, o carrinho da mulher estava cheio quase até o topo, dando a entender que a nova inquilina esperava visitas. Chegaram na manhã seguinte num segundo carro, uma Mercedes Classe E. Isabel se surpreendeu com o fato de que os três eram homens.

Ela viu a mulher só mais uma vez, às duas da tarde do dia seguinte, aos pés do antigo farol West Head. Estava vestindo um par de botas Wellington e uma jaqueta impermeável verde-escura, e olhava na direção da Inglaterra, do outro lado do mar do Norte.

Isabel pensou que nunca tinha visto uma mulher tão triste — nem tão determinada. Estava tramando um ato de vingança. Disso, Isabel Hartman tinha certeza.

A mulher parada à sombra do farol estava ciente de estar sendo observada. Não se alarmou; era só a corretora enxerida. Esperou até a holandesa ir embora antes de se dirigir ao bangalô. Era uma caminhada de dez minutos pela praia. Um de seus guarda-costas estava do lado de fora, no terraço. O outro estava dentro do chalé, com o oficial de comunicações. Na mesa da sala de jantar estava um notebook aberto. A mulher checou o status do voo 579 da British Airways de Veneza a Heathrow. Então, acendeu um cigarro L&B com um velho isqueiro prateado e se serviu de três dedos de uísque escocês. Era só o clima, garantiu a si mesma. A melancolia passaria quando o verão chegasse.

58
AEROPORTO DE HEATHROW, LONDRES

Os passageiros do voo de Veneza demoraram a ser liberados do avião. Portanto, Anna teve que passar cinco minutos extras apertada contra a janela da fileira 22 da classe econômica para evitar o braço úmido e corpulento de Henry, seu vizinho invasivo de assento. Sua mala de mão estava no compartimento superior e a bolsa, embaixo do assento à sua frente. Nela, um passaporte alemão identificava Berlim como seu local de nascimento. Isso, pelo menos, era verdade.

Ela nascera na metade oriental da cidade em 1983, produto indesejado de um relacionamento secreto entre dois oficiais de inteligência. Sua mãe, Johanna Hoffmann, trabalhava para o departamento da Stasi que fornecia apoio logístico a grupos terroristas palestinos e da Europa Ocidental. Seu pai, Vadim Yurasov, era coronel da KGB baseado no fim de mundo de Dresden. Eles fugiram da Alemanha Oriental alguns dias depois da queda do Muro de Berlim e se estabeleceram em Moscou. Depois do casamento, aprovado pela KGB, Anna assumiu o nome Yurasova. Ela frequentou uma escola especial reservada para filhos dos oficiais da KGB e, depois de se formar na prestigiosa Universidade Estatal de Moscou, entrou na academia de treinamento do SVR. Um de seus colegas de classe era um aspirante a ator alto e bonito chamado Nikolai Azarov.

Eles trabalharam juntos em inúmeras operações e, como os pais de Anna, eram amantes em segredo.

Dentro do terminal, Anna seguiu a procissão até o controle de passaporte e entrou na fila para cidadãos da União Europeia. O homem uniformizado na cabine mal olhou o passaporte dela.

— O propósito de sua visita?

— Turismo — respondeu Anna com o sotaque alemão de sua mãe.

— Algum plano especial?

— O máximo de teatro possível.

O passaporte foi devolvido. Anna se encaminhou ao saguão de desembarque e, dali, para a plataforma do Heathrow Express. Chegando à estação de Paddington, ela caminhou na direção norte pela Warwick Avenue até a Formosa Street e virou à esquerda. Ninguém a seguia. Ela virou de novo à esquerda em Bristol Gardens. Um Renault Clio prata-azulado encontrava-se estacionado em frente a uma academia de ginástica. As portas estavam destrancadas. Ela jogou a mala no compartimento traseiro e sentou-se atrás do volante. As chaves estavam no console central. Ligou o motor e se afastou do meio-fio.

Anna tinha estudado a rota com atenção, para não se distrair com um GPS. Foi para norte na Finchley Road até a A1, depois para leste na M25 Orbital Motorway até a A12. Diligentemente, examinou a estrada atrás de si procurando sinais de vigilância, mas quando a escuridão caiu, sua mente começou a vagar. Pensou sobre a noite em que fugira com seus pais de Berlim Oriental. Eles haviam feito a viagem a bordo de um avião de carga soviético fedorento. Um dos outros passageiros era um homenzinho com bochechas emaciadas e olheiras escuras. Ele trabalhava com o pai de Anna no escritório da KGB em Dresden. Era um ninguém que passava os dias posando de tradutor e recortando artigos de jornais alemães.

De alguma forma, o pequeno ninguém era o homem mais poderoso do mundo neste momento. No espaço de alguns anos, tinha causado caos na ordem mundial política e econômica do pós-guerra. A União Europeia estava aos cacos. A OTAN estava por um fio. Depois de interferir na política da Inglaterra e dos Estados Unidos, ele tinha atuado também na Arábia Saudita. Anna e Nikolai tinham o ajudado a alterar a linha sucessória da Casa de Saud. Agora, por motivos que eram obscuros para eles, estavam prestes a alterá-la de novo.

Anna nunca questionava ordens do Centro de Moscou — especialmente, quando diziam respeito a "medidas ativas" caras ao presidente —, mas a missão a deixava nervosa. Ela não gostava de receber ordens de alguém como Rebecca Manning, ex-oficial do MI6 que mal falava russo. Também estava preocupada com um assunto mal resolvido de sua última missão.

Gabriel Allon...

Anna deveria ter matado o israelense no café em Carcassonne quando teve a chance, mas as ordens do Centro de Moscou tinham sido específicas. Queriam que ele morresse junto com o príncipe saudita e a menina. Anna não tinha vergonha de admitir que temia a vingança de Allon. Ele não era o tipo de homem que fazia ameaças em vão.

É a morte! Morte, morte, morte...

Anna deixou seus pensamento abandonarem o israelense ao se aproximar da cidade mercantil de Colchester. A única rota para Frinton-on-Sea era a passagem na Connaught Avenue. Nikolai estava hospedado num hotel na esplanada. Ela entregou o carro a um manobrista, mas levou sua mala para o lobby.

Um casal dividia uma garrafa de Dom Perignon no bar — um homem bonito, de talvez 50 anos, louro e bronzeado, e uma mulher de cabelo escuro. Não prestaram atenção em Anna enquanto ela ia à recepção coletar a chave que tinha sido deixada em seu nome falso. Sua acomodação ficava no quarto andar, e ela entrou num recinto escuro sem bater. Tirou a roupa e, observada pelas câmeras do MI6, foi lentamente na direção da cama.

59

DOWNING STREET, 10

Pela segunda noite consecutiva, uma limusine Jaguar passou pelo portão de segurança na Horse Guards Road às 8h15. O gato malhado marrom e branco saiu correndo enquanto Gabriel e Graham Seymour seguiam apressados pela Downing Street numa chuva torrencial. Geoffrey Sloane os recebeu sem dizer nada na sala do gabinete, onde o primeiro-ministro estava sentado em sua cadeira de sempre no centro da longa mesa. Diante dele estava uma cópia da agenda final da visita do príncipe herdeiro Abdullah a Londres.

Depois que Sloane se foi e as portas se fecharam, Graham Seymour entregou a atualização prometida. No início daquela noite, uma segunda agente russa tinha chegado de automóvel ao Bedford House Hotel em Frinton-on-Sea. Depois de fazer sexo com seu colega, ela tinha tomado posse de uma pistola Stechkin 9mm, dois pentes, um silenciador e um pequeno objeto que Operações Técnicas ainda tentava identificar.

— Melhor chute? — perguntou Lancaster.

— Não quero especular.

— Onde ela está agora?

— Ainda no quarto.

— Sabemos como entrou no país?
— Ainda estamos tentando determinar.
— Há outros?
— Não sabemos o que não sabemos, primeiro-ministro.
— Poupe-me dos clichês, Graham. Só me diga o que eles vão fazer agora.
— Não conseguimos, primeiro-ministro. Ainda não.
Lancaster xingou baixinho.
— E se o carro dela tiver uma bomba como aquela que explodiu na Brompton Road há alguns anos? — Ele olhou para Gabriel. — Você se lembra dessa, não, diretor Allon?
— Já verificamos o carro dela. Do namorado também. Estão limpos. Além do mais — disse Gabriel —, não há forma de conseguirem chegar com uma bomba perto de Abdullah amanhã. Londres vai estar completamente isolada.
— E o comboio dele?
— Assassinar um chefe de Estado num carro em movimento é quase impossível.
— Diga isso ao arquiduque Francisco Ferdinando. Ou ao presidente Kennedy.
— Abdullah não vai estar num carro conversível, e as ruas estarão completamente vazias.
— Então, onde vai ser a tentativa?
Gabriel olhou para a agenda.
— Posso?
Lancaster a empurrou pela mesa. Tinha uma página, em tópicos. Chegada em Heathrow às 9 horas. Reunião entre delegações britânicas e sauditas em Downing Street das 10h30 às 13 horas, seguida por um almoço profissional. O príncipe herdeiro sairia do número 10 às 15h30, e iria de comboio até sua residência particular em Belgravia para algumas horas de descanso. Sua volta a Downing Street

para jantar estava marcada para as 20 horas. A saída para Heathrow estava, provisoriamente, marcada para as 22 horas.

— Se eu tivesse que adivinhar — disse Gabriel, apontando para uma das entradas —, vai acontecer aqui.

O primeiro-ministro apontou para uma outra entrada.

— E se for aqui? — Seu dedo se moveu página abaixo. — Ou aqui? — Houve um silêncio. Então, Lancaster falou: — Prefiro não ser uma vítima colateral, se é que me entende.

— Entendo — respondeu Gabriel.

— Talvez devamos aumentar a segurança em Downing Street ainda mais do que o planejado.

— Talvez.

— Imagino que você não esteja disponível.

— Seria uma honra, primeiro-ministro. Mas acredito que a delegação saudita acharia minha presença curiosa, para dizer o mínimo.

— E Keller?

— Uma escolha bem melhor.

O olhar de Lancaster se moveu lentamente pela sala.

— De todas as decisões importantes que foram tomadas dentro destas paredes... — Ele olhou para Graham Seymour. — Reservo-me o direito de ordenar a prisão daqueles dois russos em qualquer momento amanhã.

— É claro, primeiro-ministro.

— Se qualquer coisa der errado, os culpados vão ser vocês, não eu. Não ordenei, tolerei nem tive papel algum nisto tudo. Está claro?

Seymour assentiu uma vez.

— Bom. — Lancaster fechou os olhos. — E que Deus tenha piedade de nós.

60

WALTON-ON-THE-NAZE

Christopher Keller ficou no Bedford House Hotel até as três da manhã, quando saiu escondido pela entrada de serviço dos fundos e caminhou pelo calçadão na direção norte até Walton-on-the-Naze. O carro estava em frente à loja Terry's Antique & Secondhand, na Station Street. Keller passou duas vezes diante dele antes de entrar no banco do carona. O motorista era um agente de apoio de campo chamado Tony. Enquanto ele se afastava do meio-fio, Keller inclinou seu banco e fechou os olhos. Tinha passado as duas últimas noites num quarto de hotel com uma americana linda de quem tinha passado a gostar muito. Ele precisava de algumas horas de sono.

Acordou com a visão de homens de manto andando por uma rua praticamente escura. Era só a Edgware Road. Tony seguiu por ela até o Marble Arch. Atravessou o parque na West Carriage Drive e seguiu pelas ruas ainda sonolentas de Kensington até o endereço chique de Keller em Queen's Gate Terrace.

— Bacana — comentou Tony, com inveja.

— Nove da manhã está bom?

— Acho melhor 8h30. O trânsito vai estar um inferno.

Keller saiu do carro, cruzou a calçada e desceu os degraus até a entrada inferior de sua casa de dois andares. Lá dentro, preparou a cafeteira com água Volvic e Carte Noire e assistiu ao *BBC Breakfast* enquanto o café passava. A visita do príncipe herdeiro Abdullah superara o Brexit como reportagem principal. Os analistas estavam esperando uma reunião amigável e muitas promessas sauditas de futuras compras de armamento. O Serviço de Polícia Metropolitano de Londres, porém, estava preparado para um dia difícil, e esperava reunião de milhares de manifestantes na Trafalgar Square para protestar contra a prisão de ativistas pró-democracia na Arábia Saudita e o assassinato do jornalista dissidente Omar Nawwaf. No geral, disse um policial sênior, era melhor evitar o centro de Londres.

— Não vai dar — murmurou Keller.

Ele bebeu uma primeira xícara de café enquanto assistia à cobertura e uma segunda enquanto fazia a barba. No chuveiro, viu-se, inesperadamente, sonhando acordado com a linda americana que tinha deixado num hotel em Frinton. Tomou mais cuidado que o normal com sua arrumação e vestimenta, escolhendo um terno cinza-escuro de corte e tecido medianos, uma camisa branca e uma gravata lisa azul-marinho. Examinando sua aparência no espelho, concluiu que tinha alcançado o efeito desejado. Parecia um oficial da Proteção Especialista da Realeza (RaSP, na sigla em inglês). Um braço do Comando de Proteção da Polícia Metropolitana, a RaSP era responsável por guardar a família real, o primeiro-ministro e dignitários estrangeiros em visita. Keller e o resto da equipe tinham um longo dia à frente.

Ele desceu para a cozinha e assistiu ao *BBC Breakfast* até o fim, às 8h30. Então, colocou um sobretudo respeitável e subiu os degraus até a rua, onde Tony já o esperava ao volante de um carro do MI6. Enquanto atravessavam Londres na direção leste, os pensamentos de

Keller retornaram à mulher. Dessa vez, ele pegou seu BlackBerry do MI6 e discou.

— Onde você está? — perguntou.
— Acabando de sair do café da manhã.
— Alguém interessante lá?
— Alguns observadores de pássaros e um agente russo.
— Só um?
— A namorada dele saiu há alguns minutos.
— Gabriel e Graham sabem?
— O que você acha?
— Para onde ela está indo?
— Para o seu lado.
— Quem está no rastro dela?
— Mikhail e Eli.

Keller ouviu o plim do elevador do Belford e o ruído das portas.

— Onde está indo?
— Tenho planos de relaxar com um livro e uma arma, e esperar meu marido voltar.
— Lembra como usar?
— Soltar a trava e puxar o gatilho.

Keller desligou e olhou com melancolia pela janela. Tony tinha razão, o trânsito estava um inferno.

Os manifestantes já tinham tomado a Trafalgar Square. Estavam espalhados dos degraus da National Gallery à Coluna de Nelson, uma multidão com cartazes e gritos de guerra, alguns de manto e véu, outros com roupas de lã e flanela, todos revoltados que o governante *de facto* da Arábia Saudita estivesse prestes a ser festejado por um chefe de governo britânico.

A rua Whitehall estava fechada para o trânsito de veículos. Keller saiu do carro e, depois de mostrar seu cartão de identificação do MI6 para um policial com uma prancheta, teve permissão para seguir a pé. Sarah Bancroft finalmente saiu de seus pensamentos, para ser substituída por memórias da manhã em que ele e Gabriel tinham impedido uma tentativa do Estado Islâmico de soltar uma bomba suja no coração de Londres. Gabriel matara o terrorista com vários tiros na nuca. Mas fora Keller quem impedira que o detonador automático fosse ativado, disparando o explosivo e dispersando uma nuvem mortal de cloreto de césio por toda a sede do poder britânico. Ele tinha sido forçado a segurar o dedão sem vida do homem-bomba no gatilho por três horas, enquanto uma equipe especializada trabalhava freneticamente para desarmar o dispositivo. Foram, sem dúvida alguma, as três horas mais longas de sua vida.

Keller desviou do local em que ele e o terrorista morto tinham deitado juntos, e se apresentou no portão de segurança da Downing Street. Após mostrar sua identificação do MI6, mais uma vez teve permissão para seguir adiante. Ken Ramsey, líder de operações de Downing Street, aguardava-o no hall de entrada do número 10.

Ramsey entregou a Keller um rádio e uma Glock 17.

— Seu chefe está lá em cima, na Sala Branca. Quer dar uma palavra.

Keller correu pela Grande Escadaria, ladeada de retratos de primeiros-ministros anteriores. Geoffrey Sloane o esperava no corredor em frente à Sala Branca. Abriu a porta e mandou Keller entrar com um aceno de cabeça. Graham Seymour estava sentado numa das poltronas. Na outra, o primeiro-ministro Jonathan Lancaster. Sua expressão era séria e tensa.

— Keller — falou com ar ausente.

— Primeiro-ministro. — Keller olhou para Seymour. — Onde ela está?

— Na A12 em direção a Londres.
— E Abdullah?
— Me diga você.

Keller inseriu o fone e ouviu o falatório na frequência segura da RaSP.

— Pontual para uma chegada às 10h15.
— Então, talvez — disse Lancaster —, você devesse estar lá embaixo com seus colegas.
— Isso quer dizer...
— Que vamos seguir com a reunião de cúpula como planejado? — Lancaster se levantou e abotoou seu paletó. — Por que diabos não seguiríamos?

61

NOTTING HILL, LONDRES

Às 10h13, enquanto um comboio de limusines Mercedes fluía pelo portão aberto de Downing Street, um único carro, um Opel compacto popular parou em frente a St. Luke's Mews, 7, em Notting Hill. O homem no banco de trás, príncipe Khalid bin Mohammed Abdulaziz Al Saud, estava de péssimo humor. Como seu tio, ele tinha chegado naquela manhã no Aeroporto de Heathrow — não de jatinho particular, seu meio de transporte habitual para viagens, mas num voo comercial vindo do Cairo, uma experiência que ele demoraria a esquecer. O carro era a gota d'água.

Khalid encontrou o olhar do motorista no retrovisor.

— Você não vai abrir a porta para mim?

— É só puxar a maçaneta, querido. Funciona toda vez.

O príncipe saiu para a rua molhada. Quando se aproximou da porta número 7, ela continuou fechada. Ele olhou para trás. O motorista, com um gesto, indicou que ele deveria anunciar sua presença batendo à porta. Outro insulto calculado, pensou. Nunca na vida KBM batera numa porta.

Um homem com aparência de menino e um rosto benevolente o deixou entrar. A casa era muito pequena e escassamente mobiliada.

A sala de estar continha cadeiras baratas e uma televisão ligada na BBC. Diante dela estava Gabriel Allon, a mão no queixo, cabeça inclinada ligeiramente para o lado.

Khalid se juntou a ele e assistiu a seu tio, com roupas tradicionais sauditas, emergir da traseira de uma limusine enquanto câmeras disparavam flashes como raios. O primeiro-ministro Jonathan Lancaster estava parado bem em frente à porta do número 10, um sorriso congelado no rosto.

— Deveria ser eu chegando em Downing Street — disse Khalid. — Não ele.

— Fique feliz por não ser você.

Khalid examinou a sala com desaprovação.

— Imagino que não haja nenhuma bebida.

Gabriel apontou para uma porta.

— Sirva-se.

O príncipe foi à cozinha, outra primeira vez. Perplexo, ele gritou:

— Como funciona a chaleira?

— Coloque água e aperte o botão que liga — respondeu Gabriel. — Isso deve resolver.

Como seu jovem sobrinho tempestuoso, o príncipe herdeiro Abdullah não ficou impressionado com a casa em que entrou naquela manhã. Embora tivesse vivido em Londres por muitos anos e transitasse em círculos sociais elevados, era sua primeira visita a Downing Street. Tinham-lhe assegurado que, por trás do hall de entrada bastante sisuda, havia uma casa de elegância extraordinária e tamanho inesperado. À primeira vista, porém, parecia difícil imaginar. Abdullah preferia seu novo palácio de bilhões de dólares em Riad — ou o Grande Palácio Presidencial no Kremlin, onde havia se encontrado secretamente em várias ocasiões com o homem com quem adquirira uma dívida enorme. Enfim, faria seu primeiro pagamento.

O primeiro-ministro insistia em mostrar a Abdullah uma poltrona de couro desgastada e de aparência modular amada por Winston Churchill. Abdullah fez os ruídos de admiração apropriados. Por dentro, porém, estava pensando que a poltrona, como Jonathan Lancaster, precisava ser sacrificada.

Por fim, Abdullah e seus assistentes foram levados à sala do gabinete. Tinha mesmo o tamanho de um *gabinete*. Ele se sentou no lugar designado, e Lancaster, à sua frente. Diante de cada um estava a pauta acordada para a primeira sessão da cúpula. O inglês, porém, depois de muitos pigarros e de folhear papéis, sugeriu que primeiro tirassem da frente "alguns assuntos desagradáveis".

— Assuntos desagradáveis?

— Chegou a nosso conhecimento o fato de que uma dúzia ou mais de ativistas mulheres estão sendo mantidas, sem acusação formal, numa prisão saudita, sujeitas a várias formas de tortura, incluindo choque elétrico, afogamento simulado e ameaças de estupro. É imperativo que elas sejam libertadas imediatamente. Caso contrário, não poderemos proceder com nosso relacionamento de forma normal.

Abdullah conseguiu disfarçar seu assombro. Seu ministro do Exterior e seu embaixador em Londres tinham garantido que a reunião seria amigável.

— Aquelas mulheres — disse ele, calmamente — foram presas por meu sobrinho.

— Seja como for — retorquiu Lancaster —, *você* é responsável pelo confinamento atual delas. Devem ser libertadas imediatamente.

O olhar de Abdullah era firme e frio.

— O Reino da Arábia Saudita não interfere em questões internas da Grã-Bretanha. Esperamos a mesma cortesia.

— O Reino da Arábia Saudita ajudou direta e indiretamente a transformar este país no principal centro mundial de ideologia salafista-jihadista. Isso também precisa acabar.

Abdullah hesitou e, então, disse:

— Talvez devêssemos passar ao próximo item da pauta.

— Acabamos de fazer isso.

Para além das zonas governamentais de Whitehall e Westminster, o trânsito do meio-dia em Londres estava o emaranhado de sempre. Anna Yurasova levou quase duas horas para dirigir de Tower Hamlets ao estacionamento Q-Park na Kinnerton Street, em Belgravia, muito mais do que ela esperava.

A *rezidentura* de Londres tinha clandestinamente reservado uma vaga na garagem. Anna escondeu a Stechkin 9mm embaixo do banco do carona do Renault antes de entregar o carro ao manobrista. Então, ela subiu a rampa, bolsa pendurada num ombro, e se dirigiu para a Motcomb Street, uma via de pedestres estreita com algumas das lojas e restaurantes mais exclusivos de Londres. Com sua saia, meia-calça escura e casaco de couro curto, saltos batendo alto nos paralelepípedos, atraiu olhares de admiração e inveja. Estava confiante, porém, de não estar sendo seguida.

Na Lowndes Street, virou à esquerda na direção da Eaton Square. A seção noroeste estava fechada para tráfego de veículos e pedestres. Anna se aproximou de um oficial da Polícia Metropolitana e explicou que era empregada de uma das casas na praça.

— Qual delas, por favor?

— Número 70.

— Preciso olhar sua bolsa.

Anna a tirou do ombro e a abriu. O policial a revistou com atenção antes de permitir que ela passasse. O terraço de casas ao longo do lado oeste da praça era um dos mais imponentes em Londres: três janelas panorâmicas, cinco andares, um porão e um belo pórtico sustentado por duas colunas, cada uma com o endereço da casa. Anna subiu os quatro degraus do número 70 e colocou o dedo indicador na campainha. A porta se abriu, e ela entrou.

Embora Anna Yurasova não soubesse, a equipe em Hatch End estava monitorando todos os seus passos com ajuda das câmeras de segurança. Eli Lavon, que a seguia a pé, era só uma medida de segurança. Após vê-la entrar na casa da Eaton Square, 70, ele caminhou para oeste até Cadogan Place, e entrou no banco do carona de um Ford Fiesta. Mikhail Abramov estava ao volante.

— Parece que Gabriel tinha razão sobre o local onde os russos planejavam agir.

— Você parece surpreso — respondeu Lavon.

— Nem um pouco. A questão é: como vão chegar até ele?

Mikhail bateu os dedos nervosamente no painel. Era, pensou Lavon, um hábito muito inconveniente para um homem do mundo secreto.

— Será que dá para parar com isso?

— Parar com o quê?

Lavon exalou lentamente e ligou o rádio do carro. Era uma da tarde. Em Downing Street, disse a Radio 4, da BBC, o primeiro-ministro e o príncipe herdeiro acabavam de se sentar para almoçar.

62

EATON SQUARE, BELGRAVIA

Foi Konstantin Dragunov, amigo e parceiro comercial do presidente da Rússia, que admitiu Anna Yurasova à casa elegante na Eaton Square. Ele vestia um terno escuro típico dos oligarcas e uma camisa social branca aberta até o esterno. Seu cabelo e barba grisalhos e escassos tinham comprimento uniforme. Seu lábio inferior proeminente brilhava como a casca de uma maçã recém-polida. Anna recuou ao pensar num tradicional beijo russo de cumprimento. Defensivamente, ofereceu sua mão em vez disso.

— Senhor Dragunov — disse ela, em inglês.

— Por favor, me chame de Konstantin — respondeu ele, no mesmo idioma. Então, em russo, continuou: — Não se preocupe, uma equipe da *rezidentura* fez uma varredura completa na casa ontem à noite. Está limpa.

Ele ajudou Anna a tirar o casaco. O olhar dele sugeria que queria ajudá-la a tirar também a roupa e a lingerie. Konstantin Dragunov era considerado um dos piores devassos da Rússia, uma conquista notável, dado o nível da competição.

Anna olhou o gracioso hall de entrada. Antes de sair de Moscou, ela tinha se familiarizado com o interior da casa, estudando fotografias e plantas. Não tinham feito justiça. A construção era impressionantemente bonita.

Ela pegou o casaco de volta.

— Talvez você devesse me mostrar a casa.

— Vai ser um prazer.

Dragunov a levou por um corredor até um par de portas duplas, cada uma com uma janela redonda, como escotilhas de navio. Atrás ficava uma cozinha profissional muito maior que o apartamento de Anna em Moscou. Era óbvio, pela atitude indiferente de Dragunov, que ele não frequentava esse cômodo de sua mansão em Belgravia.

— Dei o dia de folga ao resto da equipe, como a inglesa mandou. Duvido que Abdullah vá comer algo, mas antes de o cordão de isolamento da polícia ser colocado, recebi a entrega de uma bandeja de canapés do bufê favorito dele. Está na geladeira.

Havia duas, na verdade, lado a lado.

— O que ele vai beber?

— Depende do humor. Champanhe, vinho branco, um uísque se seu dia tiver sido difícil. Os vinhos estão na adega embaixo do balcão. As bebidas destiladas ficam no bar. — Dragunov empurrou as portas duplas como um garçom apressado. O bar ficava numa alcova à direita. — Abdullah prefere Black Label. Mantenho uma garrafa só para ele.

— Como ele toma?

— Com muito gelo. Tem uma máquina automática embaixo da pia.

— A que horas ele deve chegar?

— Entre 16h30 e 17 horas. Por motivos óbvios, não pode ficar muito.

— Onde vai recebê-lo?

— Na sala de estar.

Ficava um lance de escadas acima, no primeiro andar da mansão. Como o resto da casa, não havia nada russo. Anna imaginou a cena que aconteceria ali dentro de poucas horas.

— É essencial que você se comporte normalmente — instruiu ela. — Só pergunte o que ele quer beber, e eu cuido do resto. Consegue fazer isso, Konstantin?

— Acho que sim. — Ele pegou-a pelo braço. — Tem mais uma coisa que você deveria ver.

— O que é?

— Surpresa.

Ele guiou Anna para um pequeno elevador com painéis de madeira e apertou o botão para ir ao andar mais alto. O enorme quarto de Dragunov — a câmara dos horrores — dava vista para a Eaton Square.

— Não se preocupe, eu a trouxe aqui só pela vista.

— Do quê?

Ele deu um empurrãozinho nela na direção de uma das três janelas panorâmicas e apontou para o lado sul da praça.

— Sabe quem mora bem ali, no número 56?

— Mick Jagger?

— O chefe do Serviço Secreto de Inteligência. E você vai matar o ativo premiado dele bem debaixo do seu nariz.

— Que ótimo, Konstantin. Mas, se não tirar a mão da minha bunda, vou matar você também.

O assunto reservado para o almoço de trabalho na Downing Street era a guerra da Arábia Saudita contra os rebeldes houthis apoiados pelos iranianos no Iêmen. Jonathan Lancaster exigiu que Abdullah parasse com os ataques aéreos indiscriminados a civis inocentes, em especial, aqueles feitos com aeronaves de caça britânicas. Abdullah argumentou que a guerra era do sobrinho, não dele, embora tivesse deixado claro que compartilhava da visão de KBM de que os iranianos não podiam ter permissão de espalhar sua influência maligna por todo o Oriente Médio.

— Também estamos preocupados — falou Lancaster — com a influência regional crescente dos russos.

— A influência de Moscou está crescendo porque o presidente russo não permitiu que seu aliado na Síria fosse varrido pela loucura da Primavera Árabe. O resto do mundo árabe, incluindo a Arábia Saudita, não pôde deixar de notar.

— Posso dar um conselho, príncipe Abdullah? Não caia nas promessas russas. Não vai acabar bem.

Eram 15h15 quando os dois líderes saíram pela porta de número dez. A negociação comercial e o investimento informados pelo primeiro-ministro para os jornalistas reunidos era relevante, mas alguns bilhões abaixo da expectativa pré-reunião — assim como o compromisso de Abdullah de comprar armas britânicas no futuro. Sim, disse Lancaster, eles tinham discutido assuntos espinhosos envolvendo direitos humanos. Não, ele não estava satisfeito com todas as respostas do príncipe herdeiro, incluindo aquela sobre o assassinato brutal do jornalista saudita dissidente Omar Nawwaf.

— Foi — declarou Lancaster, em conclusão — uma troca honesta e frutífera entre dois velhos amigos.

Com isso, apertou a mão de Abdullah e fez um gesto na direção da limusine Mercedes que o esperava. Quando o comboio saiu de Downing Street, Christopher Keller entrou no banco de trás de uma van preta do Comando de Proteção. Em circunstâncias normais, o caminho até a residência particular de Abdullah na Eaton Square, 71 podia levar vinte minutos ou mais. Mas, em ruas vazias com escolta da Polícia Metropolitana, eles chegaram em menos de cinco.

As câmeras de segurança da praça registraram que o príncipe herdeiro Abdullah entrou em sua casa às 15h42, acompanhado por uma dezena de assistentes com vestimentas tradicionais e vários seguranças sauditas de ternos escuros. Seis oficiais da RaSP imediatamente assumiram posições em frente à residência, ao longo da calçada. Um membro do destacamento, porém, permaneceu no banco de trás da van do Comando de Proteção, invisível à mulher parada na janela do terceiro andar da casa vizinha.

Levou o mesmo tempo, cinco minutos, para o primeiro-ministro Jonathan Lancaster se separar de seus assistentes e subir até a Sala Branca. Ao entrar, removeu uma folha oficial de anotações do número 10 do bolso interno do paletó. O bloco do qual ela tinha sido arrancada estava na mesa de centro em frente a Graham Seymour, embaixo da caneta Parker do chefe do MI6.

— Suspeito que nenhum primeiro-ministro na história tenha recebido um bilhete assim no meio de uma visita de Estado. — Lancaster o colocou na mesa de centro. — Falei a Abdullah que era sobre o Brexit. Não sei se ele acreditou.

— Achei que você deveria saber onde ela estava.

Jonathan Lancaster baixou os olhos para a nota.

— Faça um favor, Graham. Queime esse negócio. O resto do bloco também.

— Primeiro-ministro?

— Você deixou uma marca no bloco quando escreveu. — Lancaster balançou a cabeça em reprovação. — Eles não ensinam nada na escola de espiões?

63
EATON SQUARE, BELGRAVIA

As recriminações começaram no instante em que a porta se fechou. A reunião em Downing Street tinha sido um desastre absoluto. Não havia outra palavra. *Desastre!* Como eles podiam não saber que Lancaster pretendia encurralar Vossa Alteza Real na questão dos direitos humanos e das mulheres presas? Por que não foram informados de que ele ia levantar o assunto do apoio financeiro saudita a instituições islâmicas na Inglaterra? Por que foram pegos de surpresa? Obaid, o ministro do Exterior, colocou toda a culpa em Qahtani, embaixador em Londres, que via conspirações em todo canto. Al-Omari, chefe da corte real, ficou tão enraivecido que sugeriu cancelar o jantar e voltar imediatamente a Riad. Foi Abdullah, de repente um estadista, que o contrariou. Não ir ao jantar, disse, só ofenderia os britânicos e o enfraqueceria em casa. Melhor terminar a visita num ponto alto, mesmo que falso.

Nesse meio-tempo, era preciso uma reação agressiva de mídia. Obaid correu para a BBC, Qahtani para a CNN. No silêncio repentino, Abdullah se recostou em sua cadeira, olhos fechados, a mão na testa. A performance era para al-Omari, o cortesão. Não havia tarefa pequena demais, humilhante demais, para este funcionário.

Ele pairava sobre Abdullah noite e dia. Portanto, seria preciso lidar com ele com cuidado.

— Não está se sentindo bem, Vossa Alteza?
— Um pouco cansado, só isso.
— Talvez devesse subir para descansar.
— Acho que vou nadar um pouco primeiro.
— Devo ligar a sauna?
— Algumas coisas, eu mesmo consigo fazer. — Abdullah levantou-se lentamente. — Com exceção de um golpe palaciano ou um ataque iraniano na Arábia Saudita, não quero ser perturbado por nada até 19h30. Consegue fazer isso, Ahmed?

Abdullah desceu à sala da piscina. Uma luz azul molhada dançava num teto abobadado pintado com corpos fortes nus rodopiantes à moda de Rubens ou Michelangelo. Como ficariam chocados os devotos homens do ulemá, pensou, se o vissem agora. Ele renovara o pacto entre os wahabistas e a Casa de Saud para ganhar apoio do clero em seu golpe contra Khalid. Mas, em seu interior, detestava os barbados tanto quanto os reformistas. Apesar da reunião inesperadamente litigiosa em Downing Street, Abdullah tinha aproveitado seu breve respiro da religiosamente sufocante Riad. Percebia quanto sentia falta da visão da pele feminina, ainda que só uma panturrilha descoberta, pálida de inverno, vista pela janela de uma limusine acelerando.

Ele entrou no vestiário, ligou a sauna e tirou a roupa. Nu, contemplou seu reflexo num espelho de corpo inteiro. A visão o deprimiu. Os poucos músculos adquiridos na puberdade fazia muito tempo haviam se transformado em gordura. Seu peitoral caía como os seios de uma velha sobre sua barriga colossal. Suas pernas, compridas e sem pelos, pareciam sofrer com a carga. Só seu cabelo o salvava da feiura incontesta. Era brilhante, grosso e apenas levemente grisalho.

Ele entrou na piscina e, como um peixe-boi, nadou várias voltas. Depois, mais uma vez diante do espelho, pensou detectar uma leve melhoria em seu tônus muscular. No armário havia uma muda de roupas: calças de lã, um blazer, uma camisa social listrada, roupas de baixo, mocassins, um cinto. Depois de passar desodorante nas axilas e um pente no cabelo, ele se vestiu.

A porta de vidro pesada da sauna estava opaca com o vapor. Ninguém, nem mesmo o grudento al-Omari, ousaria olhar lá dentro. Abdullah trancou a porta exterior do vestiário antes de abrir o que antes fora um armário para roupões e toalhas de piscina. Tornara-se uma espécie de vestíbulo. Dentro, havia outra porta. Na parede, um teclado. Abdullah digitou o código de quatro dígitos. A tranca se abriu com um baque suave.

64

EATON SQUARE, BELGRAVIA

A porta contígua do outro lado da parede já estava aberta. À meia-luz da passagem, estava Konstantin Dragunov. Ele mirou Abdullah por um longo tempo. Não havia nada deferente em seu olhar direto. O saudita entendia que o russo tinha direito a sua insolência. Se não fosse por Dragunov e seus amigos no Kremlin, Khalid ainda seria o próximo na linha sucessória do trono, e Abdullah, só mais um príncipe falido de meia-idade do lado errado da árvore genealógica.

Por fim, Dragunov abaixou levemente a cabeça. O gesto não era nada genuíno.

— Vossa Alteza Real.

— Konstantin. Que bom vê-lo novamente.

Abdullah aceitou a mão esticada. Fazia vários meses desde o último encontro dos dois. Naquela ocasião, o monarca tinha informado ao russo que seu sobrinho Khalid contratara os serviços de Gabriel Allon, chefe da inteligência israelense, para encontrar sua filha sequestrada.

O russo soltou a mão de seu interlocutor.

— Vi a coletiva conjunta com Lancaster. Devo dizer, pareceu muito tensa.

— E foi. A reunião que a precedeu também.

— Fico surpreso. — Dragunov olhou seu grande relógio de pulso de ouro. — Quanto tempo pode ficar?

— Meia hora. Nem um minuto a mais.

— Vamos subir?

— E os repórteres e fotógrafos na praça?

— As venezianas e cortinas estão fechadas.

— E sua equipe?

— Só uma garota. — Dragunov deu um sorriso de predador. — Espere só até vê-la.

Eles subiram dois lances de escada até a grande sala de estar dupla. Era mobiliada como um clube de cavalheiros de Pall Mall e cheia de quadros de equinos, caninos e homens com perucas brancas. Uma empregada com um vestido preto curto estava colocando bandejas de canapés numa mesa baixa. Ela tinha uns 35 anos e era bem bonita. Abdullah se perguntou onde Dragunov as encontrava.

— Algo para beber? — perguntou o russo. — Suco? Água mineral? Chá?

— Suco.

— De quê?

— De uvas francesas e que solte bolhas quando colocado numa taça alta e esguia.

— Acho que tenho uma garrafa de Louis Roederer Cristal na adega.

Abdullah sorriu.

— Bem, vai ter que servir.

Com um aceno de cabeça, a mulher se retirou.

Abdullah se sentou e dispensou a oferta de comida de Dragunov.

— Eles me encheram de comida em Downing Street. A segunda rodada começa às oito.

— Talvez seja melhor que a primeira.

— Duvido bastante.
— Você antecipava uma recepção mais calorosa?
— Me disseram para esperar isso.
— Quem?

Abdullah sentiu-se num interrogatório.

— Os canais de sempre, Konstantin. Que diferença faz?

Um momento se passou. Então, o russo disse, em voz baixa:

— Não haveria reprimendas se você tivesse ido a Moscou em vez de Londres.

— Se minha primeira viagem ao exterior como príncipe herdeiro tivesse sido a Moscou, mandaria um sinal perigoso aos americanos e aos meus rivais na Casa de Saud. É melhor esperar até eu ser rei. Assim, ninguém vai poder me contestar.

— Seja como for, nosso amigo mútuo no Kremlin gostaria de um sinal claro de suas intenções.

Assim começa, pensou Abdullah. A pressão para cumprir sua parte do acordo. Cauteloso, ele perguntou:

— Que tipo de sinal?

— Algo que deixe absolutamente claro que você não planeja seguir sozinho depois de virar líder de uma família que vale mais de um trilhão de dólares. — O sorriso de Dragunov era forçado. — Com uma riqueza assim, pode ficar tentado a esquecer quem o ajudou quando ninguém mais se interessava por você. Lembre, Abdullah, meu presidente investiu muito em você. Ele espera um belo retorno.

— E vai ter — garantiu Abdullah. — *Depois* que eu virar rei.

— Enquanto isso, ele gostaria de um gesto de boa vontade.

— O que tem em mente?

— Um acordo para investir cem bilhões de dólares do fundo de riqueza soberana da Arábia Saudita em vários projetos russos de importância fundamental para o Kremlin.

— E para você também, suspeito. — Sem receber resposta, Abdullah complementou: — Isso está me parecendo uma extorsão.

— Está?

Abdullah fingiu deliberar.

— Diga para seu presidente que vou despachar uma delegação a Moscou na semana que vem.

Dragunov juntou as mãos num gesto de alegria.

— Que ótima notícia.

O saudita, de repente, ficou sedento por álcool. Olhou por cima do ombro. *Onde diabos estava a garota?* Quando se virou de novo, Dragunov estava devorando um canapé de caviar. Um único ovo negro tinha se alojado como um carrapato em seu lábio inferior proeminente.

— Por que não me disse que ia tentar matá-lo?

— Matar quem?

— Allon.

O russo passou as costas da mão pela boca, desalojando o pontinho de caviar.

— A decisão foi tomada pelo Kremlin e o SVR. Não tive nada a ver com isso.

— Você deveria ter matado Khalid e a menina como concordamos e deixado Allon de fora disso.

— Era preciso dar um jeito nele.

— Mas vocês *não* dera um jeito nele, Konstantin. Allon sobreviveu.

Dragunov balançou a mão em desdém.

— De que você tem tanto medo?

— De Gabriel Allon.

— Não há nada a temer.

— Mesmo?

— Fomos nós que tentamos matá-lo, não você.

— Duvido que ele vá ver alguma diferença.

— Você é príncipe herdeiro da Arábia Saudita, Abdullah. Logo, será rei. Ninguém, nem Gabriel Allon, pode tocar em você agora.

Abdullah olhou para trás. *Onde diabos estava a garota?*

O SVR tinha treinado Anna Yurasova em todos os tipos de armamentos — armas de fogo, facas, explosivos —, mas ela jamais havia ensaiado abrir uma garrafa de champanhe Louis Roederer sob condições de estresse operacional.

Quando a rolha finalmente pulou com um estouro, vários mililitros caros do líquido espumoso caíram no balcão. Ignorando a sujeira, Anna pegou no bolso de seu avental de empregada uma pipeta de Pasteur e uma fina ampola de vidro. O líquido claro dentro era uma das substâncias mais perigosas do mundo. O Centro de Moscou havia garantido a Anna que era inofensiva enquanto estivesse no frasco. Quando ela removesse a tampa, porém, o líquido imediatamente emitiria uma fonte invisível de radiação alfa letal. Anna deveria trabalhar rápido, mas com extremo cuidado. Ela não podia ingerir ou tocar a substância, nem inalar seus gases.

No balcão, havia uma bandeja com duas taças de champanhe de cristal. As mãos dela tremiam ao girar a tampa de metal da ampola. Com a pipeta de Pasteur, tirou alguns mililitros do líquido e esguichou em uma das taças. Não tinha cheiro algum. O Centro de Moscou prometera que também não teria gosto.

Anna rosqueou a tampa da ampola e jogou no bolso de seu avental, com a pipeta. Então, encheu duas taças com o champanhe e, com a mão esquerda, levantou a bandeja. A contaminada estava na direita. Ela quase conseguia sentir a radiação subindo com a efervescência. Abriu uma das portas vaivém e pegou alguns guardanapos de coquetel de linho do bar. Ao se aproximar da sala de estar, ouviu o saudita falando um nome que fez seu coração dar uma pirueta. Colocou o guardanapo em frente a Abdullah e, em cima do tecido, a taça contaminada. Dragunov, ela serviu diretamente, de sua mão direita para a dele.

O oligarca levantou a taça com formalidade.

— Ao futuro — disse, e bebeu.

O saudita hesitou.

— Sabe — falou, depois de um momento —, não toco numa gota de álcool desde a noite em que voltei à Arábia Saudita para virar príncipe herdeiro.

— Ela pode pegar outra coisa, se preferir.

— Está maluco? — O saudita virou a taça inteira de champanhe num só gole. — Tem mais? Acho que não consigo aguentar o jantar em Downing Street sem.

Anna pegou de volta a taça contaminada e a devolveu à cozinha. O saudita acabara de consumir toxina radioativa suficiente para intoxicar todo mundo na Grande Londres. Não havia medicação ou tratamento de emergência capaz de impedir a inevitável destruição de suas células e seus órgãos. Ele já estava morrendo.

Mesmo assim, Anna decidiu dar mais uma dose.

Dessa vez, não se deu ao trabalho de usar a pipeta. Derramou a toxina líquida restante diretamente na taça e adicionou champanhe. Bolhas dançaram por cima da borda. Anna imaginou um Vesúvio de radiação.

Na sala de estar, ela serviu a bebida ao saudita e, com um sorriso, saiu apressada. Voltando à cozinha, tirou o avental e colocou dentro da lata de lixo, junto com a ampola vazia e a pipeta. A inglesa tinha ordenado que Anna não deixasse itens contaminados para trás ao fugir. Era uma ordem que ela não tinha intenção de obedecer.

Cercada por uma névoa invisível de radiação, ela checou o horário no celular. 16h42. Na sala de estar do andar de cima, Vossa Alteza Real Príncipe Abdullah bin Abdulaziz Al Saud já estava morrendo. Anna, com as mãos tremendo, acendeu um cigarro e esperou que ele fosse embora.

65
EATON SQUARE, BELGRAVIA

Konstantin Dragunov saiu de sua casa às 17h22. Como o canto noroeste da praça estava fechado, ele foi obrigado a caminhar uma curta distância até Cliveden Place, onde o motorista em sua limusine Mercedes Maybach o aguardava. Segurando uma pasta e com um sobretudo dobrado no braço, ele entrou no banco de trás. O veículo acelerou para leste, seguida por um observador do Escritório numa motocicleta BMW.

A mulher emergiu sete minutos depois. No fim dos degraus, ela virou-se para a esquerda e passou pela casa em que Vossa Alteza Real Príncipe Abdullah bin Abdulaziz Al Saud deveria estar descansando antes do jantar em Downing Street às oito da noite. Os seis oficiais do Comando de Proteção em frente à residência a observaram com atenção quando ela passou. Christopher Keller, ainda abrigado na van, também, embora o interesse dele na mulher fosse de natureza bem diferente.

Ela passou pelo cordão de isolamento e, seguida por Eli Lavon, caminhou diretamente para o estacionamento Q-Park na Kinnerton Street. Lá, aguentou uma espera de dez minutos pelo Renault Clio. Quando o carro finalmente chegou, ela se dirigiu para norte, entrando no trânsito de fim da tarde em Londres. Alguns minutos após as 18 horas, ela passou pela entrada da estação de metrô Swiss Cottage, na Finchley Road. Lavon e Mikhail Abramov estavam atrás dela no Ford Fiesta. A equipe anglo-israelense em Hatch End a seguia pelas câmeras de segurança.

Os dois líderes das equipes continuavam em locais separados. Graham Seymour, em Downing Street; Gabriel, na casa segura de Notting Hill. Estavam conectados por uma linha telefônica segura. A ligação tinha sido iniciada por Gabriel às 15h42, momento em que o príncipe herdeiro Abdullah chegara em sua casa em Eaton Square. Não o tinham visto desde então. Também não viam nenhuma evidência que sugerisse que Konstantin Dragunov ou a agente do SVR tivessem estado na presença de Abdullah.

— Então, por que estão fugindo? — questionou Gabriel.

— Parece que decidiram abortar.

— Por que fariam isso?

— Talvez tenham notado nossa vigilância — sugeriu Seymour.

— Ou talvez Abdullah tenha dado o cano.

— Ou talvez Abdullah já esteja morto — disse Gabriel —, e as duas pessoas que o mataram estejam correndo para escapar.

Houve silêncio na linha. Finalmente, Seymour disse:

— Se Abdullah não sair da porta como marcado às 19h45, vou ligar para a delegada da Polícia Metropolitana e ordenar a prisão de Dragunov e da mulher.

— Vai ser tarde demais às 19h45. Precisamos saber se Abdullah ainda está vivo.

— Não posso exatamente pedir para o primeiro-ministro ligar para ele. Já o envolvi demais até aqui.

— Então, acho que vamos ter que mandar outra pessoa entrar na casa para checar.

— Quem?

Gabriel desligou o telefone.

66

EATON SQUARE, BELGRAVIA

Nigel Whitcombe dirigiu de Notting Hill até Belgravia em exatamente oito minutos. Gabriel e ele ficaram no carro enquanto Khalid se aproximava do cordão de isolamento na Eaton Square. Foi Christopher Keller quem o levou até a porta da frente da casa de número 71.

A campainha atraiu Marwan al-Omari, cortesão principal. Estava com vestimentas tradicionais sauditas. Fixou um olhar fulminante em Khalid.

— O que está fazendo aqui?

— Vim ver meu tio.

— Posso garantir que seu tio não deseja vê-lo.

Al-Omari tentou fechar a porta, mas Khalid o impediu.

— Ouça, Marwan. Eu sou um Al Saud, e você é apenas um mordomo supervalorizado. Agora, leve-me ao meu tio antes que eu...

— Antes que o quê? — Al-Omari conseguiu dar um sorriso. — Ainda fazendo ameaças, Khalid? Seria de se imaginar que já tivesse aprendido a lição.

— Ainda sou filho de um rei. E você, Marwan, é bosta de camelo. Agora, saia da minha frente.

O sorriso de Al-Omari desapareceu.

— Seu tio deixou instruções estritas para não ser perturbado até as sete e meia.

— Eu não estaria aqui se não fosse uma emergência.

Al-Omari manteve sua posição por um momento mais antes de finalmente dar um passo para o lado. Khalid entrou apressado no hall de entrada, mas o cortesão pegou o braço de Keller quando este tentou segui-lo.

— Ele, não.

Keller foi para a praça sem dizer nada enquanto o sobrinho, seguido por al-Omari, corria pelas escadas até a suíte de Abdullah. A porta exterior estava fechada. A batida anêmica de al-Omari mal se ouviu.

— Vossa Alteza Real?

Quando não houve resposta, Khalid empurrou o cortesão e bateu na porta com a palma da mão.

— Abdullah? Abdullah? Está aí?

Recebido pelo silêncio, ele agarrou a maçaneta e a balançou. A porta pesada era sólida como um navio.

Ele olhou para al-Omari.

— Saia da frente.

— O que você vai fazer?

Khalid levantou a perna direita e enfiou a sola do sapato contra a porta. Houve o som de madeira lascando, mas ela segurou. O segundo golpe soltou a maçaneta, e o terceiro espatifou o batente da porta. Também quebrou vários ossos do pé de Khalid, ele tinha certeza.

Mancando com dor, ele entrou na magnífica suíte. A sala de estar estava desocupada, bem como o quarto. Khalid gritou o nome de Abdullah, mas continuou sem resposta.

— Ele deve estar se banhando — afligiu-se al-Omari. — Não podemos incomodá-lo de forma alguma.

A porta do banheiro também estava fechada, mas a maçaneta cedeu ao toque de Khalid. Abdullah não estava na banheira nem no chuveiro. Também não estava se arrumando na pia. Havia uma última porta. A porta do vaso sanitário. Khalid não se deu ao trabalho de bater.

— Meu Deus — sussurrou al-Omari.

67

DOWNING STREET, 10

Graham Seymour ligou para Stella McEwan, delegada do Serviço de Polícia Metropolitano, às 18h42. Depois, durante o inevitável inquérito, muito se diria sobre a curta duração do telefonema, cinco minutos. Em nenhum ponto da conversa Seymour mencionou que estava na Sala Branca da Downing Street, 10, nem que o primeiro-ministro estava sentado ansioso ao seu lado.

— Uma equipe de assassinos do SVR? — perguntou McEwan.

— Mais uma — lamentou Seymour.

— Quem é o alvo?

— Não temos certeza. Supomos que seja alguém que entrou em conflito com o Kremlin, ou talvez um ex-oficial de inteligência russo vivendo aqui na Inglaterra com identidade falsa. Infelizmente, não posso dar muitos detalhes.

— E a equipe de assassinos?

— Identificamos três suspeitos. Uma mulher de trinta e poucos anos. Está agora indo na direção leste na M25 num Renault Clio. — Seymour recitou a placa do carro. — Deve ser considerada armada e extremamente perigosa. Assegure-se de ter seus oficiais armados à disposição.

— Número dois?

— Está esperando pela mulher no Bedford House em Frinton. Achamos que planejam ir embora da Inglaterra hoje.

— Harwich fica logo ao lado.

— E a última balsa — completou Seymour — sai às 23 horas.

— Frinton é em Essex, o que significa que a polícia de Essex é a responsável.

— É uma questão de segurança nacional, Stella. Afirme sua autoridade. E lide com ele com cuidado. Achamos que é ainda mais perigoso que a mulher.

— Vai levar algum tempo para colocarmos nossos agentes a postos. Se estiverem vigiando...

— Estamos.

Stella McEwan perguntou sobre o terceiro suspeito.

— Está prestes a embarcar num jato particular no Aeroporto London City — respondeu Seymour.

— Com destino a Moscou?

— Acreditamos que sim.

— Sabe o nome dele?

Seymour recitou.

— O oligarca?

— Konstantin Dragunov não é um oligarca comum, se é que isso existe.

— Não posso deter um amigo do presidente russo sem um mandado.

— Teste-o para agentes químicos e radiação, Stella. Com certeza, vai ter provas mais que suficientes para prendê-lo. Mas seja rápida. Konstantin Dragunov não pode ter permissão de embarcar naquele avião.

— Tenho uma sensação de que você não está me contando tudo, Graham.

— Sou diretor-geral do Serviço Secreto de Inteligência. Por que você pensaria qualquer outra coisa? — Seymour cortou a ligação e olhou para Jonathan Lancaster. — Receio que as coisas vão ficar ainda mais interessantes.

— Mais? — Houve uma batida à porta. Era Geoffrey Sloane. Parecia mais pálido que nunca. — Algo errado, Geoffrey?

— Parece que o príncipe herdeiro está doente.

— Ele precisa ser levado para o hospital?

— Vossa Alteza Real deseja voltar imediatamente a Riad. Ele e sua delegação estão saindo da residência em Eaton Place agora.

Pensativo, Lancaster colocou a mão no queixo.

— Peça para o gabinete de imprensa redigir uma declaração. Assegure-se de que o tom está certo. Recuperação rápida, esperamos vê-lo no próximo G20, coisa e tal.

— Vou cuidar disso, primeiro-ministro.

Sloane saiu. Lancaster olhou para Seymour.

— A decisão dele de ir embora imediatamente foi um golpe de sorte.

— Sorte não teve nada a ver com isso.

— Como você fez isso?

— Khalid aconselhou o tio a voltar para casa para se tratar. Planeja acompanhá-lo.

— Bela dica — disse Lancaster.

O BlackBerry de Seymour apitou.

— O que foi agora?

Seymour mostrou a tela. A chamada era de Amanda Wallace, diretora-geral do MI5.

— Boa sorte — desejou Jonathan Lancaster, antes de deixar a sala em silêncio.

68
AEROPORTO LONDON CITY

Konstantin Dragunov ouviu as primeiras sirenes enquanto estava preso no trânsito da hora do rush na East India Dock Road. Instruiu Vadim, seu motorista, a ligar o rádio. O apresentador da Radio 4 parecia entediado.

O príncipe herdeiro Abdullah, da Arábia Saudita, ficou doente e não participará do jantar nesta noite em Downing Street como planejado. O primeiro-ministro Jonathan Lancaster lhe desejou uma recuperação rápida...

— Já basta, Vadim.

O motorista desligou o rádio e virou à direita em Lower Lea Crossing. A via os fez passar pelas docas da Companhia das Índias Orientais e pelas novas torres comerciais brilhantes de Leamouth Peninsula. O Aeroporto London City ficava a cerca de cinco quilômetros a leste, pela North Woolrich Road. Entrar no aeroporto exigia navegar por algumas rotatórias. O trânsito fluía normalmente na primeira, mas a polícia bloqueara a segunda.

Um oficial de jaqueta verde-limão se aproximou da Maybach — com cuidado, pareceu a Dragunov — e bateu na janela de Vadim. O motorista a abaixou.

— Desculpe pela demora — disse o oficial —, mas infelizmente temos um problema de segurança.

— Que problema? — perguntou Dragunov, do banco traseiro.

— Uma ameaça de bomba. Deve ser falsa, mas não estamos deixando passageiros entrarem no terminal neste momento. Só os que voarão em aeronaves particulares têm permissão para passar.

— Pareço alguém que viaja de avião comercial?

— Nome, por favor?

— Dragunov. Konstantin Dragunov.

O oficial dirigiu Vadim à segunda rotatória. Ele imediatamente virou à esquerda no estacionamento do London Jet Centre, operadora fixa do aeroporto.

Dragunov xingou baixinho.

O estacionamento estava lotado de veículos e funcionários da Polícia Metropolitana, inclusive vários oficiais técnicos do SCO19, o Comando Especialista de Armas de Fogo. Quatro oficiais imediatamente cercaram a Maybach, armas em punho. Um quinto bateu à janela de Dragunov e o ordenou que saísse.

— O que significa isso? — indagou o russo.

O oficial do SCO19 colocou sua Heckler & Koch G36 diretamente na cabeça de Dragunov.

— Agora!

Dragunov destrancou a porta. O oficial a abriu com força e arrancou o russo do banco de trás.

— Sou cidadão da Federação Russa e amigo pessoal do presidente.

— Sinto muito por você.

— Você não tem direito de me prender.

— Não estou prendendo.

Uma tenda estranha tinha sido montada em frente ao Jet Centre. O oficial do SCO19 tirou o telefone de Dragunov antes de

empurrá-lo pela entrada. Dentro, havia quatro técnicos vestidos com trajes de proteção a radiação. Um o examinou com um pequeno scanner, passando-o pelo torso e os membros dele. Quando o técnico analisou a mão direita de Dragunov, deu um passo para trás, assustado.
— O que foi? — perguntou o oficial do SCO19.
— Deflexão de escala total.
— O que isso quer dizer?
— Quer dizer que ele está completamente radioativo. — O técnico passou o scanner pelo oficial. — E você também.

Naquele mesmo momento, Anna Yurasova já estava começando a sentir os efeitos da quantidade titânica de radiação à qual tinha sido exposta dentro da casa de Konstantin Dragunov em Belgravia. A cabeça dela doía, ela tremia e estava muito nauseada. Duas vezes, quase parou no acostamento da M25 para vomitar, mas a urgência de esvaziar o conteúdo do estômago tinha passado. Enquanto ela se aproximava da saída para uma cidade chamada Potters Bar, a sensação pareceu retornar. Só por isso, ela ficou aliviada de ver o que parecia um acidente de trânsito à sua frente.

As três faixas da direita estavam bloqueadas, e um oficial com uma lanterna de ponta vermelha estava direcionando todo o trânsito para a da esquerda. Quando Anna passou por ele, o olhar dos dois se encontraram no escuro.

O trânsito parou. Outra onda de náusea a tomou. Ela tocou a testa. Estava pingando de suor.

De novo, a onda recuou. Anna, de repente, foi tomada por um frio intenso. Ligou o aquecedor e pegou sua bolsa no banco do carona. Levou um momento tateando até encontrar o telefone e outro para discar o número de Nikolai.

Ele atendeu na mesma hora.

— Cadê você?

Ela disse onde estava.

— Ouviu o noticiário?

Não tinha ouvido. Estava ocupada demais tentando não vomitar.

— Abdullah cancelou o jantar. Aparentemente, está um pouco indisposto.

— Eu também.

— Do que está falando?

— Devo ter me exposto.

— Você bebeu a toxina?

— Não seja idiota.

— Então, vai passar — falou Nikolai. — Igual a uma gripe.

Outra onda a tomou. Dessa vez, Anna abriu a porta e vomitou violentamente. A convulsão foi tão poderosa que borrou sua visão. Quando voltou a enxergar, viu vários homens com equipamentos táticos cercando seu carro, armas empunhadas.

Ela colocou o telefone na coxa com o viva-voz ligado.

— Nikolai?

— Não me chame por esse nome.

— Não importa mais, Nikolai.

Ela esticou o braço até embaixo do banco do carona, e colocou a mão em volta do cabo da Stechkin. Conseguiu dar um único tiro antes de as janelas do carro explodirem num furacão de disparos na sua direção.

É a morte, pensou. *Morte, morte, morte...*

O tiroteio durou dois ou três segundos, no máximo. Quando acabou, Mikhail Abramov abriu com força a porta do Ford Fiesta e correu pela lateral da pista até o Renault estilhaçado. A mulher estava pendurada pela porta aberta do lado do motorista, suspensa pelo cinto de segurança, uma arma na mão. Rádios policiais estalavam, passageiros dos carros ao redor gritavam aterrorizados. E, em algum lugar, pensou Mikhail, um homem gritava em russo.

Está aí, Anna? O que está havendo? Consegue me ouvir, Anna?

De repente, dois oficiais do SCO19 deram meia-volta e apontaram os fuzis HK G36 para Mikhail. De mãos levantadas, ele andou de ré lentamente e voltou ao Ford.

— Ela está morta? — perguntou Lavon.

— Com certeza. E o amigo dela no hotel em Frinton sabe.

— Como?

— Ela estava ao telefone com ele quando aconteceu.

Lavon digitou uma mensagem para Gabriel. A resposta foi instantânea.

— O que diz? — perguntou Mikhail.

— Ele acabou de ordenar que Sarah saia imediatamente do hotel. Quer que a gente vá embora de Essex o mais rápido possível.

— É mesmo? — Atrás deles, um coro de buzinas subiu na noite. O trânsito estava paralisado. — Melhor dizer a ele que vamos ficar um tempo aqui.

69
FRINTON-ON-SEA, ESSEX

Nikolai Azarov tinha permitido que a conexão com o telefone de Anna ficasse ativa por mais tempo do que deveria — cinco minutos e doze segundos, de acordo com o cronômetro de seu próprio aparelho. Ele tinha ouvido a explosão de tiros de arma automática, o som do vidro estilhaçando, os gritos agoniados de Anna. O que se seguiu foram de fato os primeiros momentos caóticos de uma investigação de cena de crime altamente incomum. Houve uma declaração de óbito, seguida um momento depois por um grito de alerta de algo chamado deflexão de escala total, um termo com o qual Nikolai não estava familiarizado. A mesma voz instruiu os oficiais a se afastarem do veículo até ele estar seguro. Um deles, porém, ficou perto o bastante para ver o telefone de Anna no chão do carro. Também notou que havia uma chamada em progresso. Pediu permissão de um superior para pegar o aparelho, mas o superior recusou.

— Se ela tocou no telefone — gritou —, essa porcaria está expelindo radiação.

Foi ali, cinco minutos após a morte de Anna, que Nikolai terminou a ligação. Não, pensou, com raiva. Não a morte de Anna, o assassinato. Nikolai era bem versado nas regras e táticas da Polícia Metropolitana e das várias forças regionais e locais. Oficiais comuns não carregavam armas, só oficiais com autorização para armas de fogo ou os especialistas do SCO19. Os primeiros, em geral, não levavam o tipo de fuzil automático que Nikolai tinha ouvido pelo telefone. Só oficiais do SCO19 tinham esse armamento. Sua presença na M25 sugeria que estavam esperando por Anna. A presença de uma equipe de materiais perigosos com um aparelho de detecção de radiação também. Mas como a Polícia Metropolitana sabia que Anna estaria contaminada? Obviamente, concluiu Nikolai, ela estava sendo vigiada pelos britânicos.

Mas, se fosse o caso, por que não tinham tentado prendê-lo? No momento, ele estava tomando chá em sua mesa de sempre no bar do hotel. Tinha feito check-out do quarto à tarde. Seu carro estava esperando no meio-fio da esplanada. Sua pequena mala de mão encontrava-se aos cuidados do porteiro. A bagagem não continha nada de valor operacional. A Makarov 9mm de Nikolai estava descansando confortavelmente apoiada em sua lombar. No bolso da frente de sua calça ficava o frasco extra de toxina radioativa que o Centro de Moscou tinha insistido que ele levasse para a Inglaterra. Garantiram que a radiação não podia escapar do frasco. Depois de ouvir a voz do técnico de materiais perigosos, ele já não tinha certeza disso.

Deflexão de escala total...

Ele olhou para a televisão acima do bar. Estava ligada na Sky News. Aparentemente, Khalid bin Mohammed tinha feito uma visita à casa de seu tio em Eaton Square antes de Downing Street anunciar o cancelamento do jantar da noite. O evento era importante por outro motivo; era a primeira vez que KBM era visto em público desde a abdicação. A Sky News, de algum jeito, tinha obtido um vídeo da chegada dele. Com roupas ocidentais e a cabeça descoberta, mal se podia reconhecê-lo. O olhar de Nikolai, porém, foi atraído ao agente de segurança britânico caminhando ao lado dele. Nikolai já tinha o visto antes, estava certo disso.

Ele pegou seu telefone. A Sky News tinha postado a matéria no site, junto com o vídeo. Nikolai viu três vezes. Não estava enganado.

São recém-casados. Aparentemente, foi coisa de momento...

Ele desligou seu telefone e removeu o chip. Depois, foi para o terraço que dava vista para a esplanada. Estava escuro, tinha parado de ventar. Ele não conseguia ver sinais de vigilância, mas sabia que estava sendo observado. O carro dele também, estacionado em frente à entrada do hotel. De repente, outro carro parou atrás. Um Jaguar F-Type conversível. Vermelho vivo. Nikolai sorriu.

Subindo ao quarto, Sarah enfiou o Walther PPK na bolsa e foi para o corredor. Seu telefone tocou enquanto ela esperava pelo elevador.

— Cadê você? — perguntou Keller, ansioso.

Ela explicou.

— Quanto tempo leva para sair de um hotel?

— Estou tentando.

— Tente mais, Sarah. E mais rápido.

O elevador chegou. Ela colocou a mala dentro.

— Ainda aí? — perguntou Sarah.

— Ainda aqui.

— Tem planos para hoje à noite?

— Estava pensando num jantar mais tarde.

— Algum lugar especial?

— Na minha casa.

— Quer companhia?

— Adoraria.

O elevador desacelerou até parar, e as portas se abriram com um chiado. Passando pela recepção, Sarah despediu-se ruidosamente de

Margaret, chefe de serviços aos hóspedes, e Evans, o *concierge*. No bar do hotel, viu Keller passando na tela da televisão com Khalid ao seu lado. O assassino russo estava se levantando, como se estivesse com pressa de ir embora. Sarah considerou dar meia-volta e refazer seus passos até o elevador. Em vez disso, acelerou o ritmo. Não eram mais de vinte passos até a entrada, mas ele parou ao seu lado e pressionou algo duro na base da coluna dela. Não havia como imaginar que fosse nada além de uma arma.

Com a mão esquerda, ele agarrou o braço dela e sorriu.

— A não ser que queira passar o resto da vida numa cadeira de rodas — disse ele, em voz baixa —, sugiro que continue andando.

Sarah apertou com força o telefone.

— Ainda aí?

— Não se preocupe — respondeu Keller. — Ainda aqui.

70
FRINTON-ON-SEA, ESSEX

Lá fora, o russo pegou o telefone da mão de Sarah e cortou a ligação. Os dois carros estavam na rua, observados por um manobrista. Ele ficou confuso com a cena que testemunhava. Apenas 48 horas antes, Sarah tinha chegado ao hotel como recém-casada. E de repente saía com outro homem.

O manobrista pegou a mala de Sarah.

— Qual carro? — perguntou.

— O da senhora Edgerton — respondeu o russo com um sotaque britânico nítido.

Sarah conseguiu disfarçar sua surpresa. Claramente, o russo estava ciente de sua presença no hotel havia algum tempo. Ele aceitou as chaves do manobrista e o instruiu a colocar a mala da "senhora Edgerton" no porta-malas do Jaguar. Sarah tentou ficar com a bolsa, mas o russo a arrancou de seu ombro e jogou no porta-malas também. Ela caiu com um baque incomumente pesado.

O sobretudo do russo estava dobrado sobre o braço direito dele. Com o esquerdo, ele fechou o porta-malas e abriu a porta do carona. Os olhos de Sarah escanearam a esplanada enquanto ela entrava. Em algum lugar lá perto havia quatro observadores do

MI6, nenhum deles armado. Era imperativo que não a perdessem de vista.

O russo fechou a porta e foi por trás do carro até o lado do motorista, onde o manobrista ansiava por sua gorjeta. Nikolai deu a ele uma nota de dez libras antes de entrar atrás do volante e ligar o motor. A arma estava na mão esquerda dele, apontada para o quadril direito de Sarah. Quando se afastaram do meio-fio, ela olhou por cima do ombro e viu o manobrista correndo atrás deles.

O russo tinha esquecido sua mala.

Ele virou na Connaught Avenue e pisou fundo no acelerador. Um desfile de lojas passou pela janela de Sarah: Café 19, Allsorts Cookware, Caxton Books & Gallery. O russo continuava com o cano da arma no quadril dela. Com a mão direita, segurava firme no volante. O olhar dele estava grudado no retrovisor.

— É melhor prestar atenção aonde está indo — disse Sarah.

— Quem são eles?

— Cidadãos britânicos inocentes tentando desfrutar de uma noite agradável numa comunidade à beira-mar.

O russo afundou a arma no quadril de Sarah.

— As duas pessoas na van atrás de nós. — O sotaque britânico tinha desaparecido. — Polícia de Essex? MI5? MI6?

— Não sei do que você está falando.

Ele colocou o cano da arma na lateral da cabeça dela.

— Estou dizendo, não sei quem são.

— E seu marido?

— Trabalha na City, em Londres.

— Onde ele está agora?

— No hotel, se perguntando onde eu estou.

— Eu o vi na televisão há alguns minutos.

— Impossível.

— Ele acompanhou Khalid à casa do tio na Eaton Square.

— Que Khalid?

Sarah não antecipou o golpe — uma coronhada, dois centímetros acima da orelha dela. A dor foi de outro mundo.

— Acabou de cometer o segundo maior erro da sua vida.

— Qual foi o primeiro?

— Amarrar uma bomba na filha de Khalid.

— Que bom que esclarecemos as coisas. — Ele desviou de um pedestre que atravessava a rua. — Para quem seu *marido* trabalha?

— Para o MI6.

— E você?

— Para a CIA.

Era uma inverdade, mas pequena. E faria o russo pensar duas vezes antes de matá-la.

— E as duas pessoas que estão me seguindo?

— SCO19.

— Está mentindo, senhora Edgerton.

— Se você acha...

— Se fossem do SCO19, teriam me matado no hotel.

Ele saiu da Connaught Avenue e dirigiu perigosamente rápido por uma área residencial tranquila. Depois de um momento, checou o retrovisor.

— Que pena.

— Conseguiu despistá-los?

Ele sorriu friamente.

— Não.

Nikolai acelerou pela Upper Fourth Avenue até o estacionamento da estação ferroviária de Frinton. Era um antigo prédio de tijolos, com um pórtico branco íngreme acima da entrada. Sarah se lembraria para sempre das flores — dois vasos de gerânios vermelhos e brancos pendurados em ganchos pela fachada.

Um trem deveria ter acabado de chegar, porque alguns passageiros estavam saindo para a noite agradável. Um ou dois olharam para o homem alto que saiu de um chamativo Jaguar F-Type, mas a maioria o ignorou.

Com agilidade, ele caminhou até a van Ford branca que o tinha seguido ao espaço confinado do estacionamento. Sarah gritou um alerta, mas foi inútil. O russo disparou quatro tiros pela janela do motorista e mais três pelo para-brisas.

— Caso esteja se perguntando — disse ele, quando voltou ao volante —, guardei uma bala para você.

Da estação, ele foi para norte na Elm Tree Avenue. Parecia a Sarah que ele sabia exatamente para onde estava indo. Virou à direita na Walton Road e de novo na Coles Lane. A pista era ladeada por cercas-vivas e os levou a um pântano. O primeiro sinal de habitação humana era uma sala de segurança azul em forma de cubo na entrada de uma marina. Dentro, havia um único guarda. Apesar dos apelos de Sarah, o russo atirou nele com a última bala de sua arma. Depois, recarregou e atirou mais três vezes.

Calmamente, voltou ao Jaguar e dirigiu pela estrada de acesso à marina. Uma parte de Sarah ficou aliviada por estar deserta. O russo tinha acabado de matar três pessoas em menos de cinco minutos. Quando estivessem no mar, não haveria mais ninguém para ser morto, exceto ela.

ESSEX–AEROPORTO LONDON CITY

Unidades da Polícia de Essex responderam a relatos de um tiroteio na estação ferroviária de Frinton-on-Sea às 19h26. Lá, descobriram duas vítimas. Uma tinha sido baleada quatro vezes; a outra, três. Dois homens com ar perturbado tentavam desesperadamente ressuscitá-las. Testemunhas traumatizadas descreveram o atirador como um homem alto, bem vestido, dirigindo um Jaguar conversível vermelho vivo. Havia uma mulher no banco do passageiro. Ela tinha gritado durante todo o incidente.

Nos Estados Unidos, onde as armas de fogo são abundantes e a violência armada, epidêmica, os policiais talvez tivessem atribuído as mortes, inicialmente, a uma briga de trânsito. As autoridades em Essex, porém, não fizeram tal suposição. Com ajuda da Polícia Metropolitana — e dos homens perturbados —, estabeleceu-se que o atirador era agente de inteligência russa. A mulher não era sua cúmplice, e sim, sua refém. A Polícia de Essex não recebeu informação sobre a origem profissional dela, só se sabia que era americana.

Apesar de uma busca frenética pelo russo e pela mulher, mais de noventa minutos se passariam antes de dois policiais ligarem para a marina localizada no fim da Coles Lane. O guarda no portão estava morto, baleado quatro vezes à queima-roupa, e o Jaguar vermelho vivo estava estacionado de qualquer jeito em frente ao escritório da marina, que tinha sido invadido e saqueado. Com ajuda do sistema de vídeo do local, a polícia determinou que o russo havia roubado um iate Bavaria 27 Sport de propriedade de um empresário local. A embarcação tinha dois motores Volvo-Penta e um tanque de combustíveis de 147 galões, que o russo encheu antes de sair para alto-mar. Com só 29 pés, o Bavaria fora construído para navegar no porto e na costa. Mas, com um marinheiro experiente ao leme, era mais do que capaz de chegar ao continente europeu em poucas horas.

Embora os dois policiais não soubessem, o guarda morto e o iate desaparecido eram só uma pequena parte de uma crise diplomática e de segurança nacional que se desdobrava rapidamente. Os elementos dessa crise incluíam uma agente russa morta na rodovia M25 e um oligarca russo preso numa tenda no Aeroporto London City porque era radioativo demais para sair dali.

Às oito da noite, o primeiro-ministro Lancaster reuniu o COBRA, grupo sênior de administração de crises da Inglaterra. Eles se encontraram, como sempre, na sala de reunião A do gabinete. Foi uma reunião conflituosa desde o início. Amanda Wallace, diretora-geral do MI5, ficou irada de não ter sido informada da presença de uma equipe russa de assassinos em solo britânico. Graham Seymour, que tinha acabado de perder dois oficiais, não estava a fim de uma querela intestina. O MI6 descobrira sobre os agentes russos, disse, como parte de uma operação de contrainteligência cujo alvo era o SVR. Seymour havia informado o primeiro-ministro e a Polícia Metropolitana sobre os russos depois de confirmar que tinham de fato chegado à Inglaterra. Em resumo, tinha feito tudo de acordo com as regras.

Curiosamente, o registro oficial da reunião não continha uma única referência ao príncipe herdeiro Abdullah — nem à possibilidade de haver uma conexão entre seu mal-estar repentino e a equipe de assassinos russa. Graham Seymour, por sua vez, não entregou o ouro. O primeiro-ministro, aliás, também não.

Às nove da noite, porém, Lancaster, novamente, se pôs diante das câmeras em frente ao número 10, dessa vez para informar o público britânico sobre os acontecimentos extraordinários na Grande Londres e na cidade de veraneio de Frinton-on-Sea, em Essex. Pouco do que disse era verdade, mas evitou contar mentiras diretas. A maioria era omissão. Não falou nada, por exemplo, sobre um guarda morto numa marina ao longo do rio Twizzle, um iate Bavaria 27 roubado ou uma refém americana que já tinha trabalhado para a CIA.

Lancaster também não viu motivo para mencionar que tinha dado a Gabriel Allon, chefe da inteligência israelense, ampla liberdade para encontrar a mulher desaparecida. Às 21h15, Gabriel chegou ao Aeroporto London City acompanhado de dois de seus agentes mais fiéis e de um oficial do MI6 chamado Christopher Keller. Um Gulfstream G550 o aguardava na pista. Por enquanto, sem destino.

72
AEROPORTO LONDON CITY

Um oficial da Polícia Metropolitana estava de sentinela em frente à entrada do London Jet Centre. Ele puxou a manga de seu traje de proteção volumoso quando Gabriel se aproximou.

— Tem certeza de que não quer um desses? — perguntou através da máscara protetora transparente.

Gabriel balançou a cabeça.

— Pode arruinar minha imagem.

— Melhor que a alternativa.

— Quão ruim é a situação?

— Um pouco pior que Hiroshima, mas não muito.

— Quanto tempo é seguro ficar na presença dele?

— Dez minutos não vão matar. Vinte, talvez.

Gabriel entrou. A equipe tinha sido evacuada. No saguão de embarque, um homem grisalho de terno estava sentado no fim de uma mesa retangular. Podia parecer um usuário típico de um avião particular se não fossem os quatro oficiais fortemente armados vestindo trajes de proteção num semicírculo ao seu redor. Gabriel se sentou do lado oposto da mesa, o mais longe possível do homem, e marcou o horário em seu relógio de pulso. Eram 21h22.

Dez minutos não vão matar. Vinte, talvez...

O homem estudava as próprias mãos, dobradas na mesa à sua frente. Depois de muito tempo, ergueu o olhar. Por um instante, pareceu aliviado por alguém ter ousado entrar com roupas normais. De repente, sua expressão mudou. Era o mesmo olhar que Gabriel tinha visto no rosto de Hanifa Khoury no apartamento seguro em Berlim.

— Olá, Konstantin. Não me leve a mal, mas você está com uma cara péssima.

Gabriel olhou para os oficiais do SCO19 e, com um movimento de olhos, os instruiu a sair do salão. Um momento se passou. Então, os quatro foram embora em fila.

Konstantin Dragunov observou a demonstração de autoridade de Gabriel com alarme evidente.

— Imagino que você seja o motivo de eu estar aqui.

— Você está aqui porque é um rojão de radioatividade. — Gabriel hesitou, antes de completar: — E a mulher também.

— Onde ela está?

— Numa situação parecida com a sua. Você, porém, está num apuro muito mais sério.

— Eu não fiz nada.

— Então, por que está exalando radiação? E por que sua casa chique em Belgravia é uma zona de desastre nuclear? As equipes de materiais perigosos estão trabalhando em turnos de quinze minutos para evitar superexposição. Um técnico se recusou a entrar de novo, de tão ruim. Sua sala de estar está um pesadelo, mas a cozinha encontra-se pior ainda. O balcão em que ela serviu o champanhe está igual a Fukushima, e a lata de lixo em que jogou o frasco e a pipeta quase quebrou os scanners. O mesmo aconteceu com a taça de champanhe vazia de Abdullah, mas a sua também não estava nada boa. — Gabriel adotou um tom de confidências. — É de se pensar.

— Sobre o quê?

— Se seu bom amigo, o czar, estava tentando matar você também.

— Por que ele faria isso?

— Porque lhe confiou vários bilhões de dólares para transformar Abdullah num fantoche do Kremlin. E só o que o czar conseguiu por esse dinheiro foi um ativo do MI6. — Gabriel sorriu. — Ou foi o que ele pensou.

— Ele não é agente britânico?

— Abdullah? — Gabriel balançou a cabeça em negação. — Não seja tolo.

O rosto de Dragunov se acendeu de raiva.

— Desgraçado.

— Não adianta me elogiar, Konnie.

— O que eu fiz para você?

— Disse para o czar que Khalid me pediu para encontrar a filha dele, e seu chefe usou a oportunidade para tentar me matar. Se eu não tivesse percebido a bomba embaixo do casaco de Reema naquela noite, estaria morto.

— Talvez devesse ter tentado salvá-la. Sua consciência estaria mais tranquila.

Gabriel se levantou lentamente, caminhou até o outro lado da mesa e, com toda a força que conseguiu reunir, enfiou o punho na cara de Konstantin Dragunov. O russo tombou no chão do salão. Gabriel ficou surpreso de ver a cabeça dele ainda presa no pescoço.

— Quem planejou, Konstantin?

Por um momento, Dragunov não foi capaz de falar. Finalmente, rosnou:

— Planejou o quê?

— O assassinato de Abdullah.

O russo não respondeu.

— Preciso lembrá-lo de sua situação atual? Você vai passar o resto da vida numa prisão britânica. Acho que vai ver que é bem menos luxuosa que Eaton Square.

— O presidente nunca vai permitir.

— Ele não vai estar em posição de ajudar. Aliás, se eu tivesse que chutar, o governo britânico vai emitir um mandado de prisão contra ele.

— E se eu der o nome do oficial do SVR que executou a operação? Que diferença faria?

— Sua cooperação não será esquecida.

— Desde quando você fala pelo governo britânico?

— Eu falo por Reema. E se não me contar o que quero saber, vou bater em você de novo.

Gabriel olhou de novo seu relógio. *21h26...* Segundo a Polícia de Essex, Sarah e o assassino russo tinham partido da marina na direção norte de Frinton às 19h49. Agora, estavam vários quilômetros mar adentro. A Guarda Costeira de Sua Majestade buscava a embarcação, por enquanto, sem sucesso.

— O que você ia dizendo, Konnie?

Dragunov ainda estava deitado no chão.

— Foi a inglesa.

— Rebecca Manning?

— Ela usa o nome do pai agora.

— Você a viu?

— Tive algumas reuniões com ela.

— Onde?

— Numa pequena *datcha* em Yasenevo. Tinha uma placa em frente, não consigo lembrar o que dizia.

— Comitê de Pesquisa Interbáltico?

— Sim, era isso. Como você sabe?

Gabriel não respondeu.

— Em circunstâncias normais, eu o ajudaria a levantar. Mas você entende se eu não fizer isso.

O russo se arrastou até a cadeira; o lado esquerdo do rosto já estava muito inchado, e seu olho começava a se fechar. No geral, pensou Gabriel, foi uma leve melhoria em sua aparência.

— Continue falando, Konnie.

— Não era uma operação complexa, na verdade. Só precisávamos pedir para Abdullah separar alguns minutos enquanto estivesse em Londres.

— Isso era trabalho seu?

Dragunov fez que sim.

— É assim que essas coisas funcionam. É sempre um amigo.

— Ele foi pela passagem no porão?

— Pela porta da frente é que não foi, não é?

— O que você deu a ele além de uma taça de Louis Roederer?

— Ele bebeu duas, na verdade.

— Ambas contaminadas?

Dragunov confirmou.

— Qual era a substância?

— Não me disseram.

— Talvez você devesse ter perguntado.

Dragunov não respondeu.

— Por que a mulher não veio ao aeroporto com você?

— Por que não pergunta a *ela*?

— Porque eu a matei, Konstantin. E vou matar você se não continuar falando.

— Mentira.

Gabriel acendeu seu BlackBerry e o colocou na mesa em frente a Dragunov. Na tela, havia a fotografia de uma mulher cheia de sangue pendurada na porta da frente de um Renault Clio.

— Meu Deus.

Gabriel guardou o BlackBerry no bolso da jaqueta.

— Continue, Konnie.

— A inglesa queria que a gente saísse da Inglaterra separados. Anna ia embora hoje na balsa de Harwich para Hoek van Holland. A das 23 horas.

— Anna?

— Yurasova. O presidente a conhece desde que ela era criança.

— O agente no hotel deveria ir embora com ela?

Dragunov assentiu.

— O nome dele é Nikolai.

— Onde planejavam ir quando chegassem à Holanda?

— Se fosse seguro entrarem num avião, iriam direto para o Aeroporto de Schiphol.

— E se não fosse?

— Tem uma casa segura.

— Onde?

— Não sei. — Quando Gabriel se levantou com raiva de sua cadeira, Dragunov cobriu o rosto com as mãos. — Por favor, Allon, de novo, não. Estou falando a verdade. A propriedade fica no sul da Holanda, em algum lugar perto da costa. Mas só sei isso.

— Tem alguém lá agora?

— Alguns gorilas e alguém para cuidar das comunicações seguras com Yasenevo.

— Por que precisam de um link seguro com o Centro de Moscou?

— Não é só um lugar para passar a noite, Allon. É um posto de comando avançado.

— Quem mais está lá, Konstantin?

O russo hesitou antes de dizer:

— A inglesa.

— Rebecca Manning?

— Philby — corrigiu o preso. — Ela usa o nome do pai agora.

73
MAR DO NORTE

Nikolai Azarov estava longe de ser um marinheiro experiente, mas seu pai tinha sido oficial de alta patente na Marinha soviética, e ele sabia uma coisa ou outra sobre barcos. Ao sair da marina, ele guiara o Bavaria 27 pelas águas rasas do litoral do canal de Walton até o mar do Norte. Uma vez longe da terra, ele virou para o leste e aumentou a velocidade para 25 nós. Era confortavelmente abaixo da velocidade máxima de cruzeiro da embarcação. Mesmo assim, o sistema de navegação de bordo antecipou a chegada para 1h15.

Era uma linha reta até o destino. Depois de estabelecer o curso, Nikolai desligou o sistema de navegação para que não fosse usado pelos britânicos para localizar sua posição. Seu telefone — aquele para o qual Anna tinha ligado pouco antes de ser morta — estava no fundo do canal. O telefone que ele tinha arrancado da mulher em frente ao hotel, também. Nikolai, porém, não estava sem meios de comunicação. O Bavaria tinha um telefone Inmarsat e uma rede sem fio. Ele desligou o sistema logo depois de sair da marina. O receptor portátil estava em seu bolso, bem longe do alcance da mulher.

A mala dela ainda estava no porta-malas do Jaguar, mas Nikolai tinha pegado a bolsa, onde encontrou alguns cosméticos, um frasco de antidepressivo, seiscentas libras em dinheiro e uma velha Walther PPK — escolha interessante. Não havia passaporte ou carteira de motorista, nem cartão de crédito ou de débito.

O mar diante do Bavaria estava vazio. Nikolai ejetou o pente da Walther e removeu a bala da câmara. Então, colocou o iate em piloto automático e foi com a arma e o frasco de antidepressivo escada de tombadilho abaixo. Entrando no salão, viu a mulher à mesa o fuzilando com os olhos. Um vergão vermelho feio tinha surgido na bochecha dela onde Nikolai havia atingido quando ela se recusou a entrar no barco.

O rádio, sintonizado na BBC, estava com sinal fraco e intermitente. O primeiro-ministro acabara de falar com os repórteres em frente ao número 10. O cadáver radioativo de uma agente russa tinha fechado a M25. Um oligarca russo radioativo tinha fechado o Aeroporto London City. Um terceiro russo matara duas pessoas na estação ferroviária de Frinton-on-Sea. Dizia-se que os policiais estavam procurando desesperadamente por ele.

Nikolai desligou o rádio.

— Não mencionaram o guarda na marina — disse ele.

— Provavelmente ainda não o encontraram.

— Duvido muito.

Nikolai sentou-se em frente à mulher. Apesar do machucado, ela era muito atraente. Seria ainda mais bonita se não fosse a peruca morena ridícula.

Ele colocou o frasco de pílulas na frente dela.

— Por que está deprimida?

— Passo tempo demais com gente igual a você.

Ele lançou um olhar para o frasco.

— Talvez devesse tomar uma. Vai se sentir melhor.

Ela o olhou sem expressão.

— Que tal isto? — Ele colocou a ampola de líquido transparente na mesa.

— O que é?

— O mesmo elemento químico radioativo que Anna deu a Abdullah quando ele visitou a mansão de Konstantin Dragunov em Belgravia. E, por algum motivo — acrescentou Nikolai —, você e seus amigos deixaram aquilo acontecer.

Ela estudou o frasco.

— Talvez fosse melhor se livrar disso.

— Como? Jogando no mar do Norte? — Ele fez uma careta de repulsa fingida. — Pense nos danos ambientais.

— E os danos que está fazendo para nós agora?

— É totalmente seguro, a não ser que seja ingerido.

— O Centro de Moscou disse isso?

Nikolai guardou a ampola no bolso da calça.

— É o lugar perfeito.

Nikolai não conseguiu segurar o sorriso. Tinha que admitir, admirava a coragem da mulher.

— Há quanto tempo você está carregando isso? — perguntou ela.

— Uma semana.

— Isso explica seu brilho esverdeado peculiar. Você deve estar mais contaminado que Chernobyl.

— E agora, você também está. — Ele examinou o vergão na bochecha dela. — Dói?

— Não tanto quanto minha cabeça.

— Tire a peruca. Vou dar uma olhada.

— Obrigada, mas já fez o suficiente.

— Talvez você não tenha me ouvido. — Nikolai baixou a voz. — Eu disse para tirar.

Quando ela hesitou, ele esticou a mão pela mesa e arrancou a peruca da cabeça dela. Seu cabelo louro estava desarrumado e emplastrado de sangue seco acima da orelha direita. Mesmo assim, Nikolai percebeu que já tinha visto a mulher antes. Na noite em que ele entregara uma bomba numa pasta ao imbecil do chefe de segurança da Escola Internacional de Genebra. Ela estava numa mesa embaixo do toldo, ao lado do homem alto com cara de russo que tinha seguido Nikolai na saída do café. Um carro também tinha ido atrás dele. Nikolai não reconhecera o homem ao volante, aquele com têmporas grisalhas. Mas na noite seguinte, o Centro de Moscou conseguira confirmar a identidade dele.

Gabriel Allon...

Nikolai jogou a peruca para o lado. Sem ela, a mulher era ainda mais bonita. Ele só conseguia imaginar o tipo de trabalho que ela fazia para eles. Os israelenses usavam mulheres como isca quase tanto quanto o SVR.

— Achei que você tinha dito que era americana.

— E sou.

— Judia?

— Da Igreja Anglicana, na verdade.

— Você fez a Aliá?

— Para a Inglaterra?

Nikolai bateu nela pela terceira vez. Forte o bastante para tirar sangue do nariz dela. Forte o bastante para que ela se calasse.

— Meu nome é Nikolai — disse ele, após um momento. — E o seu?

Ela hesitou, antes de dizer:

— Allison.

— Allison do quê?

— Douglas.

— Fale sério, Allison, você consegue fazer melhor.

Ela já não parecia mais tão corajosa.

— O que está planejando fazer comigo? — perguntou.

— Eu ia matá-la e jogar seu corpo no mar. — Nikolai tocou na bochecha inchada dela. — Para seu azar, mudei de ideia.

74
ROTERDÃ

O primeiro-ministro Jonathan Lancaster deu permissão para uma única aeronave partir do Aeroporto London City naquela noite. O Gulfstream G550 pousou em Roterdã à 00h05. O Boulevard Rei Saul tinha deixado um par de Audi sedans estacionados em frente ao terminal. Keller e Mikhail foram direto para a cidade de Hellevoetsluis, lar de uma das maiores marinas do sul da Holanda. Gabriel pediu para Eli Lavon, que evitava barcos sempre que possível, escolher um segundo local.

— Você sabe o tamanho da costa holandesa?
— Tem 441 quilômetros.
Lavon levantou o olhar do telefone.
— Como é possível que você saiba isso?
— Chequei enquanto estávamos no avião.
Lavon voltou a contemplar o mapa no celular.
— Se eu estivesse no leme...
— Sim, Eli?
— Não tentaria entrar numa marina escura.
— O que faria?
— Atracaria numa praia em algum lugar.

— Onde?

Lavon estudou a imagem como se fosse a Torá.

— Onde, Eli? — perguntou Gabriel, exasperado.

— Bem aqui. — Lavon bateu na tela. — Em Renesse.

Depois de uma única ligação breve com o telefone Inmarsat, Nikolai tinha aumentado a velocidade para trinta nós. Como resultado, chegou à costa holandesa quinze minutos antes da previsão original do sistema de navegação. As luzes do barco estavam apagadas. Ele as piscou e, imediatamente, viu o facho de uma lanterna na terra.

O russo aumentou a velocidade ao máximo e esperou a batida do chão de areia. Quando chegou, o barco freou violentamente, adernando para estibordo. Ele desligou o motor e colocou a cabeça pela escada de tombadilho. A mulher lutava para ficar de pé no chão de teca inclinado da galeria.

— Você podia ter me avisado — disse ela.

— Vamos.

Ela subiu desajeitada pela escada. Nikolai a puxou para a cabine e a empurrou na direção da popa.

— Vá em frente — ordenou ele.

— Sabe o quanto essa água está fria?

Ele apontou a Makarov para a cabeça dela.

— Entre.

Depois de remover os sapatos, ela deslizou pela prancha até o mar e conseguiu colocar o pé no chão. A água chegou à altura dos seios.

— Ande — mandou Nikolai.

— Para onde?

Ele apontou na direção dos dois homens parados na costa.

— Não se preocupe, eles são o menor dos seus problemas.

Tremendo, ela foi em direção à margem. Nikolai entrou no mar sem fazer barulho e, segurando a Makarov acima da água, foi atrás dela. O carro, um sedan sueco com placa holandesa, estava estacionado no lote público atrás das dunas. Nikolai sentou-se com ela no banco de trás, a arma em suas costelas. Quando estavam atravessando a sonolenta cidade litorânea, um único carro se aproximou pelo lado oposto e passou por eles num borrão.

O estacionamento estava abandonado às gaivotas. Gabriel correu pela trilha de pedestres até a praia e viu um iate Bavaria 27 Sport apagado a cerca de trinta metros da margem. Correu para o mar e, com seu telefone, iluminou a areia dura e lisa ao longo da linha da água. Havia pegadas por todo lado. Três homens de sapato esportivo, uma mulher descalça. As impressões eram recentes. Ela tinha acabado de passar por ali.

Ele correu de volta para o estacionamento e entrou no Audi.
— Alguma coisa? — perguntou Lavon.
Ele contou.
— Não podem ter chegado há mais do que alguns minutos.
— Não chegaram.
— Você não acha que ela estava naquele carro, acha?
— Sim — disse Gabriel, colocando o Audi em ré. — Acho que estava.

Eles cruzaram um istmo estreito, com uma grande baía interior do lado direito e o mar do esquerdo. A justaposição dizia a Sarah que estavam indo para o norte. Por fim, uma placa de estrada apareceu na escuridão. O nome da cidade, Ouddorp, não significava nada para ela.

O carro contornou uma rotatória e acelerou por um trecho de terras cultiváveis planas como tábuas. A pista estreita em que viraram não tinha indicação. Levava a uma série de bangalôs de madeira escondidos numa cadeia de dunas cobertas por grama. Um era ladeado por cercas altas e tinha uma garagem separada com portas vaivém antiquadas. Nikolai trancou o Volvo lá dentro antes de levar Sarah à propriedade.

Era branco como um bolo de casamento, com um teto de telhas vermelhas. Barreiras de acrílico protegiam o terraço do vento. Uma mulher esperava lá sozinha, como uma espécie de animal num pote. Usava uma capa de chuva e jeans com stretch. Seus olhos eram incomumente azuis — e cansados, pensou Sarah. A noite não tinha sido gentil com a aparência da mulher.

Uma mecha solta caíra sobre um dos olhos dela. A mulher a afastou e estudou Sarah atentamente. Algo no gesto era familiar. No rosto também. De repente, a americana percebeu de onde a conhecia.

Uma coletiva no Grande Palácio Presidencial em Moscou...

A mulher na varanda era Rebecca Manning.

75
ROTERDÃ

O carro era um Volvo, modelo do ano, cor escura. Nisso, Gabriel e Eli Lavon concordavam inteiramente. Ambos tinham visto a grade dianteira e notado um ornamento circular e uma linha diagonal distinta da esquerda para a direita. Gabriel tinha certeza de que era um sedan. Lavon, porém, estava convencido de que era uma perua.

Não havia dúvida sobre a direção em que ele estava indo: norte. Os dois se concentraram nos pequenos vilarejos ao longo da costa, enquanto Mikhail e Keller trabalhavam nas cidades maiores mais para o interior. Somando as duas duplas, avistaram 112 Volvos. Em nenhum encontraram Sarah.

Na verdade, era uma tarefa impossível — "uma agulha num palheiro holandês", como disse Lavon —, mas eles continuaram até as 7h15, quando os quatro se reuniram num café num bairro industrial ao sul de Roterdã. Eram os primeiros clientes da manhã. Havia um posto de gasolina ao lado e algumas concessionárias em frente. Uma, é claro, vendia Volvos.

Uma viatura holandesa ecológica passou na rua lentamente.

— Qual é o problema dele? — perguntou Mikhail.

Foi Lavon quem respondeu:

— Talvez esteja procurando os idiotas que estavam correndo pelo interior a noite toda. Ou o gênio que encalhou um Bavaria 27 perto de Renesse.

— Acha que o encontraram?

— O iate? — Lavon fez que sim. — É difícil não ver, especialmente depois de amanhecer.

— O que acontece depois?

— A polícia holandesa descobre quem é o dono do barco e de onde veio. E, logo, todos os policiais do país vão estar procurando por um assassino russo e uma americana bonita chamada Sarah Bancroft.

— Talvez seja bom — disse Mikhail.

— A não ser que Rebecca e seu amigo Nikolai decidam minimizar as perdas e matá-la.

— Talvez já tenham feito isso. — Mikhail olhou para Gabriel. — Tem certeza de que eram pegadas de mulher?

— Tenho certeza, Mikhail.

— Para que se dar ao trabalho de tirá-la do barco? Por que não aliviar a carga e fugir para Moscou?

— Imagino que queiram fazer algumas perguntas antes. Você não ia querer, no lugar deles?

— Acha que vão engrossar com ela?

— Depende.

— Do quê?

— De quem está fazendo as perguntas. — Gabriel notou que Keller, de repente, começou a mexer em seu BlackBerry. — O que está havendo?

— Parece que Konstantin Dragunov não está se sentindo bem.

— Imagine só.

— Acabou de admitir à Polícia Metropolitana que a mulher e ele envenenaram o príncipe herdeiro ontem. Lancaster vai fazer o anúncio em Downing Street às dez.

— Preciso de um favor, Christopher.

— O quê?

— Diga para Graham e Lancaster anunciarem agora.

76

DOWNING STREET, 10

Graham Seymour esperava no hall do número 10 quando Jonathan Lancaster desceu a Grande Escadaria com Geoffrey Sloane ao seu lado. O assessor ajustava a gravata com nervosismo, como se fosse ele que estivesse prestes a enfrentar a bateria de câmeras posicionadas em frente à Downing Street. Lancaster segurava alguns cartões azuis. Levou Seymour à sala do gabinete e fechou a porta solenemente.

— Funcionou perfeitamente. Como você e Gabriel disseram.
— Com um problema, primeiro-ministro.
— "Os melhores planos dos ratos e dos homens…" — Lancaster levantou os cartões. — Acha que vai ser suficiente para impedir que os russos a matem?
— Gabriel parece achar que sim.
— Ele realmente deu um soco em Dragunov?
— Receio que sim.
— Foi um soco bom? — perguntou Lancaster, com malícia.
— Bastante.
— Espero que Konstantin não tenha ficado muito machucado.
— Neste ponto, duvido que ele se lembre.

— Está doente, é?

— Quanto antes o colocarmos num avião, melhor.

Lancaster analisou os cartões e, movendo os lábios, ensaiou a frase de abertura de seus comentários preparados. Era verdade, pensou Seymour. *Tinha* funcionado perfeitamente. Ele e Gabriel tinham ganhado dos russos em seu próprio jogo. O czar matara, de forma temerária, com armas de destruição em massa. Mas dessa vez tinha sido pego no pulo. As consequências seriam graves — sanções, expulsões, talvez até expulsão do G8 — e o dano, provavelmente, seria permanente.

— Ela é muito cara de pau — disse Lancaster, de repente.

— Sarah Bancroft?

— Rebecca Manning. — O primeiro-ministro ainda estava olhando seus comentários. — Seria de se imaginar que ela ficasse segura em Moscou. — Ele baixou a voz. — Igual ao pai.

— Deixamos claro que não queríamos nada com ela. Portanto, é seguro que ela viaje para fora da Rússia.

— Talvez devamos reavaliar nossa posição em relação à senhora Philby. Depois disso, ela merece ser trazida de volta à Inglaterra algemada. Aliás — continuou Lancaster, balançando os cartões —, estou pensando em fazer uma pequena mudança em meus comentários preparados.

— Eu aconselharia a não fazer.

A porta se abriu e Geoffrey Sloane inclinou o corpo para dentro da sala.

— Está na hora, primeiro-ministro.

Lancaster, ator político consumado, endireitou os ombros antes de caminhar até a porta mais famosa do mundo e o brilho das luzes. Seymour seguiu Sloane até o escritório dele para assistir ao anúncio na televisão. O primeiro-ministro parecia totalmente só no mundo. Sua voz era calma, mas afiada de raiva.

Esse ato monstruoso e depravado executado pelos serviços de inteligência da Federação Russa, sob ordem direta do presidente russo, não ficará impune...

Tinha funcionado perfeitamente, pensou Seymour. Com um problema.

77
OUDDORP, PAÍSES BAIXOS

Minutos após a chegada de Sarah à casa segura, ficou evidente que não estavam preparados para uma refém. Nikolai cortou um lenço, amarrou as mãos e os pés dela e colocou uma mordaça em sua boca. O porão do bangalô era uma câmara pequena e revestida de pedras. Sarah sentou-se encostada numa parede úmida e os joelhos embaixo do queixo. Ensopada de sua caminhada até a margem, ela logo começou a tremer incontrolavelmente. Pensou em Reema e nas muitas noites que a menina tinha passado em cativeiro antes de seu assassinato brutal. Se uma criança de 12 anos conseguia suportar a pressão, Sarah também conseguiria.

Havia uma porta no alto das escadas de pedra. Atrás, Sarah ouvia duas vozes conversando em russo. Uma era de Nikolai; a outra, de Rebecca Manning. Pelo tom, estavam tentando reconstruir a série de acontecimentos que levara à prisão de um grande amigo do presidente russo e à morte de uma agente do SVR. Nesse ponto, já tinham, sem dúvida, determinado que sua operação estava comprometida desde o início — e que Gabriel Allon, homem responsável por desmascarar Rebecca Manning como informante russa, estava envolvido de alguma forma. Ela, no momento, lutava por sua carreira, talvez até por sua vida. Em algum momento, iria atacar Sarah.

Ela se obrigou a cair num sono intranquilo, ainda que só para cessar o tremor convulsivo do corpo. Em seus sonhos, estava deitada numa praia caribenha com Nadia al-Bakari, mas acordou com Nikolai e os dois brutamontes a olhando de cima. Eles a levantaram do chão frio e úmido como se ela fosse feita de lenço de papel, e a carregaram para o andar de cima. Uma mesa de madeira clara sem acabamento tinha sido colocada no centro da sala de estar. Eles a forçaram a se sentar numa cadeira e removeram só a mordaça, deixando suas mãos e seus pés amarrados. Nikolai tapou sua boca com a mão e disse que ia matá-la se ela gritasse ou tentasse pedir ajuda. Nada na atitude dele sugeria que a ameaça fosse vã.

Rebecca Manning parecia não estar ciente da presença de Sarah. Com os braços dobrados, ela olhava para a televisão, ligada na BBC. O primeiro-ministro Jonathan Lancaster acabava de acusar a Rússia de tentar assassinar o príncipe herdeiro da Arábia Saudita durante sua visita real à Inglaterra.

Esse ato monstruoso e depravado...

Rebecca ouviu o anúncio de Lancaster por mais um momento antes de apontar um controle remoto para a tela e colocar o som no mudo. Então, virou-se e olhou furiosa para Sarah.

Por fim, perguntou:

— Quem é você?

— Allison Douglas.

— Para quem trabalha?

— Para a CIA.

Rebecca lançou um olhar para Nikolai. O golpe foi de mão aberta, mas cruel. Sarah, com medo do aviso do russo, sufocou o grito.

Rebecca Manning deu um passo à frente e colocou a ampola de líquido transparente na mesa.

— Uma gota — disse — e nem seu amigo arcanjo vai conseguir salvá-la.

Sarah estudou em silêncio o frasco.

— Achei que isso refrescaria sua memória. Agora, me diga seu nome.

Sarah esperou até Nikolai recolher a mão antes de finalmente responder.

— É um nome de trabalho? — perguntou Rebecca.

— Não, é real.

— Sarah é um nome judeu.

— Rebecca também.

— Para quem você trabalha, Sarah Bancroft?

— Para o Museu de Arte Moderna de Nova York.

— É um trabalho de disfarce?

— Não.

— E antes disso?

— Para a CIA.

— Qual é sua conexão com Gabriel Allon?

— Trabalhei com ele em algumas operações.

— Diga uma.

— Ivan Kharkov.

— Allon sabia do plano para matar Abdullah?

— É claro.

— Como?

— Foi ideia dele.

Rebecca absorveu as palavras de Sarah como um soco na barriga. Ficou em silêncio por um momento. Então, perguntou:

— Abdullah *já foi* um ativo do MI6?

— Não — disse Sarah. — Ele era ativo russo. E você, Rebecca Manning, acabou de matá-lo.

★ ★ ★

Eram 8h30 quando o BlackBerry de Gabriel vibrou com uma chamada. Ele não reconhecia o número. Em geral, cortava esse tipo de ligação sem pensar duas vezes. Mas não esta. Não a chamada que chegou em seu telefone às 8h30 em Roterdã.

Ele clicou em ATENDER, levou o BlackBerry ao ouvido e murmurou um cumprimento.

— Achei que você não fosse atender.
— Quem é?
— Não reconhece minha voz?

Era feminina e levemente rouca de fadiga e tabaco. O sotaque era britânico, com um traço francês. E, sim, Gabriel reconhecia.

Era a voz de Rebecca Manning.

78

OUDDORP, HOLANDA

O pavilhão na praia se chamava Natural High. No verão, era um dos locais mais badalados da costa holandesa. Mas às dez e meia de uma manhã de abril, tinha o ar de um entreposto colonial abandonado. O clima estava indeciso, sol ofuscante num minuto, chuva no outro. Gabriel observava da proteção do café. *Nunca vi um dia tão feio e tão belo...* De repente, ele pensou num café à beira-mar no topo dos penhascos de Lizard Point, na Cornualha. Costumava caminhar até lá pela trilha costeira, tomar um bule de chá, comer um bolinho com *clotted cream* e, depois, andar de volta ao seu chalé em Gunwalloe Cove. Parecia outra vida. Talvez um dia, ao fim de seu mandato, ele voltasse. Ou talvez levasse Chiara e as crianças a Veneza. Viveriam num belo apartamento em Cannaregio, ele restauraria quadros para Francesco Tiepolo. O mundo e seus muitos problemas não o afetariam. Ele passaria suas noites com a família e seus dias com seus velhos amigos Bellini, Ticiano, Tintoretto e Veronese. Seria anônimo de novo, um homem com um pincel e uma paleta em cima de uma plataforma de trabalho, escondido atrás de um véu.

Por enquanto, porém, estava bastante à vista. Sentava-se sozinho à mesa encostada na janela, onde estava seu BlackBerry. Ele tinha ficado quase sem bateria ao debater os detalhes da negociação. Rebecca tinha discordado de um ou dois pontos em relação ao cronograma, mas, depois de uma última ligação para Londres, estava feito. Downing Street, parecia, queria fazer a troca tanto quanto Gabriel.

Nesse momento, o BlackBerry acendeu. Era Eli Lavon, que estava lá fora no estacionamento.

— Ela acabou de chegar.

— Sozinha?

— Parece que sim.

— O que isso quer dizer?

— Quer dizer — disse Lavon — que não tem mais ninguém visível no carro.

— Qual é a marca?

— Um Volvo.

— Sedan ou perua?

A ligação caiu. Era um sedan, pensou Gabriel.

Ele olhou por cima do ombro para Mikhail e Keller. Estavam sentados a uma mesa no canto dos fundos do salão. Em outra, havia dois valentões do SVR com jaquetas de couro. Os russos observaram Rebecca Manning atentamente quando ela entrou no café e se sentou à frente de Gabriel. A espiã parecia muito inglesa com sua jaqueta Barbour. Colocou o telefone na mesa, com um maço de cigarros L&B e um velho isqueiro prateado.

— Posso? — perguntou Gabriel.

Ela assentiu.

Ele pegou o isqueiro. Mal dava para ler a inscrição. *Por uma vida de serviço à pátria-mãe...*

— Eles não podiam ter comprado um novo para você?

— Era do meu pai.

Gabriel olhou para o relógio de pulso.

— E isso?

— Estava acumulando poeira no museu particular do SVR. Levei a um joalheiro e mandei trocar o mostrador. Funciona muito bem, na verdade.

— Então, por que está dez minutos atrasada? — Gabriel colocou o isqueiro em cima do maço de cigarros dela. — Você provavelmente deveria guardá-los.

— Até num café de praia? — Ela colocou os cigarros e o isqueiro de volta na bolsa. — As coisas são um pouco mais relaxadas na Rússia.

— E sua expectativa de vida reflete bem isso.

— Acredito que tenhamos caído abaixo da Coreia do Norte na última lista.

O sorriso dela era genuíno. Ao contrário do último encontro deles, que tinha acontecido num centro de detenção do MI6 no norte da Escócia, foi tudo muito cordial.

— Minha mãe me perguntou de você outro dia — falou ela, de repente.

— Ela ainda está na Espanha?

Rebecca fez que sim.

— Eu esperava que ela fosse morar comigo em Moscou.

— Mas?

— Ela não gostou muito quando foi me visitar.

— É difícil se acostumar.

A garçonete estava cercando os dois.

— Você deveria pedir algo — recomendou Gabriel.

— Eu não estava planejando ficar muito.

— Qual é a pressa?

Ela pediu um *koffie verkeerd*. Então, quando a garçonete foi embora, ela destravou seu telefone e o empurrou na direção de Gabriel. Na tela, uma imagem estática de Sarah Bancroft. Um lado do seu rosto estava vermelho e inchado.

— Quem fez isso com ela?

Rebecca ignorou a pergunta.

— Aperte o play.

Gabriel clicou no ícone do PLAY e ouviu o máximo que conseguiu aguentar. Então, apertou PAUSE e olhou furioso para Rebecca.

— Eu aconselharia a nunca divulgar essa gravação.

— Teríamos direito de divulgar.

— Seria um erro grave.

— Mesmo?

— Sarah é americana, não israelense. A CIA vai retaliar se descobrir que vocês a violentaram dessa forma.

— Ela estava trabalhando para Israel quando você nos alimentou com aquela desinformação sobre Abdullah ser um ativo do MI6. — Rebecca pegou o telefone de novo. — Não se preocupe, a gravação é para meu uso pessoal.

— Você acha que vai ser suficiente?

— Para quê?

— Para salvar sua carreira no SVR.

Rebecca ficou em silêncio enquanto a garçonete colocava um copo de café holandês com leite diante dela.

— Era tudo para isso? Me destruir?

— Não. Era para destruir *ele*.

— Nosso presidente? Está lutando contra moinhos de vento, Don Quixote.

— Espere algumas horas para assentar a notícia de que o Kremlin ordenou o assassinato do futuro rei da Arábia Saudita. A Rússia vai ser o pária dos párias.

— Foi seu assassinato, não nosso.

— Boa sorte provando isso.

— Quando os trolls da Agência de Pesquisas de Internet terminarem, ninguém no mundo vai acreditar que tivemos qualquer coisa a ver com isso.

Rebecca colocou açúcar no café e mexeu cuidadosamente.

— E quem vai fazer a Rússia cumprir esse seu tal status de pária? Você? A Grã-Bretanha? Os Estados Unidos? — Ela balançou a cabeça devagar. — Talvez você não tenha notado, mas as instituições tão reverenciadas pelo Ocidente estão em ruínas. Só sobramos nós no jogo. Rússia, China, Irã...

— Esqueceu a Arábia Saudita.

— Quando a retirada americana do Oriente Médio estiver completa, os sauditas perceberão que não têm mais onde buscar proteção a não ser conosco, com ou sem Abdullah no trono.

— Não se Khalid for rei.

Ela levantou uma das sobrancelhas.

— É esse seu plano?

— Quem vai escolher o próximo rei é o Conselho de Aliança, não o Estado de Israel. Mas eu aposto no homem que ficou ao lado do tio que estava sofrendo com os efeitos terríveis de um veneno radioativo russo.

— Quer dizer isso? — Ela colocou um pequeno frasco de vidro na mesa.

Gabriel se afastou.

— O que é?

— Ainda não tem nome. Com certeza, a Agência de Pesquisas de Internet vai pensar em algo sugestivo. — Ela sorriu. — Algo que soe bem israelense.

— Alguma chance de Abdullah sobreviver?

— Zero.

— E você, Rebecca?

Ela guardou a ampola de novo na bolsa.

— Eles nunca mais vão confiar em você — disse Gabriel. — Não depois disso. Quem sabe até suponham que você esteja trabalhando para o MI6 desde o momento em que pisou no Centro de

Moscou. De toda forma, seria uma tolice sua voltar. O melhor que pode esperar é ser trancada em algum vilarejo ermo, o tipo de lugar que tem um número em vez de um nome. Vai terminar igual ao seu pai, uma velha bêbada e quebrada, sozinha no mundo.

— Você não tem direito de falar assim do meu pai.

Gabriel aceitou a reprimenda em silêncio.

— E onde eu iria? De volta a Inglaterra? — Rebecca franziu a mesma sobrancelha. — Agradeço pelo conselho sincero, mas acho que vou me arriscar na Rússia. — Ela pegou o telefone. — Vamos terminar isso?

Gabriel pegou seu BlackBerry, digitou uma mensagem breve e apertou ENVIAR. A resposta chegou dez segundos depois.

— O avião de Dragunov acabou de ser liberado para partir. Vai estar fora do espaço aéreo britânico em 45 minutos.

Rebecca digitou um número. Falou algumas palavras em russo e cortou a ligação.

— Há uma praça grande no meio de Renesse com uma igreja no centro. Bem lotada, cheia de gente. Vamos deixá-la em frente à pizzaria exatamente daqui a uma hora. — Ela olhou para o velho relógio de pulso do pai, como se estivesse marcando o tempo. Então, jogou o telefone na bolsa e olhou para a mesa em que Mikhail e Keller estavam sentados. — Aquele bem pálido não me é estranho. Ele estava naquele Starbucks em Washington quando você montou uma armadilha para eu me entregar?

Gabriel hesitou e, então, fez que sim.

— E o outro?

— É o que você baleou naquela ruazinha em Georgetown.

— Que pena. Eu tinha certeza de tê-lo matado. — Rebecca Manning se levantou abruptamente. — Vamos esperar os próximos episódios. — E saiu.

79
RENESSE, HOLANDA

A igreja era de tijolo, austera e cercada por um rotunda de paralelepípedos. Gabriel e Eli Lavon estavam estacionados em frente a um pequeno hotel. Mikhail e Keller tinham encontrado um lugar em frente a um restaurante de frutos do mar chamado Vischmarkt Renesse. Atrás ficava a pizzaria em que Rebecca Manning tinha prometido deixar Sarah, exatamente às 11h43.

Eram 11h39. Mikhail observava a pizzaria pelo retrovisor; Keller, espelho lateral. Estava fumando um Marlboro atrás de outro. Mikhail baixou sua janela alguns centímetros e escaneou a praça.

— Você percebe que somos alvos fáceis, né? — Mikhail hesitou, antes de completar: — E o diretor-geral do meu serviço também.

— Temos um acordo.

— Khalid também tinha — ponderou Mikhail, enquanto Keller amassava um cigarro e imediatamente acendia outro. — Você realmente precisa parar com isso, sabe.

— Por quê?

— Porque Sarah detesta.

Keller fumou em silêncio, olhos no retrovisor.

— Não acha que deveríamos falar sobre isso?

— Sobre o quê?

— Seus sentimentos por Sarah.

Keller olhou de soslaio para Mikhail.

— Qual é o problema de vocês?

— Vocês?

— Gabriel e você. Não têm nada melhor para fazer do que se intrometer na vida pessoal dos outros?

— Goste ou não, você agora é um de nós, Christopher. E isso quer dizer que nos reservamos o direito de meter o bedelho na sua vida amorosa sempre que quisermos. — Depois de um breve silêncio, Mikhail completou em voz baixa: — Especialmente quando envolve minha ex-noiva.

— Não aconteceu nada naquele hotel, se é isso que você está sugerindo.

— Não estou sugerindo nada.

— E não estou apaixonado por ela.

— Se você diz... — Mikhail olhou as horas: 11h41. — Não quero que fique um clima estranho, só isso.

— Como assim?

— Na nossa relação.

— Não sabia que estávamos em uma relação.

Mikhail não pôde evitar um sorriso.

— Estamos trabalhando muito bem juntos, você e eu. E suspeito de que vamos trabalhar juntos de novo no futuro. Não quero que Sarah complique as coisas.

— Por que ela complicaria?

— Faça um favor para mim, Christopher. Trate-a melhor do que eu. Ela merece. — Mikhail levantou o olhar para o retrovisor. — Especialmente agora.

Um momento se passou. Depois, outro. O relógio do painel mostrava 11h44. O do telefone de Keller, também. Ele xingou bem baixinho enquanto esmagava o cigarro.

— Você não achou que Rebecca ia cumprir o horário, achou? Graças a Gabriel, ela vai voltar para um futuro bem incerto em casa.

Keller passou a mão pela clavícula distraidamente.

— E ela é uma pessoa tão legal.

— Olhe — disse Mikhail, de repente. — Lá está o carro.

Ele tinha parado em frente à pizzaria, um Volvo sedan de cor escura, dois homens na frente, duas mulheres atrás. Uma era a filha de Kim Philby. A outra era Sarah Bancroft. Em um último ato de rebeldia, ela deixou a porta aberta depois de descer. Rebecca se inclinou por cima do banco de trás e a fechou. Então, o carro acelerou, passando a alguns centímetros da janela de Mikhail.

Sarah ficou parada por um momento na luz clara do sol, parecendo confusa. Mas quando viu Keller correndo em sua direção, o rosto dela irrompeu num enorme sorriso.

— Desculpe por não aparecer para o jantar ontem à noite, mas foi por um motivo de força maior.

Keller tocou na bochecha machucada.

— Nosso amigo do hotel fez isso. O nome dele é Nikolai, aliás. Talvez um dia você possa retribuir o favor.

Keller a ajudou a entrar no banco de trás do veículo. Ela observou uma fileira de lindos chalezinhos passando por sua janela enquanto Mikhail seguia Gabriel e Eli Lavon para fora da cidade.

— Eu gostava da Holanda. Agora, só quero ir embora o mais rápido possível.

— Temos um avião em Roterdã.

— Para onde ele vai nos levar?

— Para casa — respondeu Keller.

Sarah apoiou a cabeça no ombro dele e fechou os olhos.

— Estou em casa.

Parte Cinco

VINGANÇA

80

LONDRES–JERUSALÉM

Começou numa sala no hotel InterContinental em Budapeste. Dali, pulou para o banco de trás de um táxi, para a cadeira 14A de um Boeing 737 operado pela Ryanair, para o salão de uma balsa irlandesa chamada *Ulysses*, para um Toyota Corolla e para o Bedford House na cidade de veraneio de Frinton-on-Sea, em Essex.

Altos níveis de radiação também foram encontrados no escritório saqueado de uma marina no rio Twizzle, em um Jaguar F-Type conversível e nas dependências de um Bavaria 27 Sport que encalhara na comunidade litorânea holandesa de Renesse. Depois, as autoridades holandesas também encontrariam contaminação num bangalô de férias nas dunas perto de Ouddorp.

O marco zero, porém, eram duas casas conjugadas na Eaton Square. Lá, a história do que se passou estava escrita de forma indelével numa trilha de radiação que se espalhava de um banheiro no andar mais alto do número 71 até a sala de estar e a cozinha do número 70. Na lata de lixo, a Polícia Metropolitana encontrou as armas do crime — uma ampola de vidro vazia, uma pipeta de Pasteur, o avental de empregada. Todos registraram leituras de 30 mil contagens por segundo. Perigosas demais para serem armazenadas nas salas de evidência policiais, as provas foram enviadas por segurança para o Estabelecimento de Armas Atômicas em Aldermaston, instalação nuclear do governo.

A mulher que tinha usado as armas fora a primeira a morrer. Seu cadáver era tão radioativo que foi colocado num caixão com proteção nuclear — e o banco do motorista de seu carro, um Renault Clio, ficou tão saturado que também foi enviado a Aldermaston. A cadeira do saguão do London Jet Centre também. A fonte dessa contaminação, certo Konstantin Dragunov, tivera permissão para sair da Inglaterra a bordo de seu jatinho particular, após apresentar sintomas de síndrome aguda da radiação. O governo russo, em seu primeiro comunicado oficial, atribuiu o mal-estar de Dragunov na noite do incidente a um simples caso de intoxicação alimentar. Quanto à contaminação dentro da casa do oligarca, o Kremlin disse que tinha sido plantada pelo Serviço Secreto de Inteligência britânico numa tentativa de desacreditar a Rússia e prejudicar sua posição na região árabe.

A linha de defesa russa colapsou no dia seguinte, quando a delegada Stella McEwan, da Polícia Metropolitana, tomou a atitude incomum de liberar parte do depoimento gravado dado por Dragunov antes de embarcar em seu avião. O Kremlin alegou que a gravação era uma fraude, assim como o próprio oligarca. Dizia-se que ele estava se recuperando em sua mansão no bairro de Rublyovka, em Moscou. Na verdade, estava sob forte guarda no Hospital das Clínicas Central em Kuntsevo, instituição reservada para oficiais sêniores do governo e elites comerciais russas. Os médicos que lutavam para salvar sua vida o faziam em vão. Não havia medicação ou tratamento de emergência capaz de impedir a inevitável destruição das células e dos órgãos de Dragunov. Para todos os efeitos, ele já estava morto.

O russo duraria, porém, mais três semanas, enquanto a posição de Moscou no mundo caía a profundezas não vistas desde o ataque ao voo 007 da Korea Air Lines em 1983. Manifestações contra a Rússia varreram a região árabe e muçulmana. Uma bomba explodiu em frente à Embaixada Russa no Cairo. Manifestantes invadiram a do Paquistão.

No Ocidente, a reação foi pacífica, mas devastadora aos interesses diplomáticos e financeiros da Rússia. Reuniões foram canceladas, contas bancárias foram congeladas, embaixadores foram chamados de volta, agentes conhecidos do SVR foram expulsos. Londres foi seletiva em suas expulsões, pois desejava mandar uma mensagem. Só Dmitri Mentov e Yevgeny Teplov, dois oficiais operando sob disfarce diplomático, foram declarados *persona non grata* e ordenados a ir embora. Na mesma noite, um oficial sênior do MI6 chamado Charles Bennett foi discretamente levado sob custódia enquanto tentava embarcar num Eurostar com destino a Paris na estação de St. Pancras. O público britânico nunca seria informado dessa prisão.

Muitos outros fatos foram omitidos dos cidadãos, tudo em nome da segurança nacional. Eles não foram informados, por exemplo, como ou quando os serviços de inteligência tinham ficado sabendo que uma equipe de assassinos russos estava em solo britânico. Também não receberam uma explicação satisfatória de por que Konstantin Dragunov tivera permissão de ir embora do país depois de admitir seu papel na operação.

Sob o olhar implacável da mídia, logo apareceram furos no relato oficial. No fim, Downing Street admitiu que a ordem tinha vindo diretamente do próprio primeiro-ministro, embora sem informar detalhes em relação aos motivos dele. Um repórter investigativo respeitado do *The Guardian* sugeriu que Dragunov tinha sido liberado em troca de uma refém após, primeiro, passar por um duro interrogatório. A declaração cuidadosa de Stella McEwan de que nenhum oficial da Polícia Metropolitana tinha maltratado o oligarca deixou aberta a possibilidade de outra pessoa tê-lo feito.

Quase esquecido em meio ao turbilhão de controvérsias estava o príncipe herdeiro Abdullah bin Abdulaziz Al Saud. Segundo a Al Arabiya, a transmissora estatal saudita, ele tinha morrido nove dias depois de sua volta a Londres, às 4h37. Entre aqueles em seu leito de morte estava o amado sobrinho príncipe Khalid bin Mohammed.

Mas por que os russos tinham envenenado o príncipe herdeiro, afinal? O Kremlin não estava cortejando novos amigos na região árabe? A Rússia não estava no processo de substituir os americanos como potência dominante da região? De Riad, apenas silêncio. De Moscou, negações e pistas falsas. Os especialistas televisivos especulavam. Os repórteres investigativos escavavam e esquadrinhavam. Ninguém passou remotamente perto da verdade.

Havia pistas por todos os lugares, porém — num consulado em Istambul, numa escola particular em Genebra e num campo no sudoeste da França. Mas, como a trilha de radiação, a evidência era invisível a olho nu. Uma jornalista sabia muito mais que a maioria, mas, por motivos que não compartilhou com seus colegas, escolheu ficar em silêncio.

Na noite em que o Kremlin, com atraso, anunciou a morte de Konstantin Dragunov, ela emergiu de seu escritório em Berlim e, como era seu costume, examinou a rua nas duas direções antes de seguir para um café na Friedrichstrasse, perto do antigo Checkpoint Charlie. Ela estava sendo seguida, tinha certeza. Um dia, viriam buscá-la. E ela estaria pronta para eles.

Havia uma última trilha de radiação, cuja existência nunca seria revelada. Ia do Aeroporto London City a um café de praia na Holanda, um apartamento em Jerusalém e o andar mais alto de um prédio comercial anônimo em Tel Aviv. Era, declarou Uzi Navot, mais uma marca do mandato já distinto de Gabriel como chefe.

Ele era o único diretor-geral que havia matado alguém em campo, e o único a ser atingido num bombardeio. Agora, ganhava a duvidosa distinção de ser o primeiro a ser contaminado por radiação, russo ou não. Navot lamentou de brincadeira a boa sorte de seu rival.

— Talvez — disse a Gabriel, quando ele voltou ao Boulevard Rei Saul — seja melhor parar enquanto está ganhando.

— Tentei. Várias vezes, aliás.

Alguém tinha grudado uma placa amarela na porta do escritório dele dizendo CUIDADO, ÁREA DE RADIAÇÃO, e, na primeira reunião de sua equipe sênior, Yossi Gavish o presenteou com um contador Geiger cerimonial e um traje de proteção com o nome dele bordado. Foi a comemoração deles. Segundo todas as medidas objetivas, a operação tinha sido um sucesso retumbante. Gabriel convencera brilhantemente seu rival a cometer um erro colossal. Com isso, tinha conseguido, ao mesmo tempo, controlar a influência russa crescente no Oriente Médio e eliminar o fantoche do Kremlin em Riad. O trono saudita estava mais uma vez ao alcance de Khalid. Ele só precisava convencer seu pai e o Conselho de Aliança a dar-lhe uma segunda chance. Se tivesse sucesso, a dívida de KBM com Gabriel seria enorme. Juntos, eles podiam mudar a região. As possibilidades para Israel — e para o diretor-geral e o Escritório — eram infinitas.

Sua prioridade, porém, era o Irã. Naquela noite, ele passou várias horas na rua Kaplan relatando ao primeiro-ministro sobre os conteúdos dos arquivos nucleares secretos iranianos. Na noite seguinte, estava ao lado do primeiro-ministro, mas fora da imagem da câmera, no anúncio das descobertas numa coletiva transmitida ao vivo para o mundo inteiro em horário nobre. Três dias depois, Gabriel instruiu Uzi Navot a dar um relatório resumido sobre a operação no Irã a repórteres do *Haaretz* e do *The New York Times*. A mensagem das matérias era indiscutível. Gabriel tinha ido ao coração de Teerã e roubado os segredos mais preciosos do regime.

E, se os iranianos ousassem recomeçar seu programa de armas nucleares, ele voltaria.

Apesar de todos os sucessos, Reema raramente saía de seu pensamento. Durante o calor da operação contra os russos, ele tivera um breve alívio. Mas, de volta ao Boulevard Rei Saul, a menina não lhe dava paz. Em sonhos, ela aparecia com seu casaco deformado e seus sapatos de couro envernizado. Às vezes, tinha uma semelhança sobrenatural com Nadia al-Bakari. Em um sonho terrível ela apareceu como o filho de Gabriel, Daniel. O cenário não era um campo remoto na França, mas uma praça nevada em Viena. A criança de casaco e sapato de couro envernizado, a menina com rosto de garoto, tentava dar partida numa Mercedes.

— Não é linda? — comentou a criança, quando a bomba explodiu. Então, enquanto as chamas a consumiam, ela olhou para Gabriel e disse: — Um último beijo...

Na noite seguinte, jantando tranquilamente um fettuccine com cogumelos na pequena mesa de bistrô na cozinha, ele descreveu a Chiara exatamente o que tinha se passado no campo no sudoeste francês. A voz da russa no telefone, o tiro pela janela de trás do carro, Khalid pegando os membros de Reema na luz branca dos faróis. A bomba, contou, era para ele. Ele tinha punido os responsáveis, ganhado deles num grande jogo de enganação que mudaria o curso da história no Oriente Médio. Mas Reema se fora para sempre. Além disso, seu sequestro e assassinato brutal ainda não tinham vindo a público. Era como se ela nunca tivesse existido.

— Então, talvez — sugeriu Chiara —, você devesse fazer algo para mudar isso.

— Como?

Ela segurou a mão de Gabriel.

— Não tenho tempo — protestou ele.

— Já vi como você trabalha rápido quando está decidido.

Gabriel considerou a ideia.

— Acho que eu poderia pedir para Ephraim me deixar usar o laboratório de restauração no museu.

— Não — disse Chiara. — Você pode trabalhar aqui no apartamento.

— Com as crianças?

— É claro. — Ela sorriu. — É hora de elas conhecerem o verdadeiro Gabriel Allon.

Como sempre, ele preparou sua própria tela — 180 por 120 centímetros, esticador de carvalho, linho italiano. Para a base, usou a fórmula que aprendeu em Veneza com o mestre restaurador Umberto Conti. Sua paleta era de Veronese, com um toque de Ticiano.

Ele só tinha visto Reema uma vez, em condições que, por mais que tentasse, não conseguia esquecer. E tinha visto a fotografia dela tirada pelos russos enquanto ela estava em cativeiro no País Basco Espanhol. Também estava gravada na memória de Gabriel. Ela estava cansada e magra, seu cabelo, uma bagunça. A foto mostrava sua estrutura óssea real e, mais importante, sua personalidade. Para o bem ou para o mal, Reema bint Khalid era filha de seu pai.

Ele montou seu estúdio improvisado na sala de estar, perto do terraço. Como de hábito, o israelense era protetor de seu espaço de trabalho. As crianças receberam instruções estritas de não tocar nos suprimentos. Como precaução, porém, ele sempre deixava um de seus pincéis Winsor & Newton Série 7 num ângulo exato no carrinho, para saber se tinha havido um invasor, que, invariavelmente, era o caso. Na maior parte, não houve incidentes, embora em uma ocasião ele tenha voltado do Boulevard Rei Saul e encontrado várias digitais no canto inferior esquerdo da tela. Uma análise forense determinou que eram de Irene.

Ele trabalhava quando podia, mais ou menos uma hora pela manhã, alguns minutos à noite após o jantar. As crianças raramente saíam do seu lado. Gabriel não fez esboços preparatórios nem desenhou por baixo da pintura. Mesmo assim, sua técnica era impecável. Ele colocou Reema na mesma pose de Nadia, num sofá branco contra um pano de fundo preto à Caravaggio. A disposição de braços e pernas era infantil, mas Gabriel a envelheceu um pouco — 16 ou 17 anos, em vez de 12 — para Khalid poder tê-la por um tempo maior.

Gradualmente, conforme ela ganhava vida na tela, passou a ausentar-se dos sonhos de Gabriel. Durante sua última aparição, entregou-lhe uma carta para seu pai. Gabriel a adicionou à pintura. Depois, parou por muito tempo diante da obra, mão direita no queixo, mão esquerda apoiando o cotovelo direito, cabeça levemente inclinada para baixo, tão perdido em pensamentos que não percebeu Chiara parada ao seu lado.

— Está pronto, *signor* Delvecchio?

— Não — disse ele, limpando a tinta do pincel. — Ainda não.

81

LANGLEY-NOVA YORK

O diretor da CIA, Morris Payne, ligou naquela tarde para Gabriel na linha segura e pediu que ele fosse a Washington. Não era exatamente uma convocação, mas também não era um convite aberto. Depois de fingir consultar sua agenda, Gabriel disse que o mais cedo que podia ir seria na próxima terça-feira.

— Tenho uma ideia melhor. Que tal amanhã?

Na verdade, Gabriel estava ansioso pela viagem. Estava devendo a Payne um relato completo da operação para remover Abdullah da linha sucessória. Além disso, precisava que o americano e seu chefe na Casa Branca aprovassem a ascensão de Khalid ao trono. O Conselho de Aliança ainda não tinha nomeado um príncipe herdeiro. Mais uma vez, a Arábia Saudita estava sendo governada por um octogenário doente sem sucessor decretado.

Gabriel pegou um voo noturno para Washington e se encontrou com Payne no dia seguinte, no escritório dele no sétimo andar em Langley. No fim, não foi necessário confessar seu papel no caso de Abdullah. O americano já sabia tudo.

— Como?

— Uma fonte dentro do SVR. Parece que você virou o lugar de cabeça para baixo.

— Alguma notícia sobre Rebecca Manning?

— Quer dizer Philby? — Payne balançou a cabeça com amargura. — Quando você ia me contar?

— Não cabia a mim, Morris.

— Aparentemente, ela está por um fio.

— Eu disse para ela não voltar.

— Você a *viu*?

— Na Holanda — explicou Gabriel. — Tivemos que combinar uma troca de prisioneiros.

— Dragunov pela garota? — Payne esfregou seu queixo proeminente, pensativo. — Lembra nosso jantar recente?

— Com muito carinho.

— Quando sugeri que você talvez quisesse pensar em afastar Abdullah de vez da região, você me olhou como se eu tivesse acabado de dizer para tirar a Madre Teresa do caminho.

Gabriel não disse nada.

— Por que não nos incluiu?

— Caciques demais.

— A Arábia Saudita é *nossa* aliada.

— E graças a mim, continua sendo. Vocês só precisam mandar a Riad um sinal de que Washington veria com bons olhos a renomeação de Khalid a príncipe herdeiro.

— Pelo que ouvimos, ele não vai ser príncipe herdeiro por muito tempo.

— Provavelmente não.

— Ele está pronto?

— Ele vai ser diferente, Morris.

Payne não parecia tão certo. Mudou de assunto abruptamente, um hábito seu.

— Ouvi falar que os russos deram uma boa surra nela.
— Sarah?

O americano fez que sim.

— Considerando as circunstâncias — disse Gabriel —, podia ter sido pior.

— Como ela se comportou em campo?

— Ela tem talento nato, Morris.

— Então, por que está trabalhando num museu em Nova York?

— Leia o arquivo dela.

— Acabei de ler. — Havia uma cópia em sua mesa. — Alguma chance de convencê-la a voltar à Agência?

— Duvido.

— Por quê?

— Posso estar errado — disse Gabriel —, mas acredito que ela já tenha dono.

Gabriel saiu de Langley em tempo de pegar o trem das 15 horas para Nova York. Um carro do consulado israelense o encontrou na Penn Station, e o conduziu pela tarde quente de primavera até a esquina da Second Avenue com a Sixty Four Street.

O restaurante em que ele entrou era italiano, antiquado e muito barulhento. O diretor-geral se espremeu para passar pela multidão no bar e foi até a mesa em que Sarah, com um terninho escuro, bebia um martíni com três azeitonas. Quando Gabriel se aproximou, ela sorriu e levantou o rosto para ser beijada. Já não havia traço de sua jornada noturna pelo mar do Norte com o assassino russo chamado Nikolai. Aliás, pensou Gabriel sentando-se, Sarah parecia mais radiante do que nunca.

— Peça um desses — sugeriu ela, batendo uma unha pintada na borda da taça. — Prometo que vai cuidar daquela dor nas suas costas.

Gabriel pediu um sauvignon blanc italiano e, prontamente, recebeu a maior taça de vinho que já tinha visto. Sarah levantou seu martíni uma fração de centímetro.

— Ao mundo secreto. — Ela olhou pelo salão lotado. — Sem amiguinhos?

— Não consegui uma reserva para eles.

— Quer dizer que tenho você só para mim? Vamos fazer algo absolutamente escandaloso. — Sarah sorriu com malícia e deu um gole em seu drinque. Ela tinha voz e modos de uma era diferente. Como sempre, Gabriel se sentiu conversando com uma personagem de Fitzgerald.

— Como foi Langley? — perguntou.

— Morris não parava de perguntar sobre você.

— Eles sentem minha falta?

Gabriel sorriu.

— A cidade inteira está desolada. Morris faria qualquer coisa para você voltar.

— O que está feito não pode ser desfeito. — Ela baixou a voz até um murmúrio de confidência. — Exceto no que diz respeito a Khalid. Você evitou que nosso herói trágico se destruísse.

Ela sorriu.

— Ele está restaurado.

— Literalmente — disse Gabriel.

— Morris deu sinal verde para a volta de Khalid?

Gabriel assentiu.

— A Casa Branca também. A segunda temporada do show de KBM está prestes a ser produzida.

— Vamos esperar que seja um pouco menos animada que a primeira.

Um garçom apareceu. Sarah pediu uma salada caprese e vitela salteada. Gabriel quis o mesmo.

— Como está o trabalho? — perguntou ele.

— Parece que a Coleção Nadia al-Bakari não caiu das paredes do MoMA enquanto eu estive longe. Aliás, minha equipe mal notou minha ausência.

— Quais são seus planos?

— Uma mudança de cenário, acho.

Dessa vez, foi Gabriel quem examinou o salão.

— Este lugar é muito bom, Sarah.

— O Upper East Side? Tem seus charmes, mas sempre preferi Londres. Kensington, em especial.

— Sarah...

— Eu sei, eu sei.

— Você já voltou a Londres para vê-lo?

— No fim de semana passado. Foi quase tão bom quanto este martíni. Devo dizer, a casa dele é divina, mesmo sem móveis.

— Ele lhe contou onde conseguiu o dinheiro para comprá-la?

— Mencionou algo sobre certo Don Orsati da ilha de Córsega. Ele tem uma casa lá também, sabe.

— E um Monet. — Gabriel fixou um olhar de reprovação em Sarah. — Ele é velho demais para *você*.

— É o homem mais jovem com quem saio em muito tempo. Além do mais, já o viu sem roupa?

— E você, já viu?

Sarah desviou o olhar.

— Não tem nada que eu possa fazer para dissuadi-la?

— Por que tentaria?

— Porque não é sábio você se envolver com um homem cujo trabalho era matar pessoas.

— Se você pôde superar o passado de Christopher, por que eu não posso?

— Porque eu nunca considerei me mudar para Londres para morar com ele. — Gabriel expirou lentamente. — O que você pretende fazer profissionalmente?

— Talvez seja um choque para você, querido, mas dinheiro não é exatamente um problema. Meu pai me deixou bastante bem de vida. Dito isso, eu gostaria de algo para fazer.

— O que tem em mente?

— Uma galeria, talvez.

Gabriel sorriu.

— Tem uma ótima em Mason's Yard, em St. James's. Especializada em Velhos Mestres italianos. O proprietário anda falando há alguns anos em se aposentar. Está em busca de alguém para assumir os negócios.

— Como estão as finanças dele? — perguntou Sarah, com preocupação justificada.

— Graças à associação dele com certo empresário russo, estão bastante boas.

— Christopher me contou tudo sobre a operação.

— Contou? — perguntou Gabriel, irritado. — E contou sobre Olivia Watson, também?

Ela assentiu.

— E sobre Marrocos. Só sinto muito por não ter sido convidada.

— A galeria de Olivia fica na Bury Street — avisou Gabriel. — É possível que você trombe com ela.

— E Christopher vai trombar com Mikhail da próxima vez que nós... — Sarah deixou o pensamento incompleto.

— Pode ficar um pouco incestuoso.

— Pode, mas vamos conseguir lidar. — Sarah sorriu com uma tristeza repentina. — Sempre conseguimos, não é, Gabriel?

Nesse momento, o BlackBerry dele vibrou. A pulsação distinta mostrou que era uma mensagem urgente do Boulevard Rei Saul.

— Alguma coisa séria? — perguntou Sarah.

— O Conselho de Aliança acabou de nomear Khalid como novo príncipe herdeiro.

— Que rápido. — De repente, o iPhone de Sarah também estava vibrando.

Ela sorriu ao ler a mensagem.

— Se for Keller, diga que quero falar com ele.

— Não é Keller, é Khalid.

— O que ele quer?

Ela entregou o telefone para Gabriel.

— Você.

82

TIBERÍADES

Em seu primeiro ato oficial após recuperar o posto de príncipe herdeiro, Khalid bin Mohammed cortou laços com a Federação Russa e expulsou todos os seus cidadãos do Reino da Arábia Saudita. Os analistas regionais aplaudiram sua ação. O velho Khalid, disseram, podia ter agido precipitadamente. Mas o novo tinha mostrado a astúcia e prudência de um estadista experiente. Claramente, especularam, havia uma voz mais sábia sussurrando em seu ouvido.

Em casa, ele passou rapidamente a desfazer os danos do breve reinado de seu tio — e alguns de seus próprios também. Ele soltou as ativistas feministas e apoiadores da reforma democrática. Libertou até um blogueiro popular que, como Omar Nawwaf, tinha feito críticas pessoalmente. Conforme a temida Mutaween se retirou da vida de Riad, a paz retornou. Um novo cinema abriu as portas. Jovens sauditas lotavam os cafés até tarde da noite.

Mas, na maior parte, as ações de Khalid foram recebidas com nova cautela. Sua corte real, embora cheia de legalistas preparados a fazer o que ele desejasse, continha vários tradicionalistas da velha guarda, sugerindo aos observadores do Oriente Médio que ele

A HERDEIRA

pretendia voltar à prática Al Saud de governar por consenso. Se o antigo KBM era um homem com pressa, o novo parecia favorecer o gradualismo à pressa. "*Shwaya, shwaya*" virou uma espécie de mantra oficial. Ainda assim, Khalid não era um governante com quem fosse bom se meter, como descobriu um reformista importante depois de vaiá-lo durante uma aparição pública. A pena de prisão de um ano deixou claro que havia limites à tolerância do novo governante com a dissidência. Ele era um déspota iluminado, disseram os observadores, mas mesmo assim, um déspota.

Sua conduta pessoal também mudou. Ele vendeu seu superiate e seu palácio na França, e devolveu vários bilhões de dólares aos homens que havia prendido no Ritz-Carlton. Também se despediu de boa parte de sua coleção de arte. Confiou a venda do *Salvator Mundi* à Isherwood Fine Arts, de Mason's Yard, em Londres. Sarah Bancroft, ex-diretora do Museu de Arte Moderna de Nova York, estava listada como a *marchand* do negócio.

A esposa dele, Asma, aparecia a seu lado em público, mas a princesa Reema, sua filha, tinha desaparecido de vista. Circulava um rumor de que estivesse matriculada numa escola exclusiva na Suíça. Logo foi descartado, porém, por uma denúncia publicada na revista alemã *Der Spiegel*. Com base, em parte, na reportagem de Omar Nawwaf, ela detalhava a série de acontecimentos que tinham levado à dramática queda em desgraça de Khalid e sua restauração final. O saudita, após vários dias de silêncio, deu uma confirmação chorosa da autenticidade do relato.

O que levou, principalmente no Ocidente, a outra grande reavaliação. Talvez os russos, apesar de toda a sua imprudência, tivessem na verdade feito-lhes um favor. Talvez fosse hora de perdoar o jovem príncipe e o receber de volta no rebanho. De Washington a Wall Street, passando por Hollywood e pelo Vale do Silício, surgiu um grande clamor de todos os que o tinham rejeitado, implorando que ele voltasse. Um homem, porém, tinha ficado ao lado dele quando ninguém mais quis. Foi o convite desse homem, numa noite de verão abafada em junho, que Khalid aceitou.

O novo KBM, como o velho, estava eternamente atrasado. Gabriel o esperava às 17 horas, mas já eram quase 18h30 quando o Gulfstream dele pousou na base da Força Aérea Israelense em Ramat David. Ele emergiu sozinho da cabine, de blazer bem cortado e óculos escuros estilosos que brilhavam com o sol de fim de tarde. Gabriel ofereceu a mão a Khalid, mas de novo recebeu, em vez de um cumprimento, um abraço caloroso.

Após sair da base, passaram pela cidade de nascimento de Gabriel. Seus pais, explicou ele a Khalid, eram sobreviventes alemães do Holocausto. Como todas as outras em Ramat David, a família Allon tinha morado numa pequena cabana de blocos de cimento. A deles era cheia de fotografias de entes queridos perdidos nos fogos da Shoah. Para escapar do luto de seu lar, Gabriel vagava pelo vale de Jezreel, a terra dada por Josué à tribo de Zebulom, uma das doze da antiga Israel. Ele passara a maior parte de sua vida adulta morando no exterior ou em Jerusalém. Mas o vale, contou a Khalid, sempre seria sua casa.

Enquanto iam na direção leste na rodovia 77, o telefone de Khalid apitava e vibrava sem parar. As mensagens eram da Casa Branca. Explicou que o presidente e ele estavam planejando se encontrar brevemente em Nova York durante a reunião anual da Assembleia Geral da ONU, em setembro. Se tudo corresse bem, ele voltaria aos Estados Unidos, no outono, para uma cúpula formal em Washington.

— Parece que tudo está perdoado. — Ele olhou para Gabriel. — Imagino que você não tenha tido nada a ver com isso?

— Os americanos não precisaram de nenhum encorajamento da minha parte. Estão ansiosos para normalizar as relações.

— Mas foi você que me tornou palatável de novo. — Ele hesitou. — Omar Nawwaf e você. Aquele artigo na *Der Spiegel* levou embora a nuvem da minha cabeça de uma vez por todas.

Khalid finalmente desligou o telefone. Pelos trinta minutos seguintes, cruzando a Alta Galileia, ele deu a Gabriel um relatório muito impressionante — um tour guiado do Oriente Médio liderado por ninguém menos que o governante *de facto* da Arábia Saudita. A Diretoria de Inteligência Geral, DIG, estava ouvindo coisas promissoras do líder do Corpo da Guarda Revolucionária do Irã, algo sobre uma indiscrição financeira. As informações preliminares logo chegariam ao Boulevard Rei Saul. Khalid e a DIG também estavam animados para seu papel na Síria, no momento em que os americanos estavam indo na direção da saída. Talvez a DIG e o Escritório pudessem começar um programa secreto para tornar a vida um pouco menos confortável na Síria para os iranianos e seus aliados do Hezbollah. Gabriel pediu que o saudita interviesse com o Hamas para parar os foguetes e mísseis que vinham de Gaza. Ele prometeu fazer o possível.

— Mas não espere muito. Aqueles malucos do Hamas me odeiam quase tanto quanto odeiam você.

— O que ficou sabendo sobre o plano de paz para o Oriente Médio do governo americano?

— Não muito.

— Talvez devêssemos criar nosso próprio plano de paz, você e eu.

— *Shwaya, shwaya*, meu amigo.

Enfim, chegaram à planície árida em que, numa tarde escaldante de julho de 1187, Saladin derrotou os exércitos sanguinários de Cruzados numa batalha que deixaria Jerusalém de novo em mãos muçulmanas. Logo depois, viram o mar da Galileia. Foram para o norte pela beira-mar, até chegarem a uma *villa* que parecia uma fortaleza empoleirada no topo de uma escarpa rochosa. Havia vários sedans e SUVs estacionados no caminho íngreme da entrada.

— Onde estamos? — perguntou Khalid.

Gabriel abriu sua porta e desceu.

— Venha comigo. Vou mostrar.

Ari Shamron estava no hall de entrada. Ele avaliou Khalid cuidadosamente antes de, enfim, estender uma das mãos com manchas senis.

— Nunca achei que esse dia fosse chegar.

— Não chegou — respondeu Khalid, com ares de conspiração. — Não oficialmente, pelo menos.

Shamron gesticulou para a sala de estar, onde estava reunida a maioria da equipe sênior do Escritório — Eli Lavon, Yaakov Rossman, Dina Sarid, Rimona Stern, Mikhail Abramov, Natalie Mizrahi, Uzi e Bella Navot. Chiara e as crianças estavam de pé ao lado de um cavalete de carvalho. Sobre ele, uma pintura coberta com uma baeta preta.

Khalid olhou perplexo para Gabriel.

— O que é isso?

— Algo para substituir aquele seu Leonardo.

Gabriel fez um gesto para Raphael e Irene. Com ajuda de Chiara, eles removeram o véu negro. Khalid se balançou de leve e colocou a mão no coração.

— Meu Deus — sussurrou.

— Desculpe, eu deveria ter avisado.

— Ela parece... — A voz de Khalid sumiu. Ele esticou a mão na direção do rosto de Reema, depois na direção da carta. — O que é?

— Uma mensagem para o pai dela.

— O que diz?

— Isso é entre vocês.

Khalid estudou o canto inferior direito da tela.

— Não tem assinatura.

Khalid levantou os olhos.

— É famoso, o artista?

Gabriel deu um sorriso triste.

— Em alguns círculos.

Comeram ao ar livre no terraço, observados pelo retrato de Reema. A refeição era um banquete suntuoso de cozinhas israelense e árabe, incluindo o famoso frango com temperos marroquinos de Gilah Shamron, que Khalid decretou ser o melhor prato que ele já comera. Discretamente, recusou a oferta de vinho de Gabriel. Ele logo seria guardião das duas mesquitas sagradas de Meca e Medina, explicou. Seus dias de consumo de álcool, mesmo moderado, tinham chegado ao fim.

Cercado por Gabriel e seus chefes de divisão, Khalid falou não do passado, mas do futuro. A estrada à frente, alertou, seria difícil. Apesar de todas as riquezas, seu país era tradicional, retrógrado e, em muitas coisas, bárbaro. Além do mais, havia outra Primavera Árabe chegando. Ele deixou claro que nunca toleraria uma rebelião aberta contra seu governo. Pediu-lhes que fossem pacientes, mantivessem expectativas realistas e tornassem a vida tolerável para os palestinos. De alguma forma, algum dia, a ocupação de terras árabes tinha que acabar.

Pouco antes das 23 horas, soaram sirenes à beira do lago. Depois, um foguete do Hezbollah fez um arco sobre as colinas de Golã e, da bateria da Cúpula de Ferro na Galileia, um míssil subiu para encontrá-lo. Depois, Gabriel e Khalid ficaram parados sozinhos na balaustrada do terraço, observando uma única embarcação patrulhando o lago, sua popa iluminada por uma luz de navegação verde.

— É bem pequeno — comentou Khalid.

— O lago?

— Não, o barco.

— Provavelmente, não tem uma discoteca.

— Nem uma sala de neve.

Gabriel riu baixinho.

— Você sente falta?

Khalid negou.

— Só sinto falta da minha filha.

— Espero que o retrato ajude.

— É o quadro mais lindo que já vi. Mas você precisa me deixar pagar por ele.

Gabriel balançou a mão, indicando que não precisava.

— Então, me deixe dar isto a você. — Khalid segurou um pendrive.

— O que é?

— Uma conta na Suíça com cem milhões de dólares.

— Tenho uma ideia melhor. Use o dinheiro para construir a Escola Omar Nawwaf de Jornalismo em Riad. Treine a próxima geração de repórteres, editores e fotógrafos árabes. Depois, dê a eles liberdade para escrever e publicar o que quiserem, não importa se machucar seus sentimentos.

— É só isso mesmo que você quer?

— Não — disse Gabriel. — Mas é um bom começo.

— Na verdade, eu estava planejando começar em outro lugar. — Khalid guardou o pendrive no bolso do blazer. — Preciso fazer uma coisa antes de virar rei. Esperava que você estivesse disposto a fazer o papel de intermediário.

— No que está pensando?

Khalid explicou.

— Não é muito difícil encontrá-la — falou Gabriel. — É só mandar um e-mail.

— Já mandei. Vários, aliás. Ela não responde. E também não atende minhas ligações.

— Nem imagino por quê.

— Talvez você possa abordá-la por mim.

— Por que eu?

— Parece ter uma boa relação com ela.

— Eu não iria tão longe.

— Consegue providenciar isso?

— Um encontro? — Gabriel balançou a cabeça. — É uma má ideia, Khalid.

— Minha especialidade.

— Ela está com raiva demais. Deixe passar um pouco mais de tempo. Ou melhor, deixe que eu cuido disso para você.

— Você não conhece muito bem os árabes, né?

— Estou aprendendo mais a cada dia.

— É parte essencial da nossa cultura — explicou Khalid. — Preciso fazer a reparação pessoalmente.

— Dinheiro de sangue?

— Uma expressão infeliz. Mas, sim, dinheiro de sangue.

— O que você precisa fazer — disse Gabriel — é aceitar total responsabilidade pelo que aconteceu em Istambul e garantir que nunca mais volte a acontecer.

— Não vai.

— Diga isso a ela, não a mim.

— Pretendo dizer.

— Nesse caso — falou Gabriel —, aceito. Mas se algo der errado, que caia sobre a sua cabeça.

— Isso é um provérbio judeu? — Khalid olhou para seu relógio. — Está tarde, meu amigo. Talvez seja minha hora de ir.

BERLIM

Gabriel ligou para ela na manhã seguinte e deixou uma mensagem na caixa postal. Uma semana se passou antes de ela se dar ao trabalho de ligar de volta, um começo nada promissor. Sim, disse após ouvir a proposta dele, ela estaria disposta a ouvir Khalid. Mas a última coisa que ele deveria esperar dela era uma absolvição. Ela também não estava interessada em dinheiro de sangue. Quando Gabriel contou-lhe sobre sua ideia, ela ficou cética.

— É mais fácil os palestinos terem um Estado independente do que Khalid abrir uma escola de jornalismo em Riad com o nome de Omar.

Ela insistiu que o encontro acontecesse em Berlim. A embaixada, claro, estava fora de questão, e ela não ficava confortável com a ideia de ir à residência do embaixador ou mesmo a um hotel. Foi Khalid quem sugeriu o apartamento que ela antes dividia com Omar em Mitte, antigo bairro de Berlim Oriental. Os agentes dele tinham sido visitantes regulares e o conheciam bem. Mesmo assim, uma busca completa — uma pilhagem, na verdade — seria necessária antes da chegada dele. Não haveria registros do encontro nem comunicados públicos depois. E não, ele não aceitaria bebidas de nenhum tipo. Tinha medo de que os russos estivessem tentando matá-lo da mesma forma como haviam feito com seu tio. O medo, pensou Gabriel, era inteiramente justificado.

E foi assim que, numa tarde quente e sem vento em Berlim no início de julho, com as folhas murchas nas tílias e as nuvens baixas e escuras no céu, uma fileira de automóveis Mercedes chegou como uma procissão funerária na rua sob a janela de Hanifa Khoury. Franzindo o cenho, ela olhou a hora. Eram 15h30. Ele estava uma hora e meia atrasado.

Fuso horário KBM...

Várias portas de carro se abriram. De uma delas, saiu Khalid. Enquanto ele cruzava a calçada até a entrada do prédio, foi seguido por um único guarda-costas. Não tinha medo, pensou Hanifa. Confiava nela, da forma como ela tinha confiado nele naquela tarde em Istambul. A tarde em que vira Omar pela última vez.

Ela se afastou da janela e examinou a sala de estar do apartamento. Havia fotografias de Omar por todo canto. Omar em Bagdá. Omar no Cairo. Omar com Khalid.

Omar em Istambul...

Naquela manhã, uma equipe da Embaixada Saudita tinha destruído o apartamento, buscando o quê, não disseram. Mas não tinham checado o grande vaso de flores de cerâmica no terraço com vista para o pátio interno. Tinham, sim, brutalizado os gerânios de Hanifa, mas deixado de fuçar o solo úmido.

O objeto que ela havia escondido ali, embrulhado num pano oleoso, guardado num ziplock de plástico, estava na palma da sua mão. Ela o tinha conseguido com Tariq, um garoto problemático da comunidade palestina que cometia pequenos crimes, rapper fracassado, delinquente. Tinha dito a Tariq que era para uma reportagem em que estava trabalhando para a ZDF. Ele não acreditou nela.

O prédio era antigo, e o elevador, instável. Dois ou três minutos se passaram antes de ela ouvir duas pisadas masculinas duras e pesadas no corredor. Uma voz de homem, também. A voz do demônio. Soava como se ele estivesse ao telefone. Falando com o israelense, esperava ela. Que poesia perfeita, pensou. O próprio Darwish não poderia ter escrito melhor.

Ao se encaminhar para o hall, ela viu Omar entrando no consulado às 13h14. Só lhe restava imaginar o que tinha acontecido depois. Será que haviam fingido um breve momento de cordialidade ou o atacado imediatamente como feras selvagens? Esperaram até ele estar morto antes de o despedaçarem ou ele ainda estava vivo e consciente quando a lâmina cortou sua pele? Tal ato não podia ser perdoado, apenas vingado. Khalid sabia disso melhor do que ninguém. Afinal, ele era árabe. Filho do deserto. Ainda assim, ia na direção dela com um único guarda-costas para protegê-lo. Talvez ainda fosse o mesmo KBM inconsequente, no fim das contas.

Por fim, a batida. Hanifa alcançou a maçaneta. O guarda-costas se lançou à frente e o demônio escondeu o rosto. *Omar*, pensou Hanifa ao levantar a arma e atirar. *A senha é Omar...*

NOTA DO AUTOR

A herdeira é uma obra de entretenimento e não deve ser lida como nada mais do que isso. Os nomes, personagens, lugares e incidentes retratados na história são produto da imaginação do autor ou foram usados de forma fictícia.

A Escola Internacional de Genebra retratada no livro não existe e não deve, de forma alguma, ser confundida com a Ecole Internationale Genève, instituição fundada em 1924 com ajuda da Liga das Nações. Visitantes do Museu de Arte Moderna de Nova York verão inúmeras obras extraordinárias, incluindo *A Noite Estrelada*, de Van Gogh, mas nada sob o título de Coleção Nadia al-Bakari. As histórias de Zizi e Nadia al-Bakari são contadas em *A infiltrada*, publicado originalmente em 2006, e na sua sequência, *Retrato de uma espiã*. Sarah também aparece em *O aliado oculto*, *As regras de Moscou* e *O desertor*. Gostei de seu retorno ao mundo secreto tanto quanto ela.

Manipulei os horários de aviões e trens para adequar-se às necessidades de minha narrativa, bem como o tempo de acontecimento de eventos do mundo real. O retrato, em *A herdeira*, do incrível roubo de arquivos nucleares iranianos pela Mossad é inteiramente especulativo, e não se baseia em nenhuma informação que eu tenha recebido de fontes israelenses ou americanas. Tenho certeza de que a Mossad não planejou nem supervisionou a operação real de um prédio anônimo localizado no Boulevard Rei Saul em Tel Aviv, já que essa é a localização apenas do meu "Escritório" fictício. O capítulo 7 deste livro contém uma referência não tão velada à localização verdadeira da sede da Mossad, que, como o endereço de Gabriel Allon na rua Narkiss, é um dos segredos mais mal guardados de Israel.

Não há unidade de contraterrorismo francesa conhecida como Grupo Alpha, pelo menos não que eu conheça. Um ótimo estabelecimento chamado Brasserie Saint-Maurice ocupa o térreo de uma velha casa na Annecy medieval, e o popular Café Remor tem vista para a place du Cirque em Genebra. Ambos costumam estar livres de agentes de inteligência e assassinos, bem como a charmosa Plein Sud na avenue du Général Leclerc, em Carcassonne. Natural High é o nome do pavilhão na praia na adorável cidade de veraneio holandesa de Renesse. Até onde sei, nem Gabriel Allon, nem Rebecca Philby jamais puseram os pés lá.

Não é aconselhável tentar reservar um quarto no Bedford House nem no East Anglia Inn em Frinton-on-Sea, pois nenhum dos dois existe. Há, de fato, uma marina às margens do rio Twizzle, em Essex, mas o brutal assassinato do guarda por Nikolai Azarov podia muito bem ter sido testemunhado por clientes do restaurante Harbour Lights. Pouco antes de entrar no Dorchester, em Londres, Christopher Keller tomou emprestada uma fala da versão cinematográfica de *007 contra o satânico Dr. No* para descrever a potência de uma pistola Walther PPK. Devotos de F. Scott Fitzgerald devem ter notado que Gabriel e Sarah Bancroft trocam duas falas de *O grande Gatsby* enquanto jantam num restaurante italiano perto da esquina da Second Avenue com a East Sixty-Fourth Street, em Manhattan. Há rumores de que o restaurante seja o Primola, meu favorito no Upper East Side.

É verdade que visitantes do número 10 da Downing Street, muitas vezes, veem um gato malhado marrom e branco à espreita perto da famosa porta preta. O nome dele é Larry, e ele foi agraciado com o título de Caçador de Ratos Chefe do Escritório do Gabinete. Peço desculpas ao proprietário da casa de St. Luke's Mews, 7 em Notting Hill por transformar seu lar numa casa segura do MI6, e aos ocupantes dos números 70 e 71 da Eaton Square por usar suas elegantes propriedades como cenário de um assassinato russo. Estou confiante de que nenhum primeiro-ministro britânico ou chefe do MI6, caso soubessem de tal plano, teriam permitido que acontecesse, mesmo que o resultado final fosse um desastre estratégico e de relações públicas para o presidente russo e seus serviços de inteligência.

Escolhi não identificar o veneno radioativo usado por meus assassinos russos fictícios. Suas propriedades mortais, porém, são claramente similares ao polônio-210, elemento químico altamente radioativo usado em novembro de 2006 no assassinato de Alexander Litvinenko, ex-oficial de inteligência russo e dissidente que morava em Londres. A reação débil da Inglaterra ao uso de uma arma de destruição em massa em seu solo sem dúvidas encorajou o Kremlin a mirar em um segundo russo vivendo no país, Sergei Skripal, em março de 2018. Ex-oficial do GRU, o serviço de inteligência do exército russo, e agente duplo, Skripal sobreviveu após ser exposto ao agente nervoso Novichok, da era soviética. Mas Dawn Sturgess, de 44 anos, mãe de três filhos que morava perto de Skripal na cidade de Salisbury, morreu quatro meses depois do ataque inicial, uma vítima colateral da guerra do presidente russo Vladimir Putin contra a dissidência. Não é surpreendente que Putin tenha ignorado um pedido do filho da mulher para que autoridades britânicas interrogassem os dois assassinos russos suspeitos.

Não existe o Centro de Dados Real em Riad, mas há algo bem parecido: o ridiculamente chamado Centro para Estudos e Assuntos de Mídia (Center for Studies and Media Affairs, em inglês). Chefiado por Saud al-Qahtani, cortesão e confidente próximo do príncipe herdeiro Mohammed bin Salman, o centro obteve seu arsenal inicial de armas cibernéticas sofisticadas de uma firma italiana chamada Hacking Team. Depois, adquiriu software e expertise da DarkMatter, baseada nos Emirados Árabes, e do NOS Group, uma empresa israelense que, supostamente, emprega veteranos da Unidade de Inteligência 8200, o serviço de espionagem eletrônica e ciberguerra. Segundo o *The New York Times*, a DarkMatter também contratou graduados da Unidade 8200, além de vários americanos previamente empregados pela CIA e a NSA. Aliás, consta que um dos principais executivos da empresa trabalhou em algumas das operações cibernéticas mais avançadas da NSA.

Saud al-Qahtani supervisionava mais que o Centro para Estudos e Assuntos de Mídia. Também liderou o Grupo de Intervenção Rápida saudita, unidade clandestina responsável pelo brutal assassinato e desmembramento de Jamal Khashoggi, jornalista saudita dissidente e colunista do *Washington Post*. Onze sauditas estão enfrentando acusações criminais pelo crime, que foi executado dentro do consulado saudita em Istambul em outubro de 2018. Oficiais do país árabe alegaram, entre outras coisas, que os agentes agiram de forma unilateral. A CIA, porém, concluiu que o assassinato foi ordenado por ninguém menos que o príncipe herdeiro Mohammed bin Salman.

Não pela primeira vez, o presidente Donald Trump discordou das descobertas de sua comunidade de inteligência. Num comunicado escrito, ele repetiu as alegações sauditas de que Khashoggi era um "inimigo de Estado" e membro da Irmandade Muçulmana, antes de, aparentemente, absolver MBS de ser cúmplice na morte do jornalista. "Pode muito bem ser que o príncipe herdeiro tivesse conhecimento desse acontecimento trágico — talvez tivesse e talvez não tivesse." E continuou: "Em todo caso, nosso relacionamento é com o Reino da Arábia Saudita."

Mas o país não é uma democracia com instituições entrincheiradas. É uma das últimas monarquias absolutistas do mundo. E, a não ser que haja outra mudança na linha sucessória, será governada, talvez por décadas, pelo comprovadamente inconsequente Mohammed bin Salman. Meu príncipe herdeiro saudita fictício — um KBM educado no Ocidente e falante de inglês —, no fim, era uma figura capaz de redenção. Receio que Mohammed bin Salman não possa ser restaurado. Sim, ele fez reformas modestas, incluindo dar às mulheres o direito de dirigir, algo há muito proibido no retrógrado reino. Mas, ao mesmo tempo, impôs uma ofensiva dura contra dissidentes sem paralelo na história saudita recente. MBS prometeu mudanças. Em vez disso, entregou instabilidade à região e repressão em casa.

Por enquanto, o relacionamento entre Estados Unidos e Arábia Saudita parece congelado, e MBS está viajando pelo mundo em busca de amigos. Xi Jinping, da China, recebeu-o em Pequim no início de 2019. Numa cúpula do G20 em Buenos Aires, MBS trocou um indecoroso *"high five"* com Vladimir Putin. Uma fonte próxima ao príncipe herdeiro me disse que o cumprimento efusivo era uma mensagem aos críticos do monarca no Congresso norte-americano. A Arábia Saudita, segundo ele, já não contava mais só com a proteção dos americanos. A Rússia estava esperando por ele de braços abertos, sem mais questionamentos.

Uma década atrás, um alerta tão explícito teria sido vazio. Não mais. A intervenção de Putin na Síria tornou a Rússia novamente uma potência a ser temida no Oriente Médio, e os amigos tradicionais dos Estados Unidos notaram. O pai de MBS, rei Salman, fez uma única viagem ao exterior. Foi a Moscou. O emir do Catar envergonhou o governo Trump parando em Moscou na véspera de uma visita a Washington. Al-Sisi, do Egito, visitou a capital russa quatro vezes. Benjamin Netanyahu também. Até Israel, aliado mais próximo dos Estados Unidos no Oriente Médio, está se protegendo como pode na região. A Federação Russa é poderosa demais para ser ignorada.

Mas um líder saudita quebraria o laço histórico com os Estados Unidos e se inclinaria na direção da Rússia? Uma versão disso já começou, e é Mohammed bin Salman que está se inclinando para Moscou. A relação entre americanos e sauditas nunca foi baseada em valores comuns, apenas em petróleo. MBS sabe muito bem que os Estados Unidos, agora grande produtor de energia, já não precisam do petróleo saudita como antes. No país de Putin, porém, ele encontrou um parceiro para ajudar a lidar com o fornecimento global de óleo e seu importantíssimo preço. Também achou, se necessário, uma fonte de armas e um canal valioso até os xiitas iranianos. E, talvez, o mais importante de tudo: MBS pode descansar tranquilo sabendo que seu novo amigo nunca o criticará por matar um jornalista enxerido. Afinal, os russos também são muito bons nisso.

AGRADECIMENTOS

Sou eternamente grato a minha esposa, Jamie Gangel, que ouviu pacientemente enquanto eu trabalhava na trama e nos temas gerais de *A herdeira*, e, depois, habilmente, editou meu primeiro esboço — tudo enquanto cobria os acontecimentos extraordinários de Washington como correspondente especial da CNN. Eu não teria completado o manuscrito antes do prazo se não fosse por seu apoio e sua atenção aos detalhes. Minha dívida com ela é incomensurável, assim como meu amor.

Falei com vários oficiais de inteligência, criadores de políticas públicas e políticos israelenses e americanos sobre os rápidos desdobramentos dos acontecimentos na Arábia Saudita. Também recebi orientações valiosas de inúmeras fontes próximas ao príncipe herdeiro Mohammed bin Salman. Agradeço-os agora de forma anônima, como eles preferem.

Tenho uma eterna dívida com David Bull por seu conselho em todas as questões relacionadas à arte e à restauração. Bob Woodward me ajudou a compreender melhor a relação emaranhada entre a Casa Branca de Trump e o caprichoso príncipe herdeiro da Arábia Saudita. Andrew Neil foi uma fonte indispensável sobre a política esfacelada da Inglaterra e as tendências emergentes no Oriente Médio. Tim Collins explicou os desafios econômicos enfrentados pela Arábia Saudita numa linguagem que até eu fui capaz de compreender.

Consultei centenas de artigos de jornais e revistas enquanto escrevia *A herdeira*, uma quantidade enorme para citar aqui. Tenho uma dívida especial com os corajosos repórteres e editores do *Washington Post*, que tiveram a tarefa nada invejável de cobrir o assassinato brutal de um querido colega. Fizeram-no com profissionalismo extraordinário, provando mais uma vez por que o jornalismo de qualidade é essencial para uma democracia funcionar adequadamente.

Louis Toscano, meu querido amigo e editor de longa data, fez incontáveis melhorias ao romance. Kathy Crosby, minha preparadora de originais pessoal com olhos de lince, garantiu que o texto estivesse livre de erros tipográficos e gramáticos. Quaisquer enganos que tenham passado por essa impressionante crítica são meus, não deles.

Somos abençoados com familiares e amigos que preenchem nossa vida de amor e risada em tempos críticos durante o ano de escrita, em especial Jeff Zucker, Phil Griffin, Andrew Lack, Elsa Walsh, Michael Gendler, Ron Meyer, Jane e Burt Bacharach, Stacey e Henry Winkler, Maurice Tempelsman e Kitty Pilgrim, Nancy Dubuc e Michael Kizilbash, Susanna Aaron e Gary Ginsburg, e Cindi e Mitchell Berger. Meus filhos, Lily e Nicholas, foram uma fonte constante de inspiração e apoio. Para entender melhor como é viver com um romancista correndo contra o prazo, recomendo a cena da mesa de café da manhã no filme *Trama fantasma*.

Finalmente, agradeço de coração ao time incrível da HarperCollins, em especial, Brian Murray, Jonathan Burnham, Jennifer Barth, Doug Jones, Leah Wasielewski, Mark Ferguson, Leslie Cohen, Robin Bilardello, Milan Bozic, David Koral, Leah Carlson-Stanisic, William Ruoto, Carolyn Robson, Chantal Restivo-Alessi, Frank Albanese, Josh Marwell, Sarah Ried e Amy Baker.

Este livro foi impresso pela Exklusiva, em 2020, para a HarperCollins Brasil. O papel do miolo é avena 70g/m², e o da capa é cartão 250g/m².